KNAUR

Liza Grimm

TALUS

DIE HEXEN VON EDINBURGH

KNAUR

Besuchen Sie uns im Internet:
knaur.de
Facebook: Knaur Fantasy & Science Fiction
Instagram: @KnaurFantasy

Aus Verantwortung für die Umwelt hat sich die Verlagsgruppe Droemer Knaur zu einer nachhaltigen Buchproduktion verpflichtet. Der bewusste Umgang mit unseren Ressourcen, der Schutz unseres Klimas und der Natur gehören zu unseren obersten Unternehmenszielen.
Gemeinsam mit unseren Partnern und Lieferanten setzen wir uns für eine klimaneutrale Buchproduktion ein, die den Erwerb von Klimazertifikaten zur Kompensation des CO_2-Ausstoßes einschließt.
Weitere Informationen finden Sie unter: www.klimaneutralerverlag.de

FSC www.fsc.org
MIX
Papier aus verantwortungsvollen Quellen
FSC® C083411

Originalausgabe Oktober 2020
Knaur Taschenbuch

Ein Imprint der Verlagsgruppe
Droemer Knaur GmbH & Co. KG, München

Ein Projekt der AVA international GmbH
Autoren- und Verlagsagentur
www.ava-international.de
Redaktion: Martina Vogl
Covergestaltung: Alexander Kopainski, www.kopainski.com.
Coverabbildung: Bildmontage unter Verwendung
von mehreren Shutterstock-Motiven
Illustrationen im Innenteil von Shutterstock.com:
art_of_sun, Peter Hermes Furian, Alvaro Cabrera Jimenez;
Würfel von Alexander Kopainski
Satz: Adobe InDesign im Verlag
Druck und Bindung: CPI books GmbH, Leck
ISBN 978-3-426-52628-6

2 4 5 3 1

Für alle, die Magie im Herzen tragen

Zu Beginn war sie eine der Guten.
Sie glaubte an Barmherzigkeit. Gerechtigkeit.
Bis ihr beides genommen wurde.

Auszug aus den Talus-Chroniken

FAST EIN ANFANG

Magie wird in Dunkelheit geboren.

Zumindest war es das, was Erin glaubte. Damit kam sie der Wahrheit einerseits sehr nah, war aber gleichzeitig unendlich weit davon entfernt. Magie wurde nicht in der Dunkelheit geboren. Dunkelheit entstand durch Magie.

Wenn sie das gewusst hätte, hätte sie vielleicht einen anderen Weg gewählt. Möglicherweise wäre dann alles anders gekommen. Aber als Erin mit kribbelnden Fingerspitzen über die vergriffenen Buchrücken fuhr, ahnte sie nicht, was die Magie für sie im Sinn hatte.

Das kleine Antiquariat, in das sie vor einem plötzlichen Regenschauer geflohen war, roch nach Druckerschwärze, Holz und altem Leder, was eine willkommene Abwechslung zum penetranten Gestank des Desinfektionsmittels in den Krankenhausfluren war. Hunderte Bücher standen scheinbar ohne System und nicht gerade ordentlich in den unzähligen Regalen, und selbst auf dem alten Holzboden, der schon bessere Zeiten gesehen hatte, stapelten sich Romane, Sachbücher und uralte Atlanten.

Die Besitzerin, die hinter einer schmalen und bücherüberhäuften Ladentheke stand, trug ihre grauen Haare in einem strengen Dutt und eine Lesebrille mit Tigermuster. Ihr schmaler Körper war in eine gelbe Strickjacke gehüllt, die Erin an die Sonnenblumen erinnerte, die sie Tante Charly letzte Woche als Abschiedsgeschenk ins Krankenhaus gebracht hatte.

»Pass auf dich auf«, hatte Charly gesagt und ihr mit erschreckend kalter Hand über die Wange gestrichen. Ihre einstmals strahlend blauen Augen waren dumpf und leblos.

Erin hatte genickt und gelächelt und war in Tränen ausgebrochen, sobald sie alleine im Flur stand. Seitdem verfolgten sie die Erinnerungen an Desinfektionsmittel, quietschendes Linoleum und gelbe Sonnenblumen. Jeden Tag, den sie in der Stadt ihrer Träume verbrachte, wurden die Schuldgefühle schlimmer. Sie wünschte, sie wäre zu Hause geblieben, aber Tante Charly hatte es nicht zugelassen. »Viel Erfolg beim Studium in der großen Stadt. Du schaffst das.«

Die Ladenbesitzerin hatte Erin einmal ausgiebig von oben bis unten gemustert. Nun zog sie sich wortlos hinter einem nach kaltem Räucherwerk riechenden Vorhang zurück. Offensichtlich hatte sie Erin als ehrlich genug eingestuft, um sie unbeaufsichtigt stöbern zu lassen.

Erin senkte den Blick. Sie mochte es nicht, aufgrund ihres Äußeren unterschätzt zu werden. Weder die zerrissene Jeans noch das dunkle Top oder die schwarze Lederjacke vermochten es, ihr unscheinbares Auftreten zu ändern. Sie war ein »nettes Mädchen«, wie Tante Charly mit Stolz zu sagen pflegte, verhielt sich stets zuvorkommend und scheute Konflikte. Die dunkelbraunen Haare, die hellen Augen und die zaghaften Sommersprossen ließen Erin zusammen mit ihrem runden Gesicht und dem höflichen Lächeln deutlich jünger wirken, als sie eigentlich war.

Trotz ihrer vierundzwanzig Jahre musste sie noch immer den Ausweis vorzeigen, wenn sie sich im Pub einen Whisky bestellte. Wahrscheinlich würde ihr noch nicht einmal ein Gesichtstattoo ein Respekt einflößendes Aussehen verleihen – nicht dass Erin jemals auch nur mit dem Gedanken gespielt hätte, sich etwas ins Gesicht tätowieren zu lassen. Zumindest nicht ernsthaft. Sie strich über ihren Jackenärmel, unter dem sich auf der Innenseite ihres Unterarms ein verschnörkelter Schriftzug verbarg. Magic.

Sie wagte sich tiefer in das Antiquariat vor und achtete darauf, mit ihrer nassen Kleidung keine Wassertropfen auf den Büchern zu hinterlassen. Ihr Pferdeschwanz klebte ihr kalt im Nacken, und sie widerstand dem Drang, ihn auszuwringen. Auch wenn ein Teil von ihr gerne das schockierte Gesicht der Besitzerin gesehen hätte.

Ihre Finger glitten weiter über die Buchrücken, fühlten jeden der Risse, die dem Leder bei ungezählten Besitzer- und Ortswechseln unabsichtlich zugefügt worden waren. Sie strich über fast verblichene Goldfarbreste, die Buchtitel und Autorennamen hervorheben sollten, und über kunstvolle Ornamente, die noch immer kräftig rot, blau und grün leuchteten.

Erin wusste nicht genau, wonach sie suchte. Wie so oft hatte sie auf ihr Bauchgefühl gehört, als die Eingangstür mit ihrer abgeblätterten roten Farbe und dem dunkelgrünen Schild darüber in ihr Blickfeld geraten war. Dieses Gefühl, über das ihre Mutter so oft leicht abfällig gescherzt hatte, wenn Erin es erwähnte. Tante Charly war stets auf Erins Seite gewesen, hatte ihr Bücher und Kristallketten geschenkt und sie ermutigt, nach Geheimnissen zu suchen. »Ohne Träume gibt es keine Hoffnung«, war einer ihrer Lieblingssätze.

Zuletzt hatte Tante Charly ihr diesen Satz kurz vor ihrem elften Geburtstag ins Ohr geflüstert, als Erin sich sicher gewesen war, dass sich in ihrem Kleiderschrank der Eingang zu Narnia befand. Ihre Mutter hatte nur gelacht, als sie es ihr aufgeregt erzählt hatte. Bis heute hatte Erin sich nicht durch Pelzmäntel in eine andere Welt gekämpft, und dennoch war die Hoffnung auf mehr in ihrem Herzen nicht auszulöschen. Sie war sich sicher, dass etwas auf sie wartete. Ein Abenteuer. Magie. Irgendetwas Großes.

Wenn jemand sie fragen würde, würde sie niemals sagen, dass sie lediglich die Flucht vor dem Regen in das Antiquariat geführt hatte. Für Erin war der Regen ein Zeichen dafür, dass sie genau jetzt in diesem Laden sein sollte. So begannen doch gute Geschichten, oder? Ein regennasses Mädchen mit Fantasie und Angst im Herzen, das in einem nach Büchern und Tinte riechenden Antiquariat stand und sich hilflos umsah. Das waren die Zutaten, die eine große Abenteuergeschichte brauchte. Erin hatte viele von ihnen gelesen.

Ein lautes Rumpeln, gefolgt von einem Fluch, ertönte. Offenbar war der Besitzerin etwas heruntergefallen. Erin ignorierte es, ihr Blick war weiterhin fest auf die Buchrücken gerichtet. Vielleicht würde sie endlich finden, wonach sie suchte. Eine Möglichkeit,

Tante Charly von diesem bösartigen Tumor zu befreien, der ihr das Leben und die Hoffnung aus den Adern saugte.

Je weiter Erin ging, desto intensiver roch es nach Papier und Druckerschwärze, als hätte sich der Geruch im hinteren Teil des länglichen Ladens gesammelt. Vermutlich lag es daran, dass die Luft an diesem Ort schon seit Jahren stillstand. Unwillkürlich fragte Erin sich, wann hier zuletzt ein Kunde vorbeigekommen war. Sie mochte den Gedanken, Orte zu entdecken, die schon lange einsam waren. Als warteten die Gegenstände darauf, Erin ihre Geschichte zu offenbaren, die sie eine Ewigkeit für sich behalten hatten müssen, weil ihnen niemand Gehör schenkte. Aber egal, wie stark sie sich auf das alte Holzregal mit den durchgebogenen Brettern vor ihr konzentrierte, es blieb stumm.

Es schepperte erneut, und Erin zuckte zusammen. Dabei fielen ein paar Regentropfen von ihrer Jacke auf das oberste Buch eines Stapels, der neben ihr auf dem Boden stand. Die glänzende Flüssigkeit auf dem dunkelgrünen Einband bereitete ihr Unbehagen. Schuldgefühle.

Erin ist so ein nettes Mädchen.

Die liebevolle Stimme ihrer Tante im Ohr, hob Erin das Buch hoch, um es abzutrocknen. Da sie komplett nass war, öffnete sie den Reißverschluss ihrer Lederjacke, aber selbst das dunkle Top war leicht feucht. Schließlich wischte sie die Tropfen notdürftig mit ihrer Hand ab. Ihr Blick fiel auf den schwarz geprägten Titel. Narnia.

Das Buch hatte sie bereits unzählige Male gelesen. Es war das erste gewesen, das Tante Charly ihr geschenkt hatte. Sie legte es zurück auf den Bücherstapel. Enttäuschung breitete sich in ihr aus. Mit schnellen Schritten ging sie die engen Gänge zurück in den vorderen Teil des Ladens.

Das Prasseln des Regens war verstummt. Vor dem Fenster hingen graue Wolken tief über der Stadt, die ersten Passanten wagten sich wieder ohne Regenschirm auf die Straße. Erin sah zur Ladentheke, doch von der Besitzerin war nichts zu sehen. Sie rief ein

»Danke« Richtung Vorhang, dann vergrub sie ihre Hände in den Taschen ihrer Lederjacke und trat durch die Tür, ohne das kleine braune Buch zu bemerken, das ihr Schlüssel in eine andere Welt gewesen wäre.

Die Magie hatte beschlossen, dass Erin nicht bereit für sie war. Noch nicht.

Dinge, die Verdammnis über die Welt bringen,
entstehen meist aus einem einzelnen Gedanken.
So war es auch mit Talus.

Auszug aus den Talus-Chroniken

1
DIE UNSCHULDIGE

Zwei Jahre später

Die dunklen Flecken breiteten sich so langsam aus wie Tinte auf Papier. Sie krochen unter der Haut entlang, bildeten Muster, näherten sich dem Herzen. Tätowierungen des Todes.

Noahs Haut juckte, sein Brustkorb kribbelte, und er kämpfte gegen das Bedürfnis, davonzustürzen, sich komplett zu entkleiden und sich vor dem nächsten Spiegel nach Anzeichen abzusuchen. Wenn er dem Verlangen einmal nachgab, würde es zu einer Gewohnheit werden, das wusste er. Ein ungesunder Tick, den er wahrlich nicht gebrauchen konnte. Vor allem, da er die Irrationalität seiner Angst erkannte. Als Schattenleser begegnete er der dunklen Seuche regelmäßig. Sie befiel Hexen, die mit ihrer Magie andere verletzten, und sorgte so für Ordnung in der Unterwelt. Simpel. Effektiv.

»Ich habe wirklich nicht …«, flüsterte die Frau und sah Noah aus großen dunklen Augen an. In ihnen spiegelte sich wie in einem schwarzen See das Licht der Feuerkugel, die über ihnen schwebte. »Bitte hilf mir.«

Noah wusste, dass ihr Flehen sinnlos war. Ihre Handschellen schabten leise über das Holz, als sie sich über den Tisch leicht nach vorne lehnte. Noah zuckte zurück, überprüfte den Sitz seiner schwarzen Lederhandschuhe. Die Drachenhaut war angenehm warm und gab ihm das trügerische Gefühl von Sicherheit. Sie waren ebenso nutzlos wie die Handschellen, die ihn zwar vor magischen Angriffen schützten, aber die Seuche nicht im Griff hielten.

Noah schüttelte den Kopf und tippte ungeduldig mit der behandschuhten Fingerspitze auf das leere Pergament, das vor ihm lag. Daraufhin vergrub die Frau das Gesicht in ihren Händen und weinte hemmungslos. Ihr ganzer Körper zitterte. Die langen blonden Haare fielen ihr über die entblößten Schultern, auf denen sich die Seuche unaufhaltsam ausbreitete. Pechschwarze Nacht auf weißer Haut. Die Handschellen klirrten im Takt ihrer Schluchzer.

Wenn Noah etwas nicht für diese Frau verspürte, dann war es Mitleid. Sie musste etwas Furchtbares getan haben, um diesen Fluch auf sich zu ziehen. Die dunkle Seuche war vieles: grausam, schmerzhaft, unerbittlich, tödlich. Aber eines war sie nicht: unfair. Seit sie das erste Mal registriert worden war, hatte sie nur jene Hexen befallen, die von dunkler Magie Gebrauch machten. Jene Abtrünnigen, die mit ihrer Macht andere verletzten.

Für Noah blieb nur noch eines zu tun. Er strich über die Runenkette an seinem Hals, prüfte, ob sie noch da war. Auch sie konnte ihn nicht vor der Seuche schützen, aber irgendetwas musste er tun, um die Angst in seinem Inneren zu beruhigen.

»Was war es?«, wollte er wissen und sah auf die wimmernde Frau, die mit dem Kopf auf dem Tisch zusammengesunken war, hinab. Er blieb auf Abstand, fixierte die Schwärze und sah sie vor seinem inneren Auge von ihrer Haut auf die seine springen wie ein wildes Tier. Er schluckte, zog die Handschuhe zurecht, strich über das Pergament. »Mit welcher Tat hast du die Dunkelheit in dein Herz gelassen?«

Das Schluchzen der Frau wurde wieder lauter, hallte von den kahlen Wänden des kleinen Raumes zurück, und Abscheu stieg in Noah hoch.

Er hatte bereits viele Seuchen-Opfer gesehen. Viele hatten die Hoffnung, dass ein Geständnis vor einem Schattenleser sie heilen könnte, und Noah zählte zu den besten. Dabei waren Schattenleser nicht mehr als eine elitäre Einheit, deren Macht auf ihrem Ruf beruhte. Und auf der Angst, die vor ihnen herrschte. Eine Angst, die der Rat mit Gerüchten gezielt schürte. Als Noah bei seiner Vereidigung erfahren hatte, dass er die dunkle Seuche weder heilen noch bannen konnte, brach eine Welt für ihn zusammen. Er hatte wirklich geglaubt, dass er als Schattenleser diese Fähigkeit erlangen würde. Stattdessen war er ihr nun Tag für Tag ausgesetzt, und da er dieses geheime Wissen hatte, gab es keinen Weg zurück. Die Schattenleser verließ man nicht lebend.

Das verzweifelte Flehen der Hexe holte ihn in die Gegenwart zurück.

»Nichts. Ich verspreche es. Nichts. Gar nichts! Ehrlich!«

Jedes ihrer Worte eine Lüge. Noah rümpfte die Nase. Obwohl er instinktiv von ihr zurückweichen wollte, lehnte er sich nach vorne. Ihr Gestank nach Angstschweiß verursachte ihm Übelkeit. Die Finsternis kroch über ihren Hals wie Schlangen.

»Du wirst sowieso sterben«, flüsterte er. Ihre Schultern bebten. »Also erleichtere dein Gewissen und sag mir, was du getan hast. Bist du Teil der Caradain?«

Sie hob den Kopf. Dunkle Augen voll Verzweiflung. Tränen liefen über ihre Wangen. Noah blinzelte. Etwas war anders als bei seinen anderen Befragungen. Ihr verständnisloser Blick brannte sich in sein Innerstes. Ein seltsam beklemmendes Gefühl erfasste ihn, und er spürte den Drang, ihr die strähnigen Haare aus dem Gesicht zu streichen. Sofort zuckte er zurück, erhob sich. Mit einer fahrigen Bewegung schob er sich die blonden Haare aus dem Gesicht.

»Ich habe nichts getan«, flüsterte sie. Die dunklen Linien erreichten ihren Mund, krochen über ihre Wangen. »Gar nichts.«

Ihre Lippen bebten. Dann sackte die Frau zusammen. Sie atmete nicht mehr.

2
KARENS GHOST & WITCHERY TOURS

Oh, ein Geschäftsausflug am Freitag. Touren außerhalb des regulären Plans liebe ich ja besonders. Und schon wieder die Samstagstour?« Erin stieß einen Schwall Luft aus.

»Wenigstens sind wir zusammen«, bot Leo, der neben ihr stand, als Trost an und zog einen Mundwinkel nach oben. Erin warf ihm einen zweifelnden Blick zu, während er weiterhin den Zettel studierte, der mit einer Reißzwecke an eine Korkwand gepinnt war.

Leos Haare schimmerten schwarzblau wie das Gefieder der Raben, die auf den Dächern Edinburghs thronten. Seine Augen waren ebenso dunkel, die Lippen voll, seine Ohren ein klein wenig zu groß, aber irgendwie mochte Erin das. Sie gaben seinem sonst perfekten Gesicht einen Akzent Besonderheit. Sein sehniger Körper steckte in einem langen schwarzen Mantel.

Plötzlich drehte er den Kopf zu ihr, und sie sah schnell wieder auf die Tabelle mit den Namen, die in Karens krakeliger Handschrift auf dem Papier standen.

»Wenigstens das«, bestätigte sie und wurde das Gefühl nicht los, dass er sich nicht wirklich darüber freute. Obwohl sie seit einem Dreivierteljahr wöchentlich gemeinsam eine Tour veranstalteten, wusste Erin kaum etwas über Leo. Er tauchte erst dann auf, wenn bereits Kunden anwesend waren, und verabschiedete sich, sobald der letzte neugierige Fragesteller ging. Zu gemeinsamen Pubabenden mit den anderen Angestellten kam er nie, und heute war erst das zweite Mal, dass Erin ihn zufällig bei Karens Ghost & Witchery Tours sah.

In dem kleinen Ladenbüro gab es nicht mehr als einen alten, länglichen Tisch, zwei Stühle auf jeder Seite und mehrere Broschüren, welche die angebotenen Touren mit mehr oder weniger professionellen Bildern illustrierten. Menschen mit angemalten Gesichtern und weißen Bettlaken, Vampire mit falschen Zähnen und Kunstblut am Kinn, ein unbearbeitetes Foto eines verwitterten Grabsteins.

Die namensgebende Karen saß, ein Buch lesend, auf einem der Stühle und würdigte sie keines Blickes. Sie war gut zehn Jahre älter als Erin, hatte sehr helle Haut, viele Sommersprossen und eisgraue Augen. Ihr rotblonder Pony fiel ihr ins Gesicht, aber das schien sie nicht zu bemerken, so gefesselt war sie von dem Thriller auf ihrem Schoß.

Erin kam einmal in der Woche vorbei, um ihren Dienstplan zu überprüfen und mit Karen einen Tee zu trinken. Sie hielt es für klug, sich regelmäßig mit der Geschäftsführerin auszutauschen. So dachte Karen an sie und gab ihr die guten Schichten, in denen es wenig betrunkene Touristen gab. Letzte Woche hatte Erin Karens Tee wegen eines Dates abgelehnt, und prompt wurde sie nun mit der Samstagabendschicht bestraft.

»Dann bis morgen«, sagte Leo. Er tippte sich mit Zeige- und Mittelfinger an die Stirn, zwinkerte und ging, bevor Erin antworten konnte.

Karen war noch immer in ihr Buch vertieft, deshalb klopfte Erin zaghaft auf den Holztisch, um sich bemerkbar zu machen. Ihre Chefin schreckte auf, ihr Blick irrte kurz umher, dann fixierte sie Erin und seufzte.

»Es war gerade spannend.« Sie deutete mit dem Kinn auf das Buch und hob die Augenbrauen, um zu signalisieren, dass sie nicht viel Zeit hatte. »Ist was?«

Eigentlich hatte Erin von ihrem missglückten Date erzählen wollen. Der Kerl hatte sie abgesägt, weil ihr Sternzeichen Skorpion war. Skorpione seien ihm zu unterkühlt, stellte er in einem zehnminütigen Monolog klar, während Erin verzweifelt ihren Salat in sich hineinschaufelte, um der Situation schnellstmöglich zu entkommen. Als er leicht hoffnungsvoll nach ihrem Aszendenten fragte, da der ja noch alles ändern könne, hatte sie gerade die letzte Tomate in den Mund geschoben. Als sie beinahe gelacht hätte, hatte sie sich verschluckt und einen Hustenanfall bekommen, der sie so rot wie das Gemüse im Gesicht zurückließ.

Eigentlich eine Geschichte, die Karen zu würdigen wusste, aber so, wie sie Erin ansah, war heute ein denkbar schlechter Tag dafür. Sie war noch immer beleidigt. Also schwieg Erin und nahm sich vor, nächste Woche von ihrem Skorpion-Tomaten-Debakel zu erzählen. Vielleicht konnte sie sich damit eine Donnerstagmittagführung erkaufen.

»Schon okay«, sagte die deshalb, zuckte mit den Schultern und zwang sich zu einem Lächeln. Karen erwiderte es nicht und wandte sich wortlos wieder ihrem Buch zu.

Karens Ghost & Witchery Tours lag in der Lady Lawson Street, also nicht im Zentrum, aber immerhin so günstig, dass sich regelmäßig Touristen in das kleine Ladenbüro verirrten. In der Nähe gab es einen Supermarkt, reichlich Restaurants und kleine Läden sowie mehrere Hotels. Allerdings war die Umgebung nicht gerade sehenswert. Die Gebäude waren grau und hoch, einige Geschäfte versuchten, mit hölzernen Fassaden im Erdgeschoss das Aussehen der berühmten Victoria Street zu imitieren. Vergeblich. Sie wirkten trotz des verwitterten Holzes leblos modern.

Vielleicht war das einer der Gründe, weshalb Erin so ungern hier vorbeikam. Sie liebte die alten und verwunschenen Ecken Edinburghs. Jene Orte, an denen sie sich leicht vorstellen konnte, dass Magie wahrhaftig existierte. Zumindest früher.

Die Hoffnung auf Magie hatte Erin an jenem Tag vor Monaten verloren, als ihre Mutter ihr mitteilte, dass es für Tante Charly aus Sicht der Ärzte keine Hoffnung mehr gab.

Die Faszination für mystische Orte war geblieben.

Zu Hause angekommen, hängte Erin ihre Jacke an den Haken an der Wohnungstür, schlüpfte aus den Turnschuhen und stand zwei Schritte später in ihrem Zimmer. Da die Küchenzeile im Raum war, roch es meistens nach Essen, ganz egal, wie oft Erin lüftete.

Die Schlafcouch klappte sie nur ein, wenn Besuch kam, was sehr selten der Fall war. Auf dem kleinen Wohnzimmertisch stapelten sich drei Pizzakartons, die sie definitiv nach unten bringen sollte.

Zwei schwere schwarze Bücherregale waren bis in den letzten Winkel mit Büchern vollgestopft. Mit einem Klick auf die kleine Fernbedienung gingen die Lichterketten an und tauchten die Bücher in ein warmgoldenes Licht. Durch die grauen Vorhänge drangen nur wenige Sonnenstrahlen in die Wohnung. Erin trat zum Fenster und schob sie beiseite, aber das änderte nicht viel. Der Himmel hatte sich zugezogen, und bald würde es regnen.

Erin überlegte, was sie mit dem Tag anfangen sollte, und entschied sich für einen gemütlichen Lesenachmittag. Der Wohnungsputz konnte warten. Eigentlich musste sie dringend wieder den dunkelblauen Teppich saugen, Müll in den Innenhof bringen und ihre Regale abstauben, aber da sie die Unordnung nicht störte und sie keinen Besuch erwartete, schnappte sie sich einen Mysterykrimi und legte sich auf ihr Schlafsofa. Sie las viele dieser Bücher, um sich Inspiration für neue Geistergeschichten zu holen. Neben ihr lag ein Notizbuch, das bereits zur Hälfte gefüllt war, im Bücherregal stand ein weiteres. Eines Tages wollte sie eine eigene Geistertour eröffnen, die Menschen begeisterte und jede Woche Abwechslung bot.

Wenn sie nicht wie jetzt in Geschichten abtauchte, verbrachte sie jede freie Minute in den Vaults oder auf Friedhöfen, um neue Gruselorte zu finden. In einem dritten Notizbuch standen bereits neun Geistertouren, komplett geplant und mit ausgefeilten Geschichten und Friedhofsrouten versehen.

Gerade als sie sich in ihre Decke gekuschelt hatte, klingelte ihr Handy. Es gab nur einen Menschen, dem sie diesen speziellen Klingelton verpasst hatte, und so wusste Erin, wer anrief, noch bevor sie auf das Display sah.

»Hey.« Sie legte das Buch zur Seite und zog sich ein Kissen auf den Schoß, an dem sie sich festklammerte. »Wie ist die Lage bei euch?«

»Wie immer«, erklang die bemüht fröhliche Stimme ihrer Mutter. »Luca und Finn geht es sehr gut. Sie werden jeden Tag wilder. Finn hat heute in der Schule einen Ausflug gemacht, und Luca ist im Kindergarten hingefallen, es ist aber nichts Schlimmes passiert. Dein Vater hat einen guten Tag und war sogar draußen. Wie läuft es mit dem Studium?«

»Gut.« Mittlerweile kam Erin die Lüge leicht über die Lippen. Am Anfang war es ihr schwergefallen, aber in den letzten Monaten war es zur Gewohnheit geworden, bei den wöchentlichen Anrufen ihrer Mutter eine heile Welt vorzuspielen.

»Lernst du fleißig?«

»Ja.« Sie sah zu den Geschichtsbüchern in ihrem Regal, die sie seit knapp einem Jahr nicht mehr angerührt hatte. Es herrschte kurz Stille, und Erin ahnte, welche Frage als Nächstes kam.

»Finanziell klappt auch alles?«

»Natürlich, Mama.« Sie spürte einen säuerlichen Geschmack auf ihrer Zunge und schluckte ihn schnell hinunter. Da ihr Studium auf Eis lag und sie nur arbeitete, verdiente sie genug Geld, um ihrer Mutter finanziell nicht zur Last zu fallen. Außerdem waren es mittlerweile die Geistertouren, in denen sie ihre Zukunft sah. »Karen zahlt wirklich gut.«

Im Hintergrund schrie ein Kind, kurz darauf weinte ein zweites.

»Luca, ich habe doch gesagt, dass …« Der restliche Satz wurde gedämpft, als Erins Mutter den Telefonhörer gegen ihr Oberteil drückte. »Entschuldige. Die Jungs haben viel Energie.« Erneut war es kurz still. »Von Charly gibt es keine Neuigkeiten. Sie ist weiterhin stabil, sagen die Ärzte.«

Erin schluckte. Seit sie die beiden Kinder ihrer jüngeren Schwester bei sich aufgenommen hatte, klang ihre Mutter müde und erschöpft, auch wenn sie versuchte, es vor ihrer Tochter zu verbergen. Ihre Mutter liebte Charly über alles und hoffte nach wie vor auf ein Wunder.

»Es freut mich, dass es Papa heute gut geht«, lenkte Erin das Gespräch schnell auf etwas Positives. Sie spürte, dass ihre Mutter lächelte.

»Er war heute am Wasser und hat mir Blumen mitgebracht.«

»Oh, wie schön.« Erin freute sich wirklich. Es kam viel zu selten vor, dass ihr Vater seine schwere Depression niederringen konnte. Aber wenn er es schaffte, tat er stets etwas, um seine Frau zum Lächeln zu bringen.

»Vergiss neben der ganzen Arbeit dein Studium nicht. Dieser ganze Geisterquatsch hat doch keine Zukunft.«

Ihre Mutter hatte schon immer alles Übernatürliche abgelehnt. Nur dank Tante Charly kannte Erin sich mit Kräutern und Edelsteinen aus, wusste um die Eigenschaften der Sternzeichen und konnte Tarotkarten legen. Nachdem aber weder Bergkristalle noch Räucherwerk ihre Tante gerettet hatten, sah Erin die Esoterik als das, was sie war: Unterhaltung und Weltflucht.

Sie seufzte. Sie glaubte nicht mehr daran, dass Magie wirklich existierte, aber sie liebte die Illusion nach wie vor, liebte die Geschichten, die sie auf den Geistertouren erzählte, und wusste, dass ihre Mutter das niemals verstehen würde.

In diesem Moment ertönte das Anklopfzeichen. Erin warf einen Blick auf ihr Display. »Wenn man vom Teufel spricht. Mama, ich muss auflegen. Karen ruft an.«

»Denk an die Prüfungen!«

»Mach ich. Wir telefonieren nächste Woche. Ich hab dich lieb!«

»Du musst heute einspringen«, kam Karen direkt zum Punkt. »Tina ist krank.«

»Aber …« Erin warf einen Blick nach draußen. Die ersten Regentropfen klatschten gegen die Scheibe.

»Du willst doch sonst immer die Tour am Donnerstagmittag«, sagte Karen. Erin glaubte, an ihrer Stimme zu hören, wie sie die Augen verdrehte. »Wenn du nicht willst, fein. Dann suche ich mir jemand anderen.«

»Nein«, erwiderte Erin hastig und wiederholte noch einmal ruhiger: »Nein. Ich übernehme gerne«

»Warum nicht gleich so? 15 Uhr, wie immer.«

3
DIE FARBEN DES VORTEX

»Verdammte Scheiße aber auch!«

Die Flamme zuckte in die Höhe und verfehlte ihre Hand nur knapp. Lu griff routiniert nach dem kleinen Tonteller und ließ ihn mit einem lauten *Klack* auf die Schüssel fallen, in der die misslungene Mixtur vor sich hin schwelte. Stinkender Rauch tanzte durch die Luft, die Mischung aus Schwefel und verbranntem Haar stieg ihr direkt in die Nase. Als Lu das zum ersten Mal gerochen hatte, war ihr so übel geworden, dass sie ihrer Großmeisterin direkt vor die Füße gekotzt hatte. Das war noch einer ihrer glanzvolleren Momente gewesen.

Lu erhob sich aus dem Schneidersitz, ging zum Fenster und riss das davorhängende schwarze Stofftuch herunter. Graues Licht fiel ihr ins Gesicht. Sie fluchte erneut und schirmte ihre Augen mit der Hand vor der Helligkeit ab. Dann öffnete sie das Fenster.

Sofort drang Stimmengewirr in verschiedenen Sprachen in das Zimmer. Baulärm dröhnte wie das Summen eines Bienenschwarms und verursachte ein unangenehmes Kribbeln in ihrem Hinterkopf. Lu warf einen kurzen Blick auf die geschäftige Straße unter ihr. Seit einigen Jahren wurde Edinburgh – und vor allem die South Bridge – nicht nur an Wochenenden von Touristen überrannt. Sie verzog das Gesicht.

»Scheiß drauf.« Obwohl der Gestank noch immer penetrant war, knallte sie das Fenster zu. Sofort war alles ruhig. Der Stillezauber funktionierte ausgesprochen gut und war damit eine der wenigen Sachen, die ihr seit ihrem Einzug gelungen war. Sie verstand nicht, wie die Radain ohne Magie überlebten.

Lu schritt über den knarrenden Holzboden zurück zu dem niedrigen schwarzen Tisch, der in der Mitte des Raums stand, und wich dabei einem Kreis aus grauem Pulver aus, den sie in der Mitte des Raumes gezogen hatte. Sie beugte sich zur Schüssel hinunter, hob vorsichtig den kleinen Tonteller an und warf einen Blick hinein. Die Haare waren nicht mehr als Asche, die Kräuter ebenfalls. Der Schwefel glühte noch leicht vor sich hin.

Lus Mundwinkel wanderten nach unten. Die Zutaten waren alle hinüber. Wenn sie die Beschwörung wiederholen wollte, musste sie zunächst in die Unterwelt und neue Totenhaare besorgen. Das war besonders ärgerlich, da sie ihr dieswöchiges Besuchsrecht bereits aufgebraucht hatte, um über die Ausgrabung zu recherchieren. Leider erfolglos: Das stundenlange Umherstreunen in der Unterwelt hatte ihr keine neuen Informationen gebracht. Es gab viele Gerüchte über das wiederentdeckte Grab von Abaigeal Dubh, inzwischen kannte Lu sie alle.

Sie hob die Schüssel hoch und trug sie zum Waschbecken neben der Tür. Die Armatur war verkalkt, das einstmals weiße Becken bereits gelblich. Die dunkelbraunen Kacheln mit Blumenmuster waren schon lange außer Mode.

Lu störte das nicht. Wenn es ihr Wunsch wäre, könnte sie ihre Wohnung mit Leichtigkeit modernisieren, aber sie liebte es, sich vorzustellen, welche Hexen vor ihr hier gelebt hatten. Nicht dass sie je eine davon getroffen hätte oder auch nur ein Detail über sie wusste. Das machte den Reiz aus. In Lus Vorstellung waren ihre Vorgängerinnen allesamt mächtige Großmeisterinnen aus allen Zirkeln: Elementhexen. Runenhexen. Kräuterhexen. Tarotleger. Keine erbärmlichen Gebräuhexen wie sie selbst.

Sie kippte den Inhalt der Schüssel in das Becken und deutete mit einer Hand auf den Wasserhahn. Dabei hatte sie Daumen und Ringfinger aneinandergelegt, die restlichen Finger kerzengerade ausgestreckt.

Mit zusammengekniffenen Augen versuchte sie, das leise Flüstern des Wassers zu vernehmen. Ihr Arm begann vor Anstrengung zu zittern. Schließlich gab sie auf und drehte an dem kleinen Rad. Sofort schoss Wasser hervor und spülte die stinkenden Reste davon. Bittere Galle stieg ihren Rachen hoch, und sie widerstand dem Drang, das Wasser anzubrüllen. Es war herabwürdigend, dass es lieber auf die Gesetze der Physik hörte als auf sie.

Lu atmete tief durch. Irgendeinen Weg musste es geben, um Elementarmagie auch ohne Geburtsbegabung zu erlernen, da war sie sich sicher. Sie musste nur herausfinden, wie sie ihre innere Magie umlenkte, wie sie den Vortex dazu brachte, eine andere Sprache mit ihr zu sprechen. Bisher hörte sie, wenn sie auf das Flüstern jenseits des Weltenvorhangs lauschte, nichts als das Murmeln des Gebräus.

Es kursierten viele Vergleiche darüber, was der Vortex eigentlich sei. Mal war er ein gewaltiger Farbstrudel, und jeder Zirkel konnte eine Farbe sehen und mit ihr zeichnen. Mal war er eine Symphonie, und jede Hexe spielte nur ein Instrument im Gefüge des Seins. Oder der Vortex war ein Raum voller Wunder in den Sprachen des Universums, und jede Hexe wurde mit einer Muttersprache geboren. Diese Analogien gefielen Lu am besten, denn sie bedeuteten, dass es theoretisch möglich war, eine andere Art der Magie zu lernen.

Sie hielt nichts von dem Gerede, dass der Vortex seine Macht den Hexen zuteilte, wie es ihm gefiel. Dass er ein launisches Ding sei, das Magie gab und nahm wie eine Göttin. Für sie war er etwas, das man sich zunutze machen konnte. Wenn sie nur endlich wüsste, wie.

Auf ihr Nachfragen hatte die Großmeisterin immer den Kopf geschüttelt. »Jeder Hexenzirkel nutzt einen anderen Strom des Vortex. Sei dankbar für das, was du hast. Wir Gebräuhexen sind wichtig für die Unterwelt. Der Wunsch, seinen Zirkel zu wechseln, grenzt an Größenwahn, Luzia. Keine Hexe hat das bisher getan, und so sollte es bleiben.«

Aber Lu wusste, dass es bereits einmal geschehen war. Dass es eine Hexe gab, die sich die gesamte Macht des Vortex angeeignet hatte. Eine Hexe, die alle Sprachen kannte, mit allen Farben des Lebens malte und virtuos mit der Realität spielte. Bis zu ihrem Tod. Lu knirschte mit den Zähnen.

Wenn die Lebenden nicht mit ihr sprachen, gab vielleicht die Tote ihr Geheimnis preis. Geister hatten nicht viel zu verlieren. Lu drehte den Wasserhahn ab und schloss kurz die Augen. Die nächste Beschwörung würde klappen. Ganz sicher.

4
EIN HOLPRIGER START

Erin liebte die Donnerstagmittag-Tour, weil es die einzige der Woche mit nur einem Guide war. Die meisten Menschen wollten die Vaults erst nach Einbruch der Dunkelheit sehen, was Erin noch nie verstanden hatte. Bei den Vaults handelte es sich um Katakomben, unterirdische Kammern unter der South Bridge. Sobald man sie betrat, spielten weder Wetter noch Tageszeit eine Rolle – sie waren jederzeit gleich gespenstisch.

Da Erin mit dieser Meinung ziemlich alleine war, bot Karens Ghost & Witchery Tours nur eine Mittagstour an. Noch lohnte sich der Slot mit nur einem Guide. Da die Tour aber oft sehr schlecht besucht war, überlegte Karen, sie ganz zu streichen.

Erin hoffte, dass sie das nicht tun würde. Für sie war diese Einzeltour eine wunderbare Möglichkeit, neue Dinge auszuprobieren. Bei Geisterführungen kam es vor allem auf die Inszenierung des Guides an. Während sie und die anderen Guides die Touristen durch die dunklen Gänge führten, erzählten sie schaurige Geschichten. Wenn Erin eine Partnerin oder einen Partner hatte, musste sie sich strikt an Karens Vorgaben halten. Es gab einen genauen Plan, in welcher Reihenfolge sie die Besucher durch die Räume schleusten, wann sie welche Geschichte erzählten und wie sie die Sätze betonen mussten. Sie konnte Karen keinen Vorwurf machen, immerhin funktionierte ihre Choreografie seit vielen Jahren. Trotzdem … die Donnerstagmittag-Tour war die perfekte Gelegenheit, ihre eigenen Ideen auszuprobieren, ohne dass der zweite Guide und damit Karen davon Wind bekam.

Erin sah auf die Uhr. Es war bereits 15:01 Uhr. Ungeduldig tippte sie mit dem Zeigefinger ihrer linken Hand gegen den Stock ihres Regenschirms. Mit der rechten hielt sie ein laminiertes Schild hoch, damit die Touristen, die die Tour gebucht hatten, sie fanden.

Der Treffpunkt war entweder an der South Bridge oder, wie heute, an der St. Giles Kathedrale. Von hier aus ging es dann in die dunklen Ecken Edinburghs.

Trotz des leichten Regens war der Platz vor der Kathedrale gut besucht. St. Giles war die Hauptkirche der Church of Scotland und eine der wichtigsten kulturellen und christlichen Sehenswürdigkeiten der Stadt. Als ob die Erbauer dies betonen wollten, erinnerte der höchste Turm an eine Krone. Erin sah an der Fassade hinauf. In den gotischen Bögen der hohen Fenster spiegelte sich die graue Wolkendecke. In ihren Augen hatte St. Giles immer etwas Bedrohliches an sich, ein gigantisches Bauwerk mit riesigen Steinen und einschüchternden Zinnen. Auf ihrer eigenen Gruseltour wäre ihr erster Halt definitiv diese Kathedrale in finsterster Nacht, wenn sich lediglich dunkle Regenwolken in den Glasscheiben spiegelten.

Karen hatte ihr per SMS die Namen der Tourteilnehmer geschickt. Es waren nur drei, und alle schienen ausländische Touristen zu sein, aus Schweden oder Deutschland vielleicht. Ein schüchtern aussehendes Paar trat auf Erin zu, und sie schenkte ihnen ihr freundlichstes Lächeln. Beide trugen Jack-Wolfskin-Jacken, wasserdurchlässige Turnschuhe und keine Regenschirme.

Definitiv Deutsche.

»Hey, ich bin Erin und euer Guide heute«, grüßte sie.

Der Mann war recht groß und trug einen Vollbart, in dem sich die Regentropfen verfingen, die Frau neben ihm war klein und zierlich. Ihre Haare hatte sie komplett unter einer schwarzen Wollmütze versteckt. Die beiden wirkten, als wären sie ungefähr in ihrem Alter. Sie hielten Händchen, als wären sie bereits in einem der finsteren Gemäuer und würden jederzeit mit einem Geisterangriff rechnen. Erin musste sich ein Grinsen verkneifen.

Das wird lustig.

»Hallo, schön, dich kennenzulernen«, grüßte die Frau, und an dem Akzent erkannte Erin, dass sie mit ihrer Vermutung richtiglag. Das Pärchen stellte sich als Lena und Simon aus Berlin vor.

»Oh, ich hätte euch für Briten gehalten«, schwindelte Erin, was den beiden sichtlich schmeichelte. Der erste wichtige Punkt bei Geistertouren war es, das Vertrauen der Teilnehmer zu gewinnen. Sie durften nicht merken, dass alles nur Show war. »Wir warten noch auf eine Person«, fügte Erin dann hinzu. »Heute sind wir eine kleine Gruppe. Das ist gut. Es erhöht die Wahrscheinlichkeit einer Sichtung.«

Was natürlich Blödsinn war. Es gab in den Vaults zwar dokumentierte Sichtungen ungewöhnlicher Erscheinungen – was sie zu einem derart beliebten Touristenziel machten –, allerdings glaubte Erin nicht daran, dass diese Dokumentationen irgendetwas bewiesen, außer dass geschäftstüchtige Touristenguides die richtigen Leute bezahlt hatten. Wäre die Wissenschaft nicht völlig außer sich, wenn es dort eine echte Geistersichtung gegeben hätte?

»Hast du schon einmal einen Geist gesehen?«, fragte Lena und sah Erin aus großen rehbraunen Augen an. Die Angst stand ihr schon jetzt ins Gesicht geschrieben. Simon strich ihr beruhigend mit dem Daumen über die Hand.

»Mehrmals«, erwiderte Erin ernst.

Simon zog skeptisch die Augenbraue nach oben, während Lena sich enger an ihn drückte. Ein schlaksiger junger Mann kam auf sie zugelaufen. Erin schätzte ihn auf Anfang zwanzig. Seine blonden Haare waren vom Regen durchnässt, er trug weder Kapuze noch Schirm, dafür aber ein breites Grinsen im Gesicht.

»Hello«, rief er schon von Weitem und sah erwartungsvoll in die Runde. »Karens Ghost und Witchery Tours?«

Seine Aussprache war so deutsch, dass Erin Mühe hatte, ihn zu verstehen. Trotzdem nickte sie und lächelte.

»Genau. Du musst Daniel sein?« Er runzelte die Stirn und nickte dann zögerlich.

»Herzlich willkommen. Dann sind wir jetzt vollzählig. Ich freue mich sehr, dass wir heute gemeinsam die berühmten Vaults von Edinburgh besichtigen. Ihr hättet euch kein besseres Wetter aussuchen können. Wenn es nass und kalt ist, ist der Vorhang zwischen den Welten dünner, und die Geister sind sichtbarer.« Sie machte eine kurze Kunstpause. »Es ist fast, als würde die Kälte sie an ihre Gräber erinnern.«

Wie beabsichtigt weiteten sich Lenas Augen, und sie sah ihren Freund an. Er strich ihr über den Rücken und zog die Mundwinkel nach oben.

»Was?«, fragte Daniel und fuhr sich verlegen durch die Haare. Dann sagte er einen kurzen Satz auf Deutsch, worauf Lena leise lachte.

»Er versteht kein Englisch«, erklärte sie Erin. Daniel fügte noch etwas hinzu, woraufhin Lena noch einmal lachte. »Er dachte, die Tour sei auf Deutsch.«

Verdammt, schoss es Erin durch den Kopf. *Wie soll ich ihm Gruselgeschichten erzählen, wenn er kein Wort versteht*?

Als der Regen stärker wurde, spannte Erin ihren Schirm auf und hob ihn so hoch, dass auch Daniel geschützt war. Lena und Simon zogen die Kapuzen ihrer Regenjacken über ihre Köpfe.

»Wir übersetzen«, bot Simon höflich an und lächelte Daniel zu, dem es sichtlich unangenehm war, als Lena ihm das Angebot auf Deutsch mitteilte.

»Okay«, sagte Erin, während der Regen auf sie herabprasselte und ihre Gedanken bereits fieberhaft um die bevorstehende Tour kreisten. Wenn Daniel nichts verstand und Simon damit beschäftigt war, den Dolmetscher zu spielen, blieb nur Lena als unfreiwillige Testperson, und Erin schien es keine große Kunst zu sein, die zierliche Frau in Angst und Schrecken zu versetzen. Plötzlich sehnte sie sich nach einer gut besuchten und routinierten Abendtour.

5
EIN UNWÜRDIGER AUFTRAG

Die dunkle Seuche befiel niemals Unschuldige. Kalte Furcht kratzte mit ihren Krallen über seinen Rücken und hinterließ Spuren in seiner Seele, durch die Angst sickerte. Noah versuchte, ruhig zu bleiben. Er besaß keine stichhaltigen Beweise für die Unschuld der Toten, und die dunkle Seuche war seit Jahrhunderten unverändert geblieben.

Und doch …

Die ewig brennende Feuerkugel, die sein Vater in einer Ecke des Bades platziert hatte, sandte ein unregelmäßiges Flackern über die Keramikwanne, die direkt darunter stand. An einer der mit dunklem Holz verkleideten Wände lehnte ein golden umrahmter Spiegel, vor dem er sich nun entkleidete und jeden Zentimeter seiner Haut untersuchte.

Er atmete tief aus, als er keine schwarzen Flecken fand. Seine Gedanken wanderten zurück zu der Frau, die vor nur weniger als einer Stunde vor seinen Augen an der dunklen Seuche gestorben war. Etwas war seltsam gewesen. Anders. Ihr Blick hatte sich in sein Gedächtnis gebrannt. Ahnungslosigkeit. Panik. Ihr Wimmern dröhnte in seinen Ohren.

Er hatte schon oft Verdächtige befragt und war ein Meister darin, Lügen zu erkennen. Diese Frau schien die Wahrheit gesagt zu haben, als sie ihre Unschuld beteuerte. Doch war das möglich?

Noah massierte sich die Schläfen. Dann legte er Ringfinger und Daumen aneinander, machte sich aber nicht einmal die Mühe, die anderen Finger ordentlich durchzustrecken, und zapfte mit einer schnellen Drehung des Handgelenks die warme Energie des Vortex an. Die Magie antwortete ihm mit der unbändigen Freude eines Hundes, der seinen Besitzer begrüßt, und kurz darauf schoss ein Wasserstrahl aus dem goldenen Hahn der Badewanne. Eine weitere Handdrehung, und leichter Dampf stieg auf. Das Rauschen des Wassers lockte Noah; er stieg in die Wanne, als sie noch nicht einmal zur Hälfte gefüllt war.

Die Furcht saß ihm noch immer im Nacken, ein Kribbeln, das die Wirbelsäule entlangkroch, aber er zwang sich zur Ruhe. Verlangsamte seinen Atem. Schloss die Augen. Rief sich ins Bewusstsein, dass im Spiegel keine Anzeichen der dunklen Seuche zu sehen gewesen waren.

Ich bin sicher.

Erst als ein warmer Wasserschwall über sein rechtes Ohr lief, öffnete Noah die Augen und beobachtete seine rechte Hand, die mit routinierten Bewegungen das Wasser gegen die Gesetze der Physik in die Luft hob und über seinem Körper verteilte. Mehrere Wasserwirbel entstanden, die sich um ihn legten wie schützende Arme. Als er innehielt, versiegten die Ströme und klatschten laut zurück auf die Oberfläche, einige Tropfen landeten in seinen Wimpern.

Noah drehte den Wasserhahn ohne Magie ab und sank tiefer in das Wasser, den Blick auf die Feuerkugel über sich gerichtet. Ein pulsierender Lichtball, der aussah wie die Sonne und sich langsam drehte.

Als er von seinem Vater das erste Mal wissen wollte, wieso das Feuer niemals erlosch, lautete die Antwort: »Dafür bist du zu jung.«

»Dafür bist du zu unvorsichtig«, hieß es einige Jahre später.

»Ewig währende Elementarmagie wirst du niemals beherrschen«, war die letzte Abfuhr vor wenigen Monaten.

Noah setzte sich auf und betrachtete seine Hand. Er beherrschte das Wasser, fand den Zugang zum Vortex sogar mit schlampiger Fingerhaltung. Die Magie gehorchte ihm, war mittlerweile ein Teil von ihm. Er brauchte nicht einmal den Vortex. Noah fühlte tief in sich hinein. Obwohl er keinen Finger rührte, stiegen langsam einzelne Wassertropfen in die Luft und vereinten sich zu einem glänzenden Ball, einem nassen Abbild der Feuerkugel über ihm.

Regungslos saß Noah da, während die schillernde Blase immer größer wurde und er sich selbst bewies, dass er ein Meister seines Elements war. Schließlich wich die angenehme Wärme in ihm eisiger Kälte, und das Wassergebilde brach in sich zusammen.

Eine Weile starrte er auf die Wasseroberfläche, spürte der Kälte in seinem Herzen nach, dann hob er die rechte Hand. Dieses Mal legte er Daumen und Ringfinger sauber aneinander, streckte die anderen Finger kerzengerade durch. Die Magie floss aus dem Vortex direkt in ihn, sammelte sich in seiner Brust, setzte sich fest. Er sog etwas mehr Magie als bei seinem letzten Training, dann ließ er die Hand sinken und spürte zufrieden der neuen Hitze in seinem Inneren nach. Sie pulsierte, als würden zwei Herzen in seiner Brust schlagen.

Als Noah vor einem Jahr in einem alten Lehrbuch über diese Praktik gestolpert war, hatten Neugier und Aufregung ihn dazu gebracht, heimlich zu üben. Er wusste um die unzähligen Hexen, die einst in jungen Jahren zu weit gingen, zu viel Magie in sich speicherten und starben. Wenn er es übertrieb, würde die Kraft ihn zerreißen, aus seinem Herzen nach außen drängen und ihn platzen lassen wie eine überreife Frucht. Diese Art der Magie war nicht verboten, sie war schlicht und ergreifend in Vergessenheit geraten, und Noah sah sich nicht in der Pflicht, sie den restlichen Hexen in Erinnerung zu rufen. Zu viel Wissen war für die anderen gefährlich. Sie wussten nicht, wie sie damit umgehen mussten. Er hingegen entstammte einer mächtigen Familie und übte gewissenhaft.

Der Magiespeicher lag direkt neben dem Herzen, und es hatte drei Monate gedauert, bis er ihn überhaupt zum ersten Mal spürte. Nach weiteren zwei Monaten hatte er gelernt, die Magie nicht wie gewohnt aus dem Vortex direkt durch die Fingerspitzen in die Realität zu leiten, sondern sie einen Umweg über sein Herz und den Magiespeicher nehmen zu lassen. Nach dem ersten geglückten Versuch fühlte sich sein Brustkorb eine Woche lang an, als würde dort ein Drache wüten. Danach machte er rasant Fortschritte, und mittlerweile war es für ihn ein Leichtes, genügend Magie zu speichern, um einen einfachen Zauber ohne Zugang zum Vortex auszuüben. Zugegeben, es gab nicht viele Situationen, in denen er nicht auf ihn zugreifen konnte, aber darum ging es Noah nicht. Er war bereits abhängig von den Launen seines Vaters und der Politik des Rates, und jeder Zauber, den er ohne Vortex übte, fühlte sich nach ungewohnter Freiheit an.

Er wollte die Übung gerade wiederholen, als jemand von außen energisch an die Tür klopfte.

»Noah?« Es war die Stimme seiner Mutter. »Irgendwelche Erdhexen haben sich einen Spaß erlaubt und den Fluss komplett zugewuchert. Dein Vater will, dass du dich darum kümmerst.«

Noah presste die Lippen zusammen und knirschte mit den Zähnen. Sein Vater hielt ihn ständig auf Trab, wenn nötig mit Angelegenheiten, die deutlich unterhalb der Familienwürde lagen. Wie die Reinigung eines Flussbettes.

»Wäre eine Erdhexe nicht eher geeignet, die Pflanzen verschwinden zu lassen?«, antwortete er schließlich bemüht gelassen. »Ich trainiere gerade.«

»Dein Vater hat den Auftrag ausdrücklich dir zugewiesen«, entgegnete seine Mutter ungeduldig. »Willst du ihn blamieren, indem du ihn abweist? Trockne dich ab, zieh dich an und tu, was der Rat dir aufträgt. Ich warte unten auf dich.«

In einer fließenden Bewegung stieg Noah aus der Wanne. Eine Handbewegung später war er komplett trocken, die kleinen Tropfen flogen in das Badewasser. Mit einer weiteren Drehung des Handgelenks entstand ein kleiner Strudel, der den Stöpsel zog. Dann verschwand das Wasser gemeinsam mit Noahs Freiheit im Abfluss. Er schlüpfte in frische Kleidung, eilte den Gang entlang und die Stufen nach unten, der dicke Teppich dämpfte seine energischen Schritte.

Am Fuß der Treppe stand seine Mutter mit verschränkten Armen und sah ihn eindringlich an. Ihre rot gefärbten Haare waren kunstvoll toupiert und mit blumenförmigen Goldnadeln festgesteckt.

Noah ahnte, worauf sie wartete.

»Sie hat es nicht erzählt«, sagte er, drückte sich an ihr vorbei zur Garderobe und griff nach seinem Mantel. »Der Tod war schneller als ihre Vernunft.«

»Du weißt also nicht, worin sie verwickelt war.« Es war keine Frage, sondern eine Feststellung. Seine Mutter folgte ihm in den Flur. Dabei wehte ihr ihr Rosenparfum voraus wie ein Schwarm Mücken. »Vielleicht ist sie eine Mörderin. Oder irgendwo leidet ein Radan, den sie entführt hat. Vielleicht sogar ein Kind, das Hilfe braucht. Außerdem war sie die Frau von Sir Drummond. Was, wenn er ihre Macht nutzte, um befördert zu werden? Wenn sie sich für ihn opferte?«

Noah rollte mit den Augen. Seine Mutter war schon immer gut darin, dramatische Geschichten zu spinnen. Seit er sich erinnern konnte, war das ihr einziger Lebensinhalt. Dramatische Geschichten über Verbrecher, reiche Hexen, selbst über Freunde. Wenn in der Unterwelt etwas geschah, wusste Isobel schneller darüber Bescheid als irgendjemand sonst. Und nur zu gerne erzählte sie ihre aufgebauschten Versionen bei den unzähligen Abendessen, Cocktailpartys und Beschwörungen, zu denen sie als Frau eines Ratsmitglieds eingeladen wurde.

»Vielleicht gehörte sie den Caradain an und hat einen Konkurrenten aus dem Weg geräumt, und wir haben das nur nicht bemer…«

»Genug jetzt«, unterbrach er sie unwirsch. »Ich möchte nicht über die Caradain reden. Ihre wachsende Macht ist ein Gerücht, nicht mehr. Nur Narren glauben an so etwas. Es reicht, dass ich jeden Seuchenfall dazu befragen muss, nur weil der unvernünftige Teil des Rates mittlerweile nervös geworden ist.«

Er legte sich die Lederjacke über den Arm und griff nach einem Glas und einer Karaffe, die beide auf einem goldenen Servierwagen standen, dessen Metall bereits leicht angelaufen war. Als er den Blick hob, sah er in sein eigenes glückseliges Gesicht. Damals, als er sechs Jahre alt gewesen war und an eine große Zukunft geglaubt hatte, hatte ihn ein Maler in einem großen Ölgemälde festgehalten, das seither hier hing. Hinter ihm stand seine Mutter, eine Hand auf seine Schulter gelegt. Daneben sein Vater, das Kinn stolz in die Höhe gereckt, die Hände am Kragen seines Mantels. In den Farbklecksen, die seine dunkelblauen Augen darstellten, lag keine Liebe, was allerdings nicht die Schuld des Malers war. Er hatte Richard Stewart perfekt eingefangen.

Noah goss sich Wasser ein und drehte sich zu seiner Mutter um, die direkt hinter ihm stand. Sie war inzwischen zwanzig Jahre älter, die Zeit und Sorgen hatten sich tief in ihr Gesicht gegraben.

»So redest du nicht mit mir.« Sie kniff die ohnehin kleinen Augen zusammen und hob einen Finger. »Und vor allem nennst du die Mitglieder des Rates nicht Narren. Die Caradain bereiten dem Rat schon seit Generationen Kopfzerbrechen. Sie wollen unsere Geheimhaltung zerstören. Tun es sogar regelmäßig und bringen uns alle in Gefahr. Wenn dein Vater hört, wie herablassend du …«

Noah schaltete auf Durchzug, während sie ihre Schimpftirade fortsetzte.

»Jede Information, die Schattenleser aus den Befragten ziehen, ist von äußerster Wichtigkeit. Er wird enttäuscht sein.«

Die letzten Worte holten ihn in den Flur seiner Eltern zurück. Nicht einmal seine Mutter wusste, dass die ach so mächtige Magie der Schattenleser gelogen war.

»Ich habe alles versucht«, antwortete er. Kurz zog er in Erwägung, seiner Mutter von dem glaubwürdigen Flehen der Frau zu erzählen, aber sie würde ihn lediglich für verrückt erklären. Er griff nach der Türklinke. »Ich bin nicht in Stimmung für diese Diskussion und muss einen Fluss reinigen. Glaub mir, ich habe sie ausführlich befragt. Ob es einen ungelösten Fall mehr oder weniger gibt, ist für den Rat sowieso nicht von Belang. Er schlägt sich gerade mit ganz anderen Dingen herum. Die Caradain stehen sehr weit unten auf seiner Sorgenliste.«

Er zog die Tür hinter sich ins Schloss.

6
DIE FINSTERNIS DER VAULTS

In dem alten Gebäude direkt unterhalb der South Bridge roch es nach feuchten Steinen, und wie jedes Mal jagte Erin der Geruch aufs Neue einen wohligen Schauer über den Rücken. Gemeinsam mit den drei Touristen zwängte sie sich in einen kleinen Raum, auf dessen hölzernen Fensterbänken zentimeterdicker Staub lag. Die dreckverschmierten Scheiben ließen nur wenig von dem grauen Tageslicht durch, und die Holzdielen knarzten. Karen wollte es so.

Sie standen in einem ehemaligen Studentenzimmer, zumindest erzählte Erin das ihren Zuhörern, während Lena nahezu simultan übersetzte.

»Ganz egal, was der junge Pete tat – der Gestank ging nicht weg.« Auf Deutsch hörte sich ihre Geschichte noch grausamer an, fand Erin und sprach mit düsterer Stimme weiter: »Eines Tages kam ein Wasserinstallateur auf die rettende Idee: Er brach die Wand auf, um zu sehen, ob es dort irgendwo schimmelte. Schon beim ersten Schlag mit dem Vorschlaghammer wehte ihm und Pete Verwesungsgestank entgegen.« Erin rümpfte die Nase, als wäre der Geruch durch ihre Worte zurückgekehrt. »Herbeigerufene Bauarbeiter öffneten die Wand und fanden die Vaults.« Sie deutete auf einen roten Vorhang, der an einer goldenen Stange mit Ringen hing und hinter dem sich ein Loch verbarg. »Unterirdische Räume voller Leichen. Abgemagert, abgestochen, aufgerissen. Verrottet. Tausende Menschen lebend eingemauert. Kein Wunder, dass es hier in diesem Zimmer bestialisch stank. Woher die Leichen kamen? Nun …« Sie sah jedem einige Sekunden in die Augen. Daniel senkte sofort den Kopf. Erins Mundwinkel zuckte nach oben. »Die Keller unter der South Bridge erzählen von einer sehr düsteren Vergangenheit. Ursprünglich wurden sie gebaut, um für die Geschäfte auf der Brücke als Lagerräume zu dienen. Leider ist die Brücke nicht wasserdicht. Die Vorräte wurden nass und die Kammern als Lager für die Händler unbrauchbar. Schnell sprach sich herum, dass es hier unten freie Zimmer fern von den Blicken der Obrigkeit gab, und die Vaults wandelten sich zu einem Rotlichtviertel.« Erin machte eine kurze Kunstpause. »Den Rest erzähle ich euch, wenn wir in den Katakomben sind. Bleibt bitte eng beisammen, und fasst nichts an.« Sie griff nach dem roten Stoff, der von vielen Berührungen abgenutzt war. »Jeder Hautkontakt mit Blutflecken an den Wänden könnte ungebetene Gäste einladen.«

Lena drückte sich enger an ihren Freund, während Erin mit einer dramatischen Geste den Vorhang zur Seite zog. Die Ringe rasselten und klangen dabei wie klackernde Knochen.

Vor ihnen lag der schmale Eingang in die unterirdische Anlage. Neonleuchten warfen ein schwaches graugelbes Licht auf die Steine, das die Dunkelheit kaum vertreiben konnte. Mehrere pechschwarze Öffnungen zweigten zur Seite ab, und am Ende des Ganges führten ein paar Stufen nach unten. Dort flackerten auf der rechten Seite Kerzen, die Erin aufgestellt hatte, bevor sie zum Treffpunkt gegangen war. Sie verströmten zuverlässig ihr tanzendes Licht.

Vorsichtig traten Erin und ihre Gruppe ein. Andächtige Stille legte sich über sie, fast wie auf einem Friedhof, und als der Vorhang zurück an seinen Platz fiel und Erin in die Gesichter vor sich blickte, sah sie, dass nicht nur sie sich fühlte, als hätte sie eine andere Welt betreten.

Wann immer sie hierherkam – in den Vaults spielte die Tageszeit keine Rolle, die Realität blieb hinter dem roten Stoff zurück, als fürchtete sie sich vor den Gräueltaten, die hier einst verübt wurden. Erins Nackenhaare stellten sich auf. Sie liebte dieses Gefühl.

»Mit der Zeit avancierten die Vaults zum Herzstück der Unterwelt Edinburghs. Im wahrsten Sinne des Wortes. Immer mehr Gauner kamen. Doch bevor wir gleich weitergehen, ist es mir wichtig, ein Codewort festzulegen.«

»Ein Codewort?«, fragte Lena, während nun Simon für Daniel übersetzte. Als er bei »Codewort« angelangt war, hörte Erin Daniel lachend etwas von »*50 Shades of Grey*« sagen.

»Genau«, sagte Erin gespielt ernst, und Daniel verstummte. »Angst ist Teil der Tour. Solltet ihr jedoch eine Panikattacke oder gar eine andere Präsenz spüren, könnt ihr mit dem Codewort jederzeit die Tour abbrechen.«

»Tomate«, schlug Lena vor, und Simon schüttelte leise glucksend den Kopf. Ein Insider, den Erin nicht verstand.

»Tomate«, wiederholte sie trotzdem und nickte. »Klingt nach einem guten Codewort. Also, wenn ihr die Vaults verlassen wollt, sagt einfach Tomate. Bitte seid euch aber bewusst, dass ihr die Tour danach nicht fortsetzen könnt, und benutzt das Codewort nur im äußersten Notfall.«

Sie schob sich an den dreien vorbei und führte sie bis zu einem kleinen Altar am Anfang des Flurs. Dabei berichtete sie von einem Wicca-Zirkel, der seit Ende der 90er-Jahre die Tunnel von bösen Geistern reinigte. Sie deutete zwischen Gitterstäben hindurch in eine Kammer mit verschlungenen Kreidezeichnungen auf dem Boden. Dort brannten ebenfalls Kerzen, und verschiedene Halbedelsteine lagen scheinbar willkürlich herum.

»Der Zirkel kommt noch immer regelmäßig hierher, um seinen Zauber zu erneuern. Die Stadt lässt ihn gewähren.« Erin grinste, als wäre ein Wicca-Zirkel im Anbetracht der Geisterbedrohung absolut lächerlich. »Oh, apropos.« Sie deutete den Flur entlang zu den Treppenstufen am Ende. »Dort unten ist unser aktivster Vault-Bewohner, ein alter Soldat. Wir kennen seine Geschichte leider nicht, aber jeder zweite Besucher berichtet uns von einer Sichtung.« Sofort wanden die drei die Köpfe dem Treppenabsatz zu. Lena schrie leise auf und wich mit aufgerissenen Augen einen Schritt zurück.

»Er trägt seine alte Uniform und hat eine Messerwunde am Hals.«

Lena nickte heftig, und ihr Freund kniff die Augen zusammen. Daniel war etwas blass, zeigte sonst aber keine Regung.

»Keine Sorge. Er ist ein freundlicher Geist und bewegt sich nie. Anders als das Wesen im nächsten Raum«, sagte Erin und führte die drei in eine kleine Kammer, in der lediglich über der Tür eine fleckige Neonröhre hing. Zufrieden registrierte sie, dass sich Lena an die Hand ihres Freundes klammerte, als bestünde Gefahr, auf offenem Meer auseinandergetrieben zu werden.

»Teilweise hausten bis zu 20 Menschen in einem dieser Räume«, erklärte sie, als Daniel sich mit gerümpfter Nase umsah. »Viele, die hier lebten und arbeiteten, starben an Krankheiten, hervorgerufen durch die miserablen Hygienezustände. Aber die Vaults waren auch dafür bekannt, gesetzlos zu sein. Drogen, Vergewaltigungen, Morde. Leichen lagen oft wochenlang in den Ecken und verrotteten dort.«

Die Blicke der drei Deutschen wanderten in die hinteren Ecken, in die kaum Licht fiel. »Bei den vielen Morden ist es wenig verwunderlich, dass die Geister der Opfer die Welt nicht verließen«, fuhr Erin fort und erzählte dann die Geschichte einer Prostituierten, die von einem Verehrer umgebracht worden war, nachdem er ihren Beruf herausgefunden hatte. »Nun lebt sie hier als Geist und hasst vor allem untreue Männer.«

Keiner von ihnen sah den Geist der Frau, und Lena entspannte sich etwas. Erin schmückte die Geschichte noch mit Erlebnissen von früheren Touren aus, bei denen untreue Männer plötzlich stechende Schmerzen verspürt hatten und in Tränen ausgebrochen waren. Dann winkte sie die Gruppe weiter. Vergnügt stellte sie fest, dass Simon erstmals etwas ängstlich wirkte und sich immer wieder unbehaglich umsah. Sie beschloss, noch eins draufzusetzen.

»Gleich besuchen wir den gefährlichsten und sagenumwobensten Raum unserer Tour. Bitte achtet darauf, den Steinkreis in der Mitte nicht zu betreten. Das ist äußerst wichtig. Vor allem für jene, die etwas zu verbergen haben.«

Alle leisteten ihrer Anweisung Folge, wobei Simon sich am weitesten von dem Kreis fernhielt. Als sie sich um die großen Steinblöcke platziert hatten, beugte sich Erin vor und nahm sich viel Zeit, alle Einzelheiten zu beschreiben:

»In diesem Raum hielt der Zirkelmeister der Wicca ursprünglich seine Rituale ab, aber nichts gelang. Schließlich wurde ihm klar, dass das Böse, dass die Dämonen hier zu mächtig waren. Er wollte den Raum reinigen, doch dann ...« Sie machte eine dramatische Pause. »Während seiner Rituale sah er einen von ihnen mithilfe seines magischen Spiegels in dieser Ecke.« Erin deutete an eine Stelle neben der Tür, durch die sie eben gemeinsam gekommen waren. »Seinen Aufzeichnungen nach war jener Dämon ein schwarzes Tier mit großen Krallen, das an den Steinwänden hing, den Kopf grotesk verdreht. Als der Blick des Zirkelmeisters auf das Wesen fiel, zerbrach der Spiegel, und er verlor sein Augenlicht. Daraufhin war ihm klar, dass die Verbindung der Dämonen mit dieser Kammer zu stark und eine Austreibung unmöglich war, also bannte er sie mithilfe seines ganzen Zirkels in diesen Kreis. Ein Gefängnis aus Stein und Magie. Deshalb habe ich euch gesagt, dass ihr diesen Kreis nicht betreten sollt.« Sie deutete auf die Steine. »Zumindest nicht unwissentlich. Die Dämonen sind noch immer dort. Es gibt Berichte von Menschen, die, wenige Tage nachdem sie den Kreis betreten hatten, an einem Herzinfarkt gestorben sind«, schloss sie.

Mittlerweile war die Anspannung der Gruppe spürbar. Vor allem Daniel schien darunter zu leiden, dass er niemanden hatte, an den er sich festklammern konnte. Mit jedem Satz, den er mit Simon wechselte, wurde er lauter. Niemand von ihnen traute sich, den Kreis zu betreten.

»Kommen wir zum letzten Raum.« Erin ging voran und merkte zu ihrer Zufriedenheit, dass die drei immer näher bei ihr blieben, selbst Simon. Die Geschichten über Dämonen hatten sie also nervös gemacht.

Erin selbst hatte noch nie einen der angeblichen Vault-Bewohner gesehen. Ihre Augen ließen sich eben nicht von merkwürdigen Mustern auf Böden und widerhallenden Wänden täuschen, egal wie sehr sie es sich früher gewünscht hatte, doch der letzte Raum bereitete selbst ihr immer wieder eine Gänsehaut.

Er war etwas größer als die übrigen und zeichnete sich vor allem durch eine besondere Architektur in der Wand gegenüber der Tür aus. Dort war auf ganzer Länge unterhalb der Decke eine armlange Vertiefung. Und dahinter ließ sich, wenn man genau hinsah oder mit einer Taschenlampe hineinleuchtete, eine weitere gemauerte Wand erahnen.

Erin wartete, bis Daniel, der sich leise mit Simon unterhalten hatte, fertig war, und begann dann ihre letzte Geschichte für die Tour. Sie handelte von einer Frau, die in den Katakomben ihre Kinder getötet hatte, sobald diese auf der Welt waren, damit sie nicht ihr elendiges Leben teilen mussten. Ihr Geist ließ sich selten blicken, erklärte Erin, dafür waren seine Besuche dann aber umso gefährlicher.

»Einmal war eine Mutter mit ihrer kleinen Tochter in der Besuchergruppe. Plötzlich ging das Licht aus. Totale Finsternis. Als das Licht wieder anging, stand das Mädchen in der Ecke dort hinten.« Erin deutete in die linke hintere Ecke des Raumes. »Die Frau schwor allerdings, dass sie die Hand des Kindes nie losgelassen habe. Die ganze Zeit war sie der festen Überzeugung gewesen, ihr Kind hätte ihr beruhigend über die Finger gestreichelt. Das Mädchen hingegen berichtete, seine Mutter hätte es weggeführt und ihm ins Ohr geflüstert, es solle leise sein, damit der Geist es nicht finden könne. Niemand verstand, was passiert war.«

Während sie den auswendig gelernten Text von sich gab, spürte sie weder die Veränderung in der Luft, noch merkte sie, wie die Temperatur langsam sank, während sich gleichzeitig der Geruch nach Feuer ausbreitete. Rauch, Schweiß, Angst. Ihr wurde erst klar, dass sie sich in Schwierigkeiten befand, als der Schrei ertönte. Es war ein tiefer Laut, mehr ein Brüllen als ein panischer Ruf, der in einer zu hohen Frequenz aus dem Kehlkopf drang und dann im Hals erstickte. Ein tiefes Brummen, das Erins Brustkorb vibrieren ließ, als wäre die Erde ein gigantischer Bassverstärker.

»Was war das?«, fragte Simon gespielt verängstigt und zog Lena an sich. Er hielt es für einen Teil der Führung. Für den Höhepunkt der Show.

»Ich weiß es nicht«, stammelte Erin. Ihre Stimme kratzte, und sie sah sich hektisch um.

In Lenas aufgerissenen Augen spiegelte sich das schwache Licht der Leuchten. Dann war mit einem Schlag alles dunkel.

Jemand schrie. Eine Frau. Wahrscheinlich Lena. Zumindest hoffte Erin, dass die junge Deutsche kreischte, wobei sie nicht ausschloss, dass der schrille Laut aus ihrer eigenen Kehle stammte.

»Mach das Licht wieder an!«, forderte Lena mit tränenerstickter Stimme. »Tomate! Tomate!«

»Ich war das nicht«, rief Erin.

»TOMATE!« Die letzte Silbe überschlug sich.

»Mach keinen Scheiß, Erin«, schaltete sich Simon ein. »Das ist nicht mehr witzig.«

Erin wollte gerade antworten, da flackerten die Neonröhren und gingen wieder an. Ihr graugelbes Licht malte tiefe Schatten an die Steinwände. Der Geruch nach Feuer war übermächtig, doch Erin sah keine Flammen und spürte keine Hitze, ganz im Gegenteil: Kälte kroch unter ihre Kleidung und ließ sie frösteln. Sie hatte das Gefühl, als würde sie jemand beobachten. Doch es waren nur sie und die drei jungen Deutschen in dem Raum.

»Die Führung ist beendet«, sagte sie und trieb die Gruppe den Gang entlang nach draußen. Daniel stellte unentwegt Fragen, die sie aufgrund der Sprachbarriere nicht verstand. Weder Lena noch Simon machten sich die Mühe, zu übersetzen. Simon redete beruhigend auf seine zitternde Freundin ein.

Als sie schließlich ins graue Tageslicht hinaustraten, drehte er sich zu Erin um.

»Ich werde euch nicht weiterempfehlen«, sagte er. Dann nahm er Lena an der Hand und stapfte durch den dichten Regen davon, ohne seine Kapuze aufzusetzen. Daniel sagte irgendetwas über Videos, bevor er ebenfalls verschwand.

Erin blieb zurück, während die Tropfen stetig auf sie einprasselten. Sie hatte ihren Regenschirm in den Vaults vergessen, und auch die Kerzen brannten noch immer, aber sie wollte nicht zurück. Dort unten gab es nichts als feuchten Stein, und die Kerzen standen sicher in Schalen, außerdem musste sie Karen schnellstmöglich von dem Stromausfall erzählen. Bevor sie sich in Bewegung setzte, warf sie einen Blick über ihre Schulter und fröstelte erneut. Irgendwie wurde sie das Gefühl nicht los, verfolgt zu werden.

Es war das erste Mal, seit sie als Geistertourführerin arbeitete, dass sie sich fürchtete.

7
ERINNERUNGEN

Ihre Finger glitten über die Phiolen, die in dem kleinen Holzschrank neben ihrem Bett aufgereiht waren. Kräuter, Flüssigkeiten, Knochenstücke. Farbenfrohe Pilze, schillernde Insekten und zerriebene Hautschuppen. Das Glas fühlte sich kühl auf ihrer Haut an.

Lu kniff die Augen zusammen und starrte auf ihre Sammlung.

»Das wäre …« Umsichtig zog sie eine kleine Flasche gemahlener Spinneneier hervor. »… eine Möglichkeit.«

Sie griff nach dem kleinen ledernen Buch, das auf ihrem Bett lag, und blätterte darin herum, die Phiole mit der anderen Hand umklammernd. Die Seiten waren mit winzigen Buchstaben bedruckt, Überschriften oder Bilder gab es keine. Wenn ihre Großmeisterin herausfand, was sie hier trieb, würde sie Lu als Schülerin verstoßen. Eine Hexe, die einmal in Ungnade gefallen war, konnte selbst nicht mehr zur Großmeisterin aufsteigen, geschweige denn einen respektablen Beruf ergreifen. Die meisten von ihnen landeten für immer in der Welt der Radain.

Schnell schüttelte Lu den Gedanken ab.

»Aha!« Ein triumphierendes Grinsen breitete sich auf ihrem Gesicht aus, und sie fuhr mit dem Zeigefinger über einen Absatz. »Spinnen erscheinen in manchen Legenden als Weberinnen des Schicksals.«

Mit einer kräftigen Bewegung streckte sie die Faust nach oben und jubelte. Dann stand sie auf und trat zu dem kleinen Kessel, der auf dem Boden unter ihrem Fenster stand. Die schwarze Lackierung blätterte an mehreren Stellen ab, sodass das silberne Metall darunter zum Vorschein kam. Es roch nach Rauch, Kräutern und verbrannter Haut, aber das war für Lu nichts Neues.

Mit geübten Bewegungen füllte sie eine geringe Menge der gemahlenen Spinneneier in den Kessel. Dann blätterte sie in ihrem Buch zur Übersichtsseite der Kräuter. Ihr Blick flog über die Zeilen, bis er schließlich an Tonkabohnen hängen blieb. Sie stand auf und ging zu einem Regalbrett an der Wand, auf dem Schatullen aufgereiht waren. Zielsicher griff sie nach einer kleinen Holzkiste mit Perlmuttverzierungen, aus der sie die Tonkabohnen nahm.

Sie holte einen Mörser und zerstieß drei der schwarzbraunen Bohnen mit ihrem bronzenen Stößel. Sobald die Schalen aufplatzten, kam ihr helles Inneres zum Vorschein, und ihr unverkennbares Vanillearoma stieg Lu in die Nase. Als sie mit der Konsistenz zufrieden war, gab sie das Pulver in den Kessel und achtete dabei darauf, kein einziges Korn zu vergessen.

»Esche«, flüsterte sie und erhob sich erneut. Die Schatulle, die sie nun vom Regalbrett nahm, war unscheinbar und abgenutzt, das Holz von unzähligen Berührungen rundgeschliffen. Lu öffnete den goldenen Verschluss und holte ein kleines Stück Baumrinde hervor. Als auch dieses in den Kessel gewandert war, schloss sie die Augen und atmete tief durch.

Vier Sekunden ein. Sieben halten. Ausatmen. Acht Sekunden halten. Wiederholen.

Sie spürte, wie ihr Puls sich beruhigte. Ihre Gedanken kreisten unkontrolliert um Nichtigkeiten. Den ungewaschenen Wäscheberg in einer Zimmerecke. Den leeren Kühlschrank. Die bevorstehende Prüfung vor ihrer Großmeisterin.

Ganz langsam rückten sie alle in den Hintergrund. Als die Stille sich von ihrer Lunge in ihren Kopf ausgebreitet hatte, hob sie ihre rechte Hand, Daumen und Ringfinger aneinandergelegt. Der nächste Atemzug hielt noch immer Schwärze bereit. Wie Öl glitt sie über ihre Sinne und weigerte sich, Lus Drängen nachzugeben, die Dunkelheit hinter ihren Augenlidern blieb undurchdringlich.

So nah.

Aufregung breitete sich in ihr aus, aber sie zwang sich weiterhin zur Ruhe. Ein unachtsamer Gedanke würde alles aus dem Gleichgewicht bringen. Stille. Schwärze.

Als sie erneut einatmete, spürte sie ein Summen, das ihren ganzen Körper vibrieren ließ, als wäre er eine Stimmgabel. Vor ihrem inneren Auge leuchtete plötzlich ein helles Blau. Warmes Türkis. Purpur. Herbstrot. Gelb.

Die Welt war ein Kaleidoskop. Dann sah sie es: das erdige Braun, das auf ihr Rufen reagierte. Es schlängelte sich Lu entgegen und überdeckte die anderen Farben. Sein Ruf wurde laut, sein angenehmes Summen übermächtig.

Licht. Erleichterung. Wärme, die von ihren Fingerspitzen den Arm hinauftanzte wie Feuerfunken.

Bevor der Vortex sie hinabriss und sie sich selbst in dem Wirbel aus Magie verlor, öffnete Lu die Augen und griff mit der freien Hand nach dem Streichholz, das bereitlag. Als die Flamme aufbrannte, kehrte die Erinnerung an ihren letzten verpatzten Trank vor ein paar Stunden zurück, und das Summen verstummte. Lu stieß einen Fluch aus und warf das Streichholz in den Mörser, wo es langsam verglomm.

Rauchwirbel tanzten durch die Luft. Sie hatte die Verbindung zum Vortex verloren.

Der Vanilleduft der Tonkabohnen stieg ihr in die Nase, und sie sah auf das weiße Pulver im Kessel. Es geschah in letzter Zeit zu häufig, dass sie die Konzentration und damit auch die Verbindung verlor, bevor sie auch nur die Zutaten entzündete.

Frustriert presste sie sich die Handballen gegen die Augen.

»Verfluchte Ausbildung«, stieß sie aus, und am liebsten hätte sie den Kessel umgestoßen. Stattdessen schlug sie mit der Faust auf den Boden.

Zwei Jahre.

Zwei verfluchte Jahre.

Lu war einundzwanzig und damit fast am Ende ihrer Ausbildung angelangt, sie musste nur noch zwei Jahre voller Prüfungen überstehen. Die ersten fünf Lebensjahre im Leben einer Hexe waren leicht und unbeschwert. Zwischen dem sechsten und achten Jahr zeigte sich, welcher Teil des Vortexes auf sie reagierte.

Schon kurz nach Lus sechstem Geburtstag wussten alle, dass sie zum Gebräuzirkel gehörte. Zunächst erfüllte es Lu mit Stolz, dass sie schon so jung zur Schule durfte und dort alles über Konzentration und die verschiedenen Begabungen aller Hexenzirkel lernte. Sie kannte bald unzählige Atemübungen und Meditationstechniken, aber wurde nie gut darin, ihren Geist zu leeren. Tief in den Bauch atmen, die Luft durch die Nase ein- und den Mund ausströmen lassen. Körperlich bekam sie das schnell hin, aber ihr Geist brauchte deutlich länger, um sich der Entspannung hinzugeben.

Ihr Interesse an den anderen Zirkeln war unvergleichlich größer, und sie lernte schnell, wie wichtig die Runenhexen waren, wie vielfältig ihr Aufgabenbereich. Mit den richtigen Runen konnten ganze Welten geschaffen werden, zumindest früher, heute war dieses Wissen verloren. Und Lu erfuhr von den Einsatzgebieten der Elementhexen, von den Möglichkeiten des Kräuterzirkels und von der Unzuverlässigkeit des Tarotlegens.

Es folgte Unterricht in Politik, sie lernte die Geschichte der acht Hexenzirkel und des Rates, der über die Unterwelt wachte, die Ausbildungen der neuen Hexen kontrollierte, den Markt regelte und für Sicherheit sorgte. Dank des Rates war die Unterwelt sicher, und die Radain ahnten nichts von der Welt, die unter ihren Füßen lag.

Erinnerungen drängten nach oben. Lachen. Zahlreiche frische Kräuter, die von der Decke hingen. Der Geruch nach Ingwer. Ein goldener Kessel. Die Sicherheit, mit einer Handbewegung die Macht des Vortexes zu spüren.

In der Unterwelt, die direkt unter Edinburgh lag und in der Lu bis vor einem Monat gelebt hatte, war der Schleier, der den Vortex von der Realität trennte, zerrissen von all den Hexen, die nach der Magie griffen. Als wäre der Stoff des Universums dort zu zerschunden, um sich jemals zu erholen, was das Durchdringen viel leichter machte. Oft wurde der Schleier mit einem zerschlissenen Vorhang verglichen; an manchen Stellen konnte man leichter hindurchsehen als an anderen. Bis heute hatte Lu Probleme, die Komplexität des Vortexes zu begreifen. Sie verstand nicht genau, ob er eine Parallelwelt war oder die Magie sie so dauerhaft und unsichtbar umgab wie Luft. Alles, was für sie zählte, war die Tatsache, dass der Zugang zum Vortex an Orten leichter war, an denen oft Magie geübt wurde. Wie in ihrer Heimat.

Die Unterwelt, das komplexe unterirdische und magisch geschützte Tunnellabyrinth unter der Stadt, war voller Magie. Es gab Höhlen, in denen Urwälder wuchsen und magische Sonnen an einem strahlend blauen Himmel schienen. Küstengesäumte Gänge, in denen Wasser und Magie einen unerreichbaren Horizont erschufen. Obwohl die Unterwelt unter der Erde lag, war sie größer und prächtiger als die Welt der Radain. Uralte und längst vergessene Magie ermöglichte alles, was ein Hexenverstand sich ausmalen konnte. Nur eines war verloren: die Methoden, wie neue Höhlen mit magischen Himmelszelten geschaffen werden können. Der Rat forschte seit Jahren vergeblich nach diesem Zauber. Als ob das, was die Unterwelt bot, nicht genug war.

Sehnsucht griff nach ihrem Herzen, und Lu konzentrierte sich krampfhaft auf den Kessel vor ihr.

Dreiundzwanzig Monate.

Nur noch dreiundzwanzig Monate, dann durfte sie wieder nach Hause.

Die zusammengeschütteten Zutaten schienen sie zu verhöhnen. Ohne den magischen Funken waren sie nichts weiter als merkwürdiges Pulver, Pflanzenreste und Spinneneier. Sie schloss die Augen und zählte erneut. Vier Sekunden ein. Sieben halten. Ausatmen. Acht Sekunden halten. Wiederholen.

Doch ihre Gedanken wanderten erneut. Diesmal zu ihren Klassenkameraden. Sie erinnerte sich an das erste Mal, als sie »Panscherin« genannt worden war. Ein Mithexenschüler hatte eine Blume aus der Erde wachsen lassen. Mit offenem Mund hatte Lu beobachtet, wie sich die Blätter entrollten und die zarten blauen Blüten öffneten.

»Starrst wohl gerne?« Selbstzufrieden grinste er sie an, seine Zahnlücke brannte sich in ihr Gedächtnis, als aus ihr dieses gehässige Wort fiel: »Typisch Panscherin.«

Sie wusste nicht, was es bedeutete, und als sie ihre Eltern am Abend danach fragte, schickte ihr Vater sie wütend auf ihr Zimmer. Sie waren ebenfalls Panscher und wahnsinnig stolz auf ihren Zirkel. Für Lu war dies der Tag, an dem die Zweifel begannen. Und sie wuchsen während ihrer gesamten Schulzeit weiter.

Während sie in stickigen Kammern saß und Insekten zerstieß, ließen ihre Klassenkameraden Pflanzen wachsen, formten Feuerbälle und kleine Wirbelstürme. Eine ihrer Klassenkameradinnen, Jessica, war eine Runenhexe und gehörte damit zum exklusivsten und mächtigsten Zirkel der Unterwelt. Sie bekam Einzelunterricht und trug eine Aura des Wissens und der Zufriedenheit mit sich, um die Lu sie beneidete. Sie war zudem die einzige Nicht-Gebräuhexe, die nett zu ihr war.

Eines Tages, Lu war gerade einmal zehn, unternahmen sie einen Klassenausflug zu einer Waldlichtung in einer Höhle nahe ihrer Schule. Die Bäume waren so hoch, dass Lu ihre Wipfel nicht sehen konnte, ein reißender Fluss trieb Äste und herabgefallene Blätter an ihnen vorbei. Großmeister Finn, der sie an diesem Tag betreute, teilte sie in kleine Gruppen auf. Mit seiner tiefen Stimme und dem breiten Kreuz erinnerte er Lu stets an einen Bären. Die Gruppen sollten durchmischt werden, damit sie einander ihre Kräfte zeigen und über ihren Zugang zum Vortex sprechen konnten.

»Es ist wichtig, dass ihr lernt, die anderen Zirkel zu verstehen. Unsere Kräfte haben denselben Ursprung. Der Vortex ist eine Quelle der Macht, und ihr müsst all seine Facetten kennen.«

Die Aufteilung gestaltete sich schwierig, denn während es genügend Kräuter- und Gebräuhexen und Tarotleger gab, waren die anderen Begabungen deutlich seltener. Lus Gruppe bestand neben ihr aus einer weiteren Kräuterhexe, einer Tarotlegerin sowie einem Windhexer, einer Wasserhexe und Jessica. Die andere Kräuterhexe, Melissa, stellte sich direkt neben Lu und grinste sie aufmunternd an. Sie trug eine kleine Bauchtasche, aus der ein seltsam süßer Duft nach oben stieg. In ihren roten Haaren trug sie eingeflochtene Gänseblümchen, ihr Kleid bestand aus grob gewebtem Wollstoff.

Lu ignorierte sie.

Die Gruppe suchte sich einen Platz in der Nähe des Flusses aus. Jonas, der Windhexer, ließ sich theatralisch ins Gras sinken.

»Ich verstehe nicht, wozu diese Übung gut sein soll«, murmelte er. »Mir ist doch egal, wie ihr eure kleinen Tränke zusammenbraut.« Er warf einen abfälligen Blick auf die Tarotlegerin, die einen Kartenstapel durch ihre zarten Finger tanzen ließ. »Ganz zu schweigen von diesem Kartenmischen. Das ist doch keine richtige Magie.«

Alle wandten den Kopf zu Großmeister Finn, der ebenfalls ein Tarotleger war, aber er war gerade damit beschäftigt, eine Feuerhexe zurechtzuweisen, die einen der alten Bäume anzünden wollte.

»Jeder Zirkel ist wichtig«, erwiderte Jessica ungerührt. Sie war hochgewachsen, blond und erinnerte Lu an die Feen aus alten Sagen. Ihr zierlicher Körper steckte in einem bodenlangen weißen Kleid mit Blumenmuster. Lu konnte kaum glauben, dass die Runenhexe nur zwei Jahre älter war als sie. »Der Strudel des Vortexes ist ein empfindliches Gleichgewicht. Ein Gemälde, bei dem jeder Pinselstrich Perfektion bedeutet.« Sie machte kurz eine bedeutungsvolle Pause. »Wir sind die Pinselstriche, Jonas.«

Melissa kicherte, aber Jessica verzog keine Miene, stattdessen starrte sie gedankenverloren in den Fluss. Jonas wagte nicht, ihr zu widersprechen. Als Mitglied des Runenzirkels genoss Jessica das höchste Ansehen von ihnen. Sie war etwas Besonderes, hatte Zugriff auf einen Teil des Vortexes, der nur einer von hundert Hexen gewährt wurde.

Innerlich stimmte Lu ein altes Kinderlied an, das ihnen von Anfang an beibrachte, wie sich die Kräfte des Vortexes verteilten.

»Der Vortex ist in acht Farben geteilt
Und so wird die Magie unter hundert Hexen verteilt:
Neunzehn von ihnen brauen gerne.
Dreißig schauen mit Karten in die Ferne.
Dreißig gehen bei den Kräutern in die Lehre.
Die nächsten zwanzig teilen sich die Elemente streng.
Pass gut auf, jetzt wird es eng:
Fünf tanzen mit dem Winde.
Fünf spielen mit dem Feuer,
Fünf ist nichts als Erde geheuer.
Fünf hören des Wassers Ruf nach Abenteuer.
Doch nur einer ist die Macht der Runen gewiss,
weil diese Magie die gefährlichste von allen ist.«

Als Gebräuhexe gehörte sie weder zu einer großen Mehrheit, noch war sie elitär genug, um einem Elementzirkel anzugehören. Sie war einfach irgendwo mittendrin, mit einer Kraft, die weder völlig nutzlos noch äußerst nützlich war.

Jonas holte sie mit einer ausladenden Geste in die Gegenwart zurück. Er zeigte die typische Handhaltung, Daumen und Ringfinger aneinandergelegt, mit der sich der Vortex öffnen ließ. Die drei nach oben gestreckten Finger gaben der Energie Raum, ungehindert abzufließen, während der Kreis aus Daumen und Ringfinger sie verstärkte. In ihrer ersten Woche in der Schule hatte Lu auch alle anderen Handhaltungen üben dürfen, aber keine andere zeigte Wirkung, der Vortex ließ sich von ihnen ausschließlich mit dieser Geste rufen.

Als Jonas seinen Arm nach oben riss, erhob sich eine heftige Windböe. Lu schrie auf, Melissa drückte ihr Kleid nach unten, und Jessica landete in hohem Bogen im reißenden Fluss. In einem Moment noch sah Lu ihren Kopf über der Wasseroberfläche, dann war sie verschwunden. Alle waren wie erstarrt. Lu schwörte im Nachhinein, dass sogar die Insekten den Atem angehalten hätten.

Was als Nächstes geschah, war Lu in Erinnerung geblieben.

Sina, eine Wasserhexe, deren Namen Lu niemals vergessen würde, stürmte an ihnen vorbei. Sie hob die Hand, und das Wasser im Flussbett hielt inne. Für einen kurzen Moment geschah nichts, dann tauchte Jessicas Kopf auf. Sina zitterte, Tränen standen in ihren Augen.

Lu kannte diesen Ausdruck, wusste, dass Sina gerade zu viel Magie durch ihren Körper zwängte, um diesen Kraftakt zu bewerkstelligen. Mit gerade einmal elf Jahren sollte sie dazu nicht in der Lage sein, aber Panik trieb sie an. Gerade als Jessica sich ans sichere Ufer schleppte, brach Sina zusammen. Der Fluss nahm seine Geschwindigkeit wieder auf und klang wie ein wütendes Tier, das man zu lange an die Leine genommen hatte.

Großmeister Finn lief zu dem leblosen Körper am Boden. Der Unterricht war beendet.

Es war das letzte Mal, dass Großmeister Finn ihre Klasse unterrichtet hatte. Sina kam nach einigen Wochen im Krankenhaus zurück in den Unterricht, aber das Wasser wollte ihr nicht mehr so richtig gehorchen. Sie konnte kleine Kugeln formen, aber mehr nicht. Der Zugang zum Vortex war wie ein Muskel, der trainiert werden musste, und mit dem Gewaltakt für Jessicas Rettung hatte Sina ihn so sehr strapaziert, dass nicht klar war, ob sie sich jemals davon erholen würde. Jonas verschwand für einige Wochen und kehrte dann zurück, als wäre nie etwas geschehen, und Jessica hielt sich seitdem vom Wasser fern.

Lu atmete langsam aus und öffnete die Augen. Vor ihr stand noch immer der Kessel mit den Zutaten, kleine Staubkörner tanzten durch die Luft. Frustriert ließ sie sich auf den Rücken fallen und starrte an die Decke. Es war sinnlos, heute würde sie keinen Zugang zum Vortex mehr bekommen. Sie beschloss, sich den Rest des Tages freizunehmen.

8
EIN SELTSAMES TREFFEN

Ich habe ehrlich keine Ahnung, was passiert ist!«

Erin verschränkte hilflos die Hände und zog die Schultern nach oben, ihre Haare klebten ihr regennass im Nacken. Ihre Finger fanden ihr Handgelenk und fuhren wie von selbst über ihren eintätowierten Schriftzug. Magic.

»Du schuldest mir eine honorarfreie Tour«, wiederholte Karen und strich sich den Pony aus dem Gesicht. Ihre eisgrauen Augen bohrten sich in Erins Innerstes.

Draußen war es mittlerweile fast dunkel geworden, die dicke Wolkendecke verschluckte das Dämmerlicht. An der Decke des Büros hing eine nackte Glühbirne und verströmte unangenehm gelbes Licht.

»Ach, komm schon«, widersprach Erin. »Ich kann doch auch nichts …«

»Was ist denn los?« Die Stimme, die ihr Gespräch unterbrach, ließ Erin zusammenzucken. Sie drehte sich um und spürte, wie ihr Gesicht rot anlief, als sie Leo erkannte. So schreckhaft kannte sie sich gar nicht.

Leo hatte seine Hände in dem schwarzen Mantel mit der Kapuze vergraben und die tiefschwarzen Haare unter dem vom Regen durchweichten Stoff versteckt.

»Gut, dass du endlich da bist, Leo. Erin hat die Tour heute versaut. Die Leute wollen ihr Geld zurück.«

»Es war nicht meine …«, begann Erin, sich erneut zu rechtfertigen, aber Karen brachte sie mit einer Handbewegung zum Schweigen.

»Ich bin dein Boss, und ich will nicht weiter diskutieren. Entweder machst du die nächste Tour honorarfrei, oder du bist gefeuert.

Da Leo morgen dein Partner ist, habe ich ihn über den Vorfall informiert und gebeten, den heutigen Abend zu nutzen, um mit dir noch einmal die Geschichten für morgen durchzugehen. Du kannst dir keinen weiteren Fehler erlauben. Keine Abwandlungen der Storys. Keine flackernden Lichter.«

»Ich war nicht für den Stromausfall verantwortlich!«

»Danke, dass du mich angerufen hast, Karen«, schaltete Leo sich ein.

»Kein Thema, immerhin war das so abgemacht. Und, Erin, es ist mir egal, was da mit dem Stromausfall passiert ist. Mir geht es um deine ausgedachten Geschichten, die du auftischst. Leo ist hier, um die Grundlagen noch einmal mit dir durchzugehen.«

Erins Gesicht wurde noch röter. Vor allem, da sie diesmal gar keine eigenen Geschichten erzählt, sondern nur die Bestehenden ein klein wenig abgewandelt hatte. Ihre Finger begannen zu zittern, ihre Augen brannten. Sie war wütend und traurig und enttäuscht von sich selbst. Am liebsten wäre sie nach draußen gestürmt und hätte Karen und ihre Geistertouren hinter sich gelassen, aber sie liebte den Job. Und sie wollte noch nicht weiterstudieren – vielleicht würde sie sogar ganz aufhören. Außerdem brauchte sie das Geld, um ihre Mutter zu entlasten.

»Verstehe«, sagte sie schließlich.

»Dann mal los«, sagte Karen und griff nach ihrem Buch. Gespräch beendet.

Erin kniff die Lippen zusammen, nickte Leo kurz zu und verließ den Laden. Sobald sie auf die Straße trat, prasselte der Regen erneut auf sie ein, und ein kalter Wind fuhr ihr unter die Lederjacke.

Plötzlich spürte sie warmen Stoff um ihre Schultern. Sie drehte sich überrascht um und stand Leo gegenüber, der ihr seinen schwarzen Mantel mit der Kapuze übergezogen hatte. Nun drosch das Wetter auf ihn ein, Tropfen rannen über sein Gesicht, aber er sah sie nur unverwandt an, die Mundwinkel leicht nach oben gezogen.

»Ich lade dich für die Besprechung auf einen Kaffee ein«, sagte er und wandte sich nach links.

Überrumpelt starrte sie ihm nach, der herbe Geruch seines Mantels stieg ihr in die Nase, und die Wärme legte sich wohltuend um ihre kalten Ohren. Die Pfützen auf dem regennassen Asphalt spiegelten den dunklen Wolkenhimmel, während Leo unbeirrt weiterlief.

Schließlich stieß Erin einen leisen Fluch aus und eilte ihm hinterher.

Das Café, in das er sie führte, roch nach nasser Kleidung und süßem Gebäck. Die Menschen, die vor dem Regenschauer hier Schutz suchten, drängten sich an den runden Stehtischen zusammen, wo sie an dampfenden Tassen nippten. Im hinteren Bereich des Raumes waren alte Sitzmöbel und verschiedene Holztische wild zusammengewürfelt, darüber Hängelampen mit orangefarbenen Glühbirnen. Eine kleine Tafel hing an der Wand hinter dem Tresen.

Wer braucht schon Handys? Tun wir einfach so, als wäre 1996, stand darauf, fein säuberlich mit weißer Kreide geschrieben. Erin war erstaunt, wie viele Gäste sich an diesen Vorschlag hielten. Das hatte allerdings auch zur Folge, dass es hier viel lauter war als in den Cafés, in denen sie sich normalerweise aufhielt.

Keine Studenten, die grummelnd auf Laptoptastaturen einklopften. Keine Paare, die schweigend Kuchen aßen und dabei beobachteten, wie die zuvor geposteten Fotos Instagram-Likes abstaubten. Keine Singles, die auf der Suche nach einem Date über ihr Handy wischten. Die Leute hier unterhielten sich miteinander. Als wäre es 1996.

Leo steuerte auf einen grünen Kordsessel zu, vor dem ein niedriger Tisch stand, und setzte sich auf den sehr wackelig aussehenden Holzstuhl gegenüber. Kurz darauf ließ Erin sich in den Sessel fallen und faltete die Hände in ihrem Schoß. Sie wollte sich nicht anlehnen oder es sich zu gemütlich machen, sondern die Lektion schnellstmöglich hinter sich bringen.

Eine junge Kellnerin mit feuerrotem, zurückgebundenem Haar

kam auf sie zu und drückte ihnen kommentarlos Getränkekarten in die Hand, deren Ränder sich bereits auflösten.

»Nett hier«, kommentierte Erin und ließ den Blick über das unspektakuläre Angebot schweifen. Sie entschied sich für einen Cappuccino, legte die Karte auf den Tisch und bemerkte, dass Leo sie aufmerksam musterte. Schnell drehte sie den Kopf zur Seite und studierte die alten Landschaftsbilder, die in schweren goldenen Rahmen an der Wand hingen. Die Stille zwischen ihnen hielt an, bis sie ihre Getränke bestellt hatten. Dann rutschte Leo ein Stück nach vorne, stützte die Ellbogen auf die Knie und bettete den Kopf in seine Hände.

»Also«, begann er. »Erzähl mir alles.«

Erin griff nach ihrer Tasse und nippte vorsichtig daran. Der Geruch von Kaffeebohnen stieg ihr in die Nase, und der Dampf wärmte ihr Gesicht. Sie zog den Mantel, den Leo ihr umgehängt hatte, von den Schultern und legte ihn auf den Tisch. Er war komplett durchweicht.

»Sollten wir nicht lieber die Geschichten durchgehen?« Hier, in diesem abgewetzten Sessel, mit dem Lachen der anderen Gäste im Ohr, kam ihr das Erlebnis in den Vaults und ihre Angst auf einmal unsagbar lächerlich vor. Sie war schon so lange als Guide tätig und hatte sich weder auf Friedhöfen noch in den Vaults jemals gefürchtet. Was auch immer dort unten heute geschehen war – es musste eine logische Erklärung dafür geben.

»Du bist gut in deinem Job. Ich habe dich schon oft erlebt. Ganz egal, was Karen sagt, wir werden doch jetzt keinen Anfängerkram besprechen.« Leo trank ebenfalls einen Schluck aus seiner Tasse. Kurz lehnte er sich auf dem wackeligen Holzstuhl zurück, dabei schwappte etwas von dem Getränk über seine Hand. Er fluchte, stellte die Tasse ab und beugte sich wieder nach vorne. »Wollen wir nicht lieber darüber reden, was genau passiert ist?«

»Warum interessiert dich das?«

Bei vielen Menschen hätte diese Frage schnippisch geklungen, doch ihre Stimme war leise und unsicher. Sie fragte sich, weshalb

Leo mit ihr sprach. Leo, der nie bei gemeinschaftlichen Abendessen oder Pubbesuchen dabei war. Leo, der keinen Hehl daraus machte, dass er sich herzlich wenig für andere Menschen interessierte. Leo, der die Touren am liebsten alleine veranstalten würde, wenn Karen nicht wäre.

»Ich …«, setzte er an. Erin trank einen Schluck und fixierte dabei seine dunklen Augen. Er hielt den Blickkontakt, aber seine Stimme brach. »Es interessiert mich einfach. Wirklich. Immerhin arbeite ich mit dir und sollte auf alles vorbereitet sein, oder?«

Sie zögerte, aber sein bohrender Blick und die Stille zwischen ihnen zwang die Silben aus ihrem Mund.

»Also«, begann sie. »Heute in den Vaults …« Sie suchte nach Worten, wusste nicht, wie sie das beschreiben sollte, was sie gefühlt hatte. Gab es überhaupt einen richtigen Ausdruck für die Angst, die sich in ihren Eingeweiden eingenistet hatte? Für die Panik, die sich langsam in ihr ausbreitete, je länger sie über das nachdachte, was geschehen war? Die absolute Dunkelheit, die sie sah, wenn sie die Augenlider schloss? Ihre Hände zitterten. Sie holte tief Luft.

»Ich hatte zum ersten Mal wirklich Angst«, erklärte sie. »Seit zwei Jahren führe ich Touristen durch die Vaults, erzähle ihnen Geistergeschichten und begleite sie nachts über Friedhöfe. Aber das, was ich heute erlebt habe …« Sie schauderte.

»Eine Panikattacke?«, kam Leo ihr zu Hilfe.

Doch das Wort löste etwas anderes in Erin aus. Wut.

»Nein!« Sie hatte noch nie eine Panikattacke erlitten, aber die Lässigkeit, mit der er die tief greifende Erschütterung ihrer Welt in ein einzelnes Wort presste, gefiel ihr nicht.

»Verstehe.« Leo hob vorsichtig einen Mundwinkel. »Tut mir leid, ich wollte nicht unhöflich sein.«

Sein Blick wanderte ganz kurz durch das Café und blieb schließlich an Erins Tasse hängen, die sie fest umklammerte. Die Hitze strömte durch ihre Fingerspitzen die Arme nach oben, während das Getränk sie von innen wärmte. Ihre Haarspitzen waren noch immer nass, ebenso wie ihre Jeans. Da Leo ihr seinen Mantel geliehen hatte, klebten ihm seine pechschwarzen Haare in der Stirn.

»Schon okay«, sagte sie und seufzte. »Es war mehr … Es ist …« Sie wedelte mit einer Hand in der Luft und zuckte dann mit den Schultern. »Ich weiß auch nicht. Es fühlt sich an, als hätte sich bei der Führung eine Finsternis in meinem Herzen eingenistet. Da. Jetzt habe ich es gesagt.« Sie leerte ihre Tasse, um Leo nicht ins Gesicht sehen zu müssen. Als sie fertig war und er noch immer nicht geantwortet hatte, stützte sie einen Ellbogen auf ihr Knie und legte die Stirn auf ihre Hand. »Ich weiß, wie pathetisch und seltsam das klingt.«

»Gar nicht.« Die Ernsthaftigkeit in seiner Stimme ließ sie aufblicken. Er musterte sie so intensiv, dass sie für einen kurzen Moment vergaß, zu atmen. Die niedrig hängenden Lampen verströmten ein rotorangefarbenes Licht, es roch nach Kaffee und Regen. »Okay, vielleicht ein bisschen.«

Erin zuckte zusammen, aber Leo zog einen Mundwinkel nach oben, sodass seine Zähne kurz weiß aufblitzten.

In diesem Moment trat die Kellnerin erneut an ihren Tisch, und Erin bestellte einen weiteren Cappuccino, wobei sie sich dankbar von Leo wegdrehte.

»Aber«, fuhr er fort, als auch er seine Bestellung aufgegeben hatte. »Das ist nichts Schlechtes. Ich mag pathetische Dinge. Mein ganzes Leben ist pathetisch.«

»Wie meinst du das?« Sie sah ihn wieder an.

Er lachte in sich hinein, sodass sein ganzer Oberkörper vibrierte.

»Glaub mir, das wirst du noch früh genug erfahren. Ich hoffe, dass wir noch mehr Zeit miteinander verbringen.«

Hitze schoss in Erins Gesicht. Ihre Gedanken rasten. Die Kellnerin kam mit einem breiten Lächeln und ihren Getränken zurück und stellte die zwei Tassen ab. Dabei hatte sie nur Augen für Leo, der sie seinerseits keines Blickes würdigte. Als sie merkte, dass sie von ihm keine Aufmerksamkeit bekommen würde, fielen ihre Mundwinkel nach unten. Sie drehte sich abrupt ab und verschwand hinter dem Tresen. Doch Erin war dankbar – das war die perfekte Ablenkung von ihrer pathetischen Geistergeschichte. Wieso war ihr das bei der ersten Bestellung nicht aufgefallen?

Sie beugte sich verschwörerisch nach vorne.

»Die Kellnerin steht auf dich«, flüsterte sie Leo zu und zwinkerte.

Er sah sie an, als hätte sie ihm gerade erzählt, dass Elefanten nicht springen konnten. Was, nebenbei bemerkt, ein wissenschaftlich belegter Fakt war.

»Aber ich bin mit dir hier.« Er legte einen Zeigefinger an seine Wange und lehnte sich ebenfalls nach vorne. Sein Geruch nach Buchseiten stieg ihr in die Nase, und Erin wich leicht zurück. Die Antwort traf sie vollkommen unvorbereitet. Aus seinem Grinsen schloss sie, dass nun sie diejenige war, die ihn vollkommen entgeistert anstarrte. Sie räusperte sich.

»Ich werde die honorarfreie Tour einfach schnellstmöglich hinter mich bringen.« Sie musste das Thema wechseln. Lieber sprach sie weiter über ihre pathetischen Formulierungen, als mit Leo zu flirten. Falls er gerade überhaupt geflirtet hatte.

Es zählte nicht zu Erins Stärken, Annäherungsversuche zu erkennen. Geschweige denn, damit umzugehen.

»Aber was genau ist denn passiert?« Er ließ nicht locker. Zusammen mit seinen plötzlichen Flirtversuchen löste das in Erin einen starken Fluchtreflex aus. Sie griff nach ihrer Kaffeetasse und nahm einen viel zu großen Schluck. Der heiße Cappuccino verbrannte ihre Zunge und ihren Rachen, aber sie trank direkt noch einmal. Dabei bemerkte sie aus den Augenwinkeln, wie Leo sie weiterhin taxierte. Sie fühlte sich gefangen und auf seltsame Art wie ein Versuchsobjekt. Leo beobachtete sie, als wäre ihr Verhalten protokollierungswürdig.

»Na, sie hat dich angelächelt und mich keines Blickes gewürdigt«, lenkte Erin das Gespräch wieder auf die Kellnerin, obwohl sie genau wusste, dass er nicht das gemeint hatte. Sein Stirnrunzeln war Antwort genug. Sie seufzte.

»Ich will nicht darüber reden. Ehrlich.«

»Ach, komm schon. Ich widersetze mich gerade Karens Anweisungen, um dir Langeweile zu ersparen.«

Du kannst mir vertrauen.

Das war es, was er damit sagen wollte. Erins Schultern versteiften sich. Sie war so naiv gewesen.

Durchatmen, Erin. Es ist nicht wie damals.

»Ich möchte nicht darüber reden«, flüsterte sie schließlich.

»Wieso?«

»Weil ich noch darüber nachdenken muss, was eigentlich passiert ist.« Sie fuhr mit einem Finger den Rand der Kaffeetasse nach und neigte dabei leicht den Kopf, der sich schwer anfühlte. Sie war so müde. Erschöpft. Die Wärme, die dank dem Cappuccino durch ihren Körper strömte, tat ihr Übriges, um in ihr den Wunsch nach ihrem Schlafsofa zu wecken.

Leo antwortete nicht. Er sah sie mit gerunzelter Stirn an, seine dunklen Augen verrieten keinen seiner Gedanken. Erin konnte seinem Blick nicht lange standhalten und fixierte wieder ihre Tasse.

»Danke, dass du mir die Anfängerlektionen erspart hast«, sagte sie schließlich und streckte sich ausgiebig.

»Du hast ein Tattoo?«

Bevor Erin auf seine Frage reagieren konnte, griff Leo über den Tisch und nahm ihr Handgelenk. Sanft drehte er es um, sodass er die Innenseite ihres Armes begutachten konnte. Sein Blick folgte der Tinte unter ihrer Haut, die Augen dunkel wie Obsidian.

»Magic?« Er las den fein geschwungenen Schriftzug wie eine Frage.

Mit einer schnellen Bewegung entwand sie sich seinem Griff und verschränkte die Arme vor der Brust.

»Habe ich mir mit zwanzig stechen lassen«, erwiderte sie schulterzuckend. »Rebellenphase.«

»Wogegen hast du denn rebelliert?« Er grinste, aber Erin war nicht danach, ihre traurige Lebensgeschichte auszupacken und von ihrer schwer kranken Tante zu erzählen, die ihr das Tattoo zum Geburtstag geschenkt hatte, obwohl ihre Mutter heftig dagegen protestiert hatte.

»Ich sollte langsam nach Hause. Ich bin müde.«

Leo kniff die Augen zusammen, seine Haltung war plötzlich angespannt. »Seit wann?«

»Also … äh …« Je länger er sie anstarrte, desto unwohler fühlte sie sich. Etwas stimmte nicht.

Erin neigte dazu, viel zu schnell vor neuen zwischenmenschlichen Beziehungen wegzulaufen, das wusste sie, aber in dieser Situation schien ihr Fluchtreflex ausnahmsweise gerechtfertigt zu sein. Etwas an der Art, wie Leo mit ihr sprach und sie durchdringend ansah, beunruhigte sie. Als wäre er ein Therapeut, der seiner Patientin den entscheidenden Hinweis über ein Trauma entlocken wollte.

Der Gedanke bereitete ihr Übelkeit, und gleichzeitig schalt sie sich für ihre Paranoia. Sie musste ganz dringend schlafen. Mit hektischen Bewegungen griff sie nach ihrem Geldbeutel, suchte ein paar Scheine heraus und legte sie auf den Tisch.

»Ich muss wirklich los«, stieß sie leise hervor und eilte zum Ausgang.

Als Erin das Café verließ und an den bodentiefen Fenstern vorbeilief, warf sie einen letzten Blick hinein und bemerkte, wie Leo ihr mit ausdruckslosem Gesicht nachsah. Es war das zweite Mal an diesem Tag, dass sie sich fürchtete.

9
AUSGESPERRT

Das Wetter schien ausnahmsweise auf Lus Seite zu sein. Statt eiskaltem Regen und heftigen Windböen wie in den letzten Tagen ausgesetzt zu sein, hing ihr nur der salzige Geruch des Meeres in der Nase, während sie sich durch Massen von Touristen und Einheimischen schlängelte.

Ihre Hände hatte sie tief in den Ärmeln ihrer Schafwolljacke vergraben, von ihrer Schulter baumelte eine unauffällige weiße Tasche. Noch war sie leer. Um ihre Hüfte trug sie wie immer eine schwarze Bauchtasche, in der bei jedem Schritt kleine Fläschchen gegeneinanderschlugen und sie daran erinnerten, dass ihre Magie auf Zutaten angewiesen war. Das Klirren begleitete sie, seit sie die Bauchtasche, die Melissa immer getragen hatte, auch für sich entdeckt hatte.

Je näher sie ihrem Ziel kam, desto schneller wurden ihre Schritte und desto weniger Menschen drängten sich um sie herum. Schließlich bog sie in eine verlassene, schmale Seitengasse ein. Verwitterte Hausfassaden ragten neben ihr in die Höhe, Vogelkot pflasterte den Weg und verdreckte die Mauern. Nach wenigen Schritten tat sich rechter Hand ein steinerner Bogen auf, der aus der Zeit gefallen schien. Die Steine waren alt, grob behauen und fleckig. Lu trat hindurch, in der Hoffnung, das vertraute Rauschen zu hören und den dunklen Flur der Unterwelt betreten zu können. Stattdessen starrte sie auf Mülltonnen und Unrat, Glasscherben knirschten unter ihren Füßen.

Wie erwartet weigerte sich die Unterwelt, sie einzulassen.

Frustriert trat Lu gegen eine auf dem Boden liegende Plastikflasche, die daraufhin raschelnd zwischen zwei dunklen Müllsäcken verschwand. Ein Flirren ging durch die Luft, und Lu hatte kurz die Hoffnung, dass der Bannzauber zu Mitleid fähig war. Stattdessen trat jemand unter dem Bogen hervor. Für einen kurzen Augenblick sah Lu den düsteren Gang der Unterwelt, dann schloss sich die Tür, und Lu stand einem Mann gegenüber, den sie nur allzu gut kannte. Sein schwarzer Mantel und das schöne Gesicht mit dem nachdenklichen Ausdruck begegneten ihr seit Beginn ihrer Ausbildung immer wieder.

»Hey.« Kaito hob die geradlinigen Augenbrauen, als er sie erkannte. »Du wieder hier?«

Kaito war einige Jahre älter als sie und hatte seine Ausbildung und damit den Pflichtaufenthalt im menschlichen Exil bereits absolviert, trotzdem lebte er wie die meisten Tarotleger mehr bei den Menschen als in der Unterwelt. Lu mochte seine zurückhaltende und bedachte Art und war beeindruckt von den Legenden, die sich um seine Fähigkeiten rankten. Allerdings hatte sie nie ganz begriffen, weshalb er vor zwei Jahren der Unterwelt den Rücken gekehrt hatte und seitdem Geistersichtungen in den Vaults vertuschte.

»Ich muss etwas besorgen«, erklärte sie und setzte ein gewinnbringendes Lächeln auf. »Könntest du mir vielleicht ein Totenhaar …?«

»Tut mir leid, ich muss sofort los«, unterbrach er sie, bevor sie den Satz beenden konnte. »Arbeit. Ein Geist in den Vaults. Der erste seit Monaten.«

»Oh, wann denn?«, fragte Lu.

»Gestern«, rief Kaito über seine Schulter und verließ die Gasse.

Lu blieb sprachlos zurück und vergrub die Hände noch tiefer in den Ärmeln ihrer Jacke. Ihre Wohnung lag in der Nähe der Vaults, und sie hatte gestern versucht, einen Geist zu beschwören. Was, wenn einer der Tränke doch funktioniert hatte und der Geist ihretwegen da war und lediglich am falschen Ort aufgetaucht war? Obwohl sie Angst hatte, dass Kaito ihr auf die Schliche kommen könnte, war das der erste Lichtblick seit Langem. Sie gab auf, heute noch in die Unterwelt zu gelangen, und beschloss, der Sache auf den Grund zu gehen. Sie musste den Geist als Erstes finden und ihn bannen, bevor Kaito die Spur zu ihr zurückverfolgen konnte.

10
RAUCH OHNE FEUER

Als der Wecker klingelte, fühlte Erin sich noch immer zerschlagen. Mühsam öffnete sie ihre Augen, und die Kraft für die Handbewegung, um den Klingelton am Handy zu deaktivieren, brachte sie nur auf, weil sich der penetrante Ton wie tausend kleine Nadeln hinter ihre Ohren bohrte.

Als alles still war, drehte sie sich um und vergrub ihr Gesicht im Kopfkissen. Sie wollte nicht aufstehen, konnte nicht. Ihr Schlaf war tief und traumlos, aber nicht erholsam gewesen. Ihr Magen knurrte, und gleichzeitig war ihr übel. Dann kehrten die Erinnerungen an den gestrigen Tag zurück, und sie brummte unwillig.

Die außerplanmäßige Freitagstour. Dafür hatte sie den Handywecker gestellt. Langsam kamen ihre Gedanken in Schwung, und Erin realisierte, dass sie mehr als vierzehn Stunden geschlafen haben musste. Nach dem Treffen mit Leo war sie nach Hause gegangen und sofort eingeschlafen. Sie trug sogar noch ihre Kleidung vom Vortag. Mittlerweile war allerdings früher Nachmittag, und normalerweise wäre sie schon seit vielen Stunden auf den Beinen. Etwas stimmte nicht.

Erschöpft hob sie ihre Hand an die Stirn, aber sie fühlte sich kühl an. Kein Fieber. Erin rappelte sich auf und wankte zur Küchenzeile. Sie griff nach einem Glas, füllte es mit Wasser und trank es in gierigen Zügen. Ihr war schwindelig, und ein seltsamer Geruch hing in ihrer Nase. Als sie ihn erkannte, begann ihr Herz zu rasen, und sie riss die Augen auf. Rauch.

Panisch sah sie sich um, aber sie konnte nirgends Qualm erkennen. Ihre Wohnung wirkte im grauen Licht des Tages so normal wie immer. Wahrscheinlich halluzinierte sie. Kurz überlegte sie, ob sie sich für die anstehende Führung krankmelden sollte, aber nach den Beschwerden der gestrigen Gruppe würde Karen sie dafür vermutlich feuern, und das konnte sie sich nicht leisten. Sie schlüpfte in frische Klamotten und machte sich im Bad zurecht. Als sie fertig war, musterte sie sich unzufrieden im Spiegel über dem Waschbecken. Sie sah aus, als hätte sie die Nacht durchgefeiert. Unter ihren braungrünen Augen lagen tiefe Ringe, die schwarzen Haare ließen sich nicht einmal von dem Haargummi zähmen. Es war hoffnungslos.

Erin holte noch einmal tief Luft, dann machte sie sich auf den Weg zum Touristentreffpunkt.

Karen hatte die Dreistigkeit besessen, die von einer Firma extra gebuchte Tour auch anderen Touristen anzubieten, weshalb Erin und Leo heute fünfzehn Personen durch die Vaults führen mussten. Während Erin auf das letzte Pärchen wartete, plauderte sie mit einer Dreiergruppe junger Männer. Einer von ihnen hatte sichtlich Angst, was seine beiden Freunde nutzten, um ihn aufzuziehen. Die anderen zehn Gäste waren Geschäftsmänner in feinen Anzügen, die allesamt auf ihren Mobilgeräten herumtippten. Die Sonne stand nicht mehr ganz an ihrem Höhepunkt, der Himmel war wie in den letzten Tagen bewölkt, aber zumindest war es trocken.

Seltsamer Firmenausflug, dachte Erin und wünschte, sie könnte den Männern eine besonders gruselige Geschichte auftischen. Irgendetwas mit einem Ladenbesitzer, der für seine krummen Geschäfte auf ungeklärte Weise mit dem Leben bezahlte. Sobald sie ihre eigene Geistertour veranstaltete, würde sie das tun.

Mittlerweile war Erins Laune deutlich besser. Der Schwindel war verschwunden, und auch das beklemmende Gefühl in ihrer Magengrube war nur noch eine ferne Erinnerung. Sie schämte sich inzwischen zwar ein wenig dafür, dass sie gestern im Café vor Leo geflüchtet war, aber wenn sie erzählte, dass es ihr nicht gut gegangen war, würde er es sicher verstehen. Leo.

Wo steckt er eigentlich?

Sie lächelte die drei Jungs entschuldigend an und holte ihr Handy hervor. Keine Nachricht.

»Suchst du nach mir?«

Erin vermied es, Leo, der plötzlich vor ihr aufgetaucht war, anzusehen, und nickte nur knapp.

»In der Tat. Du bist zu spät.«

»Entschuldige«, erwiderte er und knuffte sie leicht mit der Faust gegen die Schulter. »Wird nicht wieder vorkommen. Immerhin konnte ich es kaum erwarten, dich wiederzusehen.«

Erins Augen weiteten sich, und sie sah perplex auf die Stelle, an der Leo sie berührt hatte. So etwas hatte er noch nie getan.

Die Neckereien der Jungs verstummten.

»Ich bin Leo«, stellte er sich vor, und sie nickten ihm wenig begeistert zu. »Und ich mache heute gemeinsam mit Erin die Führung.« Jetzt hatte er ihre volle Aufmerksamkeit.

»Heißt das, es geht los?«, fragte einer der Geschäftsleute. Seine dicken Brillengläser ließen seine Augen gigantisch und damit unfreiwillig komisch wirken.

»Wir warten noch auf die letzten Teilnehmer«, erinnerte Erin und sah erneut auf die Liste, die Karen ihr geschickt hatte, um einem Gespräch mit Leo auszuweichen. Zwei Namen warteten darauf, abgehakt zu werden. Irgendwie kamen sie ihr bekannt vor. Als die beiden auf sie zukamen, war ihr klar, wieso. Sie erstarrte.

»Hi«, grüßte sie bemüht freundlich.

»Erin! Was für ein Zufall!« Die Blondine, deren schlanker Körper in einem eng anliegenden Mantel steckte, fiel ihr um den Hals und drückte sie fest an sich. »Wir haben uns ja ewig nicht gesehen!«

»Ja, ewig!« Erin traute sich nicht, Leo anzusehen, aber sie hoffte, dass er ihren panischen Gesichtsausdruck nicht bemerkt hatte. Zuerst die verpatzte Tour, dann das Gespräch mit Karen, die Flucht vor Leo und jetzt Isabella. Das war definitiv nicht ihre Woche.

»Wie geht es dir denn?« Isabella trat einen Schritt zurück und grinste Erin an, als wäre nicht sie dafür verantwortlich gewesen, dass Erin die Schule hatte wechseln müssen.

»Gut«, log Erin automatisch und hielt Isabellas Begleiter die Hand zur Begrüßung hin. Er war ein sehr gut aussehender, breitschultrig gebauter Mann mit einem charmanten Lächeln.

»Erin«, stellte sie sich vor. »Ich war früher mal in Isabellas Klasse.«

»Theo«, antwortete er. »Schön, dich kennenzulernen.«

»Dann können wir ja jetzt los«, schaltete Leo sich ein und trat so dicht neben Erin, dass sich ihre Schultern berührten. Er übernahm die Begrüßung und bedeutete der Gruppe, ihm zu folgen. Sie setzten sich alle in Bewegung, und schon nach wenigen Schritten war Isabella neben ihr.

»Wir haben letztes Jahr geheiratet!« Stolz streckte sie Erin ihre Hand entgegen und wedelte mit dem Ringfinger.

»Herzlichen Glückwunsch!«, antwortete sie betont überrascht. »Das wusste ich ja gar nicht. Wie toll!«

In Wahrheit hatte Erin es dank ihrer Lieblingsunglücksdroge Social Media natürlich mitbekommen. Sie war mit einigen alten Klassenkameraden auf diversen Plattformen vernetzt, und diese hatten fleißig von dem Blütentraum in Weiß berichtet. Isabella hatte Theos Nachnamen angenommen, deshalb hatte Erin die Gefahr nicht bemerkt, als sie die Namensliste durchgegangen war. Eine Tour, für die sie dank des gestrigen Ereignisses noch nicht einmal bezahlt wurde!

Während sie zum Eingang der Vaults liefen, erzählte Isabella, wo Theo und sie sich begegnet waren (im Fitnessstudio), wie er ihr den Antrag gemacht hatte (an einem Strand bei Sonnenuntergang zu ihrem Jahrestag) und wie glücklich sie doch war (erfolgreich abgeschlossenes Studium, erfüllender Job als Anwältin). Erin nickte und lächelte, sagte aber nichts, was nicht nur daran lag, dass Isabella sie nicht zu Wort kommen ließ. Sie befand sich in einer Art Schockstarre. Unfähig, darauf zu reagieren, dass ihre Mobberin nach all den Jahren die Dreistigkeit besaß, ihr von ihrem perfekten Leben vorzuschwärmen.

»Und seit wann seid ihr zusammen?«

Erins Gehirn setzte plötzlich wieder ein, als Isabella ihr eine direkte Frage stellte.

»Wir?«, sagte sie verwirrt.

»Na du und …« Isabella nickte mit dem Kopf zu Leo, der die Gruppe anführte und dabei vergebens versuchte, Small Talk mit einem der Geschäftsmänner zu betreiben, der immer wieder betont gelangweilt auf sein Smartphone blickte. Genau in diesem Moment drehte Leo sich um und sah zu Erin. Die Augenbrauen erhoben, die Mundwinkel spöttisch nach oben gezogen, als hätte er Isabellas Frage verstanden.

Erin wandte den Blick ab und wollte gerade antworten, als eine zweite Frage hinterherkam: »Was ist eigentlich dein echter Job, wenn du hier nicht die Gruseltante spielst?«

Sie wusste nicht, was sie Isabella antworten sollte.

Isabella, die einen glänzenden Ehering am Finger und ein fröhliches Funkeln in den Augen trug. Die offensichtlich anders als sie selbst ein gutes Leben hatte, obwohl sie Erin damals die Schulzeit zur Hölle gemacht hatte.

Erin fühlte sich vom Karma nicht nur im Stich gelassen, sondern regelrecht verarscht.

»Alles gut bei euch?« Leo hatte sich unauffällig zurückfallen lassen, was zur Folge hatte, dass nun auch die anderen Tourteilnehmer in Hörweite waren. Leo musterte sie besorgt. »Du siehst irgendwie blass aus.«

»Ich habe Erin gerade gefragt, seit wann ihr ein Paar seid«, erklärte Isabella und fuhr sich mit einer Hand durch die Haare. »Aber sie wollte mir nicht antworten. Noch so frisch?«

Leo erwiderte nichts, und obwohl Erin am liebsten davonlaufen wäre, stieg die Erinnerung an Leos Geruch nach Buchseiten und sein schelmisches Grinsen beim Kaffeetrinken gestern in ihr auf. Sein eleganter Finger auf seiner weichen Wange.

Aber ich bin mit dir hier.

Erin fluchte innerlich. Sie hätte doch kündigen und sich einen anderen Job suchen sollen. Erst ihre Flucht aus dem Café und jetzt diese Peinlichkeit mit Isabella – sie konnte Leo nie mehr unter die Augen treten.

Aber Isabella ließ nicht locker, sie plauderte fröhlich weiter: »Ich freu mich ja so, dass Erin endlich mal einen Freund gefunden hat. Wusstest du, dass sie damals dachte, sie wäre eine Hexe?« Sie stieß ein glockenhelles Lachen aus, um zu betonen, wie lächerlich sie die Vorstellung noch heute fand.

Einer der drei Jungs boxte seinem Freund in die Rippen und lachte. Zwei Geschäftsmänner sahen von ihren Handys auf.

Erin spürte, wie ihre Unterlippe leicht zitterte. Isabella hatte sich nicht verändert. Nicht mal ansatzweise. Sie lebte das perfekte Leben, und trotzdem nutzte sie jede Gelegenheit, um Erin eins auszuwischen. Ihr Mann Theo griff nach ihrer Hand, drückte sie, schüttelte den Kopf und lächelte Leo entschuldigend zu. Den Blickkontakt zu Erin vermied er.

Isabella ließ sich davon nicht aus dem Konzept bringen.

»Sie hat ständig irgendwelche Bücher über Magie gelesen, trug verrückte Amulette, und ihre Kleidung stank fürchterlich nach Räucherwerk«, fuhr sie fort. »Es war so witzig! Wir konnten sie nicht ernst nehmen. Jedes Kind weiß doch, dass Hexen nicht echt sind!«

Erins Kehle brannte. Sie fühlte sich wieder wie ihr neunjähriges Ich, unfähig, etwas zu sagen, um die Welt davon zu überzeugen, dass ihre Sicht der Dinge nicht komplett absurd war. Es war lächerlich, dass sie es überhaupt jemals versucht hatte. Die Einzige, die ihr immer geglaubt hatte, war Tante Charly, und sie war nicht mehr da, nur noch eine leblose Hülle. Aber Tante Charly hatte den Zauber von Büchern und Geschichten selbst erlebt und daran geglaubt, dass es Magie auch in der echten Welt gab, wenn man ganz genau hinsah.

»Nein, das wusste ich nicht«, antwortete Leo. Seine Stimme klang ruhig, nachdenklich, aber nicht spöttisch. Überrascht sah Erin ihn an und begegnete seinen dunklen Augen. »Aber ich lerne immer wieder gerne neue Dinge über meine Freundin.«

Erin fühlte sich, als hätte sie beim Gehen eine Stufe verfehlt. Hatte sie sich verhört?

»Freundin?«, wiederholte Isabella überrascht und offenbarte damit, dass sie die Frage nach der Länge ihrer Beziehung nur gestellt hatte, um Erin bloßzustellen. Sie hatte nicht wirklich geglaubt, dass sie und Leo ein Paar waren.

»Seit einem Jahr«, fügte Leo hinzu.

»Einem Jahr?« Isabella runzelte die Stirn.

»Wir sind seit ungefähr einem Jahr zusammen«, fuhr Leo fort. »Du hattest doch gefragt, seit wann wir ein Paar sind?«

»Oh.« Die Falten auf ihrer Stirn verschwanden. »Verstehe. Wie schön!«

Leo legte einen Arm um Erins Schulter und zog sie ein Stück mit sich nach vorne.

Damit war das Gespräch beendet. Vorerst. Erin hatte so ein Gefühl, dass Isabella sie nicht so leicht vom Haken lassen würde.

Sie wollte sich bei Leo bedanken, aber sie hatte Angst, dass Isabella es hören könnte, also schwieg sie. Seine Berührung trug nicht gerade dazu bei, dass sie sich entspannte. So nah war er ihr in den letzten neun Monaten nicht einmal in den engsten Passagen der Vaults gekommen. Was auch immer seinen Sinneswandel gestern ausgelöst haben mochte, Erin war in diesem Moment dankbar dafür.

Wenig später zog Leo den Stoffvorhang in dem staubigen Studentenzimmer zurück, um die Touristen in die Vaults eintreten zu lassen. Als Isabella an ihnen vorbeiging, zwinkerte er Erin verschmitzt zu und zeigte dabei ein Lächeln, das eines Popstars würdig gewesen wäre und seine fein geschnittenen Gesichtszüge betonte. Ihr Herz machte einen Satz.

Erst als Erin der feuchtmodrige Geruch der unterirdischen Gänge in die Nase stieg, erinnerte sie sich wieder an den Stromausfall, an das Gefühl der kompletten Hilflosigkeit, der heißkalten Panik. Kurz wollte sie umdrehen, sich wieder auf ihrem Schlafsofa unter der Decke verkriechen und einen alten Kinderfilm schauen, in dem die Welt in Ordnung war und Bösewichte wie Isabella bekamen, was sie verdienten. Doch dann straffte sie die Schultern und ging, wenn auch mit flauem Magen, weiter.

Mittlerweile hatten die Geschäftsleute ihre Handys weggesteckt und hörten mehr oder weniger aufmerksam zu. Die drei Jungs alberten noch immer herum, und Isabella klammerte sich an Theos Hand fest. Da Leo die Einleitung gemacht hatte, erzählte Erin die erste Geistergeschichte. Sie merkte, dass sie nicht wie sonst bei der Sache war. Der Spannungsbogen saß nicht perfekt, sie stolperte über einzelne Wörter, und ihre Satzkonstruktionen waren immer wieder schief. Je mehr Fehler sie machte, desto unruhiger wurde sie. Immer wieder glitt ihr Blick den Gang entlang zu dem Raum, in dem gestern plötzlich die Lichter ausgegangen waren. Sie wollte dort nicht hinein.

Als sie die Geschichte über den Wicca-Zirkel beendet hatte, übernahm Leo nahtlos. Sie hatten bereits so viele Touren gemeinsam gemacht, dass sie ein eingespieltes Team waren. Aber an seinem leichten Stirnrunzeln erkannte Erin, dass er ihre Unsicherheit bemerkt hatte. Natürlich. Einen so miesen Vortrag hatte sie nicht einmal an ihrem ersten Arbeitstag gehalten.

Leo führte die Gruppe weiter und übernahm entgegen ihrer Routine auch die nächsten Geschichten. Erin hielt sich im Hintergrund und beantwortete geflüsterte Fragen der Touristen.

»Hast du schon einmal einen echten Geist gesehen?«, fragte Isabella mit deutlich spöttischem Unterton, als sie nach längerer Zeit wieder nebeneinanderstanden.

Erin spürte ihr Herz schneller schlagen. Schließlich nickte sie. Es war immerhin Teil ihres Jobs, Spuk als Realität zu verkaufen. Auch wenn die Frage von jemandem kam, der ihre Antwort garantiert benutzen würde, um sich bei ihren Freundinnen über sie lustig zu machen. Aber das war nicht der Grund, weshalb sich Schweiß in ihrem Nacken sammelte und ihre Finger zitterten. Es war das erste Mal, dass Erin bei dieser Frage nicht das Gefühl hatte, zu lügen.

11
DER SOHN DES RATSHERRN

Kommst du heute mit zur Jagd?«

Noah hob den Kopf und lächelte Oliver höflich zu. Sein Kollege stand in der offenen Tür seines Büros. Er trug bereits den dunkelgrünen Stoffumhang mit der goldenen Schnalle in Form eines Blattes, der ihn als Mitglied des Erdhexenzirkels auswies. Seine kurz geschorenen braunen Haare wurden von einer grünen Baskenmütze verdeckt.

»Heute nicht«, erwiderte Noah wie jeden Freitag.

»Dann nächste Woche«, lautete Olivers standardmäßige Antwort, bevor er die Tür des kleinen Raums zuzog und Noah alleine zurückließ.

Anders als in den neuen Höhlen, in denen die Hexen lebten, waren die alten Höhlen von Menschen unbewohnt. Die Grenze zum Vortex war dort so dünn, dass es häufig zu Wesensausbrüchen kam. Unkontrolliert entrinnende Magie manifestierte sich in den Dingen, die sie dort fand: Bäume wurden zu Nymphen, Pferde zu Einhörnern, Glühwürmchen zu Irrlichtern. Die meisten dieser Wesen waren ungefährlich, lebten in ihren Höhlen und hielten sich an die Regeln, die ihnen der Rat auferlegt hatte. Doch es gab auch Echsen, die zu Furcht einflößenden Drachen wurden und nicht mit sich reden ließen. Sirenen, die einst Fische waren und nun an die Oberfläche wollten. Und so spürten die Schattenleser jeden Freitag die gefährlichen Wesen auf, die ihre Heimathöhlen verlassen hatten, und töteten sie, wenn sie sich weigerten, zurückkehrten.

Früher waren die Regeln nicht so streng gewesen, und mehr als einmal waren magische Wesen nicht nur aus ihren Höhlen, sondern auch aus der Unterwelt ausgebrochen, um die Radain aufzumischen.

Noah wusste, dass die Jagd notwendig war, um die Magie vor den Radain geheim zu halten, aber er verstand nicht, weshalb sich ausgerechnet die Schattenleser damit befassten. Sie waren die Eliteeinheit des Rates, sorgten dafür, dass abtrünnige Hexen ihre gerechte Strafe bekamen, fanden Aufsässige und kümmerten sich um die wichtigen Angelegenheiten des Rates. Primitive Jagden passten außerdem nicht in sein Bild eines zukünftigen Ratsmitglieds. Aber da er eines Tages den Sitz seines Vaters erbte, war es wohl nicht verwunderlich, dass sich Oliver und andere Schattenleser bei ihm einschmeicheln wollten, obwohl er ihnen immer wieder Absagen erteilte.

Noah legte das beschriebene Pergament, auf dem das Protokoll zur Reinigung des Flussbettes stand, zur Seite und lehnte sich in dem alten Ledersessel zurück, um seinen Nacken zu massieren. Sein Büro war ordentlich, die Papiere in den Regalen sortiert, kein Staub oder Krümel auf den Oberflächen, und die gerahmten Porträts seiner Familie hingen in einer Linie neben seinem Abschlusszertifikat an der dunklen Wand hinter ihm. Aus dem Fenster blickte er auf eine große immergrüne Wiese.

In der Höhle, in der sich das Hauptquartier der Schattenleser befand, herrschte immer Frühling bei angenehmen fünfundzwanzig Grad.

Das Gebäude war dreistöckig, aus roten Steinen gemauert und dank großzügiger Fenster lichtdurchflutet. Auf dem Dach mit den schwarzen Schindeln ragten acht Metallstangen mit Kugeln in den Farben der Zirkel in den wolkenlosen Himmel. Um den großen Bau schmiegten sich in einem Halbkreis acht Gebäude mit farbigen Dächern, die Hauptsitze der Zirkel. Dort fanden regelmäßig Zusammenkünfte statt, um über Politik und wichtige Entscheidungen zu diskutieren. Doch weitaus mehr Zeit verbrachten die Hexen bei den Treffen damit, Tratsch auszutauschen.

Noahs Mutter Isobel liebte die Teilnahme an solchen Veranstaltungen, für ihn waren sie eine Notwendigkeit, um seine Position als Erbe zu festigen.

Noah beschloss, sich in der Küche etwas zu trinken zu holen. Er trat auf den mit dunkelblauem Teppich ausgelegten Flur. Als er an den dort aufgehängten Ölgemälden ehemaliger Schattenleser vorbeiging, unter denen goldene Plaketten Namen, Dienstzeit und besondere Errungenschaften vermerkten, fragte er sich einmal mehr, was seine Plakette eines Tages über ihn verraten würde.

Noah Stewart, Diensteintritt 964 Jahre nach Ratsgründung, Einzelgänger, unverheiratet, enttäuschender Sohn.

Er bog um die Ecke, hörte Stimmen aus der Küche und hielt inne. Ihm stand nicht der Sinn nach Unterhaltung.

»Unfassbar, oder?«, sagte ein Mann. Es war Darius, ein älterer Schattenleser mit langem Bart und buschigen Augenbrauen, mit dem Noah bereits an einigen Fällen gearbeitet hatte. »Die Caradain werden immer stärker, und der Rat unternimmt nicht wirklich etwas dagegen. Wenn du mich fragst, unterschätzt er die Bedrohung sträflich.«

»Es fragt dich aber niemand«, erklang die scharfe Antwort einer Hexe, die Noah nicht erkannte. »Wie kannst du es wagen, schlecht über den Rat zu reden? Als Schattenleser? Das ist inakzeptabel.«

Noah konnte sich ein Grinsen nicht verkneifen.

»Was willst du tun? Mich anzeigen?«

»Sei nicht lächerlich«, antwortete sie. »Wir halten zusammen. Aber es wäre klüger, wenn du solche Äußerungen zukünftig für dich behältst. Wer weiß, wer dich hört und …«

In diesem Moment traten die beiden gemeinsam auf den Flur, Tassen in den Händen. Als ihre Blicke auf Noah fielen, erstarrten sie. Darius wurde so blass, dass seine buschigen Augenbrauen noch deutlicher hervortraten.

Noah setzte ein neutrales Gesicht auf und nickte ihnen zu, bevor er sich an ihnen vorbei in die Küche drängte, die von einem riesigen gemauerten Kamin und einem alten Holztisch dominiert wurde. Im Kamin brannte ein ewiges Feuer, daneben standen mehrere Töpfe. Noah nahm einen von ihnen und hängte ihn über die Flammen. Dann trat er zum Wasserhahn, drehte ihn auf und beförderte mit einer Handbewegung den Strahl direkt in den Topf. Als er voll war, drehte er den Hahn ab und nahm aus einem Holzschrank eine Zinndose heraus.

»Was hast du von unserem Gespräch gehört?« Die Hexe war zurück in den Raum getreten. Die grauen Strähnen in den schwarzen Haaren verrieten ihr Selbstbewusstsein, hielt sie es schließlich nicht für nötig, die Anzeichen ihres Alters zu verdecken wie die anderen, die ihre weißen Haare mithilfe von Magie verbargen. Die rote Kordel um ihr bodenlanges schwarzes Kleid wies sie als Feuerhexe aus. In der Unterwelt war es Pflicht, jederzeit als Angehöriger seines Zirkels erkennbar zu sein; die meisten trugen deshalb bunte Kordeln oder aufwendige Broschen.

»Nichts, was wichtig wäre«, sagte er ungerührt, trat zum Kamin und streute eine Prise des Gemischs ins blubbernde Wasser, das sich augenblicklich braun färbte und einen angenehmen Duft nach Kaffee und Zimt verströmte.

»Gut«, sagte die Feuerhexe. Unglaube schwang in ihrer Stimme mit, und Noah verübelte es ihr nicht. Als Sohn des ebenso mächtigen wie eiskalten Richard Stewart wurde er nicht nur umschmeichelt, er genoss automatisch auch das Misstrauen der Kollegen. »Denn wenn Darius etwas passiert, wüsste ich, wen ich suchen muss.«

Das ließ Noah erstaunt innehalten. Es war mutig von ihr, Darius zu schützen.

»Drohst du mir?«, fragte er geradeheraus und drehte sich zu ihr um. Sie fixierte ihn mit erhobenem Kinn und verschränkten Armen.

»Ich weiß, dass drei Schattenleser, die mit dir an Fällen arbeiteten, nicht mehr hier sind«, erklärte sie. »Ich weiß, wer dein Vater ist und dass du dich für etwas Besseres hältst, weil du eines Tages Teil des Rates sein wirst. Aber das beeindruckt mich nicht im Geringsten, Noah Stewart. Wir sind Schattenleser, und wir halten zusammen. Es wäre besser für dich, wenn du dir klarmachst, wem du bei deinem Antritt Loyalität geschworen hast. Nicht dem Rat, sondern dem Vermächtnis der Schattenleser.«

Noah fühlte sich, als hätte sie ihm eine Ohrfeige verpasst. Für einen kurzen Moment sahen sie sich in die Augen, dann drehte sie sich um und schwebte aus dem Raum.

12
DIE SCHWARZE FRAU

Es war so weit. Während der letzten halben Stunde hatte Erin fieberhaft Ausreden in ihrem Kopf gewälzt und war schließlich zu dem Punkt gekommen, dass sie keine Wahl hatte. Sie musste gemeinsam mit Leo und der Gruppe in den letzten Raum gehen und sich ihrer Angst stellen. Zugleich spürte sie zum ersten Mal seit Tante Charlys Koma aber auch wieder diese angenehme Vorfreude: ein warmes Kribbeln in ihrem Brustkorb, lauter Herzschlag in ihren Ohren. Es war die Aussicht darauf, etwas Unerklärliches zu erleben.

Dennoch wurde Erin, je näher die Gruppe dem Türbogen kam, langsamer. Isabella war mit ihrem Ehemann vorangestürmt, und Leo war ebenfalls schon in dem Raum verschwunden. Als gerade der letzte der Geschäftsmänner eintrat, drängte Leo sich an ihm vorbei noch einmal nach draußen.

»Erin?« Er senkte die Stimme und trat nah an sie heran. »Ist alles in Ordnung?«

Sie zwang sich zu einem Lächeln. »Mir ist ein bisschen schwindelig.«

Unvermittelt legte er seine Hand an ihre Stirn, seine Haut war angenehm kühl. »Wenn du krank bist, musst du nach Hause. Warum hast du denn nichts gesagt?«

Weil ich mich nicht getraut habe. Und weil ich mich der Angst stellen muss.

Sie winkte ab. »Es ist nichts. Ehrlich.«

Leo nickte. Dann legte er ihr eine Hand auf den unteren Rücken und schob sie sanft in das Gewölbe. Seine Nähe half ihr, nicht sofort umzudrehen und wegzulaufen. Ihr Herzklopfen verstärkte sich, und sie vermied es, zu der dunklen Öffnung in der Wand zu sehen. Sie wollte nicht hier sein, und gleichzeitig hoffte sie, dass der Vorfall sich mit Leo als Zeuge wiederholte, damit sie sich selbst nicht länger für verrückt hielt.

»Das Leben in den Vaults war erbärmlich«, begann Leo die letzte Geschichte der heutigen Führung.

»Das haben wir schon bei den letzten vier Storys kapiert«, warf der lauteste der drei Jungs ein, woraufhin seine Kumpels zustimmend nickten. Einer von ihnen warf Erin ein schelmisches Grinsen zu, sie erwiderte es halbherzig.

»Kein Wunder also …«, fuhr Leo unbeirrt fort und fing dabei die interessierten Blicke der anderen Teilnehmer auf. Er wirkte nie so, als würde er die Aufmerksamkeit genießen, und doch spielte er mit dem Publikum wie ein Bühnenmagier. »… dass eine Mutter ihre Kinder hier nicht großziehen wollte. Der Geist, der hier wohnt, ist wahrscheinlich der tragischste von allen. Sie ist eine Mutter, die ihre Kinder tötete, sobald sie die Dunkelheit der Vaults erblickten. Sie gebar ihre Babys in diesem Raum hier und tötete sie, bevor sie auch nur einen Atemzug tun konnten. Diese Gräueltaten lassen ihre Seele nicht ruhen. Sie kommt immer wieder hierher zurück. Rastlos. Ruhelos. Sie sucht nach den Seelen ihrer Kinder, die sicher längst schon auf der anderen Seite sind. Einmal, bei einer Geistertour, war eine Mutter mit ihrem Kind hier unten, als plötzlich das Licht ausging und absolute Finsternis uns einhüllte.« Er hielt kurz inne, sah sich im Raum um und erschauderte, als würde er sich erinnern. »Es war nicht lange dunkel, aber als die Lampen wieder angingen, stand das Mädchen in der Ecke dort …« Er deutete auf die hintere linke Ecke des Raumes, direkt unter der finsteren Öffnung, und sprach weiter.

Doch Erin sah weder hin, noch hörte sie seine Worte – der Geruch nach Feuer, Schreie und Lenas panischer Blick überfielen sie wie aus dem Hinterhalt.

Als Leo zu Ende erzählt hatte, hielt sie die Luft an. Sie glaubte, bereits die Kälte zu spüren, rechnete damit, dass das Licht ausging, und wartete auf das Brüllen. Auf den Gestank nach Schweiß und Rauch.

Die Stille dehnte sich aus und wurde bedrohlich. Bis auf Leo sahen sich alle in dem Gewölbe um, als warteten auch sie darauf, einen Geist aus dem Gemäuer treten zu sehen.

Doch nichts geschah.

Leo klatschte in die Hände, und die Touristen zuckten zusammen. Er grinste.

»Vielen Dank, dass Sie Karens Ghost & Witchery Tours gewählt haben. Empfehlen Sie uns weiter, und lassen Sie uns gerne eine Bewertung auf unserer Webseite da.« Mit diesen Worten führte er die Gruppe Richtung Ausgang.

Erin wich ihm nicht von der Seite. Sie war froh, die Vaults verlassen zu können, und trotzdem war sie irgendwie enttäuscht, dass sich der Vorfall vor Leo nicht wiederholt hatte.

Draußen erwartete sie leichter Nieselregen. Es war später Nachmittag, und Erins leerer Magen verlangte nach Essen.

»Es war so schön, dich wiederzusehen, Erin!«, flötete Isabella und fiel ihr zum Abschied um den Hals. Auf ihrem Gesicht lag ein falsches Lächeln. »Lass mal von dir hören, ja?«

Dann griff sie nach Theos Hand und eilte davon. Die anderen Teilnehmer waren schon verschwunden, und die Regentropfen flüsterten leise Lieder in den Pfützen auf den Straßen.

»Du solltest jetzt wirklich nach Hause gehen«, sagte Leo.

Als sie den besorgten Ausdruck in seinen Augen sah, fiel ihr wieder ein, dass er sich vor knapp einer Stunde als ihr Freund ausgegeben hatte, um sie vor Isabellas fiesen Kommentaren zu schützen. Ihr Gesicht wurde heiß. Ihre irrationale Angst vor den Vaults hatte sie die Realität vergessen lassen.

»Danke«, murmelte sie und zwang sich dazu, ihm wenigstens kurz in die Augen zu sehen.

»Kein Ding«, antwortete er. »Ich erzähle Karens Geschichten ja gerne, und dir geht es heute offensichtlich wirklich nicht so gut.«

Das hat er ja auch noch für mich getan.

Sie wäre am liebsten auf der Stelle von einem herabfallenden Klavier erschlagen worden.

»Ich meinte … wegen Isabella«, brachte sie hervor.

»Ach das.« Er winkte ab und zog sich die Kapuze seines Mantels über. »Nicht der Rede wert. Soll ich dich nach Hause bringen? Du siehst blass aus.«

Verblüfft starrte sie ihn an. Leo war zwar immer freundlich, aber eben auch immer distanziert gewesen, wenn ihre gemeinsamen Touren beendet gewesen waren. Sie musterte sein verhaltenes Lächeln. Diese neue Seite an ihm gefiel ihr besser, als sie zugeben wollte.

»Schon okay.« Sie strich sich eine Haarsträhne aus dem Gesicht und warf einen Blick zum Eingang in die Vaults.

Sie fröstelte, und sie hatte das Gefühl, dass es Leo sofort auffiel.

»Du zitterst«, stellte er fest.

»Es ist ja auch kalt«, erwiderte sie.

»Wovor hast du Angst?«, fragte er unvermittelt.

»Ich habe keine Angst«, antwortete sie. »Wie kommst du denn darauf?«

Er sah sie schweigend an, als wollte er sie mit seinem Blick und der Stille zu einer Antwort zwingen.

Widerstand regte sich in ihr.

»Je häufiger dich eine Angst besiegt, desto schneller erliegst du ihr in der Zukunft«, hatte Tante Charly gerne gesagt und Erin so in mehrere Furcht einflößende Situationen gebracht. Sie war auf Tante Charlys Anweisung einen Baum hochgeklettert, von dem sie zuvor heruntergefallen war. Hatte sich mit offenen Augen und ruhigem Atem einer Wespe genähert, nachdem ein Stich sie wochenlang vom Schwimmbad ferngehalten hatte. Im Nachhinein war Erin immer dankbar gewesen, dass Tante Charly ihr den Schreck vor Dingen genommen hatte.

Erneut sah sie zur Tür, die in die Vaults führte. Wenn sie ihrer Angst jetzt nachgab, würde diese ihr Leben kontrollieren. Sie musste sich dem gestrigen Erlebnis stellen. Vielleicht konnte sie so sogar herausfinden, weshalb dieser eine Raum ihr solche Gänsehaut bereitete, sich notieren, woran es genau lag, und die Erkenntnisse für ihre eigenen Geistertouren nutzen.

»Es ist wirklich alles gut. Ich muss sowieso noch mal runter.«

»Wieso das denn?« Seine Mundwinkel sackten leicht nach unten. Plötzlich sah sein freundlicher Gesichtsausdruck aufgesetzt und gequält aus.

Erin erinnerte sich an seinen Blick im Café und wich leicht zurück.

»Ich habe gestern meinen Schirm vergessen«, fiel ihr plötzlich ein. »Ich hole ihn lieber, bevor der Regen stärker wird.«

»Soll ich dich begleit…?«

»Nein«, unterbrach sie ihn schnell. »Du hast heute schon so viel für mich getan. Ich gehe kurz rein, hole den Schirm, und dann kuschle ich mich daheim unter meine Decken.«

»Mir wäre es lieber, wenn ich mitkomme.«

»Musst du nicht«, sagte Erin mit Nachdruck. »Du kannst aber gerne hier auf mich warten, wenn es dir dann besser geht.«

Leo musterte sie ausgiebig. Schließlich tippte er sich mit zwei Fingern gegen die Stirn. »Wenn du in zehn Minuten nicht zurück bist, komme ich nach.«

Erin lächelte gequält, trat durch die Eingangstür und stand wenig später in dem muffigen Raum mit dem alten Vorhang, der die Vaults verbarg. Als ihre Finger den rauen Stoff berührten, hielt sie kurz inne. Noch konnte sie umdrehen.

Nein.

Wenn sie jetzt nicht ging, würde jede weitere Tour ein Albtraum werden. Sie musste es tun. Für sich. Für die Touren, die sie selbst plante. Für ihre Zukunft. Und nicht zuletzt für Tante Charly, die diesem Mysterium sicher mit leuchtenden Augen nachgegangen wäre. Tante Charly, die Erin eben nicht nur einen Baum hochgescheucht hatte, sondern mit ihr auch an Halloween auf Friedhöfe gegangen war.

Einmal, da war sie neun, standen sie auf einem von alten Mauern umgebenen Friedhof in einem Dorf außerhalb ihrer Stadt. Der helle Mond tauchte die Grabsteine in ein silbernes Licht, und bedrohliche Stille hing über ihnen. Es roch nach Herbstlaub und Erde.

Geister wollen uns nichts Böses. Sie sind geblieben, um uns etwas Wichtiges mitzuteilen. Wir müssen ihnen nur zuhören, Erin. Hörst du sie nicht?

Damals hatte Erin nur das Rascheln des Windes in den Zweigen gehört und sich gewünscht, es wäre anders. Heute war ihr Glaube an Magie erloschen, aber das änderte nichts an ihrer Neugier. Sollte Tante Charly durch ein Wunder eines Tages wieder aufwachen, würde Erin ihr von diesem Erlebnis erzählen. »Dann habe ich den Job gekündigt und bin nie wieder in die Vaults gegangen« war kein würdiges Ende für eine Geistergeschichte.

Sie drückte den Rücken durch, dann zog sie den Vorhang zur Seite, stapfte durch den Gang und fand sich wenige Atemzüge später in dem Raum ihres Albtraums wieder.

Es fühlte sich an, als würden Tausende winzige Fingernägel über ihre Wirbelsäule streichen, während sie sich ganz langsam im Kreis drehte. Sie nahm jeden Zentimeter des Gewölbes in sich auf, erkannte jeden dunklen Fleck auf den Steinen von ihren vielen Touren wieder. Es war alles wie immer. Keine flackernden Lichter. Kein Gestank nach Rauch. Mental notierte sie sich zwei Flecken an der Wand in der Ecke, die beim flüchtigen Vorbeischauen wie finstere Augen aussahen. So würde sie die Verfärbungen auch bei ihrer Geistertour anbringen, allerdings etwas niedriger, um die Illusion eines Kindergeistes heraufzubeschwören.

Ihre Anspannung wich zum zweiten Mal an diesem Tag dem altbekannten aufgeregten Kribbeln, das die Vaults in ihr auslösten. Erin seufzte. Sie hatte es geschafft – endlich konnte sie wieder frei atmen.

Dann sah sie ihn. Sie. Es.

Mitten in der niedrigen Kammer stand plötzlich eine menschliche Gestalt, den Kopf gesenkt. Dunkle Haare hingen strähnig ins

Gesicht, verbrannte Kleiderfetzen verhüllten einen ausgemergelten Körper.

The Ring war das Erste, was Erin durch den Kopf schoss. Direkt gefolgt von *Scheiße*. Sie konnte sich nicht bewegen. Nicht schreien. Nur atmen. Schwefelgestank stieg ihr in die Nase.

Die Lampen im Flur und vor dem Raum flackerten, dann gingen sie aus, und Dunkelheit umklammerte alles wie eine wilde Bestie. Nichts als Schwärze, die auf Erin drückte und ihr den Sauerstoff aus den Lungen sog. Panisch rang sie nach Luft.

Das Ding atmete ebenfalls. Schwer. Rasselnd. In dem kleinen Raum und der allumfassenden Finsternis klang es so nah. Fast so, als …

Die Lichter gingen wieder an, und Erin blickte direkt in milchig weiße Augen. Der Geist stand so nahe vor ihr, dass sie die Konturen des Schädelknochens unter der verbrannten Haut sehen konnte.

Etwas blitzte auf, und Erin bemerkte eine goldene Kette, die auf brandblasenübersäter Haut hing. Auf dem runden Anhänger war ein Symbol eingraviert, und Erin wunderte sich, dass sie sich in diesem Moment für solch ein unwichtiges Detail interessierte, gleichzeitig war diese Kette etwas seltsam Normales, etwas, das sie von der Ungeheuerlichkeit ablenkte, die vor ihr stand. Bevor sie sich das Symbol genauer ansehen konnte, kratzten drahtige Haare über ihre Wange. Die Gestalt beugte sich vor, röchelte.

Erin wollte zurückweichen, aber ihre Muskeln verweigerten den Dienst. Sie konnte sich nicht rühren, nicht einmal ein winziges bisschen, ganz gleich, wie sehr sie den Haaren und dem Gestank nach Schwefel entkommen wollte. Ganz langsam bewegte sich der lippenlose Mund vor ihr. Die Kreatur lächelte.

Schwarzgelbe Zahnstumpfen kamen zum Vorschein, und ein Geruch nach Verwesung schlug Erin entgegen. Dann schoss die Hand der Erscheinung nach oben und legte sich um ihre Kehle. Die Finger waren dünn, aber stark wie eine Eisenkette.

Erin spürte, wie sie nach oben gehoben wurde und den Boden

unter den Füßen verlor. Trotzdem konnte sie sich noch immer nicht wehren. Es war, als hätte sie den Kontakt zu ihrem Körper verloren, als wären die Nerven eine Einbahnstraße, die Schmerzen in ihr Gehirn, aber keine Befehle zu den Muskeln transportieren. Sie dachte daran, dass das erste Opfer in Horrorfilmen von den Zuschauern meist am schnellsten vergessen wurde.

Dann wurde ihr schwarz vor Augen.

13
IN SCHWIERIGKEITEN

Lu saß in einem Hauseingang auf der gegenüberliegenden Straßenseite des Gebäudes, in dem der Zugang zu den Vaults lag, und beobachtete gelangweilt die Radain, die durch die regennassen Straßen eilten. Ein junges Paar, das einen schwarzbraunen Hund Gassi führte. Zwei Senioren, die miteinander in Erinnerungen schwelgten. Ein Kind, das mit feuerroten Gummistiefeln in die Pfützen sprang. Der Geruch nach nassem Asphalt hing in der Luft, gemischt mit dem Duft nach frisch gekochtem Fleisch, der aus den Fenstern einer nahe liegenden Restaurantküche strömte. Lus Magen grummelte.

Als Kaito endlich mit der Gruppe auf die Straße trat, betrachtete sie die Menschen, die sich in alle Richtungen verteilten. Kaito blieb mit einer jungen Radan vor den Vaults stehen und schien irgendetwas zu diskutieren. Sie war unscheinbar, dunkle lange Haare, eine schwarze Lederjacke, Jeans. Die Schultern hatte sie hochgezogen, und ihr Blick glitt immer wieder zu den Vaults. Kaito redete auf sie ein, schien aber seinen Willen nicht durchsetzen zu können. Schließlich verschwand die Frau wieder im Gebäude.

Da Kaito keine Anstalten machte, wegzugehen, erhob sie sich und schlenderte über die Straße zu ihm.

»Ich fühle mich verfolgt, muss ich gestehen.« Er lächelte. Seine weißen Zähne blitzten auf. »Du musst also immer noch etwas aus der Unterwelt besorgen? Ist es wirklich so wichtig, dass du mir hinterherläufst und über eine Stunde hier in der Kälte wartest?«

Lu zuckte mit den Schultern und vergrub die Hände in den Taschen ihrer überdimensionalen Wolljacke. Der Essensgeruch war hier noch stärker, und sie wünschte sich, dieses Gespräch in einem Restaurant mit knusprigen Pommes vor sich auf dem Tisch zu führen.

»Dachte, dass du vielleicht Hilfe gebrauchen könntest.«

»Du bist wirklich …« Er brach ab, und sein Kopf fuhr in die Höhe.

Lu spürte es ebenfalls. Ihre Nackenhaare stellten sich auf, und ihr Magen fühlte sich an, als wäre sie in einem Achterbahnlooping.

Kaito stürmte an ihr vorbei zum Eingang in die Vaults. Lu überlegte nicht lange und rannte ihm nach, getrieben von Hoffnung, gleich jene Tote zu treffen, die ihr Antworten geben konnte.

Sie hatte so viel Schwung, dass sie hinter dem Vorhang in Kaitos Rücken stolperte. Sie hielt inne und rang nach Atem.

»Nicht dein Ernst.« Er machte sich nicht die Mühe, sich zu ihr umzudrehen. »Du bist in der Ausbildung. Das hier ist kein Spiel. Geh.«

Dann eilte er weiter durch den Flur, Lu folgte ihm.

Als ihr der Geruch nach Schwefel und Rauch in die Nase stieg, flogen ihre Hände automatisch zu ihrer Bauchtasche und suchten nach einer bestimmten Phiole. Sie ahnte, was in dem Gewölbe wartete. Nein, sie hoffte es.

Kaito hatte inzwischen den Raum erreicht, aus dem der Gestank waberte.

Bevor Lu ebenfalls eintreten konnte, ertönte ein Schrei, und plötzlich erinnerte sie sich an die Frau, mit der Kaito vor wenigen Minuten geredet hatte und die wieder in die Vaults hinabgestiegen war.

Lu fluchte. Mit einer anwesenden Radan schwanden ihre Chancen, ungestört mit dem Geist zu sprechen. Sie trat durch die Tür in das Gewölbe. Was sie dort sah, überraschte sie nicht.

In der Mitte des Raumes stand ein Geist. Die langen schwarzen Haare verdeckten den Oberkörper, die Kleidung und ein Großteil der Haut waren verbrannt. Die Finger nur noch Knochen und Sehnen, die sich in die Kehle von Kaitos Freundin bohrten.

Kaito selbst hatte den rechten Arm erhoben, Zeige- und Mittelfinger ausgestreckt, Daumen und Ringfinger aneinandergelegt. Instinktiv tat Lu es ihm gleich. Dann erinnerte sie sich daran, dass sie außerhalb der Unterwelt noch immer nahezu machtlos war. Die Hand hielt sie trotzdem erhoben, während sie mit der Linken die Phiole herausholte.

»Geist!« Kaitos Stimme hallte durch den Raum.

Die Erscheinung drehte langsam den Kopf, der Körper blieb dabei so unnachgiebig, als wäre er in Beton gegossen. Lu erkannte den Gesichtsausdruck des Geistes nicht, aber bereits der Geruch verriet seine Gesinnung. Dieses Wesen war aus nur einem Grund zurückgekehrt. Ihr Herz klopfte vor Aufregung, die Wahrscheinlichkeit, dass sie dem richtigen Geist gegenüberstand, stieg.

»Sie ist nicht die, die du suchst!«, fuhr Kaito fort und trat einen Schritt auf den Geist zu. Doch dieser wich nicht zurück, zuckte nicht einmal zusammen, sondern starrte weiterhin unberührt zu ihnen.

Geister waren Radain oder Hexen, das hatte Lu in ihrer Ausbildung gelernt, die nach ihrem Tod irgendetwas auf dieser Seite des Lebens zurückhielt. In fast allen Fällen war es ein starkes Gefühl, das sie nicht loslassen konnten. Sie trauerten um ihr verlorenes Leben, um verpasste Chancen, ungesagte Worte.

Lu war schon dem ein oder anderen dieser Geister begegnet, sie versteckten sich in Spiegeln, Schaufensterscheiben und Pfützen. In dunklen Ecken, kaum geöffneten Schränken und vergessenen Räumen. Darauf wartend, dass sie sahen oder hörten, was sie zu Lebzeiten verpasst hatten.

Aber dieser Geist, der nun vor ihnen stand und den sie mit hoher Wahrscheinlichkeit beschworen hatte, wollte etwas anderes: Rache für seine gestörte Totenruhe. Das hätte Lu auch gewusst, wenn er nicht ein Menschenleben bedrohen würde. Wann immer Rachegeister auftauchten, haftete Schwefelgestank an ihnen, und in dem Gewölbe stank es wie in ihrem zweiten Schuljahr.

Sie trat nach vorne, bis sie Schulter an Schulter mit Kaito stand. Der Geist rührte sich nicht. Ebenso Kaitos Freundin. Lu warf der blassen Frau einen besorgten Blick zu. Ihre Augen waren geschlossen, der Kopf nach hinten gesunken, die Arme hingen leblos herab.

Lu konnte nicht sehen, ob sie noch atmete. Ihre Hoffnung, sofort mit dem Geist zu reden, löste sich in Luft auf. Da Kaito den Geist zuerst angesprochen hatte, musste er die Verhandlung führen.

Doch der Geist reagierte noch immer nicht.

Verfluchte Scheiße.

Die Frau stöhnte, ihre Augenlider flatterten, sie lebte. Lu atmete erleichtert aus und besah sich den Geist genauer. Die schwarzen Haare passten, ebenso die Brandwunden und die goldene Kette um den Hals. Ihr Herzschlag beschleunigte sich, sie befeuchtete ihre Lippen mit der Zungenspitze. Die Zeit war endlich gekommen, ihr Trank war erfolgreich gewesen, und sie würde sich endlich ihren Herzenswunsch erfüllen können – eine Wasserhexe werden. Sie musste nur eine Möglichkeit finden, mit dem Geist zu reden, durfte ihn nicht bannen. Ganz egal, wie blass die Radan schon aussah.

»Lass sie gehen!«, wiederholte Kaito, seine Stimme zitterte.

Lu spürte das vertraute Kribbeln in ihren Fingerspitzen, als würden tausend Schmetterlingsbeine über ihre Haut tanzen. Die Luft um ihre Hand flimmerte, und sie sog überrascht die Luft ein. Hellbraune Funken tanzten in die Höhe, obwohl sie den Vortex nicht anrief. Aus den Augenwinkeln sah sie die violetten Sprenkel, die Kaitos Begabung verrieten. Seine Verzweiflung musste den Vortex so weit geöffnet haben, dass auch Lu direkt darauf zugreifen konnte. Sie schluckte.

Der Geist hingegen wirkte wenig beeindruckt. Kaito war als Tarotleger machtlos gegen ihn.

Lu überlegte: Sie hatte das Mittel in der Hand, um den Geist zu bannen und die junge Frau zu retten, die inzwischen röchelte. Es würde nicht mehr lange dauern, bis sie tot war. Aber was zählte ein Leben im Vergleich zu der Magie, nach der sie strebte? Ein kleiner Teil von ihr schämte sich für den Gedanken, aber der Wunsch, Teil des Wasserzirkels zu werden, war übermächtig. Sie brauchte nur mehr Zeit, um herauszufinden, wie sie den Geist beruhigen konnte. Ihre Gedanken rasten, die Lippen der Radan färbten sich blau.

Kaito sah zu ihr, dann fiel sein Blick auf die Phiole in ihrer Hand. Bevor sie es verhindern konnte, griff er danach, hob sie sich an den Mund, entfernte mit den Zähnen den Korken. Ein eleganter Schwenk genügte, und die grünliche Flüssigkeit landete auf dem Geist. Für eine quälende Sekunde geschah nichts, dann stiegen feine Rauchschwaden in die Höhe. Der Geist schrie, als stände er auf einem lodernden Scheiterhaufen. Seine verkohlte Haut brannte. Blauweiße Flammen tanzten über die Knochen, die milchigen Augen starrten zu Lu, die ebenfalls zitterte. Ihr größter Wunsch löste sich in Luft auf.

Die Radan knallte mit voller Wucht auf den harten Steinboden auf. Lu spürte, wie Kaito zusammenzuckte, aber er blieb stehen. Der Gestank nach Schwefel wurde unerträglich. Dann war der Spuk vorbei, die Funken an ihren Fingerspitzen erloschen.

Kaito senkte die Hand und eilte zu dem ohnmächtigen Opfer, Lu trat mit flatterndem Herzen neben ihn. Sie hatte den Vortex gespürt. Wie sehr sie dieses Gefühl der Macht vermisst hatte. Schon jetzt wieder vermisste. Sie sah auf ihre Finger hinab, und im Halbdunkel des Gewölbes sahen sie plötzlich schmerzhaft menschlich aus.

»Warum hattest du ausgerechnet Eisenkrauttrank dabei?« Er stellte die Frage beiläufig, während er den Puls der Frau maß.

Lu hob den Kopf und sah ihn an. Sie wusste sofort, dass sie in Schwierigkeiten steckte.

14
ENTKOMMEN

Alles schmerzte.

Ihre Kehle fühlte sich an, als hätte sie jemand mit Stahlwolle geschrubbt, ihre Muskeln waren so steif, dass sie jeden Dienst verweigerten. Hinter ihren Augen funkelten weiße Sterne. Doch sie lebte.

Erin zwang ihre Lider nach oben und starrte auf grauen Stein. Die Decke der Vaults. Ihr Kopf dröhnte. Sie wollte sich aufsetzen, aber ihre Arme gehorchten ihr nicht. Hilflos schloss sie erneut die Augen.

»Erin?«

Die Stimme kam ihr bekannt vor. Wahrscheinlich träumte sie. Etwas berührte sanft ihren Handrücken, strich über ihren kleinen Finger. Erin wollte etwas sagen, aber es kam nicht mehr als ein leises Stöhnen über ihre Lippen.

»Sie lebt.« Jemand Unbekanntes.

Der Gedanke, dass eine fremde Person neben ihr stand, brachte Leben zurück in Erins Muskeln. Sie setzte sich auf und sah sich mit dröhnendem Kopf um. Es dauerte einige Momente, bis sie alles in sich aufgenommen hatte. Neben ihr kniete Leo, seine Hand noch immer nach ihr ausgestreckt. Sorgenfalten durchzogen seine Stirn. Schräg hinter ihm stand eine junge Frau, die Erin noch nie gesehen hatte. Ihre pechschwarzen Haare waren zu einem Knoten zurückgebunden, was ihre scharfen Wangenknochen und die vollen Lippen betonte. Sie trug einen silbernen Ring im rechten Nasenflügel und starrte mit verschränkten Armen vor der Brust auf Erin herab.

»Siehste«, sagte sie nun und ließ die Arme sinken. »Alles gut. Sag ich doch.«

»Klappe, Luzia.«

Erin hatte Leo noch nie so bestimmt und wütend gehört.

Besagte Luzia kniff die Lippen zusammen und hob abwehrend die Hände. »Sorry.«

»Wie fühlst du dich?«, fragte Leo und legte eine Hand an Erins Stirn. Seine Haut war angenehm kühl.

»Was zur verfluchten …?«, begann Erin und brach ab. Jede Silbe schmerzte.

»Luzia, hol bitte etwas Wasser.«

»Wo soll ich denn jetzt Wasser herbekommen?«

»An der nächsten Kreuzung ist ein Supermarkt«, erklärte Leo, ohne seinen Blick von Erin abzuwenden. Die intensive Art, mit der er sie musterte, machte sie nervös, und sie sah wieder zur grauen Steindecke hinauf. Langsam ließen die Kopfschmerzen nach.

»Geht schon«, flüsterte sie und musste husten.

»Luzia, Wasser«, wiederholte Leo mit Nachdruck.

»Es geht wirklich.« Erin winkte ab und begann, sich aufzurappeln. »Was war das?«

»Was meinst du?« Leo legte einen Arm um ihre Schulter, um ihr aufzuhelfen. Die Berührung ließ ihre Fingerspitzen kribbeln.

»Da war …« Erin verstummte. Ein Geist? Das konnte sie unmöglich sagen. Allein der Gedanke klang verrückt. Dabei war sie sich sicher, dass sie … *etwas* gesehen hatte. Sie war ohnmächtig geworden, als das Etwas sie angegriffen hatte. Oder nicht? Erins Gedanken rasten. Plötzlich wollte sie so schnell wie möglich hier raus. Frische Luft. Heißer Tee. Eine warme Decke.

»Ja?« Leo klang alarmiert. Seine Hand griff fester zu. »Was war da?«

»Ich weiß es nicht«, antwortete Erin unsicher. Isabellas hämische Stimme schwirrte durch ihr Unterbewusstsein: *Es war absurd! Wir konnten sie nicht ernst nehmen.*

Sie konnte es ihm nicht sagen. »Mir ist einfach schwindelig geworden, glaube ich«, sagte sie ausweichend.

Luzia stieß ein Lachen aus, das eher nach einem Grunzen klang, und erntete dafür einen wütenden Blick von Leo.

»Was machst du eigentlich hier?«, fragte Erin und rieb sich den schmerzenden Hinterkopf. Das würde eine Beule geben.

»Ich sagte doch, dass ich in zehn Minuten komme und nach dir sehe«, erklärte Leo.

Er griff ihr unter die Arme und half ihr dabei, aufzustehen. Erin spürte Wärme in sich aufsteigen, und sie lächelte ihn dankbar an. Er hatte sein Versprechen gehalten und nach ihr gesehen. Es war ein schönes Gefühl, dass nach den letzten Jahren, in denen sie sich um sich selbst kümmerte, um niemanden zur Last zu fallen, plötzlich jemand von sich aus auf sie zuging und sich sorgte.

Dann erinnerte Erin sich, dass Leo nicht alleine war. Sie musterte die junge Frau noch einmal genauer. Eine überdimensionierte Wolljacke betonte ihre schmale Hüfte, um die eine schwarze Bauchtasche hing. Ihre Augen waren so dunkel wie Leos, doch am auffälligsten fand Erin ihre belustigt gekräuselten vollen Lippen.

Woher kannten die beiden sich? Sie gingen auf seltsame Weise vertraut miteinander um. Und die Art, wie Leo ihr warnende Blicke zuwarf, verriet, dass sie ein Geheimnis teilten.

»Und deshalb hast du sie mitgebracht?« Stirnrunzelnd sah Erin die attraktive Frau an. Sie hatte nicht an der Tour teilgenommen, oder? Erin traute ihren eigenen Erinnerungen nicht mehr. »Kennen wir uns?«

»Ich war zufällig in der Gegend«, warf die Fremde ein und zuckte mit den Schultern. Leo verschränkte die Arme vor der Brust. »Kaito und …«

»Luzia ist eine alte Bekannte«, unterbrach Leo sie und trat mit erhobenen Händen einen Schritt nach vorne, woraufhin Luzia mit den Augen rollte. »Ich habe sie gerade vor den Vaults getroffen, und sie wollte unbedingt mal hier rein. Du verrätst doch Karen nichts davon, oder?«

Skeptisch musterte Erin Luzia, deren Finger nun an der eleganten Bauchtasche mit silbernen Schnallen herumnestelten. Als sie Erins neugierigen Blick bemerkte, versteckte sie die Tasche unter ihrer überdimensionalen, flauschigen Jacke und zeigte ein falsches Lächeln.

Erin wandte sich an Leo. »Natürlich nicht«, sagte sie. Letztendlich war ihr all das egal. Sie musste weg, allein sein, ihre Gedanken sortieren. Die Erinnerung an milchig weiße Augen blitzte vor ihr auf.

Unwillkürlich machte sie einen Schritt nach hinten. Sie schwankte, griff ins Leere – und Leo hielt sie fest. Ihr Herz pochte. Dann richtete sie sich auf und schaffte es dieses Mal, alleine stehen zu bleiben. Sie zupfte an ihrer Lederjacke.

»Viel Spaß euch.« Die Worte stolperten aus ihrem Mund und sie kurz darauf aus dem Raum. Hinter sich hörte sie Luzia lachen.

Wie peinlich.

Warum hatte sie auch geglaubt, dass sich Leo für sie interessieren könnte?

Egal. Sie war seit ihrem siebzehnten Lebensjahr ohne Freund klargekommen und würde das auch weiterhin tun. Aber das andere, den Geist, würde sie nicht so schnell abschütteln können.

Was zur verfluchten Hölle ist da passiert?

Während sie auf den Vorhang zuging, dachte sie an den Gestank. Den Schrei. Die gelben verfaulten Zähne und die kratzigen Haare auf ihrer Haut.

Übelkeit stieg in ihr empor.

Habe ich mir das alles nur eingebildet?

Sie wollte mit irgendjemandem darüber reden, aber sie kannte niemanden, dem sie diese Geschichte erzählen konnte, ohne vor Scham zu sterben. Zumindest niemand, der ihr antwortete.

Erin vermisste Tante Charly mehr denn je. Niemand anderes würde ihr glauben, ohne sie für verrückt zu halten. Sie selbst glaubte ja kaum ihre eigenen Erinnerungen.

Als sie an die frische Luft trat und sanfter Nieselregen in ihr Gesicht schlug, fühlte sie sich für einen kurzen Augenblick orientierungslos. Wohin sollte sie gehen, wohin wollte sie überhaupt?

In ein Krankenhaus?

Sie hob die Hand und betastete erneut die Beule an ihrem Hinterkopf. Aber war das Grund genug, um den restlichen Tag in einem muffigen Wartezimmer zu sitzen und Fragen über sich ergehen zu lassen?

Was genau ist denn geschehen?

Ein Geist hat mich angegriffen und gewürgt. Das Nächste, woran ich mich erinnere …

Unwillkürlich wanderte ihre Hand zu ihrem Hals, strich über die Stelle, an der die kalten Finger des Geistes ihr die Luft abgeschnürt hatten. Erins Atem stockte, dann realisierte ihr Körper, dass die Gefahr vorbei war. Ihr Brustkorb hob und senkte sich wieder normal, nur ihr Puls raste weiter.

Erin lehnte sich gegen die Wand des Hauses, aber als ihr Kopf den kalten Stein berührte, zuckte sie vor Schmerz zurück.

»Scheiße.«

Vielleicht sollte sie einfach nach Hause gehen. Schlafen. Sich einen neuen Job suchen. Kündigen. Kurz überlegte sie, umzukehren und doch mit Leo über den Vorfall zu sprechen. Dann erinnerte sie sich an Luzia. Sie drückte sich von der Wand ab und lief los, die Schultern nach oben gezogen, während ein Regenschauer auf sie niederprasselte und sich vergebens bemühte, das Gefühl der Angst abzuwaschen.

15
DER PAKT

Was war denn das?«

Kaitos fragender Gesichtsausdruck verstärkte Lus Lachanfall. Konnte es wirklich sein, dass der sonst so intelligente Kerl nicht verstand, worauf seine Freundin angespielt hatte?

Sie wischte sich mit dem Zeigefinger eine Lachträne aus dem Augenwinkel und holte tief Luft.

»Sie denkt, wir hätten was miteinander.«

»Sie ... Was?!«

In dem dunklen Gewölbe roch es noch immer leicht nach Schwefel, was die Vorstellung, hier mit Kaito eine schnelle Nummer zu schieben, nur noch absurder machte. Ganz abgesehen davon, dass das für sie absolut nicht infrage kam.

»Warum solltest du sonst eine Frau mit hier runterbringen?« Lu zuckte mit den Schultern. »Deine Kleine hat eine seltsam sympathische Art, zu denken.«

Kaito kniff die Lippen zusammen, als müsste er mit aller Kraft einen Schwall an Schimpfworten zurückhalten.

»Wieso lässt du sie überhaupt gehen? Sie ist eine Radan, die gerade eine Geisterbegegnung hatte. Ist es nicht dein Job, ihre Erinnerung zu dokumentieren und im Zweifel zu beseitigen oder so was in der Art?«

»Sie erinnert sich ja nicht.«

»Und das glaubst du ihr?« Lu hob beide Augenbrauen, um zu verdeutlichen, für wie naiv sie ihn hielt. Sie hatte am Blick der Frau gesehen, dass sie sich noch genau daran erinnerte, von einem rachsüchtigen Geist beinahe umgebracht worden zu sein.

Blanke Angst vor dem eigenen Wahnsinn. Lu kannte diesen Gesichtsausdruck nur zu gut.

Kaito straffte die Schultern, fuhr sich mit einer Hand durch das schwarze Haar. »Du bist diejenige, die ihr beinahe meinen echten Namen verraten und mich damit in unfassbare Erklärungsnot gebracht hätte. Lass Erin einfach meine Sorge sein. Wir sollten uns erst einmal um den Geist kümmern. Wie konnte er diese Welt betreten?«

Er sah sich im Raum um, suchte offensichtlich nach auf den Stein geschmierten Beschwörungen. Nach eingeritzten Runen. Irgendetwas, das verriet, weshalb sich gerade jetzt an diesem Ort der Geist gezeigt hatte. Langsam schritt er das Gewölbe ab, während Lu ihn mit verschränkten Armen beobachtete.

Sie wusste, dass er nichts finden würde. Als er sie nach dem Eisenkrauttrank gefragt hatte, war sie davon ausgegangen, dass er es durchschaut hatte, aber sie lag wohl falsch, oder er hatte es vor Sorge um diese Erin vergessen. Sie atmete erleichtert aus.

»Willst du noch länger dort stehen oder mir endlich helfen?«, fragte er schließlich, während er mit der Hand über die Steinwände fuhr.

Lu schnaubte. Es ergab keinen Sinn, dass er versuchte, etwas zu ertasten. Sein Gehabe war absolut lächerlich.

»Warum gerade ich? Ich bin nicht fertig ausgebildet.«

»Eben«, erwiderte er trocken. »Du bist die Einzige, die ich um Hilfe bitten kann, ohne Erin in Gefahr zu bringen.«

Es dauerte einen Moment, aber als Lu schließlich verstand, antwortete sie mit einem unterdrückten Lachen.

Kaito hielt inne. Er saß in der Hocke, den Zeigefinger in einer Fuge zwischen zwei Steinen. Lu verkniff sich einen Kommentar darüber, wie dämlich er dabei aussah.

»Ich verstehe nicht, was daran witzig sein soll?« Er hob den Kopf, durchbohrte sie mit seinen schwarzen Augen.

»Du magst sie«, stellte Lu fest und lehnte sich ein Stück vor, die Hände hinter dem Rücken verschränkt. »Und du willst sie nicht an den Rat ausliefern. Deshalb soll ich dir helfen. Damit es niemand anderes mitbekommt. Wie kommst du nur auf diese bescheuerte Idee, dass ich dich nicht verraten würde?«

Die Leuchtröhre vor der Tür spendete in dem Raum nur wenig Licht, aber Lu wusste auch so, dass Kaitos Haut sich leicht rosa verfärbte. Er senkte den Blick wieder auf den Boden.

Bingo.

Lu grinste.

»Du weißt, dass ich die Sache mit der Radan melden muss«, sagte sie.

»Sie heißt Erin.« Er klang eisig.

»Du weißt, dass ich die Sache mit *Erica* melden muss.« Lu zuckte mit den Schultern. »Tut mir leid. Regeln sind Regeln, und mir ist meine Ausbildung wichtig, weißt du?«

»Wie du meinst«, erwiderte Kaito. Er stand auf und klopfte sich den Staub von der Jeans. »Aber wir wissen beide, dass ich deinen Vorfall dann ebenfalls melden muss.«

Er wandte sich zum Gehen, und Lu stutzte. Dann dämmerte es ihr. Kaitos übertrieben falsche Art, den Ort zu untersuchen. Seine Nachfragen.

Sie hatte ihn gebeten, Totenhaar zu besorgen, und er hatte nach dem Eisenkrauttrank gefragt, bevor seine Freundin aufgewacht war. Offensichtlich hatte Kaito die Puzzleteile zusammengefügt. Er wusste von der missglückten Geisterbeschwörung und dass sie die Schuld an den Geschehnissen trug. Er hatte sie in den letzten Minuten getestet, um ihr die Möglichkeit zu geben, auf seine Seite zu wechseln.

Lu hatte schon häufiger gehört, dass Kaito gut darin war, Bündnisse zu schmieden, ohne offene Drohungen auszusprechen. Die meisten Hexen verstanden seine subtilen Hinweise, kannten diese Art der Politik, wenn sie sich mit ihm in Verhandlungen begaben. Lu gehörte nicht dazu und hatte die Möglichkeit zu einem echten Bündnis ordentlich versaut, obwohl er ihr mehrere für seine Verhältnisse deutliche Hinweise gegeben hatte.

Ob er auch ahnt, dass ich den Tod der Radan in Kauf genommen hätte, weil es mir wichtiger war, eine Möglichkeit zu finden, den Geist ohne Bannung zu besänftigen?

Das schlechte Gewissen breitete sich wie Säure in ihrer Magengrube aus. Heiß. Brennend. Sie überspielte es mit kalter Lässigkeit.

»Ich helfe dir«, erklärte sie und versuchte, dabei nicht wie ein Kind zu klingen, das zugeben musste, für die verschwundenen Kekse verantwortlich zu sein. »Aber ich will spätestens morgen Abend ein neues Totenhaar in meinem Briefkasten haben.«

»Ich wusste, dass du deine Meinung änderst.« Er drehte sich zu ihr um.

»Es klang auch nur ein bisschen nach Erpressung«, meinte Lu.

»Nur ein bisschen? Dann habe ich mich wohl nicht so deutlich ausgedrückt, wie ich wollte.«

»Und jetzt?«

»Jetzt gehen wir gemütlich einen Tee trinken, und du erzählst mir, was genau eigentlich schiefgelaufen ist.«

»Können wir uns nicht einfach darauf einigen, uns gegenseitig nicht zu verraten?« Sie hatte keine Lust, Kaito zu erklären, warum sie seit einigen Monaten versuchte, einen ganz bestimmten Geist zu beschwören.

»Ich muss es wissen«, sagte er schlicht.

»Hat das was mit Erica zu tun?«

»Erin.« Er seufzte. »Die du beinahe hast draufgehen lassen, um mit einem Geist zu kommunizieren. Sei froh, dass ich dir die Möglichkeit gebe, dich zu erklären. Lass uns von hier verschwinden, und dann sehen wir weiter. Ich möchte diesen Schwefelgestank endlich hinter mir lassen.«

»Also«, begann er, als sie eine Viertelstunde später nebeneinander die Cowgate entlangliefen. »Dann erzähl mal. Seit wann sind Tränke mit Totenhaaren Teil einer Gebräu-Ausbildung?«

Lu kniff die Lippen zusammen und fixierte ein angerostetes Baustellengerüst, das die komplette Fassade eines maroden Gebäudes einnahm. Zu Beginn des 15. Jahrhunderts hatten Bauern ihre Kühe diese dunkle Straße entlang zum Markt getrieben, heute war die Cowgate einer jener Orte, die Touristen kurz besuchten, um dann enttäuscht weiterzuziehen. Von ihrer Vergangenheit war der Straße nicht mehr geblieben als der Name.

Lu seufzte. Ihre Hoffnung, dass Kaito sich einfach in Luft auflösen würde, wurde enttäuscht. Und ihr Verstand hatte keine vernünftige Ausrede parat. Sie hatte sich für zu clever gehalten, um jemals erwischt zu werden. Ja, sie hatte Totenhaar gekauft, aber das war nicht weiter ungewöhnlich. Das hätte auch ein Botengang für ihre Großmeisterin oder für ein harmloseres Gebräu sein können. Irgendetwas, das sie außerhalb des Lehrplans im Selbststudium brauchte. Das alles hätte sie begründen können. Aber dann hatten Kaito und sie einem Geist gegenübergestanden und sie einen Eisenkrauttrank bei sich getragen, den sie nicht einsetzte. Aus der Nummer kam sie nicht mehr raus.

»Je länger du schweigst, desto wahrscheinlicher wird es, dass ich dir kein Wort glaube.« Er wich einer Pfütze aus, die sich in einem Loch in der Straße gebildet hatte, während er auf seinem Handy herumtippte und es sich ans Ohr hielt. »Das weißt du, oder?«

»Mir ist noch keine Ausrede eingefallen«, gab Lu zu.

»Wie wäre es dann mit der Wahrheit.« Er steckte das Telefon in die Tasche seines bodenlangen Mantels.

Sie seufzte erneut. Kaito sah sie erwartungsvoll an, Wut lauerte in seinen dunklen Augen, und Lu wurde klar, wie tief sie in der Scheiße steckte. Alles, was ihr jetzt blieb, war Hoffnung auf sein Mitgefühl.

»Du wirst es lächerlich finden.«

Ein Wagen mit Anhänger manövrierte um eine viel zu enge Kurve. Allein beim Zuschauen war Lu dankbar dafür, dass sie niemals Autofahren müsste. Radain hatten merkwürdige Angewohnheiten der Fortbewegung. Aber so war das wohl, wenn einem die Elemente nicht gehorchten und magische Flüsse oder Windkanäle keine Option darstellten.

»Werde ich nicht«, versprach er erstaunlich ruhig.

Lus Kehle brannte. Sie holte tief Luft und hoffte, so den Knoten in ihren Eingeweiden sprengen zu können. Vergeblich.

»Es ist kompliziert«, wich sie ein weiteres Mal aus. Als sie Kaitos Blick erneut begegnete, wurde ihr klar, dass sie ihm nicht entkommen konnte. Er hatte sie in der Hand. Aber sie ihn auch. »Warum willst du es überhaupt wissen?«

Gegenfragen verschafften Zeit. Zu ihrer Überraschung stieg Kaito auf das Spiel ein, gleichzeitig holte er das Handy aus der Tasche.

»Weil ich wissen muss, mit welchem Geist wir es zu tun hatten«, erklärte er, während er noch einmal auf dem Bildschirm herumtippte und sich das Gerät ans Ohr hielt. Lu verstand nichts von diesen technischen Dingen und wollte gar nicht wissen, was er da trieb. »Vielleicht war der Eisenkrauttrank nur eine temporäre Lösung. Und da ich in den Vaults arbeite, muss ich sicherstellen, dass der Geist nicht zurückkehrt oder die Barriere dort dauerhaft geschädigt ist.«

Lu nickte. So weit hatte sie noch gar nicht gedacht. Für sie war das Problem mit dem Eisenkrauttrank erledigt gewesen. Sie hatte keinen Gedanken daran verschwendet, dass der Übertritt möglicherweise dauerhafte Schäden im Gefüge hinterlassen hatte. Wieder einmal merkte sie, wie unerfahren und naiv sie an manche Dinge heranging, und Wut kochte in ihr hoch. Wut auf das Leben, ihre Gabe, sich selbst. Gemischt mit Hoffnung, dem Geist ein weiteres Mal begegnen zu können.

»Also, wen möchte eine Anfängerin wie du herbeirufen?«

Kaito traf ihren wunden Punkt und brachte Lu dazu, sich zu öffnen. Sie spürte es genau, konnte sich aber nicht dagegen wehren. Sie wollte nicht als Anfängerin bezeichnet werden, wollte ihm zeigen, dass sie genau verstand, was sie tat.

»Ich wollte Abaigeal Dubh beschwören.«

Kaito hielt abrupt inne und wandte sich ihr zu. Lu blieb ebenfalls stehen. Die Worte hingen zwischen ihnen in der Luft. Er starrte sie mit leicht geöffnetem Mund an, was in ihr ein Gefühl der Befriedigung auslöste. Das hatte er definitiv nicht erwartet.

Sie setzte sich wieder in Bewegung und zwang ihn so, ihr zu folgen.

»Du wolltest …?«

»Ja«, bestätigte sie und starrte stur geradeaus. Vor ihr liefen zwei Radain, die konzentriert auf ihre Handybildschirme starrten. Nein, Lu verstand diese Erfindung wirklich nicht.

»Bist du wahnsinnig?« Er erhob seine Stimme nicht. Wer jahrelang damit zubrachte, Geheimnisse zu verteidigen, wurde wohl selbst im Moment der größten Überraschung nicht laut. Aber sie sah aus den Augenwinkeln an seinem hektischen Blinzeln, dass er vollkommen überfordert war.

»Ich suche eine Lösung«, erwiderte sie ruhig. Ihre Hände zitterten, schnell steckte Lu sie in ihre Jackentaschen. »Es muss eine Lösung geben.«

»Eine Lösung wofür?« Seine Stimme bebte. »Abaigeal Dubh zu beschwören … das ist niemals eine Lösung für irgendetwas. Erst vor Kurzem wurde ihr Grab geöffnet, und jetzt willst du ihren Geist rufen? Du kennst die Legenden!«

»Genau deshalb versuche ich es ja!« Lu war überrascht, wie normal ihre Stimme klang, obwohl in ihr alles tobte. Sie hatte soeben ihr größtes Geheimnis offenbart, und sie fragte sich, ob sie zu hoch gepokert hatte. War Kaito seine Freundin wichtig genug, um solch ein Geheimnis für sich zu behalten? Sie wusste es nicht. Verdammte Scheiße. Sie musste sich rechtfertigen. An sein Mitleid appellieren. »Ich kann nicht mehr …«

Sie ließ ihre Stimme zittern, brechen. Dafür musste sie nicht einmal schauspielern, sondern sich nur weiter öffnen. Ein klein wenig mehr. Niemals würde sie zulassen, dass Kaito die ganze Wahrheit erfuhr. Wie erwartet trat ein mitleidiger Ausdruck in seine Augen. Er packte sie an der Schulter, zwang sie so, erneut stehen zu bleiben, und legte beide Hände dann an ihre Oberarme.

»Was ist los, Lu?«

Sie zuckte zusammen. Er nannte sie nie bei ihrem Spitznamen. Irgendwie machte sie das noch wütender.

»Ich brauche Antworten«, erklärte sie. »Antworten, die nur sie mir geben kann.«

Kaito war feinfühlig genug, um nicht weiterzubohren, obwohl sein Gesichtsausdruck ihr verriet, dass er wollte. Sie konnte ihm nicht verraten, warum sie Abaigeal Dubh so dringend suchte. Ihre Begabung zu wechseln … Allein der Wunsch konnte sie alles kosten. Man würde sie als undankbar bezeichnen. Machthungrig. Würde ihr alles entreißen und sie töten. Oder noch schlimmer: *gewöhnlich machen.*

»Das haben schon viele versucht.« Kaito seufzte. »Abaigeal Dubh zu rufen … Ich weiß nicht, was du von ihr möchtest, aber vor dir sind schon große Hexen daran gescheitert, sie zu finden. Es ist ja nicht einmal sicher, dass ihr Geist noch existiert. Hast du deshalb den Geist in den Vaults nicht gebannt? Weil du dachtest, es wäre Abaigeal? Sie war es nicht, da bin ich mir sicher.«

»Sie war zu mächtig, um spurlos zu sterben«, flüsterte Lu. »Viel zu mächtig. Woher willst du wissen, dass wir ihr gerade nicht gegenüberstanden?«

»Abaigeal Dubhs Geist ließe sich nicht mit einem einfachen Eisenkrauttrank vertreiben, dafür ist sie zu mächtig. Sollte sie jemals zurückkehren, wäre das unser Ende. Genau deshalb ist es gut, wenn sie spurlos verschwunden ist. Jeder Funke ihrer Existenz ist eine große Bedrohung. Für uns alle.«

»Hoffnung«, widersprach Lu. »Für viele wäre sie Hoffnung.«

Jetzt war es Kaito, der loslief. Er fuhr sich mit der Hand durch die Haare, wandte sich energisch wieder zu ihr um, kam denselben Weg zurück.

»Sag so etwas nicht«, zischte er. »Du bist doch nicht naiv, Luzia. Glaubst du wirklich, dass sie irgendjemandem helfen würde außer sich selbst? Dass nicht auch der letzte Fetzen ihres Bewusstseins nach dem Leben greifen und uns damit Verderben bringen würde?«

»Sie ist tot«, antwortete Lu. »Daran kann nicht einmal sie etwas ändern.«

»Da wäre ich mir nicht so sicher«, sagte Kaito und sah sie an, als wäre sie verrückt geworden. Sie konnte es ihm nicht verübeln.

»Du wirst mich nicht verraten, oder?«, fragte sie. Obwohl sie Angst vor der Antwort hatte, erschien ihr Unwissenheit noch schlimmer.

Kaito starrte an ihr vorbei auf eine Mittagsmenükarte, die im Schaufenster eines Stehimbisses hing. Sie fragte sich, worüber er nachdachte.

Schließlich seufzte er und schüttelte den Kopf.

»Ich kann dich nicht verraten«, sagte er. »Und das weißt du genau. Nicht, wenn ich Erin schützen möchte. Wir haben uns gegenseitig in der Hand. Das macht uns irgendwie zu Verbündeten, oder?«

Erleichterung lockerte den Knoten in ihrer Brust.

»Sie ist dir wirklich wichtig, oder?«, fragte sie und zog die Augenbrauen nach oben.

Ein Paar lief auf der anderen Straßenseite vorbei, die Händchen verschlungen in widerlich kitschiger Zweisamkeit. Kaito sah zu ihnen hinüber, zog noch einmal das Handy heraus und starrte auf den leuchtenden Bildschirm. Sein sehnsüchtiger Blick reichte Lu als Antwort.

»Und jetzt?«, meinte sie.

»Jetzt …« Er legte den Kopf in den Nacken. Überlegte. Seufzte erneut. »… liegt es wohl an mir, dich von diesem wahnwitzigen Vorhaben abzubringen.«

Am liebsten hätte Lu ihm widersprochen, aber damit hätte sie nur seine Alarmbereitschaft erhöht. Es war besser, ihn glauben zu lassen, dass sie auf ihn hörte.

»Vielleicht finde ich ja einen anderen Weg«, sagte sie deshalb und zuckte mit den Schultern. »Abaigeal Dubh kann nicht die einzige Möglichkeit sein, meinen Wunsch zu erfüllen.«

Nun war es an Kaito, die Augenbrauen hochzuziehen.

»Es geht um einen Wunsch? Nicht um Antworten?«

Verdammt. Jetzt hatte sie sich doch verraten.

»Was hast du für einen Wunsch?« Kaito verschränkte die Arme vor der Brust.

Lu hielt seinem musternden Blick nicht lange stand, ehe sie den Kopf wegdrehte. »Vergiss das einfach wieder«, flüsterte sie.

»Du suchst also den Würfel.« Es war keine Frage. Kaito hatte sie durchschaut. Natürlich hatte er das. Ein einzelnes Wort hatte sie verraten.

Wunsch.

Es war viel zu oft ein einzelnes Wort, das eine Lüge auffliegen ließ.

»Ich …«

»Du suchst nach Talus«, unterbrach Kaito sie. Das letzte Wort klang auf seinen Lippen wie ein Fluch. »Das ist selbst für dich eine Spur zu naiv, Luzia.«

Lu knirschte mit den Zähnen. Sie war vieles, aber sicher nicht naiv. Zumindest wurde sie nicht gerne so bezeichnet. Sie sah Kaito direkt in die Augen.

»Das ist überhaupt nicht naiv!«

Als Kaito grinste, fluchte Lu. Sie war ihm direkt in die Falle gegangen.

»Du suchst also wirklich nach ihm.«

»Na und?«, erwiderte sie eisig und verschränkte ebenfalls die Arme. »Das ist meine Sache. Und hat sich ja jetzt wohl erledigt.«

»Das sagst du nur, um mich zu beruhigen.« Kaito brauchte offensichtlich keine Tarotkarten, um sie zu lesen.

Verfluchte Kartenmischer. Ein Teil ihrer Ausbildung war es, Menschen deuten zu lernen. Anhand ihrer Gestik ihre Absichten zu erkennen. In ihren Augen die Wahrheit zu lesen. Lu hatte keine Chance gegen ihn.

»Das mache ich nicht …« Sie wollte weiter lügen, aber sie gab auf. Es war hoffnungslos. Kaito hatte einmal mehr bewiesen, dass er zu den Besten gehörte. Der Beste war. »Und nun?«

»Ich werde dir helfen.«

Lu war so überrascht, dass sie die Arme sinken ließ.

»Dein Ernst?«

Er nickte bedächtig, hatte einen Zeigefinger an seine Lippen gelegt. Sein Blick war in weite Ferne gerichtet.

»Ich kann dich nicht davon abhalten«, erklärte er langsam, als müsste er die Worte erst testen, bevor er sie in die Welt entließ. »Oder dich melden. Denn sonst meldest du die Sache mit Erin. Meine einzige Möglichkeit, darauf zu achten, dass du weder dich noch uns alle in Gefahr bringst, ist, dir zur Seite zu stehen.«

»Du willst mich überwachen.«

»Nenn es, wie du willst. Darf ich dich zum Essen einladen, um unseren Pakt zu besiegeln?« Er deutete mit dem Daumen auf ein nahes Restaurant. Eine beunruhigend aufmerksame Geste.

Sie legte den Kopf schief, um ihn zum Weiterreden zu bringen, etwas lag zwischen seinen Zeilen.

Und tatsächlich sprach Kaito weiter: »Du musst mich auf den aktuellen Stand deiner … Ermittlungen bringen. Falls der Würfel aufgetaucht ist, muss ich verhindern, dass er in die falschen Hände gerät.«

16
GREYFRIARS KIRKYARD

Sobald Erin Greyfriars Kirkyard betrat, spürte sie, wie sich die Anspannung in ihrer Magengegend löste. Die Wolken hatten sich nach dem Schauer aufgelöst, und die Sonne schien von einem blauen Himmel, weshalb noch mehr Touristen als sonst über die Steinwege schlenderten, die sich zwischen grünen Grasflächen und grauen Steinen durchschlängelten. Es war nur eine Stunde vergangen, und obwohl Leo sie bereits mehrmals angerufen hatte, war Erin nicht an ihr Handy gegangen. Sie wollte nicht mit ihm sprechen, wollte den Gefühlen, die sich durch seine aufmerksame Fürsorge entwickelt hatten, nicht nachgeben, nun, da sie von Luzia wusste. Besser, sie hielt ihn auf Abstand, bis die kleinen Schmetterlinge in ihrem Bauch wieder schwiegen.

Greyfriars Kirkyard war umgeben von hohen Steinmauern, an denen fast durchgehend Grabplatten lehnten. Erin interessierte sich besonders für den abgeriegelten Teil des Friedhofs, in dem George Mackenzies aufgebrochener Steinsarkophag lag. Die Geschichte, die sich um diesen Teil des Friedhofs rankte, faszinierte sie, seit Tante Charly ihr davon berichtet hatte und seit sie zum ersten Mal selbst hier gewesen war.

Im Jahr 1999 hatte ein Obdachloser den Steinsarkophag aufgebrochen, um sich vor der Kälte der Nacht zu schützen. Damit soll er unbeabsichtigt eine ungeheure Macht, den Mackenzie-Poltergeist, entfesselt haben, der von jener Nacht an für zahlreiche Blutergüsse, gebrochene Finger und sogar Morde verantwortlich gemacht wurde.

Als ein Jahr später ein selbst ernannter Exorzist den Friedhof besuchte, um das Böse zu bannen, redete er danach der Presse gegenüber von unbegreiflichen Mächten, die ihm nach dem Leben trachten würden. Wenige Wochen später war er tot, Herzinfarkt. Einfach so. Die Zeitungen überschlugen sich mit Horrorgeschichten. Edinburghs Stadtverwaltung beschloss daraufhin, den Teil des Friedhofs abzusperren, um dem Ganzen einen Riegel vorzuschieben und die Menschen vor ihrer Neugier zu schützen.

Erin spürte, wie die Anspannung zurückkehrte. Würde sie ein ähnliches Schicksal wie der Exorzist erleiden? Gejagt von ihren Erinnerungen an den Geist in den Vaults, bis sie schließlich voll Panik an einem Herzinfarkt starb?

Sie schüttelte diese dunklen Gedanken ab und setzte ihren Weg durch die Anlage fort. Dabei betrachtete sie Grabsteine, las Namen und Todeszahlen und malte sich aus, wie die Knochen, die unter der Erde lagen, einst als Menschen gelebt hatten. Sich Geschichten über die Toten auszudenken und Gruselgeschichten zu entspinnen, erdete sie und erinnerte sie zugleich an den Ursprung der Geistergeschichten: Profit.

Schließlich stand sie vor dem Tor mit den schwarzen Eisenstangen und dem verblichenen Schild, der den Teil dahinter als Covenanters Prison auswies. Das Jahr 1679 war für den damals herrschenden König Charles II. keine leichte Zeit gewesen. Die Rebellen einer schottischen presbyterianischen Bewegung, die sogenannten Convenanters, gewannen immer mehr Macht, wurden zu einer echten Bedrohung des Staates. Sie verkörperten demokratische Grundwerte, die dem König gefährlich werden konnten. Sein Lord Advokate, George Mackenzie, nahm sich dieser Herausforderung an, ließ die Convenanters hart verfolgen und sie schließlich auf Greyfriars Kirkyard einsperren.

Hunderte von Unschuldigen starben für ihren Glauben an den von Mackenzie angeordneten Misshandlungen, teilweise hatte er mit ihren abgeschlagenen Köpfen das Tor des Friedhofs dekoriert.

Kein Wunder, dass George Mackenzie keine Ruhe fand, wenn seine Gebeine genau an jenem Ort verrotteten, an dem er zu seinen Lebzeiten solche Gräueltaten verüben ließ. Doch so spannend Erin diese Geschichte auch fand, sie würde niemals eine

Touristengruppe durch den abgesperrten Teil des Friedhofs führen.

Ein angesehener Historiker, Jan-Andrew Henderson, besaß das Monopol für den Mackenzie-Poltergeist, und nur er durfte Touristen in einer ganz bestimmten nächtlichen Tour den Steinsarkophag zeigen. Allerdings machte Henderson, seit bei einem unerklärlichen Feuer in seinem Haus sämtliche Unterlagen zum Poltergeist verbrannt waren, persönlich keinen Gebrauch mehr von dieser Erlaubnis. Seine Tour ging weiter, er fuhr Profit ein, setzte aber selbst keinen Fuß mehr in diesen Bereich.

Erin blieb also nur der restliche Friedhof für zukünftige eigene Geistertouren. Natürlich könnte sie die Teilnehmer auch vor das verschlossene Eisentor führen und von dem Poltergeist und den Morden berichten. Doch dann müsste sie dabei zusehen, wie die Touristen am nächsten Abend Hendersons Tour besuchten.

Eine Familie lief an Erin vorbei, ein Teenager mit Eltern, die begeistert auf verschiedene Grabsteine zeigten und hofften, dass ihr Sohn seinen Blick vom Handybildschirm löste. Vergebens.

In Gedanken spann Erin eine Geschichte über einen ungehorsamen Geisterjungen, der von seinem Vater zu Tode geprügelt worden war und nun Eltern heimsuchte, um sich zu rächen. Sie war sich sicher, den Jungen mit dieser Geschichte aus dem Internet auf den Friedhof zerren zu können.

Wohlbekannte Vorfreude auf ihre mögliche Zukunft vertrieb endgültig das Grauen aus ihren Knochen, und die nächste Stunde bewegte sich Erin auf dem Friedhof, als wäre er eine zweite Heimat. Sie kannte die meisten Gräber, die beliebten Orte, aber vor allem auch jene beeindruckenden Mausoleen, die in keinen Stadtführern auftauchten. Nebenbei hielt sie Ideen für Geschichten und Touren in ihrem Notizbuch fest.

Es war ein perfekter Spätnachmittag, und Greyfriars Kirkyard trug sein Herbstgewand voller Stolz: Leuchtend rote und gelbe Blätter schmückten die alten Bäume. Nicht mehr lange und sie würde ihrer Mutter erzählen, dass das Studium nichts für sie war und sie eine Gruseltour eröffnen würde, worauf ihre Tante Charly wahnsinnig stolz wäre.

Tante Charly, deren Haus immer nach Lavendel roch und die Bergkristalle als Schutz gegen böse Geister auf Türrahmen legte. Gelegt hatte. Rasch schob Erin den Gedanken beiseite und konzentrierte sich auf drei Frauen in ihrem Alter, die in diesem Moment mit Harry-Potter-Schals zu Tom Riddles Grab pilgerten.

J. K. Rowling war vor dem Schreiben der Harry-Potter-Romane oft auf Greyfriars Kirkyard spazieren gegangen, und so ließen sich hier nicht nur ein Tom Riddle, sondern auch McGonagall und Moody finden. Ob die Autorin die verwitterten Namen absichtlich oder unbewusst von den Grabsteinen genommen und in ihre Geschichte gepackt hatte, würde wohl niemals beantwortet werden. Sie selbst behauptete, dass sie sich dessen nicht bewusst gewesen sei.

Die Namen führten aber dazu, dass sich seit den Zeiten von Tumblr-Blogs und Internetforen häufig Fans hier einfanden, die Selfies bei den Gräbern der Verstorbenen machten und sich dabei vorstellten, auf Rowlings Spuren zu wandeln. Erin tat nicht selten dasselbe.

Während sie den Frauen nachsah, spürte sie die Vibration ihres Handys in ihrer Jackentasche. Sie holte es hervor und sah den Namen ihrer Mutter. Sofort begann ihr Herz zu klopfen. Sie telefonierten immer einmal die Woche, und da sie erst gestern gesprochen hatten, musste etwas passiert sein.

Sie nahm mit einem »Ja?« den Anruf an.

Die Worte, die aus dem Lautsprecher drangen, trafen sie unvorbereitet.

»Tante Charly geht es schlechter. Wir wissen nicht, wie lange …«

Der Rest des Satzes ging im heftigen Schluchzen ihrer Mutter unter.

Erins Körper fühlte sich seltsam fremd an. Sie sah die Frau mit dem Hufflepuff-Schal aufgeregt auf Tom Riddles Grabstein deuten. Blut rauschte in ihren Ohren.

»Erin, hast du mich gehört?« Das verzweifelte Weinen ihrer Mutter machte alles schlimmer.

Erin schluckte, kämpfte die Tränen nieder. Nichts war mehr wichtig. Weder der Geist in den Vaults, eigene Touren, Karen, Luzia. Nicht einmal Leo.

»Ja«, antwortete sie. »Ich komme nach Hause.«

17
DAS GESTÄNDNIS

Als Lu und Kaito das Restaurant betraten, waren sie fast die einzigen Gäste. Die meisten Touristen hatten bereits zu Mittag gegessen und waren nun in der Stadt unterwegs, um die Sehenswürdigkeiten zu besuchen. Die Abendgäste würden erst später kommen. Der Kellner, ein älterer Herr mit Schürze, brachte Lu und Kaito zu einer kleinen Sitzecke im hinteren Teil des Raumes zu einem zerkratzten Tisch und zwei Holzstühlen. Die Wände waren gepflastert mit Fotos der Stadt, nackte Glühbirnen hingen von der Decke. Ihre Jacke schmiss Lu über die Stuhllehne, Kaito behielt seinen Mantel an.

Sobald Kaito einen Salat und Lu eine große Portion Pommes mit gegrilltem Fisch geordert hatten, faltete Kaito die Hände auf dem Tisch, lehnte sich nach vorne und seufzte.

»Legst du eigentlich oft Karten?«, platzte Lu heraus, bevor er das Wort ergreifen konnte. Sie hoffte, so dem Fragefeuer zu entkommen.

Langsam legte Kaito den Kopf schief und sah sie eindringlich an.

»Nein. Einsichten in das Schicksalsgefüge verändern unsere Handlungen. Oft nicht zum Guten.«

»Du meinst, wir erfüllen ein Schicksal erst dann, wenn wir davon wissen?«

»Wir erfüllen die Erwartungen, von denen wir glauben, dass andere sie an uns stellen. Die unausgesprochenen Erwartungen unserer Eltern, des Rates, der Unterwelt. Natürlich erfüllen wir erst recht, was das Schicksal von uns erwartet. Wenn wir die Erwartungen nicht kennen, ist es besser.«

»Du willst also wirklich nicht wissen, was die Zukunft für dich bereithält?«

»Tarotkarten verraten nicht die Zukunft, Luzia, sondern die

Kräfte, die in der Gegenwart wirken«, korrigierte Kaito. »Und nein, ich möchte meine Entscheidungen alleine treffen, ohne die Vorschläge des Vortexes. Ich will frei sein. Also …« Kaito machte eine Pause, und Lu wusste, dass er ihren erneuten Versuch, ihn abzulenken, beim ersten Wort durchschaut und sie mit seinen Antworten abgespeist hatte. Ihr wurde kalt, als er nun hinzufügte: »Du hast den Geist beschworen, oder?«

»Möglich.« Sie lehnte sich vor, damit er in ihren entspannten Gesichtszügen lesen könnte, dass sie die Wahrheit sagte. »Ich habe gestern versucht, Abaigeal Dubhs Geist zu beschwören, und kann nicht ausschließen, dadurch den Geist in den Vaults gerufen zu haben. Immerhin wohne ich um die Ecke.« Sie deutete mit einer schnellen Geste in eine unbestimmte Richtung.

»Nachdem ich dir heute Morgen von dem Geist in den Vaults erzählt habe, bist du mir gefolgt, weil du gehofft hast, Abaigeal zu begegnen.«

Der Satz klang nicht wie eine Frage, trotzdem nickte Lu.

»Manchmal tauchen Geister an einem Ort auf, weil sie dort eine besonders starke Verbindung haben«, fügte sie hinzu. »Und es gibt Fälle, in denen Beschwörungen erst als fehlgeschlagen interpretiert wurden, als der Geist am anderen Ende der Welt für Unruhe sorgte. Die Vaults erschienen mir zwar seltsam, aber da wir kaum etwas über Abaigeals Leben wissen …« Sie verstummte, als der Kellner mit ihren Getränken an den Tisch trat.

Kaito nahm einen großen Schluck Wasser und seufzte erneut.

»Verstehe«, brach er die Stille. »Fangen wir noch einmal ganz von vorne an: Weshalb willst du Abaigeal Dubh überhaupt beschwören? Um welchen Wunsch geht es hier?«

Lu zuckte mit den Schultern und sah zur Seite. Jede Regung ihres Gesichts offenbarte Kaito die Wahrheit, das wusste sie. »Um meinen Herzenswunsch.«

»Das war mir klar, sonst würdest du nicht nach Talus suchen. Abaigeal Dubh erschuf ihn, um ihren sehnlichsten Herzenswunsch zu erfüllen.« Sein schlanker Zeigefinger fuhr den Rand des Wasserglases entlang. »Du willst mit Abaigeal Dubhs Geist reden, um herauszufinden, was mit diesem magischen Würfel geschah, nicht wahr? Das ist töricht. Talus erfüllt jeden Herzenswunsch. Jeden. Deshalb soll er verschwunden bleiben.«

»Seit wann ist es etwas Schlechtes, wenn sich Wünsche erfüllen?«, entgegnete Lu und konnte nicht verhindern, dass ihre Stimme sich erhob.

Kaitos Finger stoppte.

»Nicht jede Hexe wünscht sich Gutes, Luzia.« Er klang, als spräche er mit einem Kind. Sanft, einfühlend, jedes Wort betonend.

Sofort verkrampfte Lu sich.

»Das ist mir auch klar«, presste sie hervor. In Wahrheit hatte sie daran noch nicht gedacht. Bei ihren Gedankenspielen fiel ihr Talus in die Hände, erfüllte ihren Wunsch, sie trat dem Wasserzirkel bei und lebte glücklich bis an ihr Lebensende. Oder so ähnlich. Die Erkenntnis, dass sie sich keinerlei Gedanken darüber gemacht hatte, was danach mit so einem mächtigen Artefakt geschah, traf sie hart. »Aber ich kann Talus verstecken, nachdem er mir meinen Wunsch erfüllt hat.«

»Deinen Herzenswunsch«, korrigierte Kaito, Bedauern in der Stimme.

»Wunsch, Herzenswunsch, wo liegt der Unterschied?«

Eine kurze Stille folgte, und Lu begriff, dass Kaito sie für egoistisch, naiv und impulsgesteuert hielt.

»Du kannst dir etwas wünschen«, begann er. Sein Finger kreiste wieder auf dem Rand des Wasserglases, und Lu sah begierig auf die schimmernde Flüssigkeit, die sie mehr als alles kontrollieren wollte. »Du glaubst, es wäre alles, was zu deinem Glück fehlt.« Sie erinnerte sich an das Gefühl der Ehrfurcht, als Sina Jessica rettete. Das unbändige Verlangen, das sie seitdem verfolgte. Und die Hilflosigkeit, als Jessica beinahe ertrank und ihre Gebräue nichts ausrichten konnten. »Aber der wahre Herzenswunsch liegt meist viel tiefer verborgen. Alles, was du dir ausmalst, sind Symptome für eine Krankheit, die dich von innen zerfrisst.«

»Das ergibt keinen Sinn.« Lu löste den Blick vom Wasserglas und sah Kaito in die dunklen Augen. »Ich weiß, was ich mir sehnlichst wünsche, da bin ich mir sicher.«

Sein Gesicht blieb regungslos.

»Nehmen wir ein einfaches Beispiel: Manche Hexen wünschen sich unsterblichen Ruhm, aber …« Er schwieg, als der Kellner mit dem Essen an ihren Tisch trat.

Der Geruch nach frischen Pommes und Fisch stieg Lu in die Nase, und sie zögerte nicht, etwas davon auf ihre Gabel zu spießen und genüsslich hineinzubeißen. Kaitos Salat blieb unangetastet, obwohl er verführerisch glänzte.

Erst als der Kellner gegangen war, fuhr er fort: »Dieser vermeintliche Herzenswunsch gründet auf etwas tiefer Liegendem. Etwa die gewünschte Anerkennung der Eltern. In diesem Fall würde die Hexe die Anerkennung erhalten, keinen unsterblichen Ruhm.«

»Aber es wäre ihr Herzenswunsch, und sie wäre glücklich.«

»Wäre sie das?« Kaito schob mit der Gabel ein Stück Tomate umher. »Da bin ich mir nicht so sicher. Wir sind gut darin, uns Herzenswünsche einzureden und daran zu glauben, dass wir erst bei deren Erfüllung glücklich sind. Selbst wenn wir bekommen, was wir eigentlich brauchen, fehlt uns etwas, und wir bleiben unglücklich, weil es nicht das ist, was wir uns jahrelang eingeredet haben. Weil wir merken, dass wir uns nicht wirklich kennen, und daran zweifeln, wer wir sind und was wir über uns wissen.« Die Zacken der Gabel bohrten sich in die Tomate, Saft spritzte daraus hervor und verteilte sich auf den grünen Salatblättern.

Lu rührte ihr Essen nicht mehr an. Ihr war plötzlich flau im Magen, und sie überlegte fieberhaft, weshalb sie so versessen dem Wasserzirkel beitreten wollte. Dann schob sie die Gedanken mit aller Kraft beiseite und steckte sich eine Pommes in den Mund. Kaito war zwar intelligent, aber er sprach von Theorien, die seinem Kopf und nicht der Realität entsprangen.

»Außerdem«, erzählte er weiter, »beruhen nicht alle Herzenswünsche auf Nächstenliebe und Selbstverwirklichung. Stell dir vor, jemand sehnt sich nach Rache. Oder danach, die gesamte Unterwelt zu unterjochen.«

»Niemand träumt davon, die Unterwelt zu unterjochen.« Sie kaute energisch und teilte zeitgleich mit der Gabel ein Stück Fisch ab. »Du bist wirklich ein unfassbarer Pessimist, weißt du das?«

»Ich bin realistisch.« Langsam hob er das Tomatenstück nach oben, drehte es herum, betrachtete es wie ein lebendiges Tier. Dann verschwand es in seinem Mund. Er kaute langsam, genüsslich, schluckte und griff nach dem Wasserglas, während Lu das Schweigen nutzte, um sich mehrere Pommes mit den Fingern zu greifen und mit der Gabel weiterhin den Fisch zu bearbeiten. »Du glaubst also, dass mit Abaigeal Dubhs Grabstätte auch Talus aufgetaucht ist?«

»Ist das denn so unwahrscheinlich?« Lu pickte mit den Fingerspitzen die letzten Pommeskrümel auf und schob sie sich in den Mund. Dann erzählte sie von ihren Recherchen, von den zahlreichen Geschichten, die sie über Talus gelesen hatte. Darüber, was der Würfel laut Abaigeal Dubh alles verantwortet hatte und wo er seitdem immer wieder auftauchte, bis er eines Tages spurlos verschwunden war. Und davon, wie sie versucht hatte, die Hexe ausfindig zu machen, die das Grab entdeckt hatte.

»Glenna Roy ist unauffindbar«, schloss sie ihre Erzählung. »Wusstest du, dass sie aus Dalgiencrieff stammt?«

»Der Höhle, die komplett verschüttet wurde?« Interessiert beugte Kaito sich vor.

»Man munkelt, es sei Abaigeals Rache dafür gewesen, dass ihre Grabesruhe gestört wurde. Niemand redet offen darüber, aber es gibt viele Theorien, wie mächtig selbst ihre Grabstätte noch sei. Immerhin war sie eine Runenhexe. Wer weiß, welche Kräfte auf ihren Gebeinen liegen. Mich würde es nicht wundern, wenn sie sich Beschwörungen in die eigenen Knochen geritzt hat, als ihr Ende durch die dunkle Seuche absehbar war. Aber für wahrscheinlicher halte ich, dass Glenna Roy Talus gefunden hat und jetzt jemand hinter ihr her ist. Deshalb ist sie untergetaucht.«

»Demnach glaubst du daran, dass Talus real ist«, bemerkte Kaito ungerührt, während er eine Gurke betrachtete. »Woher kommt dieser Glaube?«

»Abaigeal Dubh war die mächtigste Hexe, die je existierte«, begann Lu sich zu rechtfertigen. »Sie beherrschte alle Gaben, nachdem sie Talus schuf. Sie war …«

»Sie war so mächtig, dass der Vortex die dunkle Seuche schickte, um sie aufzuhalten!« Kaitos Gabel landete im Salat. Wut glitzerte in seinen Augen. »Ihretwegen gibt es die dunkle Seuche.«

»Die dunkle Seuche hilft uns«, wiederholte Lu, was sie bereits in den ersten drei Jahren ihres Lebens gelernt hatte. »Sie bestraft Hexen, die mit ihrer Kraft verletzen. Seit es sie gibt, herrscht Frieden.«

»Du bezeichnest die Unterdrückung ganzer Zirkel als Frieden?« Kaito schnaubte. »Lüg mich nicht an, Luzia. Ich weiß, dass du als Teil des Gebräuzirkels unter dieser geheuchelten Diplomatie leidest …« Er erstarrte. »Darum geht es, nicht wahr? Du willst deine Begabung wechseln.«

»Tu nicht so, als könntest du das nicht verstehen. Du leidest unter deiner Begabung ebenso wie ich. In der Öffentlichkeit lachen sie über Tarotleger, aber hinter verschlossenen Türen erbitten sogar Ratsmitglieder deine Hilfe, weil du der Beste seit Jahrhunderten bist. Das ist erniedrigend.«

Kaito zuckte zusammen, und Lu setzte nach: »Ist es nicht so?«

»Ich werde dir helfen.« Er nahm seine Gabel wieder in die Hand und spießte ein Salatblatt auf. Helles Dressing tropfte zurück auf den Teller.

»Und das sagst du nicht nur, um mich in Sicherheit zu wiegen und mich heimlich zu sabotieren?«, fragte Lu und hob beide Augenbrauen.

Kaito lachte leise.

»Lass es mich anders sagen«, sagte er. »Wenn du an Talus glaubst, tun es auch andere, und falls der Würfel existiert, möchte ich ihn nicht in den falschen Händen sehen. Du erzählst in der

Unterwelt nichts von Erin, und ich unterstütze dich dabei, dein Glück zu finden.«

Unzufrieden kniff Lu die Zähne zusammen. Seine Antwort war ebenso offen wie die meisten Tarotlegungen. Sie schüttelte den Kopf: »Das reicht mir nicht.«

»Du weißt, dass ich gut bin«, setzte Kaito nach. »Und du brauchst Hilfe bei etwas, über das du mit niemandem reden kannst. Ich fürchte, ich bin alles, was du aktuell hast.«

»Ich könnte dich auch mit meinem Wissen über Erica dazu erpressen, mir zu helfen«, schlug Lu vor. Sie hatte keine Lust mehr auf diese Spielchen.

»Dann könnte ich von deiner Geisterbeschwörung und deinem Plan bezüglich Abaigeal erzählen und dich für immer verbannen lassen.« Seine dunklen Augen blitzten bedrohlich auf.

Lu hatte erreicht, was sie wollte: Kaito spielte nicht länger.

Sein Gesichtsausdruck war nun ebenso hart wie seine Stimme. Es war das erste Mal, dass sie ihn so erlebte, dass seine aufgesetzte Höflichkeit und die verschwurbelten Aussagen klaren Worten wichen: »Wir haben uns gegenseitig in der Hand, und das gefällt mir ebenso wenig wie dir. Entweder liefern wir uns gegenseitig ans Messer, oder wir helfen einander. Ich kann nicht zulassen, dass du alleine forschst, denn du gefährdest damit uns alle. Ganz gleich, was du von Erin und mir denkst: Das Schicksal der Welt ist mir mehr wert als eine Radan, und das weißt du. Ich kann dich nicht davon abhalten, nachzuforschen. Das will ich auch gar nicht, denn wenn du recht hast, müssen wir Talus finden, bevor er in die falschen Hände gerät. Deshalb möchte ich über alles informiert werden, was du über Abaigeal Dubh und Talus herausfindest. Über alles.«

Er beugte sich weiter nach vorne, senkte die Stimme zu einem bedrohlichen Flüstern: »Ansonsten verrate ich dich, um die Katastrophe zu verhindern, in die du uns mit deiner Unerfahrenheit manövrierst. Und wenn es Erins Leben kostet.«

18
DAS OPFER

Es war schon spät, als es an Noahs Tür klopfte. Eigentlich dachte er, dass er mittlerweile allein im Gebäude war.

»Herein!« Er legte seinen Bericht zur Seite und wartete, wer ihn zu so später Stunde noch störte. Es war ein junges Mädchen, nicht älter als fünfzehn. Sie sprach kein Wort, aber an dem bronzenen Emblem auf ihrer Brust erkannte Noah, dass es sich um eine Dienerin des Rates handelte. Sie trug ein Silbertablett mit einem roten Umschlag darauf. Mit gesenktem Kopf näherte sie sich, sodass Noah ihr Gesicht nicht sehen konnte. Nicht dass er darauf geachtet hätte.

Mit klopfendem Herzschlag nahm er den Brief entgegen und entließ die Dienerin mit einer wedelnden Handbewegung. Dann brach er das Wachssiegel und zog den Brief hervor.

Noah Stewart, begebt Euch unverzüglich nach Calton Hill und sucht dort nach der Lilie.

Noah schluckte. Die Lilie war ein Codewort, falls jemand Unbefugtes die Nachricht abfangen sollte. Aber er wusste, wofür die Blume stand. Es gab eine Leiche, die mit Magie in Zusammenhang stand.

Innerhalb weniger Minuten trug er seine schwarze Lederjacke, überprüfte den Sitz seiner Drachenlederhandschuhe. Die Tür fiel hinter ihm ins Schloss, er eilte den Flur entlang, die Steintreppe nach unten in das zweistöckige lichtdurchflutete Foyer. Als er nach draußen trat, empfing ihn angenehme Frühlingsluft. Der Kies knirschte unter seinen Füßen, dann durchschritt er den steinernen Spitzbogen, der in das Tunnelgewirr der Unterwelt führte. Dort warteten abgestandene Luft und kalter Stein auf ihn. Er zog die Lederjacke enger, berührte noch einmal die Runenkette, die sich eng und warm an seine Haut schmiegte, dann öffnete er eine schwere Metalltür und trat durch den nächsten Steinbogen unter einen wolkenlosen Abendhimmel, Calton Hill thronte vor ihm, die ersten Sterne funkelten ungerührt über der Szenerie.

Die Tür fiel ins Schloss, und als Noah sich umdrehte, sah er nichts als ein halb zerfallenes Haus, das die Natur mit Ranken und Büschen bereits zurückeroberte. Es schmiegte sich nahtlos zwischen zwei hochgewachsene Bauten und war vor den Blicken der Radain verborgen.

Noah kannte Calton Hill. Es war ein beliebter Aussichtspunkt für Einheimische und Touristen, denn von dort hatte man einen wunderbaren Blick auf die Altstadt. Eine tote Hexe an diesem Ort bedeutete Schwierigkeiten. Wenn die Radain mitbekamen, dass Magie existierte … Noah fröstelte und zog die Jacke noch enger, als er den geschwungenen Pfad nach oben lief. Er begegnete niemandem. Das bedeutete, dass irgendjemand bereits einen Bannkreis um das Gebiet gezogen hatte.

Ein Bannkreis war ein seltsamer Zauber, der Lebewesen ohne Zugang zum Vortex umkehren ließ. Menschen fiel plötzlich ein, dass sie den Herd angelassen hatten. Vögel vergaßen, wo Süden war. Hunde witterten eine Fährte, die in die entgegengesetzte Richtung führte. Wer sich einem Bannkreis näherte, bemerkte nichts außer einem merkwürdigen Drang, einen anderen Weg einzuschlagen.

Das erleichterte die Ermittlung, bedeutete aber gleichzeitig, dass er nicht allein und eine weitere Hexe hier war. Stürmischer Wind fuhr durch Noahs Haare. Auf dem Gipfel erhob sich das Dugald Stewart Monument in den Nachthimmel. Das Monument erinnerte Noah immer an das vergessene Überbleibsel einer antiken griechischen Stadt. Er hatte nie verstanden, weshalb ein schottischer Architekt ein Denkmal für einen schottischen Philosophen nach dem architektonischen Vorbild einer ausgestorbenen Kultur entworfen hatte. Als ob gute Philosophen nur aus Griechenland stammen konnten. Noah wäre es lieber gewesen, hier eine Statue des schottischen Nationaltieres zu sehen. Ein Einhorn hätte sich auch auf den zahlreichen Postkarten besser gemacht als eine zu heiß gewaschene und rundgeschliffene Version des Pantheons.

»Noah.« Die sanfte Stimme nahm augenblicklich einen Teil seiner Anspannung.

Aus dem Schatten des Denkmals löste sich eine zierliche Gestalt mit feuerroten Haaren. Emily.

»Hey«, grüßte er und setzte sein umwerfendstes Lächeln auf. Er arbeitete gerne mit Emily zusammen. Sie war nicht nur äußerst attraktiv, sondern auch nett und zuvorkommend. Ihre Begabung für Kräuter war zudem äußerst nützlich. Sie war keine Schattenleserin, hatte das Angebot des Rates damals ausgeschlagen. Dennoch gehörte sie zum engeren Kreis, zu jenen Hexen, die den Schattenlesern bei ihren Ermittlungen zur Seite standen und sie unterstützten, damit diese sich auf ihre Arbeit konzentrieren konnten. »Guter Bannkreis.«

»Danke.« Sie knickste und deutete dann mit dem Kopf hinter sich. »Die Lilie wächst dort hinten.«

»Ich denke, dass wir hier die Codewörter nicht brauchen.«

»Aber ich beschreibe das lieber mit dem Namen einer Blume, als dir zu sagen, was dort wirklich wartet. Worte können grausame Bilder malen.«

Noah nickte. Es wunderte ihn immer wieder, dass der Rat ausgerechnet Emily mit ihrer sanften Seele für solche Aufgaben einteilte. Wobei … Das stimmte nicht. Sie war kompetent, fleißig und eine angenehme Partnerin. Natürlich schickte der Rat sie, wenn eine Situation heikel wurde. Es wunderte ihn viel mehr, dass sie selbst nicht schon längst darum gebeten hatte, nicht mehr für den Rat arbeiten zu müssen. Emily war nicht ehrgeizig und nicht auf die Lorbeeren angewiesen, die solche Aufträge mit sich brachten.

Als er loslief, bemerkte er die altbekannte Übelkeit, die sich von seinen Eingeweiden aus nach oben arbeitete. Er hatte schon viele Leichen gesehen, aber an den Anblick würde er sich niemals gewöhnen. Emily blieb am Denkmal zurück. Ihre Aufgabe war der Bannkreis, den sie geflissentlich gezogen hatte und erst auf sein

Zeichen hin lösen würde. Bis dahin würde sie in eine dicke Jacke gekuschelt an die Steinmauer gelehnt stehen und auf die Lichter Edinburghs blicken, die Nase in einem breiten Schal vergraben.

Es dauerte nicht lange, bis ihm der Geruch entgegenschlug. Süßlich. Stechend. Als wäre ein ganzer Strauß Rosen verblüht. Edinburgh war eine hell erleuchtete Stadt, und das Licht der Straßenlaternen und Gebäude reichte aus, um zu erkennen, dass die Leiche eine junge Frau Anfang zwanzig war, lange blonde Haare verdeckten ihr Gesicht. Noah ging in die Knie und betrachtete ihre Kleidung genauer. Das bodenlange silberglitzernde Abendkleid war schmutzig, aber nicht zerrissen, soweit er das feststellen konnte.

Warum steigt jemand im Abendkleid auf Calton Hill?

Sie trug keine Schuhe, und ihr rechter Fuß sah schmerzhaft verdreht aus. Nicht dass sie ein gebrochener Knöchel jetzt noch stören würde. Polizeisirenen erklangen, und Noah sah das Blaulicht in der Altstadt eine Straße entlangjagen. Die Polizei der Radain würde sich in irgendeine Kneipenschlägerei einmischen, während er hier die Drecksarbeit erledigte. Großartig.

Er seufzte, stand auf und machte einen Schritt zur Seite.

Jetzt sah er auch, weshalb er und nicht die örtliche Polizei den Tod untersuchte: Die Schulter des Opfers zierte ein blutrotes Symbol, fünf zu einem Knoten verschlungene Kreise. Er sah sich aufmerksam um. Wenige Meter neben der Leiche erregte etwas seine Aufmerksamkeit: niedergebrannte Windlichter. Vier Stück. Dazwischen eine kleine Schale. Noah trat näher. In das Metall der Windlichter waren die Elementsymbole eingeritzt. In der Schale lagen die Überreste verbrannter Kräuter.

»Was zur …?«

Die verschlungenen Kreise auf der Schulter der Toten waren eine Sache. Aber allein die Kombination von Elementsymbolen und Kräutern deutete darauf hin, dass es mehr als einen Täter gab. Oder zumindest, dass hier mehr als eine Person ein Ritual durchgeführt hatte. Normalerweise waren das keine Praktiken, die Hexen kombinierten. Jeder Zirkel blieb für sich, gemeinsame Experimente gingen in den meisten Fällen gewaltig schief. Magie ließ sich nicht kombinieren.

Noah sah zur Leiche. Es schien plausibel, dass genau das hier geschehen war.

Andererseits …

Etwas stimmte nicht. Die Lösung war zu leicht. Zu naheliegend. Und sie erklärte weder das Abendkleid noch gab sie eine Antwort auf die Frage, weshalb zwei Hexen oder eine ganze Gruppe ihr Ritual ausgerechnet an einem beliebten Touristenort ausführen sollten. Dafür musste es eine logische Erklärung geben.

Noah holte sein Handy hervor und begann damit, Fotos vom Tatort zu machen. Er war einer der wenigen Schattenleser, die moderne Technik der Radain nutzten. Er verstand nicht, weshalb die anderen Hexen noch auf schriftliche Protokolle zurückgriffen, bei denen so vieles vergessen werden konnte. Während er die Fotos schoss, ließ er seine Gedanken wandern. Die ganze Situation war seltsam und erschien ihm immer weniger wie ein normaler schiefgegangener Ritualversuch. Irgendetwas störte ihn.

Solange er nicht feststellen konnte, welches Detail von seinem Unterbewusstsein als fehl am Platz eingestuft wurde, musste er diesen Fall wie jeden anderen behandeln, also zunächst einmal feststellen, wer das Opfer war. Er sah nach, ob die Frau eine Tasche bei sich trug. Nichts.

Wäre ja auch zu einfach gewesen.

Es gab andere Wege. Er könnte versuchen, ihren Geist zu beschwören, und hoffen, dass sie genügend Spuren auf dieser Welt hinterlassen hatte. Das würde ihm zwar in der Ermittlung nicht viel weiterhelfen, aber immerhin ihren Namen verraten. Für seinen Job war es wirklich lästig, dass Geister die letzten neunundzwanzigeinhalb Tage ihres Lebens komplett vergaßen. Ein kompletter Mondzyklus voller Gefühle, Gedanken und Erlebnisse wurde stets ins Nichts gezogen. Als wäre das der Wegzoll ins Reich der Toten.

Noah warf einen kurzen Blick auf die Fotos, dann wählte er die einzige Nummer, die er auswendig kannte. Es hatte Jahre gedauert, bis er seinen Vater dazu überredet hatte, sich ein Handy anzuschaffen, und Noah war der Einzige, der ihn je darauf anrief. Sein Vater hatte ihn hingegen noch nie auf diese Weise kontaktiert. Er nutzte wie die meisten Hexer Diener, die Briefe auf Silbertabletts transportierten, oder sie kommunizierten über die Elemente. Hexer nutzten gerne ihre Macht, waren unabhängig.

Für Noah waren Handys deutlich praktischer. Das Freizeichen ertönte, dicht gefolgt von Richards Stimme.

»Noah?« Er klang gestresster als sonst.

»Ich brauche deine Hilfe«, begann Noah ohne Umschweife. Er hatte auf die schmerzhafte Art gelernt, dass sein Vater Small Talk verabscheute. »Ich ermittle gerade in einem Mordfall und bräuchte eine Identifizierung.«

Richard knurrte. »Eine Runenhexe hat heute in den Vaults einen bösen Geist aufgespürt. Wir sind hier in einer wichtigen Besprechung. Ich habe keine Zeit für solche Kleinigkeiten. Ruf mich nie wieder wegen so einer Banalität an.«

Noah schluckte. Sein Vater war noch nie sonderlich feinfühlig gewesen, aber eine tote Hexe als Kleinigkeit zu bezeichnen, hob sogar seinen Narzissmus auf eine ganz neue Ebene.

»Verstehe.«

Mehr sagte Noah nicht, sein Vater hatte sowieso schon längst aufgelegt. Stille kroch aus dem Handy, und Wut kochte in Noah hoch. Jemand hatte heute eine Tochter verloren. Vielleicht eine Schwester. Eine Freundin. Das war keine *Banalität.*

Ein Teil von ihm blieb an den Worten seines Vaters hängen. Ein Geist in den Vaults. Noah blickte erneut auf die Stadt hinunter. Die South Bridge mit den Vaults war nicht weit weg von Calton Hill, und er zweifelte daran, dass das ein Zufall war.

Einem Instinkt folgend, kniete er sich neben die Tote und strich ihr vorsichtig die langen blonden Haare aus dem Gesicht. Mitten in der Bewegung erstarrte er, zuckte zurück, dann stand er auf, stolperte. Er wischte sich die Hand an seiner Hose ab und spürte, wie sein Mittagessen wieder nach oben kam. Die Tintenzeichnungen auf der Haut der Toten sprachen eine eindeutige Sprache: Sie war durch die dunkle Seuche gestorben. Und er hatte sie angefasst. Schnell griff er nach der Runenkette, prüfte nach, ob die Handschuhe noch richtig saßen.

Schließlich zwang er sich dazu, ruhig zu stehen und tief in den Bauch zu atmen. Er konnte jetzt nichts tun. Er musste warten, später durfte er duschen. Krampfhaft erinnerte er sich daran, dass die Seuche nicht übertragbar war. Nicht durch Berührungen, sondern durch böse Taten ausgelöst wurde. Dass die Drachenhandschuhe und die Runenkette ihn schützten.

Doch nun schob sich die Frau des gestrigen Morgens in seine Gedanken. Ihr Flehen und ihre Unschuldsbeteuerungen ließen seine Hände zittern. Er ballte sie zu Fäusten. Seine Urangst, dass die Seuche nun auch Unschuldige befiel und damit die Unterwelt auslöschen würde, ließ ihn auf die Knie sinken.

Am liebsten hätte er seinen Vater erneut angerufen, doch etwas ließ ihn innehalten. Er wollte nicht wieder wie ein Kind behandelt werden und rief sich in Erinnerung, dass seine Befürchtung keinen rationalen Ursprung hatte, dass die Frau gestern eine Lügnerin und er in Sicherheit war.

Gleichzeitig überlegte er fieberhaft. Er brauchte einen Verbündeten. Jemanden, der ihm half zu verstehen, was die Ritualutensilien verschiedener Zirkel hier machten, was das Symbol auf der Schulter der Leiche bedeutete und wieso die dunkle Seuche plötzlich außer Kontrolle zu geraten schien. Er brauchte jemanden, der die Zusammenhänge deutete und erklärte. Einen Tarotleger.

Es gab nicht viele, die er für fähig genug hielt, um in solch einer Situation hilfreich zu sein. Noah knirschte mit den Zähnen, dann griff er erneut zum Handy. Seine Finger fanden ganz automatisch den richtigen Kontakt im Telefonbuch. Ein Freizeichen ertönte.

»Kaito, wir müssen reden.« Noah sah auf die wenigen Autos hinab, die durch die Straßen der Stadt fuhren, und stellte sich vor, dass die Radain darin in ihrer Unwissenheit glücklich waren.

19
DIE WARNUNG DER KARTEN

Als Kaito mit gewohnt gehetztem Ausdruck im Gesicht den Hügel emporeilte, hatte Noah seine Untersuchung abgeschlossen, in seinem Gedächtnis nach den Bedeutungen der Zeichen gekramt und Emily gefragt, ob sie die Hexe zufälligerweise kannte. Fehlanzeige.

»Hallo, Kaito«, grüßte Emily. Sie wirkte müde und ein wenig genervt. Kein Wunder, denn um diese Uhrzeit einen Bannkreis aufrechtzuerhalten war nahezu verschwendete Magie. Bisher war niemand vorbeigekommen.

»Emily.« Kaito schenkte ihr ein strahlendes Lächeln. »Viel zu tun heute?«

»Ich wäre lieber in meinem Bett«, bemerkte sie und zuckte mit den Schultern. »Aber Pflicht ist Pflicht.«

»Hey.« Noah trat zwischen die beiden, ohne sich die Mühe zu machen, die Hände aus den Jackentaschen zu ziehen. »Die Leiche liegt dort drüben. Noch nicht identifiziert.«

Er führte Kaito zu der Stelle, an der die Frau im Gras lag. Auch die Ritualutensilien standen noch da, wo Noah sie gefunden hatte.

Kaito ging an der Frau vorbei und kniete sich neben die Windlichter und die Schüssel.

»Räucherwerk«, stellte er fest. »Und Elementkerzen. Wie seltsam.«

»Wie gesagt …« Noah zuckte mit den Schultern. »Es ist mir ein Rätsel. Irgendetwas stimmt hier nicht. Sie starb an der dunklen Seuche.«

Kaito deutete mit dem Kinn auf die Frau. »Wahrscheinlich hat sie versucht, mit kombinierter Magie der dunklen Seuche zu entkommen. Sie wäre nicht die Erste.«

»Da ist noch etwas: In den Vaults wurde heute ein Geist gesichtet.« Bei Noahs Worten zuckte Kaito leicht zusammen. Es war nur ein kurzer Moment, in dem er die Kontrolle über seine Gesichtszüge verlor, aber Noah entging es nicht. Er hob fragend die Augenbrauen. »Du hast schon davon gehört?«

»Gerüchte verbreiten sich in der Unterwelt rasend schnell, und ich arbeite in den Vaults, wie du weißt«, sagte Kaito ausweichend.

»Das war auch einer der Gründe, weshalb ich dich angerufen habe«, gestand Noah. »Ich brauche einen Tarotleger. Jemanden, der mir einen Hinweis gibt, wie ich diese wirren Zusammenhänge entschlüsseln kann.«

Kaito sah ihn irritiert an, dann erhob er sich und sagte:

»Für mich ist der Fall klar: Sie hat mit zirkelfremder Magie experimentiert, um sich vor der dunklen Seuche zu retten. Dadurch hat sie unabsichtlich den Geist in den Vaults entfesselt und ist schließlich doch an der Seuche gestorben. Ende der Ermittlung im Fall der Toten und des Geistes.« Die letzten zwei Worte hatte er eine Spur zu hastig hinzugefügt. »Wir wissen beide, dass es keine Zufälle gibt. Nur Schicksal.«

»Da ist noch etwas anderes …« Es gab kein Zurück mehr. Schon als er Kaitos Nummer gewählt hatte, war sein Entschluss gefallen. Er brauchte einen Verbündeten, und so erzählte er Kaito mit wenigen Worten von der Frau, die bei der Befragung ihre Unschuld beteuert hatte und dennoch an der dunklen Seuche gestorben war.

»Irgendetwas hat sich verändert. Ich spüre es. Der Rat spürt es. Mein Vater ist seit Wochen unruhig. Es sind so viele unerklärliche Dinge passiert, Kaito. Dalgiencrieff wurde komplett verschüttet«, schloss er.

»Ich weiß«, sagte Kaito, und ein nachdenklicher Ausdruck trat auf sein Gesicht. »Unfassbar. Über 300 Leben ausgelöscht. Wisst ihr mittlerweile, wie die Höhlendecke kollabieren konnte? Man munkelt, es hätte mit Abaigeal Dubhs Grab zu tun.« Er schwieg kurz, dann fügte er hinzu: »Andere sagen, Talus wäre aufgetaucht.«

Noah verschränkte die Arme vor der Brust.

»Das Gerede von einem Fluch ist lächerlich. Ebenso das Geschwätz über Talus. Es gibt keinen einzigen Beweis dafür, dass dieses mächtige Artefakt existiert. Das sind doch alles nur Geschichten, um Abaigeal Dubh mystischer und mächtiger erscheinen zu lassen. Wenn Talus jemals wirklich existiert hätte, wäre er nicht einfach so verschwunden, und dem Rat lägen offizielle Aufzeichnungen darüber vor. Doch es gibt nur Gerede, Überlieferungen, Gruselgeschichten. Nein, wir wissen noch nicht, was mit Dalgiencrieff passiert ist. Aber das ist immer noch nicht alles: Kurz nach dem Höhlenunglück starb Sir Glean.«

»Habe ich mitbekommen.« Die Falten auf Kaitos Stirn wurden tiefer. »Und du denkst, dass all diese Ereignisse zusammenhängen?«

»Mein Vater ermittelt seit Wochen in diesen Fällen, aber es gibt keine Neuigkeiten …«

Kaito musterte die Tote im Gras mit ausdruckslosem Gesicht. »Und was hat das hiermit zu tun?«

»Es gibt keine Zufälle«, wiederholte Noah Kaitos Worte. »Nur Schicksal.« Ein heftiger Windstoß zog an seiner Kleidung. Er fröstelte, zog die Lederjacke enger, während Kaitos rechte Hand in die Innentasche seines Mantels wanderte.

»Ich mache das ungerne«, erklärte er, als er einen Stapel Karten mit pechschwarzer Rückseite hervorzog.

Noah atmete erleichtert aus. »Ich weiß.«

»Ihr nehmt uns nicht ernst«, fügte Kaito hinzu und begann, die Karten zu mischen.

»Ich nehme dich ernst.« Noah sah sich um, überlegte, ob das der richtige Ort für eine Tarotsession war, aber er war so gut wie jeder andere, und hier blieben sie, solange Emilys Bann anhielt, immerhin ungestört.

Das leise Rascheln der Karten beruhigte Noahs Nerven. Es war lange her, seit er das letzte Mal einer Tarotsession beiwohnte. Die Legungen waren oft ungenau und genossen deshalb kein hohes Ansehen in der Unterwelt. Kaitos bildeten eine große Ausnahme, weshalb er vor den vielen Anfragen der Heuchler in die Welt der Radain geflüchtet war.

Noah verstand das nur zu gut. Kaitos Zirkel war nicht selten Zielscheibe von Gehässigkeit. Er würde ebenso nicht einsehen, Hexen mit seiner Kraft zu unterstützen, die sich ansonsten über seine Gabe mokierten.

»Das weiß ich.« Kaito sah ihn fest an, während er weiter geschickt die Karten mischte. »Unter vier Augen glaubt ihr mir immer. Unter vier Augen bin ich euer Retter, euer Wegweiser, eure Erleuchtung. Aber sobald wir unter anderen sind, wirst du mich verleugnen und auslachen wie den Rest meines Zirkels. Ihr seht auf uns Kartenmischer herab, schon immer.« Seine Stimme war leise und bedrohlich. Noah wusste nicht, was er entgegnen sollte. »Ich bin es so leid, von euch arroganten Schattenlesern gerufen zu werden, wenn ihr Hilfe braucht. Macht eure Scheißarbeit alleine. Ich bin durch damit.«

Die Worte brachen aus ihm heraus, als hätte er sie schon lange wieder und wieder in seinem Kopf wiederholt. »Ich wollte ein Teil von euch sein, aber der Rat hat mich verstoßen. Alle reden von der Gleichheit der Zirkel, aber das ist nicht wahr. Als Tarotleger ist man nicht würdig, ein Schattenleser zu werden. Mir fehlten dringend benötigte Fähigkeiten, sagten sie.« Kaito lachte bitter auf. »Als ob sich Rätsel mithilfe von Wasser und Erde lösen ließen. Ihr wolltet mich nicht als Schattenleser, aber jetzt wollt ihr schon wieder meine Hilfe?«

»Karten sind ungenau.« Obwohl die Entscheidung, Tarotleger nicht als Schattenleser aufzunehmen, lange vor Noahs Geburt gefallen war und er dieser im Innersten nicht zustimmte, verteidigte er den Rat. »Du hast einen ehrenhaften Beruf, arbeitest für den Rat und die Sicherheit der Unterwelt.«

»Du klingst wie dein Vater«, zischte Kaito und spuckte aus. »Was für ein Bullshit. Der Rat kam ständig mit Problemen zu mir, aber zugeben konnten sie das nicht. Es war ihnen peinlich, dass ein Kartenmischer plötzlich nützlich für sie war. Sie erwähnten mich nie öffentlich, wenn ich ihnen mit irgendwas half, und machten sich weiterhin über Kartenmischer lustig. Ich bin nicht dumm. Ich weiß, was über meinen Zirkel gesagt wird. Die anderen Tarotleger erzählen mir von den abschätzigen Kommentaren, die Hexen abgeben, wenn sie sich unbeobachtet fühlen. Ich weiß, dass der Rat mein Talent kleinredete und über mich lästerte, um dann beim nächsten Problem wieder um meine Hilfe zu bitten.«

Darauf wusste Noah nichts zu antworten. Es stimmte. Der Rat hatte Kaito schon oft um Hilfe gebeten, selbst sein Vater war mehr als einmal zu ihm gegangen, um über politische Machenschaften seiner Feinde informiert zu bleiben. Kaito besaß ein Ausnahmetalent, und niemand wollte, dass diese Ausnahme das soziale Gefüge der Unterwelt in Gefahr brachte.

Tarotleger waren schon immer die Unterschicht, sie waren ohne Macht und wichtige Aufgaben – und so sollte es bleiben. Wenn ein Tarotleger plötzlich *angesehen* war, fühlten sich die höhergestellten Zirkel bedroht, und das durfte nicht passieren. Die offizielle Propaganda des Rates, dass jeder Zirkel gleich wichtig war, wurde nur von wenigen Idealisten gelebt. Eine Begabung musste am Ende der Nahrungskette stehen, und die Tarotleger konnten sich nicht behaupten.

Damals, bei der Gründung des Rates, galt Wissen über das Gefüge des Universums als mächtigste Waffe und Tarot als die wichtigste Gabe. Aber dann begehrten die anderen Zirkel auf, es gab Kämpfe, und schnell wurde klar, dass niemand mächtige Elementmagie durch bloßes Wissen aufhalten konnte.

»Es tut mir leid«, sagte Noah schließlich leise, als er die Stille zwischen ihnen nicht mehr aushielt. »Ich hätte dich als Schattenleser, als Kollegen akzeptiert. Aber ich hatte damals keine Macht innerhalb des Rates.«

»Die hast du auch heute nicht«, erwiderte Kaito ungerührt und hörte auf, die Karten zu mischen. »Was möchtest du also jetzt von mir?«

»Ich will, dass wir gemeinsam unsere Welt retten.« Noah zog

seine Hände aus den Taschen und streckte Kaito die rechte entgegen. »Irgendetwas Grausames geht hier vor, und du bist der Einzige, der uns helfen kann.«

Der kalte Nachtwind zerrte an seinen Fingern und ließ Noah frösteln, aber er hielt komplett still, bis Kaito einschlug.

»Na schön. Wenn es sonst nichts ist.« Kaito trat einen Schritt zurück, schlüpfte aus seinem Mantel und breitete ihn im Gras aus. Dann setzte er sich darauf, die Karten hielt er in der linken Hand, während er mit der rechten den Vortex öffnete. Purpurfarbene Funken tanzten empor und verschwanden wie Glühwürmchen in der Nacht. »Setz dich.«

Noah ließ sich ihm gegenüber auf dem schwarzen Stoff nieder.

Um Kaitos Gabe rankten sich viele Legenden. Er hatte seine Zirkelzugehörigkeit erst mit acht Jahren entdeckt, als seine Eltern sich schon sorgten, dass er magielos bleiben würde. Da Noah bereits mit fünf seine Begabung zeigte, hatten sie eine gemeinsame Klasse besucht. Nicht dass Noah sich damals mit einem Tarotleger abgegeben hätte.

Zu Schulzeiten weigerte Kaito sich, vor Publikum zu legen, und unterschied sich damit von seinen Zirkelkameraden, die sich und ihre Kräfte zu gerne vor anderen beweisen wollten und dafür nichts als Spott ernteten. Noah hatte anfangs immer geglaubt, dass Kaito sich für seine Gabe schämte. Später wusste er, dass Kaito Angeberei schlicht nicht nötig hatte.

Als ihm das klar wurde und die erwachsenen Hexen immer häufiger über Kaito redeten, interessierte er sich für seinen Mitschüler. Er versuchte, einen freundschaftlichen Kontakt zu Kaito aufzubauen, aber dieser war ein Einzelgänger und wurde nur laut, wenn es darum ging, andere seines Zirkels in Schutz zu nehmen. Dafür wurde er von vielen gehasst und gleichzeitig bewundert.

Seit seinem Abschluss war Kaito eine Legende, die viele verehrten und noch mehr fürchteten. Bis er eines Tages der Unterwelt den Rücken kehrte und alle im Stich ließ. Sein Zirkel fühlte sich verraten, da Kaito ihre große Hoffnung gewesen war, sich einen besseren Platz in der Hexengemeinschaft zu erkämpfen, und der Rat sprach von Egoismus, denn Kaito verwehrte ihnen von da an seine Begabung.

Deshalb war heute das erste Mal, dass Noah eine der sagenumwobenen Legungen erlebte.

Kaito schloss die Augen, und die Funken strömten zu den Karten, als wären sie Motten und der Stapel das Licht. Im nächsten Moment schoss eine Karte hervor und landete mit der schwarzen Seite nach oben auf dem Mantel. Zwei weitere Karten folgten und bildeten mit der ersten eine perfekte vertikale Reihe. Die Funken erloschen, und Kaito öffnete die Augen.

Mit geübten Handgriffen drehte er die Karten um. Auf der ersten war ein brennender Baum abgebildet. Die mittlere Karte zeigte eine Eule im Sturzflug, ein Schwert in den Klauen. Die dritte zeigte sieben Kelche und Spiegelscherben.

Beim Betrachten der Bilder beschlich Noah ein ungutes Gefühl.

»Was heißt das?«, fragte er und erntete eine erhobene Hand als Antwort. Kaito studierte die Karten ganz genau, legte den Kopf schief, runzelte die Stirn und seufzte.

»Die sieben Kelche«, sagte er und deutete auf die rechte Karte, »stehen für Illusionen und Lügen.«

»Klingt ja vielversprechend.«

»Der Ritter der Schwerter steht für eine Person, die ihr Ziel mit wilder Entschlossenheit verfolgt und sich weigert, andere Sichtweisen einzunehmen.«

»Ich weigere mich gar nicht …«

»Der Turm«, unterbrach ihn Kaito energisch, »steht für Chaos und Veränderung. Keine dieser Karten meint dich.« Er deutete auf die Eule. »Aber eine Person in deiner Nähe hat ihre Finger im Spiel. Eine Person, die äußerst entschlossen ist, ihr Ziel zu erreichen, und dabei nicht nur Lügen nutzt, sondern auch Illusionen erliegt. Sie kämpft in ihren Augen für das richtige Ziel und eine positive Veränderung, aber in Wahrheit sehnt sie sich nach Chaos.«

Erneut tanzten Funken empor, und eine vierte Karte legte sich quer über die sieben Kelche. Ein Berg, zu dessen Fuß drei Pentagramme mit farbigen Linien verbunden waren. »Die drei Münzen verraten uns, dass Illusion und Lügen von einem Verbund ausgehen. Geplante Intrigen, Gemeinschaftsarbeit.« Eine fünfte Karte schoss aus dem Deck und überdeckte den Ritter der Schwerter. Vier Stöcke, die eine farbenfrohe Raute umschlossen. »Die vier Stäbe deuten darauf hin, dass der Ritter der Schwerter mit seinem Vorhaben erfolgreich sein wird.«

Eine weitere Karte flog durch die Luft und landete mit grimmiger Entschlossenheit auf dem Bild des brennenden Baumes. Die graue Zeichnung eines Ochsen, der von zehn Schwertern durchbohrt war.

Kaito sah mit zusammengekniffenen Lippen auf das letzte Bild, und Noah schluckte.

»Das heißt nichts Gutes, oder?«, fragte er dann.

Eine Weile sagte Kaito nichts. Dann atmete er tief durch.

»Die zehn Schwerter deuten auf Opfer hin. Die Veränderung fordert Tote.«

20
IM MITTERNACHTSCAFÉ

Mehr denn je verfluchte Lu die Tatsache, dass sie diese Zeit der Ausbildung in der Menschenwelt verbringen musste. Sie wollte in die Unterwelt, wollte mit ihresgleichen sprechen und Gerüchten lauschen. Das Gespräch mit Kaito hatte ihr die Dringlichkeit ihrer Suche vor Augen geführt. Sicher war sie nicht die Einzige, die diese Schlüsse gezogen hatte und nun hinter Talus her war.

Sie kannte den besten Ort für solche Recherchen. Sie sah auf die Uhr. Es war beinahe Mitternacht und somit an der Zeit, aufzubrechen. Ein letztes Mal prüfte sie den Sitz ihrer dunkelbraunen Kordel, die sie sich als Erkennungsmerkmal des Gebräuzirkels um die Hüfte gelegt hatte, zog die Wohnungstür hinter sich zu und eilte die Stufen nach unten.

Ihr Weg führte sie vorbei an dunklen Fenstern und verwaisten Gassen. Um diese Uhrzeit schlief die Stadt ihren traumlosen Schlaf, die Straßenlaternen und der helle Mond waren das Nachtlicht. Er stand so hoch am Himmel, dass Lu trotz der hohen Gebäude um sich herum erkennen konnte, wie er sich halb zwischen dunklen Wolkenfetzen versteckte. Sein silbernes Licht ließ die dunklen Steine des Straßenpflasters leuchten.

Schließlich bog Lu in eine Seitengasse ein, die ein Radan niemals von sich aus finden konnte. Es war nicht so, dass sie besonders unauffällig oder gut versteckt war, doch der Zauber, der auf der Gasse lag, brachte Radain dazu, sie schlichtweg zu übersehen. Ihre Aufmerksamkeit wanderte von der kleinen Bäckerei mit den frischen Auslagen auf der einen Seite direkt zu dem alten Gebäude aus Sandstein auf der anderen. Regen und Wind hatte beide Gebäude dunkel gefärbt. Während über der Bäckerei *Lauras süße Kleinigkeiten* stand, prangte über dem anderen Gebäude in großen dunkelblauen, fast schwarz wirkenden Lettern *The Sorcerer – Antiquariat.*

Lu eilte die Gasse entlang und wunderte sich wieder einmal über die ordentlich verputzten Wände und die blitzblanken Pflastersteine, die eindeutig sauberer als ihr Wohnungsboden waren. Am Ende der Gasse wartete eine Treppe, die sie zielsicher nach unten schritt.

Dort war nichts als ein Vorhang aus glänzenden Glasperlen. Sie hatten die Farben des Meeres, vermischten sich in einem Tanz aus Grün- und Blautönen. Es ging kein Windhauch, trotzdem schwangen die Schnüre ganz sanft hin und her. An beiden Seiten brannten Laternen mit weißen Glühbirnen.

In freudiger Erwartung trat Lu durch den Glasvorhang. Es war, als würde sie durch eine Nebelwand laufen, und sie liebte dieses Gefühl. Es erinnerte sie an zu Hause. Wegen der Ausbildungsregelung durfte sie die Unterwelt diese Woche nicht mehr betreten, aber das Mitternachtscafé war offiziell kein Teil davon. War das Café ein Ort, der allen Hexen der Welt offenstand, so besaß die Unterwelt strengste Auflagen. Dort durften sich nur Hexen Edinburghs einfinden. Die einzige Ausnahme bildeten Passagierscheine, die der Rat ausstellte und mit denen er Hexen von außerhalb den Eintritt in die Unterwelt erlaubte. Lu hatte noch nie jemanden mit solch einer Erlaubnis getroffen.

Doch nicht nur bei Hexen von außerhalb, auch bei solchen wie sie, die sich in der Ausbildung befanden, war das Mitternachtscafé beliebt, denn es unterlag nicht den Beschränkungen, und so konnten sie sich dort auch dann aufhalten, wenn ihnen ihr Zuhause außer für die wöchentlichen Besuche für zwei Jahre verschlossen blieb.

Die Geräuschkulisse, die Lu entgegenschlug, löste sofort die Anspannung, die sie seit dem Gespräch mit Kaito mit sich herumgetragen hatte: eine sanfte Melodie, untermalt mit gemurmelten Gesprächsfetzen. Der Raum war spärlich beleuchtet. Kleine Lichter waren in die niedrige schwarz gestrichene Decke eingelassen.

Ihr Licht reflektierte sich in zahlreichen Perlen und Edelsteinen, die auf Schnüre aufgereiht und überall im Raum verteilt langsam hin und her schwangen. Der Boden war aus poliertem pechschwarzem Stein.

Ungefähr zwanzig Hexen standen in Gruppen zusammen, sammelten sich um die geflüsterten Vorhersagen von Tarotlegern und die eindrucksvollen Shows von Elementhexen.

Das Mitternachtscafé roch nach Lavendel und Zimt. Lu liebte diese Mischung, weckte es in ihr doch gleichermaßen Erinnerungen an Sommer und Weihnachten. Sie ließ den Blick gleiten, registrierte hier und da bekannte Gesichter. Die hochgewachsene Kate, mit der sie sich eine Begabung teilte und die drei Jahre älter war als sie, lachte gerade über einen Witz, den eine Hexe neben ihr gemacht hatte. In einer Ecke stand einsam Theo, dessen Wassershows Lu früher mit großer Leidenschaft verfolgt hatte. Irgendwann hatte er damit aufgehört, und sie hatte vergessen, womit er jetzt seinen Lebensunterhalt verdiente. Er trug wie immer einen bodenlangen, bestickten Mantel, und in seiner rechten Hand hielt er einen Gehstock. Früher war er mit Wasser gefüllt gewesen, aber Lu wusste nicht, ob das auch heute noch der Fall war. Sie setzte sich in Bewegung und nickte jenen zu, die ihr ein freundliches Lächeln entgegenbrachten.

Als sie an der Bar stand, bestellte sie sich ein Glas Cola. Sie wollte sich nicht betrinken, für ihre heutige Mission brauchte sie einen klaren Kopf.

Der Barkeeper war ein glatzköpfiger Hexer, der bei ihrer Bestellung die Stirn runzelte.

»Geht aufs Haus«, brummte er, als er ihr die Cola reichte.

Lu bedankte sich, trank einen Schluck und überlegte dann, wo sie sich taktisch am klügsten platzieren sollte. Sich direkt neben dem elitären Runenzirkel zu stellen, war selten eine gute Idee. Diese Hexen wurden sofort misstrauisch und umklammerten ihre Beutel, als würde ihnen jemand die Runen stehlen wollen. Zugegeben, gestohlene Runen waren auf dem Schwarzmarkt sehr begehrt, aber Lu hatte noch nie in ihrem Leben irgendetwas geklaut. Das hatte sie nicht nötig.

Tarotleger waren deutlich offener und plauderten im Gegensatz zu Runenhexen auch gerne über die Dinge, die sie in ihren Karten entdeckten.

Von den Hexen, die sich wie Lu mit Gebräu beschäftigten, hielt sie sich schon immer fern. Ihre Zunft tratschte nicht, es sei denn, es handelte sich um neue Rezepte oder Möglichkeiten, an Zutaten zu gelangen.

Die Elementhexen tratschten hingegen sehr viel. Wenn etwas in der Unterwelt geschah, waren sie die Ersten, die es erfuhren, und auch die Ersten, die es weitererzählten. Wahrscheinlich lag es daran, dass die meisten von ihnen eine politische Laufbahn anstrebten und deshalb stets informiert bleiben wollten.

Lu überlegte nicht länger. Sie nahm ihr Glas und steuerte in die Ecke des Mitternachtscafés, in der ein kleines Feuer brannte. Die Flamme tanzte in einem Metallgitter und warf flackernde Schatten auf die Umstehenden. Um das Feuer war ein flacher Graben mit Wasser, auf dem schmalen Rand wuchsen Gras und Moos.

Die Stimmung hier war deutlich ausgelassener als im Rest des Cafés, die Gespräche lebendiger. Einige Hexen bewegten sich im Takt der Musik, die aus dem nahe stehenden Piano drang. Lu schnappte Gesprächsfetzen über Politik, Kunst und den neuen Haarschnitt eines Ratsmitglieds auf. Dann erweckte eine kleine Hexe mit krausen Haaren ihre Aufmerksamkeit.

»Denkst du, das hat etwas mit dem Mord auf Calton Hill zu tun?«, fragte sie einen schmächtigen Mann mit Brille.

Er wippte mit dem Kopf, als wäre dieser nicht sicher angewachsen, und dachte offenbar nach. Schließlich sagte er: »Die zwei Orte sind knapp eine halbe Meile voneinander entfernt.« Das Kopfwippen stoppte, und er nahm einen Schluck aus seiner Flasche.

»Das ist nicht sonderlich weit.«

Lus ganzer Körper versteifte. *Ein Mord?* Sie trat unauffällig näher an die beiden heran. Die Hexe fuchtelte mit den Armen in der Luft herum, sodass etwas aus ihrem Glas auf den Boden schwappte. Ihr Zuhörer rümpfte die Nase.

»Ich kann mir aber nicht erklären, wie die zwei Dinge zusammenhängen sollten …«, murmelte er so leise, dass Lu es fast nicht hörte. Sie ging noch näher an die beiden Hexen heran und tat so, als würde sie der Pianomusik lauschen.

»Ein böser Geist in den Vaults und eine Hexe, die in einem Umkreis von wenigen Gehminuten an der dunklen Seuche starb? Da gibt es nicht viel zu verstehen. Sie hat den Geist beschworen und wurde dafür bestraft. Klare Sache.«

Lu schluckte, Angst breitete sich in ihr aus.

Woher wissen sie von dem Geist? Hat Kaito mich doch verraten?

Aber sie spürte noch etwas anderes: Erleichterung.

Vielleicht bin ich doch nicht für den Geist in den Vaults verantwortlich?

»Eine Beschwörung auf Calton Hill für einen Geist in den Vaults?« Der Hexer schnaubte.

Lus Mund war trocken, und sie nahm schnell einen großen Schluck Cola. Die Entfernung zwischen Calton Hill und den Vaults war nicht viel größer als der Abstand zwischen ihrer Wohnung und dem Ort, an dem der Geist aufgetaucht war. Theoretisch war es absolut möglich, dass die Tote den Geist beschworen hatte. Jedoch nicht absichtlich.

Gelungene Geisterbeschwörungen fanden stets in unmittelbarer Nähe statt. Es gab einen vorher bestimmten Bannkreis, in dem der Geist sich einfand und aus dem er nach der Beschwörung wieder entlassen wurde. Da Geister nicht selten Rache im Herzen trugen, war es lebensgefährlich, ihn ohne Bannkreis zu beschwören. Wurde der Zauber jedoch falsch ausgeführt, erschien der Geist nicht im Bannkreis, sondern außerhalb, und dann … wurde es schnell ungemütlich.

»Du hast recht. Aber vielleicht ist die Beschwörung ja einfach nur schiefgegangen?«, meinte die Hexe mit den krausen Haaren und zuckte mit den Schultern, wodurch Lus Blick auf das grüne Halstuch gelenkt wurde. Eine Erdhexe also.

»Für einen unabsichtlich verpatzten Zauber wird niemand von der dunklen Seuche befallen«, widersprach der Hexer. »So wie ich das sehe, gibt es zwei Möglichkeiten: Entweder hat sie den Geist nicht beschworen, und das ist alles nur Zufall. Oder sie hat ihn unabsichtlich beschworen, doch dann hätte die dunkle Seuche sie nicht befallen. Sie muss also vorher etwas anderes angestellt haben.«

»Ich hab's!« Triumphierend hob die Erdhexe ihr Glas in die Höhe. Als der Hexer ihr zuzischte, dass sie leiser sein solle, sagte sie flüsternd: »Vielleicht wollte sie gar keinen Geist beschwören, sondern die Seuche heilen. Und dann ist alles schiefgegangen.«

»Nette Theorie«, murmelte der Mann und griff an seine Brust. Unter seinem schwarzen Hemd war eine Ausbeulung, direkt neben einer aufwendig gearbeiteten orangefarbenen Brosche mit verschiedenen Edelsteinen und einer goldenen Rune in der Mitte.

Jetzt wurde Lu klar, weshalb er so wenig begeistert an dem Gespräch teilnahm. Er war ein Runenleger und wie die anderen seines Zirkels nicht an Getratsche interessiert. Die Hexe schien seine offensichtliche Ablehnung allerdings nicht zu spüren.

»Ziemlich einleuchtend, wenn du mich fragst«, sagte sie nun und reckte stolz das Kinn in die Höhe.

Ihre anschließenden Ausführungen bekam Lu nicht mit. Zu sehr war sie in ihren eigenen Gedanken gefangen, ging das belauschte Gespräch noch einmal von Anfang an durch. Wenn diese Hexe von dem Geist in den Vaults wusste, musste ihn jemand gemeldet haben. Sie unterdrückte einen Fluch und klammerte sich fester an ihr Glas. Sie hatte gehofft, dass der Geist ein Geheimnis zwischen Kaito und ihr bleiben würde. Lu wünschte sich zwar, dass die Tote den Geist beschworen hatte, aber sie glaubte nicht wirklich daran. Wenn diese Hexe von der dunklen Seuche befallen war, hatte sie sicher auf Calton Hill irgendein Ritual abgehalten, um sich zu retten. Eine Geisterbeschwörung wäre in diesem Fall sinnlos. Viel wahrscheinlicher war es also, dass Lu den Geist beschworen hatte und dass dieser Umstand dank der Ermittlung zur Toten nun auffliegen und sie aus dem Zirkel geworfen würde.

Scheiße. Aber woher wissen sie überhaupt von dem Geist?

Die Radan schied als Verräterin aus. Und es war ebenso unmöglich, dass Kaito etwas gesagt hatte. Oder? Lu biss sich auf die Unterlippe und ging fieberhaft ihr Gespräch von heute Nachmittag durch. Sie hatten einen Pakt geschlossen, und sie glaubte ihm, dass er auf ihrer Seite war. Zumindest vorerst. Für ihn war sie eine nützliche Informantin über Talus. Er hatte also keinen Grund, sie auszuspielen. Zudem hatte er sie um Hilfe gebeten und das Bündnis mit ihr geschmiedet. Es lag nicht in seinem Interesse, den Geist zu melden. Oder gar darüber zu tratschen.

Damit war sie in Sicherheit. Vorerst.

In einem Zug stürzte sie ihre restliche Cola herunter und machte sich auf den Heimweg. Aber falls die Tote doch für den Geist in den Vaults verantwortlich war, musste sie der Sache nachgehen. Vielleicht konnte sie das auf die Spur von Talus bringen.

21
IM HAUS DES TAROTZIRKELS

Sonnenlicht und Frühlingswetter empfingen sie, als sie die Höhle betraten. Hier, im Mittelpunkt des politischen Lebens, herrschte immer frühlingshafter Mittag, und der Kontrast zu dem kalten nächtlichen Calton Hill im Herbst hätte nicht größer sein können. Da das hohe Gebäude der Schattenleser, in dem auch sein Büro lag, für Noah wie ein zweites Zuhause war, ging er nur widerwillig daran vorbei, um Kaito zu einem Haus mit purpurfarbenem Schindeldach, einer Fassade aus grauem Stein und runden Fenstern zu folgen.

Die Eingangstür ließ sich ohne Schlüssel öffnen, ein leerer Raum mit enger Wendeltreppe empfing sie. Es war dunkel, da durch die kleinen Fenster nur wenig Licht fiel.

»Darf ich überhaupt hier sein?« Noahs zweifelnde Stimme brachte Kaito zum ersten Mal, seit sie Calton Hill verlassen hatten, zum Innehalten.

»Du bist der Schattenleser«, erwiderte er. »Weshalb fragst du mich nach Gesetzen?«

Unsicher sah Noah sich um, betrachtete die verschlossenen Türen, den abgenutzten Holzboden, die schmucklosen Wände. Es gab weder schwebende Leuchtkugeln, die im Haus des Feuerzirkels wie ein Schwarm Glühwürmchen umherzogen, noch nach oben fließende Wasserfälle, deren Gischt Besucher angenehm abkühlte, sobald sie die Residenz des Wasserzirkels betraten. Auch keine schwebenden Möbel und Luftkanäle, die Neuankömmlinge des Luftzirkels in Staunen versetzten und in denen allzu gerne Rennen veranstaltet wurden. Selbst das lichtdurchflutete Atrium des Erdzirkels, das Noah bisher immer seltsam zurückhaltend vorgekommen war, wirkte mit seinen Bonsais und Hütten aus

Lehm im Vergleich zum Tarotzirkel plötzlich dekadent und prunkvoll.

»*Es ist erlaubt, ein Zirkelgebäude auf Einladung desselbigen zu betreten*«, zitierte er die Schrift des Rates.

»Du bist hiermit eingeladen.« Kaito zuckte mit den Schultern, lief zu einer der geschlossenen Türen und öffnete sie. »Es ist sowieso niemand hier, der dich verraten könnte.«

Die dicke Staubschicht, die sie im nächsten Raum erwartete, unterstrich Kaitos Worte. Mit Büchern vollgestopfte Regale erstreckten sich bis zur Decke, verschluckten selbst das wenige Licht des Fensters, das in der Wand gegenüber der Tür lag.

Kaito entzündete eine gusseiserne Laterne mit dreckverschmierten Glasscheiben, indem er ein Feuerzeug, das er aus seiner Tasche zog, gegen den Docht hielt. Die Scharniere der Klappe schlossen sich quietschend, doch das gedämpfte Licht half nicht wirklich, besser zu sehen.

»Ist überhaupt jemals jemand hier?«, fragte Noah und sah zu einem Sekretär, unter dessen Arbeitsplatte Spinnweben hingen.

»Nicht mehr.« Kaito ging zielsicher durch die Regale in den hinteren Bereich des Raums.

»Die Vorhersage der Karten muss nicht zwangsläufig eintreten, oder?«, brach es aus Noah hervor, als Kaito gerade nach einem dicken Folianten griff.

Er erstarrte in der Bewegung und sah ihm direkt in die Augen.

»Danke, dass du mich einmal mehr daran erinnerst, wie wenig sich die anderen Zirkel mit Tarot auseinandersetzen«, sagte Kaito dann und zog mit einem energischen Ruck das Buch hervor. »Nein, sie müssen nicht eintreten, sondern zeigen, welche Kräfte aktuell am Werk sind und wohin sie uns leiten, wenn wir keinen anderen Weg einschlagen.«

Kaito brachte den Folianten zu einem Sekretär, wischte die Oberfläche ab, bevor er ihn darauf platzierte. Dann schlug er eine Seite auf.

Neugierig trat Noah näher. Er wusste nicht, weshalb sie eigentlich hier waren. Nach Kaitos Legung hatte dieser noch einmal die Tote und vor allem das Symbol auf deren Schulter betrachtet, bevor er ohne ein weiteres Wort losgelaufen war. Noah hatte noch schnell Emily nach Hause geschickt und war ihm dann gefolgt.

Im Moment fühlte er sich wie ein höriges Hündchen, das seinem Besitzer nachlief.

»*Talus?*«, fragte er und überflog stirnrunzelnd die Seite. »Du hast mich hierhergebracht, um über dieses alte Märchen zu sprechen?«

Kaito antwortete nicht und blätterte weiter, bis er innehielt und sein Gesicht kalkweiß wurde.

Noah erstarrte, als er das Symbol, das in schwarzen Linien auf dem Papier prangte, erkannte. Fünf Kreise, eng ineinander verschlungen.

»Was … bedeutet das?«

»Das ist das Rad des Seins.« Kaitos Stimme klang seltsam belegt. »Ein uraltes druidisches Symbol, das für die vier Elemente und die vier Himmelsrichtungen steht. Für die Kräfte des Universums. Es ist keine Rune, sondern etwas viel Mächtigeres, ein Symbol aus der alten Zeit. Es ist außerdem das einzige Zeichen, von dem überliefert ist, dass Abaigeal Dubh es bei Talus eingesetzt hat. Die einzige bekannte Seite des sechsseitigen Würfels, der sie zur mächtigsten Hexe aller Zeiten gemacht hat. Zur einzigen Hexe, die den gesamten Vortex rufen konnte.«

Mit brummendem Schädel betrat Noah sein Elternhaus, es war bereits früher Morgen. Das alles ergab keinen Sinn. Eine tote Hexe, auf der ein Symbol prangte, das mit Talus in Verbindung stand. Ein ungezügelter Geist in den Vaults, das verschüttete Dalgiencrieff, der Tod des hoch angesehenen Ratsmitglieds Sir Gleans.

Gemeinsam mit Kaito hatte er die ganze Nacht diskutiert und Bücher gewälzt, ohne zu einem Ergebnis zu gelangen. Sie wussten nicht wirklich, ob die Tote mit dem Geist in den Vaults in Verbindung stand, obwohl Kaito ungewöhnlich konsequent darauf beharrte. Das Rad des Seins wies auf eine Verbindung zu Abaigeal Dubh hin, deren Grab erst vor Kurzem entdeckt und geöffnet worden war, und schien die stärkere, aber auch die unerklärlichere Spur zu sein. Seit Jahrhunderten war Abaigeal Dubhs Name nur in gewissen Kreisen hinter vorgehaltener Hand geflüstert worden, und nun stolperte er immer wieder über sie.

Noah brauchte Ruhe, um seine Gedanken auf Papier zu bannen. Sobald er sie einmal formuliert hatte, würde er klarer sehen, die Verbindungen ziehen, die er spürte, aber noch nicht benennen konnte.

»Der Würfel ist wieder aufgetaucht.« Noah hörte die aufgebrachten Worte seines Vaters gedämpft durch die dicke Holztür seines Arbeitszimmers. Instinktiv hielt er inne. »Oder wie erklärt Ihr Euch sonst das alles?«

»Talus ist ein Mythos«, erwiderte der Besucher.

Noah erkannte die Stimme sofort: Sir Craig, das Oberhaupt des Rates. Den Sinn der Antwort verstand er jedoch nicht. *Talus.*

Schon wieder. Noah begriff nicht, wieso sich sein Leben innerhalb weniger Stunden so sehr auf ein altes Schauermärchen konzentrierte.

»Lächerlich!« Poltern.

Noah runzelte die Stirn. Es war lange her, dass er erlebt hatte, wie sein Vater die Stimme erhob. Richard war ein besonnener Mann, der mit Kalkül über sein Leben und seine Gefühle herrschte. »Ihr wisst, dass ich recht habe. Weshalb weigert Ihr Euch, die Anzeichen zu sehen?«

Noah kniff die Lippen zusammen. Sein Vater glaubte also daran, dass der Würfel existierte.

»Ich sehe sie«, erklang die kühle Antwort. »Aber ich interpretiere sie anders. Keins der Ereignisse deutet explizit darauf hin, dass er zurück ist. Wir wissen ja nicht einmal mit Sicherheit, ob er existiert. Wahrscheinlicher ist ein alter Fluch, der auf Abaigeal Dubhs Grab lag und uns nun heimsucht. Wir müssen eine Möglichkeit finden, diesen Fluch zu bannen, bevor er uns alle ins Verderben stürzt.«

Noah trat näher an die Tür und legte sein Ohr an das Holz. Der Geruch nach Politur stieg ihm in die Nase.

»Nur Narren leugnen seine Existenz«, erwiderte Richard.

»Nur Narren geben offen zu, dass sie an ihn glauben. Es gibt keine Beweise. Gab es nie. Nur Berichte von verzweifelten Hexen. Hört auf, Zeit und Ressourcen für dieses Hirngespinst zu verschwenden. Das ist mein letztes Wort.«

Schritte näherten sich, und Noah wich blitzschnell bis zur Treppe zurück. Kaum wandte er sich um, als die Holztür aufschwang und Sir Craig heraustrat. Das Oberhaupt des Rates trug einen samtblauen Anzug, der den Kontrast seiner silbergrauen Haare zu seinem faltenlosen Gesicht noch mehr zu betonen schien.

Als er Noah bemerkte, nickte er ihm wortlos zu, wandte sich ab und schritt zum Ausgang.

Wenig später erschien Noahs Vater im Türrahmen. Seine Schultern hingen nach unten, seine sonst gepflegten Haare standen in alle Richtungen ab. Das Hemd, das er trug, war zerknittert.

»Was willst du hier?« Sein Gesichtsausdruck wurde hart, die Frage klang schneidend. Der kurze schwache Moment war vorbei. Richard war wieder der imposante Hexer, den Noah sein ganzes Leben schon gleichermaßen verehrte und fürchtete.

Noah wollte antworten, aber sein Vater schnitt ihm das Wort ab.

»Geh zurück in dein Zimmer.«

Die Tür des Arbeitszimmers fiel mit einem lauten Knall ins Schloss.

Noah starrte auf das Holz und schluckte. Als er die Treppe hinaufstieg, ging er in Gedanken noch einmal das Streitgespräch zwischen den beiden Ratsherren durch. Talus. Schon wieder.

22
DAS TAGEBUCH DER HEXE

Erin zitterte noch immer, als sie von der kalten Straße in das Antiquariat mit dem nichtssagenden Namen *Stories & more* trat. Es war der erste Ort, an den ihre Schritte sie bei ihrem morgendlichen Spaziergang geführt hatten. Ihr Zug fuhr erst am Nachmittag, und sie nutzte den Morgen, um sich von dem abzulenken, was sie zu Hause erwartete.

Sie erinnerte sich an diesen Geruch. Altes Holz, Druckerschwärze und Papier. Und an die vollgestopften Bücherregale. Vor knapp zwei Jahren war sie bereits einmal hier gewesen. Erin schüttelte den Kopf. Damals hatte sie Schutz vor einem Regenschauer gesucht, heute suchte sie Zuflucht vor ihren eigenen Gedanken.

Die Besitzerin nickte ihr zu, als sie an ihr vorbei in den hinteren Teil des Ladens ging. Sie schien sie nicht zu erkennen. Natürlich nicht. Es war ewig her, seit Erin mit ihren Fingern sanft über die Buchrücken gestrichen war, den Duft nach Büchern eingesogen hatte. Die Frau mit den zurückgebundenen silbernen Haaren und der sonnenblumengelben Strickjacke schien noch dieselbe zu sein.

Etwas in ihrer Magengrube kitzelte. Es fühlte sich an, als wäre Erin auf dem Weg zu einem ersten Date. Sie schüttelte den Kopf, vertrieb den Gedanken. So etwas hatte sie schon lange nicht mehr gedacht oder gefühlt. Diese Gewissheit, dass ein Abenteuer auf sie wartete. Sie würde wieder enttäuscht werden, wie so oft in ihrem Leben. Ihre Finger wanderten über die Buchrücken, strichen über eingeprägte Titel in alten Ledereinbänden.

Ein Schauer ergriff sie, als sie an die Begegnung in den Vaults dachte. Erst jetzt wurde ihr klar, was das bedeutete: Das Abenteuer hatte sie endlich gefunden. Sie hielt inne und steckte sich mit der linken Hand eine Haarsträhne hinter ihr Ohr. Die rechte Hand verweilte auf den Buchrücken.

Wieso fällt mir das erst jetzt auf?

Die Begegnung in den Vaults war genau das, was sie sich als Kind immer gewünscht hatte. Das, wonach sie als Teenager gesucht hatte. Eine Hoffnung, um ihre Tante zu retten.

Ein Abenteuer.

»Scheiße«, flüsterte sie. Ihre Knie wurden weich. Die Wucht der Realität schlug über ihr zusammen. Als wäre sie unter einem Berg aus Büchern begraben. Unzählige Geschichten, die sie nach unten drückten. Ihr die Luft zum Atmen nahmen. Erinnerungen an ihre Kindheit. Die fünfjährige Erin, die in alten Wäldern nach Feen rief. Die zehnjährige Erin, die Figuren aus Büchern lesen wollte. Ihr Teenager-Ich, das Räucherwerk verbrannte und lateinische Formeln flüsterte. Tante Charly, die von Geistern und Märchen erzählte. Tante Charly, die im Sterben lag.

Sie atmete tief ein, versuchte, sich zu beruhigen. Klammerte sich an dem Bücherregal vor ihr fest. Die Besitzerin des Ladens hustete, und Erin zuckte zusammen. Ein Knall. Eines der Bücher war auf den Boden gefallen und hatte sich dabei geöffnet. Erin blinzelte und starrte auf das aufgeschlagene Buch. Handbeschriebene Seiten starrten zurück.

Die krakelige Überschrift konnte sie sogar aus dieser Entfernung entziffern.

Talus.

Widerwille bäumte sich in Erin auf. Sie hatte das unbestimmte Gefühl, über ihre Zukunft zu entscheiden. Wie gelähmt starrte sie das Buch weiter an. Wenn sie danach griff, gab es kein Zurück mehr.

Lächerlich. Warum sollte dieses Buch über mein Leben entscheiden?

Etwas in ihr sagte Erin, dass sie noch immer gehen konnte. Dem Ruf des Abenteuers widerstehen und in ihr normales Leben zurückkehren. Immer wieder hatte sie geglaubt, an einem Scheideweg zu stehen, über eine Schwelle zu treten, umkehren zu können. Sie schüttelte den Kopf – sie wollte nicht mehr daran glauben, konnte nicht. Sie musste an Tante Charly denken und daran, dass sie in wenigen Stunden im Zug nach Hause saß, um sich ein letztes Mal von ihr zu verabschieden. Es gab keine Quest, deren Erfüllung ihre Tante rettete.

Es ist nur ein Buch.

Doch die Neugier siegte. Erin bückte sich, klappte das Buch zu und drehte es hin und her. Dunkelbraunes Leder. Wenn einmal ein Titel auf dem Cover geprangt hatte, war er jetzt verschwunden. Auch der Buchrücken verriet nichts über den Inhalt. Nach einem tiefen Atemzug schlug sie die erste Seite auf. Insgeheim erwartete sie einen Windstoß, leise Harfenklänge, einen kleinen grünen Kobold. Irgendetwas.

Sie fand nicht einmal eine Titelseite mit Informationen darüber, wer das Buch geschrieben hatte oder wann es gedruckt worden war. Es sollte wohl ein persönliches Notizbuch imitieren. Seiten über Seiten, gefüllt mit einer gedrungenen Handschrift.

Unwillkürlich fuhr sie mit dem Zeigefinger die geschwungenen Buchstaben nach, bevor sie mit dem Lesen begann.

Es begann nicht mit dem Wunsch nach Macht. Es begann mit Hoffnung …

Ein Schauder ergriff sie, und je weiter sie las, desto stärker wurde das Gefühl von Unbehagen, gemischt mit perfider Faszination. In dem Buch erzählte eine junge Hexe mit Namen Abaigeal, wie sie sich mithilfe eines mächtigen Artefakts ihren Herzenswunsch erfüllen wollte. Eine spannende Geschichte, aufgemacht wie ein Tagebuch. Früher hatte Erin so etwas gerne gelesen.

Sie musste nicht lange überlegen, was sie sich selbst von so einem Artefakt wünschen würde. Vor ihrem inneren Auge tauchte der kleine zerbrechliche Körper ihrer Tante in dem großen Krankenhausbett auf. Mit Magie könnte sie sie retten!

Auf den ersten Seiten hatte Abaigeal ihre Recherchen zur Wunschmagie geschildert und weshalb sie glaubte, dass Talus die Lösung ihrer Probleme sei.

Sie blätterte weiter und stieß nach nur wenigen Seiten auf die Zeichnung eines Würfels. Das musste Talus sein. Er war mit schwarzer Tinte erstaunlich lebensnah auf das Papier gebannt. Statt Punkten waren auf den Seiten fünf verschlungene Symbole eingeritzt, die auch unterhalb des Würfels noch einmal aufgeführt waren. Erin sah eine Spirale, die sich vom Mittelpunkt aus gegen den Uhrzeigersinn wand. Ein Halbmond. Eine dreiarmige Spirale. Eine Linie, deren Enden sich ebenfalls spiralförmig wanden. Fünf ineinander verschlungene Kreise. Neben jedem Symbol standen Wörter, in einer Sprache, die Erin nicht verstand. Eine Seite des Würfels war leer.

Ihr Blick blieb an den fünf verschlungenen Kreisen hängen. Etwas daran kam ihr seltsam bekannt vor. Dann sah sie es wieder vor sich: das Aufblitzen der goldenen Kette auf blasser Haut. Erin keuchte und ließ das Buch fallen. Mit einem lauten Knall landete es auf dem Boden.

Es war dasselbe Symbol, das in das Medaillon des Geistes eingraviert gewesen war. Sie war sich sicher. Unverwandt starrte sie auf das Buch, bis sie endlich wieder Kontrolle über ihren Körper gewann. Plötzlich war sie sich sicher, dass das Buch keine fiktive Geschichte, sondern die Realität enthielt. Talus existierte.

Sie musste etwas unternehmen. Nachforschungen anstellen. Es konnte kein Zufall sein, dass ein Symbol des Würfels in den Aufzeichnungen einer jungen Hexe um den Hals des Geistes hing, der sie angegriffen hatte. Das war Schicksal. Der Geist war ihr Ruf ins Abenteuer gewesen, und das Buch war der Schlüssel. Sie hob es auf, blätterte noch einmal kurz darin, aber sie fand keine weiteren Hinweise zu dem merkwürdigen Symbol.

Eine neue mögliche Zukunft breitete sich vor ihr aus: Der Würfel konnte sie zu einer Hexe machen, wodurch sie nicht nur Tante Charly, sondern auch ihren Vater retten und ihre eigene Zukunft sichern konnte. Ihr Puls beschleunigte sich.

Sie ging zum Tresen und hielt ihren Fund in die Höhe.

»Das würde ich gerne mitnehmen«, sagte sie. Die Besitzerin sah sie über ihre Brillengläser hinweg an, musterte das Buch.

»Gerne.« Ihre Stimme klang wie raschelnde Buchseiten. Ihre dünnen Lippen teilten sich zu einem Lächeln.

»Wie viel?« Erin griff in ihre Jackentasche und holte ihren Geldbeutel hervor, aber die Frau winkte ab.

»Es gehört Ihnen.«

Erin sah auf das Buch, dann wieder die Ladenbesitzerin an. Es war ebenso wenig Kundschaft im Laden wie vor zwei Jahren. Wie finanzierte sie sich, wenn sie nun sogar das Buch, das Erin kaufen wollte, verschenkte?

»Sicher?« Sie öffnete den Geldbeutel, fummelte einen Schein heraus und legte ihn auf den mit losen Papieren und Buchstapeln bedeckten Tresen. Selbst das erschien ihr ein lächerlich geringer Preis für ein offensichtlich uraltes Unikat.

Die Frau machte keine Anstalten, das Geld zu nehmen. Als Erin einen Schritt zurückging, schüttelte sie sogar den Kopf.

»Nehmen Sie Ihr Geld«, sagte sie schließlich. Sie zupfte ein silbernes Haar von ihrer gelben Strickjacke. »Alles andere wäre ein Frevel.«

Frevel.

Ein Wort, das Erin schon seit Ewigkeiten nicht mehr gehört hatte. Sie griff nach dem Schein und steckte ihn wieder ein.

»Danke«, flüsterte sie und drückte das Buch eng an die Brust. Einerseits weil sie der Frau zeigen wollte, dass sie das Geschenk zu schätzen wusste, andererseits aber auch, weil sie das Bedürfnis danach hatte. Nachdem sie sich für den Weg des Abenteuers entschieden hatte, fühlte sie sich, als hätte sie einen seltenen Schatz gefundenen. Erins Herz flatterte. »Vielen Dank.«

Dann eilte sie nach draußen und die Straße entlang, das Buch sicher in ihrem Pullover verstaut. Sie musste dringend nach Hause und ihre Sachen packen. Unterwegs dröhnte ein Wort immer wieder und wieder in ihrem Kopf: *Talus.*

Ihr Handy vibrierte, und als sie es aus ihrer Tasche holte, leuchtete der Name ihrer Mutter auf dem Display. Panik durchflutete Erin, ihr Gehirn spielte sämtliche Horrorszenarien ab, die es sich in schlaflosen Nächten ausgemalt hatte.

Als sie auf Annehmen klickte, rechnete sie damit, vom Tod ihrer Tante zu erfahren.

»Tante Charly geht es besser«, begann ihre Mutter ohne Umschweife. »Sie ist wieder stabil. Es tut mir leid, dass ich dir gestern so einen Schrecken eingejagt habe. Es war nur … es ist alles gerade sehr viel …«

Erin atmete erleichtert aus. »Ich komme trotzdem.«

»Das musst du nicht«, sagte ihre Mutter. »Wirklich. Tante Charly geht es gut, den Jungs, deinem Vater und mir auch. Wir kommen klar. Hast du nicht bald Prüfungen?«

»Ja.« Das Wort kam nur schwer über ihre trockenen Lippen.

»Dann nutz bitte die Zeit zum Lernen.« Gerade als Erin zum Protest ansetzte, zog ihre Mutter das Totschlagargument aus der Tasche: »Tante Charly würde es so wollen.«

Das stimmte nur halb. Tante Charly war Erins größte Unterstützerin und würde vor allem wollen, dass es ihr gut ging. Sie würde auch Erins Geistertourpläne gutheißen, wäre sofort Feuer und Flamme dafür.

Aber seit Tante Charlys Diagnose und den daraus folgenden ständigen Krankenhausaufenthalten sprach Erins Mutter für sie – und das nicht immer in Tante Charlys Sinne. Seit Charly vor wenigen Wochen ins künstliche Koma gelegt wurde, war diese Eigenheit noch schlimmer geworden. Erin nahm ihr das nicht übel, immerhin tat sie es nicht aus Boshaftigkeit, sondern mit der festen Überzeugung, im Namen ihrer jüngeren Schwester zu sprechen.

»Du sagst, wenn ich etwas tun kann?«, fragte Erin deshalb mitfühlend.

»Natürlich«, antwortete ihre Mutter eine Spur zu schnell. »Viel Erfolg bei den Prüfungen. Ich hab dich lieb.«

»Ich dich auch.« Erin beendete den Anruf und schloss kurz die Augen.

Erleichterung durchflutete sie, das Atmen fiel ihr plötzlich viel leichter. Tante Charly ging es besser, sie musste nicht in den Zug steigen und nach Hause fahren. Ihre Finger wanderten zu dem Buch in ihrem Pullover.

Erin beschloss, noch einmal umzukehren und mit der Besitzerin des Antiquariats zu reden, sie nach der Herkunft des Buches zu befragen. Es wurmte sie, dass sie erst jetzt darauf kam, aber sie zögerte nicht länger, drehte um und lief los.

Als Hexe könnte sie Tante Charly heilen, ihre Mutter finanziell entlasten, die Depressionen ihres Vaters lindern, wirklich eindrucksvolle Geistertouren auf die Beine stellen. Der letzte Gedanke entlockte ihr ein heiseres Lachen.

Dann kam sie beim Antiquariat an, zumindest dachte sie das. Irritiert sah sie sich um. Rechts von ihr war wie immer ein kleiner Schuhladen mit absurd altmodischen Modellen in der Auslage. Links von ihr ein Haushaltswarenladen, in dessen Schaufenstern quietschbunte Kochlöffel angeboten wurden.

Direkt vor ihr lag nicht das Gebäude, das sie gesucht hatte. Statt vor sich das Antiquariat mit seiner roten Tür zu sehen, starrte sie auf zertretene Stufen, eine dunkelbraune Tür und eine kleine Glocke, die davor baumelte. Über dem Laden stand in großen Lettern *Juwelier.* In dem kleinen Fenster glänzten Verlobungsringe.

Irritiert trat Erin einen Schritt zurück und blickte die Straße entlang. Sie war sich sicher, den richtigen Weg eingeschlagen zu haben. Neben dem Schuhgeschäft sollte eigentlich das Antiquariat liegen, in dem Erin das Buch geschenkt bekommen hatte. Sie erinnerte sich genau. Oder nicht?

Verwirrt rieb sie sich den Kopf. Sie lief ein Stück die Straße zurück, dann kehrte sie wieder um, lief in die andere Richtung und hielt nach dem Antiquariat Ausschau. Es blieb verschwunden.

Mit einem mulmigen Gefühl ließ sie sich auf einer Bank nieder, die auf der gegenüberliegenden Straßenseite stand. Es waren einige Passanten unterwegs, aber niemand würdigte sie eines Blickes. Das Buch in ihrem Pullover wog auf einmal deutlich schwerer.

Das Antiquariat war verschwunden, daran bestand kein Zweifel. Vielleicht hatte es sogar niemals wirklich existiert, sondern war nur ein Ort gewesen, an dem sie das Buch gefunden hatte. Ein kleiner Buchladen, der für einen kurzen Moment zum Leben erwacht war, um sie auf den richtigen Weg zu bringen. Erin schüttelte den Kopf. Das war Schwachsinn. Offensichtlich war sie jetzt vollkommen durchgedreht und bildete sich ganze Orte ein. Sie schluckte und erinnerte sich daran, dass sie das Antiquariat zwei Mal betreten hatte. Ihr Kopf dröhnte. Sie rieb sich mit Zeigefinger und Daumen das Nasenbein.

Erneut vibrierte ihr Handy, und sie starrte auf den Namen, der auf dem Display aufleuchtete. Ihr schlechtes Gewissen meldete sich.

»Leo?« Sie versuchte, halbwegs versöhnlich zu klingen. Er hatte nichts falsch gemacht, und es war unfair, dass sie ihn derartig ignorierte. Es war nicht sein Fehler, dass sie seine Nettigkeiten falsch verstanden hatte. »Tut mir leid, dass ich so schwer erreichbar war. Aber es ist gerade eher schlecht.«

»Ich muss mit dir reden. Jetzt.«

Sie wusste nicht, was sie darauf antworten sollte.

»Erin?« Nun klang Leo verunsichert.

Sie räusperte sich, suchte nach einer Antwort und entschied sich für das erste Wort, das ihr einfiel: »Wieso?«

»Es ist wichtig«, wich er ihrer Frage aus.

Erin starrte auf die Stelle, an der das Antiquariat sein müsste. Ihre Gedanken kreisten um die magische Welt, die sich ihr auf den ersten Seiten des Buches offenbart hatte. Sie musste nachdenken.

»Wie wäre es mit einem Bier nach der nächsten Tour?«, schlug sie vor. »Ich habe zwar bei Karen für heute abgesagt, aber …«

»Ich muss davor mit dir reden«, unterbrach er sie.

Spätestens jetzt war sie sich sicher, dass etwas nicht stimmte. Vielleicht hatte Leo sich mit seiner Freundin gestritten und brauchte einen weiblichen Rat. Erin war noch nie gut darin gewesen, Menschen abzuweisen, die sie um Hilfe baten.

»In Ordnung«, antwortete sie, obwohl es definitiv nicht in Ordnung für sie war.

»Danke«, flüsterte er. »Ich bin in fünf Minuten bei dir. Wo wohnst du?«

Erin nannte ihre Adresse, und die Stille, die ihr daraufhin aus dem Lautsprecher entgegendrang, ließ sie in eine kurze Schockstarre fallen. Leo wollte zu ihr nach Hause kommen. In fünf Minuten! Das passte überhaupt nicht zu ihm. Etwas stimmte ganz gewaltig nicht. Ihre Hand umklammerte das Buch, während ihr Blick über die Straße zu dem Juwelier wanderte. Noch immer kein Antiquariat.

Dann stand sie auf und lief los. Ihre Beine zitterten bei jedem Schritt. Ob vor Angst oder Aufregung, wusste sie nicht zu sagen.

23
VOR DEM RAT

Noah rieb sich mit den Handballen die Augen und las dann noch einmal die Zeilen, die er soeben mit Tinte auf das Papier geschrieben hatte. Es wirkte alles so falsch. So unausgereift. Fast wahnsinnig.

Das Rad des Seins auf der Schulter der Toten weist auf eine Verbindung zu Talus hin.

Dieser Satz war das, was nach einer schlaflosen Nacht voller Gedankenirrgänge übrig geblieben war. Ein verzweifelter Versuch, die Todesursache der jungen Hexe auf Calton Hill irgendwie zu erklären. Doch auch jetzt, da er ihn noch einmal gelesen hatte, ergab er keinen Sinn.

Mit einem frustrierten Schrei knüllte Noah das Papier zusammen und schleuderte es gegen die Wand, wo es abprallte und sich raschelnd zu den anderen verworfenen Versuchen auf den Boden gesellte. Mehr denn je wünschte er sich einen Kamin, in dem er all das einfach verbrennen konnte. Aber sein Zimmer besaß keinen – es war überhaupt sehr spärlich eingerichtet, es gab keine Möbel außer dem Bett und dem Schreibtisch. Der Holzboden war ebenso abgenutzt wie die Wände und der Vorhang vor dem bodentiefen Fenster.

Er zog ein neues Blatt heran. Sein Eid als Schattenleser verpflichtete ihn dazu, noch heute einen Bericht an den Rat zu übermitteln. Ein Fall musste noch nicht gelöst sein, aber der Rat erwartete alle Informationen, die innerhalb der ersten achtzehn Stunden gesammelt werden konnten, um sich ein erstes Bild von der Situation zu machen. Noah war vor siebzehn Stunden nach Calton Hill aufgebrochen, die Zeit lief ab.

Er legte die Feder zur Seite und begann, sich die Schläfen zu massieren.

»Warum sagst du ihnen nicht einfach die ganze Wahrheit?«, hörte er Kaitos Stimme in seinem Ohr. »Warum erzählst du ihnen nicht von deinen Vermutungen bezüglich Talus? Hast du etwa Angst? Erbärmlich.«

Noah klopfte sich leicht gegen den Kopf. Niemals würde Kaito so etwas sagen. Wahrscheinlich nicht einmal denken.

»Erzähle ihnen, dass du Talus dahinter vermutest«, schaltete sich nun eine weitere Stimme ein, die wie sein Vater klang. »Unterstütze meine These, dass der Würfel existiert und zurück ist. Positioniere dich öffentlich auf meiner Seite.«

Kurz schien der Druck, der auf ihm lastete, übermächtig, doch Noah weigerte sich, unter ihm zu zerbrechen. Er war ein Kämpfer. Mit energischen Bewegungen begann er seinen Bericht erneut, vertrieb das belauschte Streitgespräch aus seinen Gedanken. Offiziell wusste er nicht, was Sir Craig und sein Vater am frühen Morgen besprochen hatten, und durfte sich deshalb nicht davon beeinflussen lassen.

Als er fertig war, überflog er alles noch einmal, dann rollte er das Papier zusammen und schlang ein rotes Band darum. Bevor er es sich anders überlegen konnte, stand er auf, verließ sein Zimmer und eilte die Treppe hinab ins Erdgeschoss und aus der Tür hinaus.

Für jeden Radan hätte das Haus, in dem Noah lebte, wie das Eigenheim eines stinkreichen Stars ausgesehen: Drei Stockwerke ragten in den Himmel, römisch anmutende Säulen stützten ein hellweißes Vordach. Die bodentiefen Fenster ließen das helle Sonnenlicht herein. Vögel zwitscherten in den immergrünen Bäumen, die ebenso wie der getrimmte Rasen aus einem Bilderbuch für Reiche stammen konnten.

Doch Noah hatte weder dafür noch für die Umgebung ein Auge. Seine Familie lebte schon immer in diesem Viertel, eines der begehrtesten der Unterwelt, in dem gigantische Villen mit großflächigen Gartenanlagen und Trauerweiden neben kleinen Seen standen, in denen sich ein wolkenloser Himmel spiegelte.

Wie in der Höhle, in der das Hauptquartier der Schattenleser stand, herrschte auch hier immerwährender Frühling, allerdings gab es Tageszeiten, und so erklomm die magische Sonne langsam den falschen Himmel. Dementsprechend angenehm waren die Temperaturen, aber Noah trug wohlweislich seine Lederjacke über dem Arm, falls er doch die Unterwelt verlassen musste. In der anderen Hand hielt er die Papierrolle mit dem Bericht. Seine Schritte trugen ihn schnell die ebenmäßige Auffahrt hinunter und die Straße entlang, bis er zu einem großen steinernen Bogen kam. Er trat hindurch, spürte einen kurzen Druck auf den Ohren und nebelgraue Hände, die nach seinem Körper griffen.

Dann befand er sich in einem dunklen Flur mit unzähligen Türen. Einige waren aus Metall mit goldbeschlagenen Runen, andere aus Holz mit eingebrannten Runen. Die Magie, die diesen Ort durchdrang, summte in der Luft wie ein längst vergessenes Lied.

Jede Tür führte zu einem anderen Teil der Unterwelt. In den meisten Höhlen lebten Hexen, in anderen waren Geschäftsviertel oder Gewächshäuser und Fabriken untergebracht. An den Symbolen, die in bunten Farben über die Türen gemalt waren, erkannte jeder sofort, wer oder was dahinter wartete.

Über Noahs Heimattür waren blutrote Zeichen, über denen ein hellblauer Strich thronte. Dieser zeigte, dass sich sein Zuhause unter einem künstlichen Himmel befand. Da die mächtigen Zauber, mit denen Himmelszelte imitiert werden konnten, schon lange verloren waren, waren auch die Wohnmöglichkeiten dementsprechend begrenzt und äußerst begehrt. Noah war dankbar, dass er nicht in einer finsteren Höhle hausen musste.

Er wandte sich nach rechts, sein Ziel war die Tür zum Ratshaus. Sie befand sich nicht weit entfernt von der Tür zu seinem Zuhause, nicht einmal fünf Minuten zu Fuß. Als er an der goldenen Tür ankam, ignorierte er den massiven Türklopfer, der wie ein Einhorn geformt war, und stieß sie direkt auf.

Er betrat ein relativ kleines Zimmer mit dickem rotem Teppich. An den holzvertäfelten Wänden hingen Porträts berühmter Hexen, die vor Jahrhunderten verstorben waren.

Ihm gegenüber stand ein Schreibtisch, dahinter saß eine Hexe, die eifrig Dinge in einem Buch notierte. Noah kannte sie, ihr Name war Harriette, und sie war eine Lufthexe, wie die gelbe Anstecknadel an ihrem Kleid verriet. Ihre dunkelbraunen Haare hatte sie zu einem Zopf gebunden, in dem eine grüne Feder steckte. Nun hob sie den Kopf, sichtlich schockiert über die unhöflichen Umgangsformen des eingetretenen Gastes. Die grüne Feder in ihren braunen Haaren wippte. Direkt hinter ihr befand sich eine goldglänzende Tür mit einer komplizierten Runeninschrift.

»Mr Stewart.« Sie klang überrascht, aber ihre Gesichtszüge entspannten sich. »Habe ich Ihr Klopfen überhört?«

»Ich habe leider keine Zeit, zu warten«, erklärte Noah. Er schritt über den roten Teppich, in dem seine Turnschuhe versanken. »Es ist dringend. Ich muss sofort zum Rat.«

Ohne eine Antwort abzuwarten, umrundete er ihren Schreibtisch und legte die Hand auf die Klinke der goldenen Tür. Harriette sprang auf und drückte sich zwischen ihn und den Durchgang.

»Einen Augenblick bitte«, stieß sie hervor. »Ich muss Sie zunächst ankündigen. Sie können nicht einfach …«

»Ich kann«, unterbrach Noah sie ungerührt. »Und ich werde.«

Er wollte sie zur Seite schieben, aber die zierliche Frau erwies sich als unerwartet kräftig. Sie rührte sich keinen Zentimeter.

»Es gibt Regeln, Mr Stewart.« Harriette strich sich durch die Haare, berührte dabei sacht die Feder. »Regeln, an die auch Sie sich halten müssen. Es tut mir sehr leid. Bitte nehmen Sie einen Augenblick Platz. Ich werde mich sofort um Ihr Anliegen kümmern.«

Sie deutete auf Stühle, die unter einem der Porträts aufgereiht waren. Arthur Craig, der Gründer des Rates, sah mit einem gütigen Lächeln auf Noah hinab. Um ihn herum tanzten die Farben der Zirkel, an seiner Brust prangte die Brosche des Feuers, der einzige und doch sehr deutliche Hinweis auf seine Begabung. In seiner Hand hielt er eine Tarotkarte, auf der eine regenbogenfarbene Kugel abgebildet war, darüber prangten drei Zeichen: XXI. Das Universum.

Wie alle Hexen kannte Noah die Geschichte hinter der Gründung des Rates und wusste, dass diese Karte für Erfolg stand. Für ein höheres Ziel. Vervollkommnung. Sich mit dieser Karte und einem wissenden Lächeln abbilden zu lassen, hatte Noah schon immer als ziemlich arrogant empfunden. Andererseits hatte die Unterwelt Arthur Craig viel zu verdanken. Er hatte nicht nur den Rat gegründet, sondern auch das erste Regelwerk entworfen und die Erschaffung der Unterwelt überwacht. Vor ihm waren die Hexen Einzelkämpfer gewesen, versprengt in alle Himmelsrichtungen, gefürchtet und gejagt von den Menschen. Unter Sir Craig fanden sich die Zirkel, gemeinsam erschufen sie die Unterwelt, und eine sichere Zeit begann. Es war auch die Zeit, in der Abaigeal Dubh lebte, eine einsame Runenhexe, die zum ersten Mal andere Begabungen erlebte. Fasziniert von der Macht der Magie, setzte sie alles daran, die Kräfte der anderen Zirkel zu erforschen, bis sie eines Tages so mächtig wurde, dass der Vortex die dunkle Seuche schickte, um sie aufzuhalten.

Wie sie diese Macht erlangt hatte, wurde auf Arthur Craigs Erlass hin aus allen offiziellen Schriften gestrichen, um Nachahmungen zu verhindern. In den Jahrhunderten danach entstand der Mythos um Talus, um diese Lücke zu füllen.

Da Harriette sich nicht von der Tür wegbewegte, ging Noah auf die Stühle zu und setzte sich auf den erstbesten. Doch erst als er die Lederjacke neben sich legte, setzte sie sich wieder an den Schreibtisch und notierte etwas in ihrem Buch.

Noah wurde das Gefühl nicht los, dass sie ihn absichtlich warten ließ, aber er sagte nichts. Wenn sie ihn für seine Unhöflichkeit bestrafen wollte, würden ihn Nachfragen nicht weiterbringen.

Sein Blick streifte über die Porträts an den Wänden. Er kannte sie alle, hatte die Geschichten der dreizehn Gründungsmitglieder des Rates studiert und wusste mehr über sie als über seinen eigenen Vater. Er wusste, dass Arthur Craig als Kind von einem Pferd gefallen war und die Tiere danach gemieden hatte, und er kannte die Berufe der fünf Ehemänner von Emilia Duncan. Jeder von ihnen war auf unerklärliche Weise gestorben. Noah hatte sich durch die Mordakten der fünf gewühlt, aber die Fälle waren nie aufgeklärt worden. Er wusste außerdem, dass der Pluto zur Geburt Kyla Barans im Sternzeichen Fische gestanden hatte.

Nur zu einem der dreizehn Gründungsmitglieder gab es keine detaillierten Informationen: zu Abaigeal Dubh. Ihr Porträt hing halb verborgen hinter einer großen Blumenvase. Beschädigungen an der Wand zeugten von den brutalen Versuchen, es zu entfernen. Es gab Brandflecken von eifrigen Feuerhexen, Kratzer von Brecheisen und ausgefranste Löcher von Säuretinkturen aus dem Zirkel der Gebräuhexen.

Ihre Existenz wollten alle leugnen, aber sie konnten es nicht, da sie ihnen die dunkle Seuche als Erbe hinterlassen hatte.

Er beugte sich ein wenig zur Seite, um das Porträt besser sehen zu können. Hinter roten Blütenblättern und Stacheln starrte Abaigeal Dubh auf ihn herab. Ihre schwarzen Haare waren halb unter einer Kapuze aus silbernem Stoff verborgen, der die Farben ihrer Augen hatte. Um den Hals trug sie ein Medaillon, das Noah von seinem Platz aus jedoch nicht sehen konnte. Er runzelte die Stirn. Etwas kratzte an seinem Unterbewusstsein, zwang ihn dazu, aufzustehen und auf das Gemälde zuzugehen.

Harriette hustete, aber Noah ließ sich nicht beirren. Mit klopfendem Herzen ging er weiter, hob die Hand und wollte gerade die Rose zur Seite schieben, als ihm die Lufthexe auf die Schulter tippte.

»Der Rat ist jetzt bereit.«

Noah warf einen letzten Blick zum Porträt, dann wurde ihm klar, wie lächerlich das wirken musste. Er nickte Harriette zum Dank zu und folgte ihr zur Tür, die lautlos aufschwang. Als er hindurchtrat, fand er sich im Besprechungssaal des Rates wieder, wo ihn dreizehn Augenpaare missbilligend anstarrten. Sie trafen sich jeden Tag um diese Uhrzeit hier. Hexen glaubten nicht an Gott, und so hatten sie kein Wochenende, verachteten sogar den siebten Tag der Ruhe, den die Radain benötigten, um sich von ihrem langweiligen Leben eine Auszeit zu nehmen.

Sie saßen an einem runden Tisch, die Stühle mit den hohen Lehnen hatten alle zur Tür hin ausgerichtet. Einige Schritte vor ihnen stand ein Stuhl, der im Vergleich zu ihren Sitzgelegenheiten wie ein Kinderspielzeug wirkte.

Noah verneigte sich und hielt dabei die Papierrolle in die Höhe.

»Ich bringe den Bericht des gestrigen Todes.« Er zählte die schwarzen Maserungen im weißen Marmor, auf den er hinabstarrte.

»Du hättest ihn mit einem Boten bringen lassen können.« Sein Vater ergriff das Wort, und er klang überhaupt nicht erfreut.

Noahs Mundwinkel zuckten, und er war froh, dass der Rat sein Gesicht nicht sehen konnte. In einer fließenden Bewegung richtete er sich wieder auf und trat hinter den Stuhl, den man ihm bereitgestellt hatte.

»Ich wollte Eure Reaktion sehen.« Er griff nach der Stuhllehne und beugte sich leicht nach vorne. »Verzeiht mir meine Dreistigkeit, aber es handelt sich um eine wirklich dringliche Angelegenheit, die keinerlei Aufschub duldet.« Dabei fixierte er einzig und allein Sir Craig in seinem samtblauen Anzug. Sein Gesicht mit der spitzen Nase und dem stechenden Blick erinnerte Noah immer an einen Raubvogel.

»Wir verzeihen dir nicht.« Richard erhob nicht die Stimme, und doch schien der Raum zu beben. An der Decke hing ein Kristallleuchter, der sich langsam drehte und Lichtflecken über die Szenerie tanzen ließ.

»Genug.« Sir Craig erhob sich in einer fließenden Bewegung und hielt eine flache Handfläche nach oben, um Richard Stewart zum Schweigen zu bringen. Es wirkte. Noahs Vater wurde blass unter dem markanten Bart. »Es liegt nicht in Eurem Ermessen, die Gefühlslage des Rates zu verkünden. Auch wenn er Euer Sohn ist.«

Noah verkniff sich ein schadenfrohes Lächeln. Einige der Ratsmitglieder waren nicht so freundlich. Vor allem Sir Duncan zeigte sein Amüsement mit einem breiten Grinsen, bevor er nach dem Weinbecher griff, der vor ihm stand, und einen Schluck nahm. An seinen langen Fingern funkelten zahlreiche Ringe mit bunten Edelsteinen, die goldenen Schnüre, die sein rotes Wams zusammenhielten, spannten sich über seinem Bauch.

»Verzeiht.« Richard knirschte mit den Zähnen und starrte stur geradeaus, vermied es, Noah oder eine andere Person im Raum anzusehen.

Gut so.

»Weshalb erachtest du deine Ermittlungen für derart wichtig?« Sir Craig bedeutete Noah mit einer Handbewegung, näher an ihn heranzutreten. Er saß direkt gegenüber der Tür, weshalb Noah den Tisch einmal umrunden musste. Stühle wurden gerückt, um ihn im Auge zu behalten.

Als er neben Sir Craig stand, verbeugte er sich noch einmal kurz und reichte ihm dann das Papier. Der Hexer nahm die Papierrolle und löste das rote Band mit einer routinierten Bewegung, seine Finger so schnell wie Kolibrischwingen. Er überflog die Zeilen, mit jedem Wort wurden die Falten auf seiner Stirn tiefer.

»Das ist in der Tat beunruhigend«, murmelte er und sah in die Runde. Keiner wagte, etwas zu sagen. »Wem hast du von deinen Beobachtungen erzählt?«, wandte er sich wieder an Noah.

»Niemandem. Nicht einmal Emily, die vor Ort den Bannkreis zog. Wie es das Protokoll verlangt.« Noah wusste nicht, wieso er log und Kaitos Anteil an den Ermittlungen verschwieg. Es war nicht so, dass er die Lorbeeren allein einheimsen wollte. Oder doch? Irgendetwas brachte ihn auf jeden Fall dazu, Sir Craigs forschendem Blick standzuhalten, bis dieser schließlich nickte.

»Sehr gut«, sagte er. »Das könnte einige in Panik versetzen.«

»Das dachte ich mir«, erwiderte Noah. »Es sind unruhige Zeiten, in denen wir leben.«

»In der Tat, mein Junge. In der Tat.« Sir Craig rollte das Papier zusammen und ließ es mit einer schnellen Bewegung im Inneren seines Jacketts verschwinden. Dann wandte er sich an die anderen Ratsmitglieder. »Noah Stewart hat gestern im Fall der toten Hexe bei Calton Hill ermittelt. Sie starb an der dunklen Seuche.«

»Was genau heißt das?«, wollte Lady Bissett wissen, als sich die erste Überraschung gelegt hatte. Sie trug ihre blonden Haare in einer kunstvollen Hochsteckfrisur, sodass die Diamanten an ihren Ohren funkelnd zur Geltung kamen. »Weshalb sollte eine Hexe, die von der dunklen Seuche befallen ist, nach Calton Hill? Dort könnten die Radain sie sehen, und Hilfe ist an so einem Ort sicherlich nicht zu finden.«

»Das ist nicht das einzige Rätsel in diesem Fall«, fuhr Sir Craig fort. »Noah Stewart fand Utensilien verschiedener Zirkel.«

Jemand sog scharf die Luft ein, dann sprachen plötzlich alle durcheinander.

»Welche Utensilien?«

»Wo?«

»Wofür?«

Sir Craig hob die Hand, und alle verstummten.

»Die Ermittlungen sind noch am Anfang. Doch wir können festhalten, dass dieser Mord sich …« Er sah kurz zu Noah. »… in die merkwürdigen Ereignisse der letzten Wochen einreiht.«

»Diese Informationen sind streng vertraulich«, schaltete sich Lady Bissett ein. »Wir sollten das unter uns besprechen.«

Zustimmendes Gemurmel ertönte, und Noah warf seinem Vater einen Blick zu. Doch der starrte weiter stumm vor sich hin, den Mund unter dem mächtigen Bart zusammengekniffen.

»Der junge Stewart ist ein erfahrener Schattenleser«, gab Sir Craig zu bedenken. »Ich glaube, dass wir von seinen Erkenntnissen profitieren könnten, und möchte deshalb vorschlagen, ihn in einige der Ereignisse einzuweihen.«

»Er wird immerhin eines Tages ein Teil des Rates sein«, stimmte der glatzköpfige Sir McEwen zu. Um seinen Hals hingen unzählige Holzperlenketten, und sein junges Gesicht entsprach so gar nicht seinem echten Alter, wie Noah wusste.

Noah versuchte, sich nicht anmerken zu lassen, dass sein Herz vor Aufregung flatterte.

»Wenn ich tot bin«, bemerkte sein Vater trocken. »Das wird also noch einige Zeit dauern. Außerdem ist er zu jung und unbeherrscht. Als mein Erbe sollte er …«

»Das Erbe ist hier nicht Thema«, unterbrach Sir Craig und strich sich mit seinen dünnen Fingern über das samtblaue Jackett. »Ich glaube, dass Noah Stewart eine Gelegenheit bekommen sollte, seine Fähigkeiten unter Beweis zu stellen.«

Noahs Ohren glühten. Er fühlte sich geehrt, dass Sir Craig an ihn glaubte. Vor allem, da sein Vater es so offensichtlich nicht tat. Voller Dankbarkeit senkte er den Kopf.

»Es ehrt mich, dass Ihr mir so wohlwollend begegnet, Sir Craig. Gerne beuge ich mich der Entscheidung des Rates, wie auch immer sie ausfallen mag.«

Als er den Kopf hob, sah er den missbilligenden Ausdruck im Gesicht seines Vaters, aber er ignorierte ihn. Richard hatte nie viel von ihm gehalten, dabei hatte Noah sich stets bemüht, nach seinen Vorstellungen zu leben. Doch ganz gleich, was er tat: Es war nie genug. In Richards Augen war er eine Schande für den Namen Stewart. Schon immer.

»Das ist eine noble Einstellung.« Sir Craig nickte. »Bitte warte kurz im Nebenzimmer. Wir werden uns beraten und dir unsere Entscheidung mitteilen.«

Das Nebenzimmer entpuppte sich als Kammer ohne Fenster. Die Wände waren holzvertäfelt, der Boden edles Parkett. In einem Kamin prasselte ein Feuer, und Noah fragte sich unweigerlich, wieso dieser Raum geheizt wurde, wenn die Ratsmitglieder alle nebenan saßen. Es gab nur eine Tür, also war es kein Durchgangsraum. Keinerlei Möbel bis auf einen Ledersessel in der Mitte des Zimmers und einen kleinen Beistelltisch.

Noah runzelte die Stirn und fuhr mit der Hand über die Holzpaneele. Sie fühlten sich glatt und angenehm warm an. Schließlich ließ er sich in den Sessel fallen, versank im weichen Leder. Dann wartete er, während ihm langsam dämmerte, dass Sir Craig heute Morgen die Existenz von Talus geleugnet und ihn auch vor dem Rat gerade nicht einmal erwähnt hatte, obwohl Noah die Verbindung zu der Toten in seinen Bericht geschrieben hatte.

24
DER EINBRUCH

Als Erin den Schlüssel ins Schloss steckte, war sie froh, endlich zu Hause angekommen zu sein. Sie war den ganzen Weg gerannt, um vor Leo da zu sein. Atemlos drückte sie die Tür auf und prallte zurück, unfähig, das, was sie sah, zu verarbeiten.

Jemand war in ihre Wohnung eingebrochen!

Langsam machte sie einen Schritt in den Flur und sah sich um. Die Schubladen der Kommode waren herausgerissen. Teelichter, Handwärmer, mehrere Kabel, ein Schuhlöffel, zwei Feuerzeuge und ein Handschuh lagen auf dem Boden, als hätte ein hüfthoher Tornado gewütet.

Erin bückte sich gerade nach dem Handschuh, als im Wohnzimmer ein Scheppern erklang, als wäre eine Blechdose umgefallen. Ihr Herz setzte einen Schlag aus, dann sprang sie auf und rannte aus der Wohnungstür in den Hausflur. Ihre Hände zitterten, aber trotzdem schaffte sie es, ihr Handy aus der Jackentasche zu holen. Nach zwei Anläufen hatte sie es entsperrt, aber statt eine Nummer zu wählen, starrte sie es lediglich hilflos an und wich noch weiter von der Wohnung zurück.

Sie musste als Erstes hier raus. Sie wirbelte herum, aber in diesem Moment hörte sie schwere Schritte auf der Treppe. Ihr ganzer Körper schrie Panik, mit der einen Hand umklammerte sie ihr Handy, mit der anderen das Buch in ihrer Pullovertasche. Gerade wollte sie bei einem Nachbarn klopfen, als ein schwarzer Haarschopf am Treppengeländer auftauchte.

»Erin?« Leo blieb stehen, sein Blick wanderte von ihr zur offenen Tür. In der Wohnung war es still.

»Da ist jemand«, flüsterte sie. Ihre Stimme klang unangenehm kratzig.

Kurz versteifte sich Leos Körper, und er hob eine Hand, Ringfinger und Daumen aneinandergelegt, die anderen drei nach oben gestreckt. Dann ging er, ohne zu zögern, an ihr vorbei, direkt auf den Eingang zu. Erin wollte ihn aufhalten, aber er war zu schnell.

Mit wenigen Schritten war Leo bei der Tür, schob sie ein Stück weiter auf und trat in den Flur.

»Ich weiß, dass du hier bist!« Es war das erste Mal, dass Erin Angst vor ihm bekam. Seine Stimme klang tief und selbstsicher. »Die Radan ist nicht allein.«

Ein weiteres Scheppern ertönte, und Leo drang weiter in die Wohnung vor, verschwand aus Erins Sichtfeld. Sie folgte ihm langsam, setzte nur zögerlich einen Fuß über die Schwelle.

»Hier ist niemand.« Leo kehrte aus dem Wohnzimmer zu ihr in den Flur zurück und ließ den Blick über das Chaos schweifen. »Aber ich nehme an, dass nicht du diejenige warst, die deine Wohnung auf den Kopf gestellt hat?«

Er hob einen Mundwinkel, wollte die Situation auflockern, aber Erin sah ihn einfach nur an. Sie spürte, wie heiße Tränen in ihr aufstiegen. Jemand war in ihrer Wohnung gewesen, hatte alles zerstört. Ihre Sicherheit. Ihr Zuhause. Sie drängte an Leo vorbei in ihr Zimmer. Sämtliche Bücher lagen auf dem Boden verstreut. Seiten geknickt, Buchrücken gebrochen. Die Küchenschränke waren geöffnet, die Sofakissen lagen in einer Ecke, und ihr Innenleben quoll zwischen dem Stoff hervor. Das Einzige, was unberührt geblieben war, waren die Lichterketten an den Regalen.

Leo trat neben sie, legte ihr eine Hand auf die Schulter, aber sie zuckte zusammen und drehte sich weg. Ihr war übel. Es roch nicht einmal mehr nach Zuhause. Der Duft nach Büchern und Tee war von einer seltsamen Mischung aus verbranntem Holz und Koriander überlagert.

Plötzlich sah Erin aus dem Augenwinkel eine Bewegung im Flur. Ein Schatten stürmte die Wohnungstür hinaus.

»Hey!« Sie stellte erstaunt fest, dass es ihre eigene Stimme war, die dem Einbrecher hinterherrief. Ihre Füße stürmten los, an den Geräuschen hörte sie, dass Leo die Wohnungstür schloss und ihr dann folgte. Sie hetzte die Treppen nach unten, sah den Schemen durch die Haustür huschen, aber sie war zu langsam. Als sie auf die Straße schlitterte, war er schon zu weit entfernt, als dass sie ihn noch hätte einholen können.

Leo hielt schnaufend neben ihr. Er stieß einen leisen Fluch aus.

»Ich hätte nicht gedacht, dass er sich im Bad versteckt«, sagte er.

Als er erneut eine Hand auf ihre Schulter legte, ließ sie es geschehen. Sie starrte noch immer auf die Straßenecke, hinter der der Einbrecher verschwunden war. Alles in ihr sträubte sich, zurück nach oben zu gehen.

»Was wollte er?«, fragte sie leise. Ihre Finger wanderten instinktiv zu dem Buch, das in ihrem Pullover steckte. Leos Blick folgte ihrer Bewegung, seine Augenbrauen hoben sich leicht. Instinktiv wich Erin einen Schritt zurück. »Weshalb wolltest du eigentlich mit mir reden? Du hast verzweifelt geklungen.«

»Eher besorgt«, erwiderte er. »Nach dem, was gestern in den Vaults geschehen ist, musste ich heute einfach noch mal mit dir reden. Nachsehen, ob alles in Ordnung ist.« Als Erin ihn nur schweigend ansah, holte er tief Luft und sah sie direkt an. »Ich dachte, ich hätte dort unten einen Geist gesehen.«

Erin spürte, wie ihr ihre Gesichtszüge entglitten. Schnell senkte sie den Kopf, aber sie wusste, dass es zu spät war. Er hatte ihre Reaktion gesehen.

»Du also auch«, murmelte er. Er klang nicht erleichtert.

»Ich …«, begann Erin. Sie spürte, wie ihre Hände erneut zu zittern begannen. Ihr Mund wurde trocken. »Ja.«

Die darauffolgende Stille war bedrückend. Erin wusste nicht, was sie sagen sollte. Wusste nicht, was Leo hören wollte. Sie trat unruhig auf der Stelle, und wieder wanderten ihre Hände in ihre Pullovertasche. Ein leises Rascheln erklang. Leo sah sie prüfend an.

»Was hast du da?«

Er hob die Hand, und Erin wich erneut zurück. Doch diesmal stolperte sie. Geschickt hielt Leo sie mit der rechten Hand fest, bevor sie auf dem Asphalt landete. Vor Scham schoss ihr das Blut ins

Gesicht. Schließlich zog sie das Buch hervor, strich sanft über den Einband.

Es gab keinen Grund, es vor Leo zu verheimlichen. Nicht nachdem sie gerade über Geister gesprochen hatten. »Ich habe dieses Buch heute Morgen in einem Antiquariat gefunden. Darin geht es um Magie, und ich glaube, dass ich dort eine Antwort auf das finde, was uns gestern passiert ist. Auch wenn das eigentlich Schwachsinn ist, das weiß ich schon.«

Sie verschwieg, dass sie eigentlich hoffte, eine Hexe zu werden, um ihre todkranke Tante heilen zu können, denn solange sie es nicht laut aussprach, konnte sie niemand deshalb als verrückt bezeichnen.

»Magie?« Leo kniff die Lippen zusammen. »Was meinst du damit?«

Die Art seiner Nachfrage verwunderte sie. Er klang defensiv, vorsichtig. Sie entschied sich dazu, ein klein wenig mehr preiszugeben.

»Echte Magie. Zumindest glaubte die Autorin des Buches daran. Es sind handschriftliche Notizen. Eine Art Tagebuch. Oder es ist eine Geschichte, die wie ein Tagebuch aufgemacht ist. Ich weiß es ehrlich gesagt nicht. Auf jeden Fall ist es sehr gut geschrieben.«

»Darf ich mal sehen?«

Obwohl sich in ihr ein leiser Widerwille regte, reichte sie ihm das Buch. Er schlug es sofort auf und blätterte durch die ersten Seiten. Seine Pupillen flogen über die Zeilen. Erin hatte noch nie jemanden schneller lesen sehen.

»Wo genau hast du das her?« Ruckartig hob er den Kopf. Seine dunklen Augen waren genauso kalt wie seine Stimme, die sonst weichen Gesichtszüge waren hart, das rabenschwarze Haar hing ihm wild in die Stirn.

Erin schluckte.

»Aus einem Antiquariat«, erklärte sie. »Habe ich doch gesagt. Die Besitzerin hat es mir geschenkt. Was ist denn los?«

Leo holte tief Luft, sah zwischen ihr und der Zeichnung des

Würfels hin und her, in dem Erin das Symbol, das auf der Kette des Geistes eingraviert gewesen war, wiedererkannt hatte.

»Wenn du dieses Buch gefunden hast, dann …« Er brach ab, fuhr mit der Fingerspitze ehrfürchtig über die geschwungenen Linien der fünf Kreise und sah ihr dann in die Augen.

»Ich glaube, es ist Zeit, dass ich dir die Wahrheit sage. Über Geister. Magie. Über Talus. Und über mich.«

25
SIR CRAIGS AUFTRAG

Als sich die Tür endlich öffnete, unterdrückte Noah den Drang, hastig aufzuspringen. Stattdessen erhob er sich in einer fließenden Bewegung und neigte leicht den Kopf zum Gruß. Er bereute es, sobald er wieder nach oben sah und erkannte, wer ihn abholte. Sein Vater.

Um Richards Mundwinkel lag ein Ausdruck grimmiger Unzufriedenheit.

»Komm.«

Noah folgte ihm mit sicheren Schritten, obwohl er die Panik in seinem Brustkorb spürte.

Die Ratsmitglieder saßen nun alle dem Tisch zugewandt, nur Sir Craig stand und sah ihnen erwartungsvoll entgegen, die Hände verschränkt, die Spitzen seiner Zeigefinger an den Lippen. Sobald Richard sich auf seinen Platz gesetzt hatte, erhob Sir Craig seine Stimme: »Wir haben beschlossen, dich einzuweihen.«

Es gelang Noah offensichtlich nicht, seine Überraschung zu verbergen, denn Sir Craig schmunzelte und meinte:

»Du hast nicht damit gerechnet. Deine Bescheidenheit ehrt dich, Noah Stewart. Aber du zählst zu den besten Schattenlesern der Unterwelt. Was sage ich? Du bist der beste.«

Seine Hände flogen bei den Worten untermalend durch die Luft. Stolz ließ Noahs Brust anschwellen. Er reckte das Kinn leicht in die Höhe und warf einen Blick zu seinem Vater, der missmutig auf die Tischplatte starrte. Bevor Noah sich bedanken konnte, redete Sir Craig weiter:

»Schon seit Wochen beunruhigen uns einige Ereignisse. Nur ist es so, dass wir selbst keine Nachforschungen anstellen können, ohne sofort aufzufallen.«

»Die Bewohner wären beunruhigt«, stimmte Noah zu. »Sie erwarten Antworten von Euch. Keine Fragen.«

»Ich kann ja nicht einmal meine Frisur ändern, ohne Gerüchte heraufzubeschwören«, murmelte Lady Bissett und zupfte an ihrem Dutt.

Jemand lachte, aber Noah konnte nicht sehen, wer. Seine Anspannung löste sich ein wenig. Der Rat war auf seiner Seite, obwohl Sir Craig Talus verschwiegen hatte. Für Noah war der Würfel mehr als ein Mythos – er würde weiterforschen, ganz gleich, welchen Auftrag der Rat ihm gab, das hatte er sich eben in dem kleinen Raum geschworen.

»Deshalb benötigen wir deine Hilfe«, unterbrach Sir Craig seine Gedanken. »Du bist ein Schattenleser. Niemand wird es auffällig finden, wenn du Fragen stellst. Dein Instinkt ist herausragend, und du bist ein mächtiger Hexer. Du bist einem Element verbunden, nicht wahr?«

»Dem Wasser«, antwortete Noah schnell.

»Ein starkes Element«, murmelte Sir Craig. »Oft unterschätzt, aber wertvoll.«

Richard schnaubte, und Noah senkte instinktiv den Kopf.

»Sir Stewart, habt Ihr dazu etwas zu sagen?«, fragte Sir Craig scharf und legte eine Hand auf den Tisch, beugte sich zu Noahs Vater. »Ist die Begabung Eures Sohnes der Grund dafür, dass Ihr Euch seiner schämt?«

Noah musste sich zwingen, nicht aus dem Raum zu stürmen. Dass sein Vater es wagte, ihn derart vor dem gesamten Rat zu erniedrigen, war sogar für ihn eine ganz neue Stufe. Bisher hatte er seine Missbilligung nur in den eigenen vier Wänden ausgedrückt. Außerdem gefiel es Noah nicht, wie Sir Craig über ihn sprach. Als wäre er nicht anwesend.

»Ich schäme mich nicht«, antwortete sein Vater kühl, aber Noah wusste, dass er log. Jeder im Raum wusste es. Der Kronleuchter an der Decke drehte sich weiter sanft im Kreis und ließ seine Lichtscherben über die Anwesenden gleiten. Noah wünschte, sie wären

Splitter, die sich in die Haut seines Vaters bohrten. »Jede Begabung ist ein Geschenk. Jede Form der Magie willkommen.«

»Sehr schön«, erwiderte Sir Craig und machte mit hochgezogenen Augenbrauen deutlich, dass auch er seinem Kollegen kein Wort glaubte. Er beugte sich ein Stück weiter nach vorne. »Denn seinen eigenen Sohn in solch einer Form vor dem Rat, dem er einmal beiwohnen soll, vorzuführen, würde von schwachem Charakter zeugen, Sir Stewart. Aber Ihr habt einen starken Charakter, nicht wahr?«

Richards Ohren wurden knallrot. Noah kniff die Lippen zusammen, um sein Grinsen zu unterdrücken. Es war das erste Mal in seinem Leben, dass er sah, wie sein Vater sich schämte. Und er liebte es.

»Einige Akten sind bereits auf dem Weg zu dir nach Hause«, wandte sich Sir Craig nun wieder direkt an ihn. Zudem hielt er Noah nun eine Pergamentrolle entgegen. »Erzähl den anderen Schattenlesern nichts davon. Das hier hat ab sofort oberste Priorität. Es ist wichtig, dass du mich über jeden Ermittlungsfortschritt genauestens informierst. Der Tod von Sir Glean und der Einsturz von Dalgiencrieff beunruhigen unsere Gemeinschaft und natürlich auch den Rat in hohem Maße, sodass dein Vater darauf bestand, sie einem fähigen Schattenleser zu übergeben. *Dem fähigsten von ihnen*, hat er gefordert. Unsere Wahl fiel auf dich.« Sir Craigs Mundwinkel wanderten leicht nach oben, und er breitete die Arme aus. »Wir hoffen, dass du neue Erkenntnisse findest.«

Noah griff nach der Botschaft, brach vorsichtig das dunkelblaue Wachssiegel und überflog die Zeilen. Erleichterung breitete sich in ihm aus. Die Identität der toten Hexe war ermittelt worden. Lucinda Bell. Ein Geheimnis weniger.

Die Pergamentrolle enthielt neben dem Namen auch die Adresse der Toten und die Erlaubnis zur Durchsuchung ihres Hauses. Noah fragte sich einmal mehr, wer eigentlich die Identität der Leichen ermittelte und was mit ihnen danach geschah. Er hatte auf seine Fragen nie eine Antwort erhalten. Der Rat schätzte es nicht, wenn Informationen zwischen den einzelnen Abteilungen übermittelt wurden, weshalb sie diese strikt getrennt und oft sogar geheim hielten. Er begründete dieses Vorgehen damit, dass so jede Ermittlung besser im Blick sei und Korruption und Verschleierungen verhindert würden.

Das war einer der Gründe, weshalb Noah es kaum erwarten konnte, Teil des Rates zu werden: Dann würde er endlich all die Geheimnisse, die ihn bereits seit seiner Kindheit faszinierten, erfahren.

»Ich verstehe.« Er verneigte sich kurz. »Ich werde Euch nicht enttäuschen.«

Im Vorzimmer zog er seine Lederjacke an, steckte die Schriftrolle in die Innentasche und verabschiedete sich von Harriette, indem er sich einmal kurz gegen die Stirn tippte. Sie würdigte ihn keines Blickes.

Sein Weg führte ihn in einen entlegenen Teil der Unterwelt. Der Durchgang war knapp eine Stunde Fußweg von der Ratshaustür entfernt und bestand aus einem steinernen Bogen mit einer morschen Holztür. Die Klinke war rostig. Noah rümpfte die Nase und zog seinen Jackenärmel ein wenig nach vorne, um das Metall nicht mit der bloßen Hand berühren zu müssen. Das Symbol auf dem grauen Stein deutete auf ein gemischtes Viertel ohne magischen Himmel hin.

Mit einer schnellen Bewegung stieß Noah die Tür auf und trat hindurch. Der Druck, den er auf seinen Ohren spürte, war gering. Ein weiterer Hinweis darauf, wie wenig Magie für diesen Ort verwendet worden war. Es dauerte einen kurzen Moment, bis Noahs Augen sich an die dunklen Lichtverhältnisse gewöhnt hatten.

Er befand sich in einer Höhle, deren Wände und Decke von der Finsternis verschluckt wurden. Vor ihm schlängelte sich eine Straße in die Dunkelheit, gesäumt von niedrigen Häusern und gusseisernen Laternen, in denen unruhig Flammen tanzten. Um einige der Gebäude schlangen sich Pflanzen und Büsche, was auf Kräuterhexen schließen ließ. Die Luft roch abgestanden und schal.

Noah holte die Schriftrolle hervor, rollte sie auf und trat an die Tafel, die am Beginn der Straße vor sich hin rostete.

Rylandsland stand in blau lackierten Lettern über der in das Metall geritzten Karte.

Irgendwo in der Ferne lachte ein Kind. Ein Laut, der in Noahs Ohren seltsam fremdartig klang. Er konnte sich nicht vorstellen, dass in solch einer Umgebung eine glückliche Kindheit möglich war. Gleichzeitig erinnerte er sich an die luxuriösen, jeden Laut schluckenden Teppiche in seinem Haus. An die reich gefüllten Teller beim Abendessen, die golden eingerahmten Ölporträts. Und an die Einsamkeit beim Frühstück, die kalten Augen seines Vaters, das freudlose Lachen seiner Mutter.

Was weiß ich schon von einer glücklichen Kindheit?

Noah suchte nach *Nason Drive*, der Straße, in der die Verstorbene gelebt haben sollte. Nach wenigen Momenten konnte er die schwarzen Buchstaben auf grauem Grund endlich erkennen. Er prägte sich den Weg ein und lief los.

26
DAS ABENTEUER BEGINNT

Die Wahrheit.

Entgeistert starrte Erin ihn an.

»Was meinst du damit?«, fragte sie leise. Sie spürte ihr Herz schmerzhaft gegen ihren Brustkorb hämmern. Ihre Fingerspitzen fühlten sich taub an.

»Ich kenne Magie.«

Erin wusste nicht, was sie erwidern sollte. Sie sah Leo einfach nur an. Den Mann, der sie schon so oft als Kollege bei Geistertouren begleitet hatte. Er war immer etwas seltsam gewesen, zurückgezogen, verschlossen. Ein Einzelgänger. Nichts Ungewöhnliches.

Nun wirkte er fehl am Platz. In ihrer Straße. In dieser Welt.

Als er ihr das Buch zurückgab, drückte sie es eng an ihre Brust.

Ich kenne Magie.

Plötzlich fühlte sich alles so richtig an. Gefährlich. Die Lösung ihrer Probleme war so nah.

»Steck das Buch weg und lass uns ein Stück laufen«, schlug er vor und setzte sich in Bewegung. Mit großen Schritten eilte er voraus, und Erin hatte Mühe, ihm zu folgen. In diesem Tempo konnte sie unmöglich mit ihm reden, allein Atemholen fiel ihr schwer. Sie griff nach seinem Arm und zwang ihn zum Stehenbleiben.

»Langsamer«, keuchte sie. »Meine Beine sind deutlich kürzer als deine.«

»Entschuldige.«

Als er erneut loslief, fiel es Erin leichter, ihm zu folgen.

»Danke«, sagte sie und betrachtete sein Profil im grauen Licht der Wolkendecke. Er hatte den Blick stur geradeaus gerichtet, eine tiefe Sorgenfalte zeigte sich auf seiner Stirn.

»Dumme Idee«, flüsterte er schließlich. »Erin, ich … ich weiß nicht, wo ich anfangen soll.«

»Wie wäre es mit dem Anfang?«, schlug sie vor.

Seine Mundwinkel wanderten leicht nach oben. Irgendwo in den Seitenstraßen fiel eine Mülltonne um, und Katzen fauchten.

»Ich kenne Magie.«

»Das hast du bereits gesagt.« Erin vergrub sich tiefer in ihrem Pullover und sah sich um. Ein beklemmendes Gefühl kroch ihre Wirbelsäule entlang.

»Du spürst die Unruhe auch, oder?«, fragte er. »Manchmal ist Magie so.«

»Wie?« Erin sah ihn fragend an.

»Intuition«, erwiderte er. »Ein klein wenig steckt in jedem von uns. Nicht jeder lässt sie zu. Die meisten fürchten sich davor und hören lieber auf das, was sie ›gesunden Menschenverstand‹ nennen.« Er malte mit den Fingern Anführungszeichen in die Luft. »Absolut verrückt, wenn du mich fragst.«

»Aber du kennst auch wahre Magie?« Erins Magen kribbelte, ihr Herz flatterte. Sie hatte so viele Fragen.

»Das stimmt.« Er senkte nicht einmal die Stimme.

Sofort sah Erin sich erneut um, aber die Straßen waren, obwohl Samstag war, wie leer gefegt. Ihr Blick glitt über die Häuser und Straßen, hinein in die dunklen Ecken. Bereit, jederzeit davonzulaufen.

»Und was heißt das genau?«, hakte sie nach.

»Ach scheiße, wieso ist das denn so schwer? Normalerweise erzähle ich solche Dinge nicht.«

»Und weil du es mir erzählst, musst du mich danach umbringen?«, scherzte sie.

»Laut Kodex irgendwie schon. Ja.«

Erin schluckte. Das hatte sie nicht hören wollen.

»Scheiße«, war alles, was ihr dazu einfiel.

Abrupt blieb Leo stehen, und Erin tat es ihm gleich. Sie bereitete sich innerlich auf einen Kampf vor, wobei sie wusste, dass sie gegen ihn keine Chance hatte. Er war gut einen Kopf größer als sie, trainiert, wahrscheinlich sogar routiniert im Kampf. Sie hatte bisher nicht eine Sportart länger als sechs Monate durchgezogen.

»Ich werde dich nicht umbringen.«

Sie wandte sich zu ihm und sah ihm ins Gesicht. Konnte nicht darin lesen.

»Ich weiß«, log sie. »Immerhin bin ich ja seit gestern deine Freundin.«

Wo auch immer ihr Hirn diesen Satz ausgegraben hatte – sie wollte ihn wieder dorthin zurückschicken.

Leo runzelte die Stirn. »Was?«

Erins Mund fühlte sich taub und trocken an. Sie zwang sich zu einem Lächeln.

»Du hast Isabella gesagt, wir wären ein Paar.« Sie hielt seinem Blick stand, obwohl sie nur weglaufen wollte. »Warum?«

Seine Angespanntheit fiel von ihm ab. Er stieß einen Schwall Luft aus.

»Es war offensichtlich, dass sie dir eins auswischen wollte«, erklärte er und zuckte mit den Schultern. »Ich kann solche Leute nicht leiden.«

Erin dachte an seine schöne Freundin aus den Vaults.

»Die Frau, die mit dir in den Vaults war …«

»Luzia? Sie ist eine Hexe.«

»Eine …« Kurz wurde Erin schwindelig. Das Buch in ihrem Pullover schien zu glühen. Sie vergrub die Hände in der weichen Wolle, drückte das Leder enger an sich, klammerte sich daran fest.

Ich werde dich retten, Tante Charly.

»Ja«, bestätigte Leo und setzte sich wieder in Bewegung. Erin folgte ihm.

»Es gibt Hexen«, flüsterte sie. Nach allem, was sie am Morgen in dem Buch gelesen hatte, hätte sie das nicht mehr so wundern sollen. Aber es war eine Sache, die Magie in ihrem Kopf und Herzen zu tragen. Jemanden wie Leo davon sprechen zu hören, eine andere.

»Du bist ein Zauberer?«

Leo zuckte zusammen.

»Ich bevorzuge das Wort Hexer«, erklärte er. »Zauberer klingt nach Zylinder und Kindergeburtstagen.«

»Und weißen Kaninchen«, fügte Erin mit einem schiefen Grinsen hinzu. »Hexer also. Ist vermerkt.«

Schweigend liefen sie weiter. In Erins Kopf wirbelten die seltsamsten Gedanken durcheinander. Keiner davon ergab viel Sinn.

»Ich glaube, dass der Einbrecher hinter dem Buch her war«, sagte Leo schließlich und strich sich mit einer Hand durch die Haare. »Aber ich frage mich, woher er wusste, dass du das Buch hast. Hast du es irgendjemandem erzählt?«

Sie schüttelte den Kopf.

»Ich habe es doch vorhin erst bekommen. Und was hätte ich denn sagen sollen? ›Ich habe ein magisches Buch in einem verschwundenen Antiquariat gefunden‹?«

»Was meinst du mit *verschwunden?*«

»Ich wollte noch einmal in das Antiquariat gehen, um die Besitzerin zu fragen, wo das Buch herkam, und vielleicht weitere zu finden. Sind Antiquariate, die sich in Luft auflösen, in deiner Welt nicht normal?«

Langsam kehrte die Ruhe in ihre Stimme zurück. Solange sie nicht über das Chaos in der Wohnung nachdachte, war alles gut. Sie und Leo waren einfach zwei Freunde, die sich bei einem Spaziergang unterhielten. Über Magie.

Leo stieß einen Schwall Luft aus. »Meine Welt liegt unter den Straßen dieser Stadt.«

Erin spürte ihr Herz gegen ihren Brustkorb hämmern. Unter ihren Füßen lag die Erfüllung ihrer Kindheitsträume und die Antwort auf all ihre Sorgen. Sie musste nur einen Weg dorthin finden. »Es gibt eine Welt unter Edinburgh? Eine Welt voller Magie?«, versicherte sie sich.

»Ja. Aber es gibt auch Orte in Edinburgh, an denen sich Hexen in diese Welt einmischen. Geschäfte, Cafés, Straßen. Radain können sie nicht sehen, ihr Blick wandert einfach über sie hinweg. Ich frage mich nur, wieso du einen von ihnen überhaupt finden konntest. Das bereitet mir Sorge. Diese Orte sind für Sterbliche gefährlich. Allein das Mitternachtscafé …«, er brach ab, und ein gequälter Ausdruck huschte über sein Gesicht.

»Was meinst du damit?« Gespannt drehte Erin sich zu ihm. Sein Geruch nach Papier stieg ihr in die Nase.

»Das Mitternachtscafé ist ein grauenhafter Ort, an dem Hexen sich auf widerliche Art mit den Radain vergnügen.« Er machte eine kurze Pause. »Ich spreche von Folter. Rache für all das, was sie durch die Verfolgung erleiden mussten. Deswegen kann das Mitternachtscafé noch heute von Radain betreten werden. Es ist ein Hinrichtungsort für deinesgleichen, versteckt am Ende einer Gasse zwischen einer Bäckerei und einem Antiquariat namens *The Sorcerer.*«

»Meinesgleichen.« Erin hob die Augenbrauen. »Charmant.«

»Du weißt, was ich meine«, antwortete er scharf.

»Dass ich nicht wie du bin.« Erin setzte ein tapferes Lächeln auf. Unbewusst strich sie über ihren Magic-Tattoo. Vielleicht würde sich ihr Leben bald für immer verändern. Vielleicht wäre sie bald *seinesgleichen.* »Ich verstehe. Aber das Antiquariat wirkte nicht besonders magisch.« Ein rotes Auto fuhr deutlich schneller als erlaubt an ihnen vorbei, und sie sah ihm nachdenklich hinterher. »Die Bücher dort waren recht gewöhnlich. Alte Klassiker, keine Anleitungen zum Tarotlegen oder Geisterbeschwören.«

»Warst du allein dort?«

»Nein. Da war eine ältere Frau mit Brille und silbergrauem Dutt. Sie hat mir das Buch geschenkt, sie wollte kein Geld dafür haben. Das war schon … seltsam.«

»In der Tat …« Bevor Leo weitersprechen konnte, ertönte Erins Handy. Sie zog es heraus und runzelte die Stirn.

»Karen fragt, ob ich die Tour heute Abend nicht doch übernehmen könnte. Elisa hätte ihr abgesagt, und so langsam gingen ihr die guten Guides aus, wie sie schreibt.« Zum Beweis hielt sie die Textbotschaft in die Höhe. »Ich fühle mich fast geschmeichelt.«

»Warum hast du die Tour überhaupt abgesagt?«, fragte Leo.

Erin kniff die Lippen zusammen und wich seinem Blick aus. »Doofes Thema?«

»Meine Tante ist im Krankenhaus, und ich wollte sie besuchen«, erwiderte Erin, als erzählte sie von einer Fremden. »Aber ihr geht es wieder besser. Ich kann die Tour heute Abend also machen.«

Als sie die ersten Worte ihrer Antwort tippte, zitterten ihre Finger. Sie fühlte sich nicht in der Lage, in die dunklen Vaults hinabzusteigen, nachdem sie nun wusste, dass Geister real waren und sie zudem verfolgt wurde.

»Ist das wirklich in Ordnung für dich?« Leo legte ihr eine Hand auf die Schulter.

»Muss wohl«, antwortete Erin ohne Umschweife. »Verdammt, Leo, ich habe einen echten Geist gesehen. In deiner Welt ist das vielleicht normal, in meiner nicht.« Sein mitfühlender Blick ließ sie die harschen Worte sofort bereuen. »Ich habe Angst.«

»Lass uns vor der Tour in die Vaults gehen«, schlug Leo vor. »Wir prüfen, ob der Geist wirklich gebannt ist, und du kannst dir die Angst nehmen? Wie klingt das?«

»Wieso arbeitest du überhaupt als Guide?«, wollte Erin wissen. »Du bist ein Hexer. Gibt es nicht tausend coolere Jobs? Drachenzähmer oder so?«

Leo lachte leise. »Ich bin dafür zuständig, die dünne Grenze in den Vaults zu überwachen.«

»Grenze?«

»Zum Vortex. Dem Ort, von dem die Magie stammt. In den Vaults ist der Stoff zwischen den Welten besonders dünn. Deshalb bin ich dort so häufig.«

»Aha.« Mehr fiel Erin dazu nicht ein. Ihr schwirrte der Kopf. »Und jetzt?«

»Solange du bei mir bist, bist du in Sicherheit. Versprochen.«

Seine Sorge berührte sie, aber gleichzeitig löste sie etwas ganz anderes in ihr aus: einen Fluchtreflex. Sie biss sich auf die Zunge und verkniff sich den Kommentar darüber, dass sie keine Prinzessin war, die von einem Prinzen gerettet werden musste.

27
DIE FRAU AUF DEM FOTO

Je näher er dem Haus von Lucinda Bell kam, desto stärker wurde der Geruch nach Tod. Noah kniff die Lippen zusammen und vermied es, die Gebäude in der Umgebung genauer anzusehen. Er wollte einfach nur seinen Job erledigen und Sir Craig ein Ergebnis präsentieren, damit sein Vater sah, wie sehr er sich in ihm getäuscht hatte. Schließlich erreichte er die Hausnummer 42. Ein einstöckiges Haus mit schwarzem Schindeldach und einer mausgrauen Fassade, um die sich tote Efeublätter rankten.

Noah machte sich eine mentale Notiz. Möglicherweise war Lucinda Bell eine Kräuterhexe gewesen, und ohne ihr Zutun waren die Pflanzen rasch gestorben. Hier unten gab es kein Licht, und Noah war sich sicher, dass in der dünnen Erdschicht, die den Steinboden bedeckte, auch keinerlei Nährstoffe zu finden waren. Er spürte nicht einmal Wasser. Nur einen Brunnen zwei Querstraßen weiter, der eine klägliche Pfütze in sich trug. Das einzige Wasser, das Noah hier für seine Magie zur Verfügung hatte, war jenes, das er in einem kleinen Lederschlauch an seinem Gürtel bei sich hatte.

Direkt vor dem Haus stand eine Laterne, die ihr gelbes Licht verströmte. Er warf einen letzten Blick auf die Schriftrolle, um die Adresse zu überprüfen, dann rollte er das Schriftstück zusammen, steckte es ein und ging direkt auf die morsche Haustür zu. Ohne anzuklopfen, drückte er gegen die Klinke, und die Tür schwang mit einem leisen Quietschen auf.

Noah hob die Hand, bereit, einen verteidigenden Zauber zu wirken, und trat dann ein.

Es war stockdunkel, die Fenster neben der Haustür waren von schweren Stoffvorhängen verhängt. Kurz hielt Noah inne, dann riss er die Vorhänge zur Seite, und das gedämpfte Licht der Straßenlaterne drang in den Flur, in dem er stand. Der Geruch nach Staub und toten Pflanzen hing in der Luft. Fliegen surrten umher.

Vertrocknete Pflanzen waren überall: in großen Tontöpfen in den Zimmerecken, in kleinen Metallbehältern, die von der Decke hingen, in verzierten Vasen auf einer alten Kommode. Noah hielt sich einen Ärmel vor die Nase und hustete. Eine Fliege sirrte an seinem Ohr vorbei, und er schlug danach.

»Was zur …?«, stieß Noah aus und drehte sich einmal im Kreis, um alles in Augenschein zu nehmen. Links lag die Küche, rechts ein Schlafzimmer. Direkt vor ihm war die Badezimmertür. Alle Türen standen weit offen.

Er entschloss sich dazu, zunächst einmal das Schlafzimmer zu untersuchen. Seiner Erfahrung nach war das der Ort, an dem Hexen und Hexer ihre Geheimnisse aufbewahrten. Schlafzimmer waren die intimsten Räume in den meisten Wohnungen. Zumindest in jenen, die keine geheimen Keller oder Dachböden besaßen.

Lucindas Schlafzimmer war spärlich eingerichtet – abgesehen von den Pflanzen, die auch hier den Großteil des Platzes einnahmen. Sie säumten das komplette Bett, auf dem eine dunkelblaue Decke lag. Nur an einer Stelle am Fußende des Bettes war kein Topf, und Noah schätzte, dass die Kräuterhexe durch diesen kleinen Spalt ihre Schlafstätte betreten und verlassen hatte. An der rechten Wand hing ein dunkelgrüner Samtvorhang, der wahrscheinlich das Fenster verdeckte. Er ging darauf zu und zog ihn zur Seite. Gegenüber dem Fenster war ein großer Schrank. Noah ging hinüber, schob die Türen auf und entdeckte zahlreiche Röcke und Oberteile, die meisten waren mehrmals geflickt.

Er stutzte. Als er Lucinda tot aufgefunden hatte, hatte sie ein teures Abendkleid getragen. Nachdenklich fuhr er sich durch die Haare und schüttelte den Kopf. Rylandsland war ein heruntergekommenes Viertel, in dem Magiebegabte lebten, die am unteren Ende der sozialen Leiter angekommen waren. Das Abendkleid und der Schmuck der Toten passten weder zu diesem Ort hier noch zum Inhalt ihres Kleiderschranks.

»Wieso fällt mir das erst jetzt auf?«, murmelte Noah und knirschte mit den Zähnen. Er war eindeutig durch den Wind, und es ärgerte ihn, dass er die Ungereimtheit zwischen teurem Abendkleid und *Rylandsland* erst jetzt bemerkte, da er mit einer weiteren konfrontiert wurde: Die Kleidung vor ihm wirkte … alt. Als wäre Lucinda Bell über 90 und nicht die junge Frau, die er erst gestern Nacht untersucht hatte. Irgendetwas stimmte hier nicht. Er holte erneut die Schriftrolle hervor und vergewisserte sich, dass er im richtigen Haus war.

Rylandsland, Nason Drive 42.

Es bestand kein Zweifel.

Noah sah sich noch einmal in dem Zimmer um und bemerkte ein weiteres Detail: Wer auch immer hier lebte oder gelebt hatte, war alleinstehend, denn die Kleidung gehörte eindeutig einer Person, und es lag nur ein Kopfkissen auf dem Bett.

Nachdem er die Schranktür geschlossen hatte, ging er zurück in den Flur und dann in die Küche, an die ein Wohnzimmer angrenzte. Hier befanden sich keine Vorhänge vor den Fenstern. Er überprüfte schnell die Küchenschränke und fand mehr oder weniger frische Vorräte. Die Milch war sauer und das Obst verschimmelt, aber die Kartoffeln und Zwiebeln sahen noch essbar aus. Auf dem Käse hatte sich Schimmel gebildet, aber der noch verschlossene Saft in der Glasflasche war laut Etikett haltbar. Noah begann grob zu überschlagen, seit wann das Haus wohl leer stand.

Er hatte keine Ahnung von Pflanzen, aber er konnte sich vorstellen, dass sie in dieser Umgebung schneller starben als in den Höhlen mit Himmel oder an der Oberfläche. Immerhin gab es hier keine Sonne, und es war wahrscheinlich, dass auch die Erde in den Töpfen, in denen sie wuchsen, nicht sonderlich nahrhaft war. Kräuterhexen hatten Dünger nicht nötig. Sie hielten Pflanzen mit ihrer Magie am Leben. Jeden Tag eine sanfte Berührung und ein nettes Wort waren genug, um einen wurzellosen Baum zum Blühen zu bringen.

Die verdorrten Pflanzen und vor allem die Essensvorräte ließen darauf schließen, dass mindestens eine Woche vergangen sein musste, seitdem Lucinda Bell zuletzt hier gewesen war, und er fragte sich, was sie in dieser Zeit getrieben hatte.

Grübelnd bewegte er sich in das Wohnzimmer. Hier standen neben einer kleinen Couch, einem Esstisch mit zwei Stühlen nur eine Glasvitrine und jede Menge toter Pflanzen. Noah ging zu der Vitrine und warf einen Blick hinein. Lucinda Bell lächelte ihm entgegen. Genau die Frau, die er tot aufgefunden hatte.

Noah öffnete die Glastür und holte den Bilderrahmen heraus. Auf dem leicht vergilbten Foto war ein Mann neben Lucinda zu sehen. Er hatte stolz den Arm um die Taille der jungen Frau gelegt. Sie trug ein elegantes Abendkleid und war unverkennbar die Tote. Je länger Noah das Foto anstarrte, desto stärker zitterten seine Hände. Das alles passte nicht zusammen. Die Kleidung auf dem Foto, das Papier, die Qualität.

Er hob den Kopf und besah sich die anderen Bilder. Sie alle zeigten das Paar. Mal vor einem wunderschönen Haus, mal lächelnd ineinander verschlungen, mal tanzend. Als ihm der Bilderrahmen fast entglitt, stellte Noah ihn zurück. Staub wirbelte auf.

Alle Fotos waren mindestens vierzig Jahre alt – und doch zeigten sie unverkennbar die Frau von Calton Hill.

28
DER FEUERHEXER

Mit jedem zurückgelegten Meter wuchs Erins Übelkeit.

»Keine Sorge, der Geist sollte schon gebannt sein«, brach Leo schließlich die Stille zwischen ihnen. »Dieser Besuch ist eine reine Vorsichtsmaßnahme. Außerdem bin ich da, um dich zu beschützen. So wie das letzte Mal.«

Vorsichtig warf sie ihm einen Seitenblick zu. Auch wenn sie bisher gut allein zurechtgekommen war, stimmte doch eines: Er war in den letzten Tagen immer da gewesen, wenn ihr etwas zugestoßen war.

Erst der Geist. Dann der Einbruch.

Erin hatte genügend Bücher gelesen, um zu wissen, dass Leo damit der geeignete Kandidat war, um sie zu verraten und ihr kurz vor dem erlösenden Finale ein Messer in den Rücken zu rammen, woraufhin sie ihn töten musste. Ihr Magen vollführte eine weitere Drehung, und am liebsten hätte sie sich in einen der Mülleimer am Straßenrand übergeben.

Andererseits war er ihr einziger Weg in die Welt der Magie. Sie musste einfach vorsichtig sein, durfte das Buch nicht aus den Augen und ihn nicht zu nah an sich heranlassen. Ganz gleich, wie vertrauenswürdig er sich gab. Es war nicht unwahrscheinlich, dass er lediglich hinter dem Buch her war. Doch das würde sie noch früh genug herausfinden.

Im Gleichschritt steuerten Erin und Leo auf die South Bridge zu.

»Lass uns bitte einfach nicht stehen bleiben«, sagte Erin, als sie an dem Eingang zu dem ehemaligen Studentenzimmer ankamen. »Wenn wir stehen bleiben, renne ich weg.«

Sie fügte ein kurzes Lachen an, aber eigentlich meinte sie es nicht als Scherz. Schnell stieg sie die Stufen zur Tür nach oben, steckte den Schlüssel ins Schloss und durchquerte den Raum, bevor Leo auch nur einen Fuß über die Schwelle gesetzt hatte. Mit einem heftigen Ruck zog sie den Vorhang zurück und atmete die kühle Luft der Vaults ein. Ihr Herzschlag dröhnte mit jedem Schritt in ihren Ohren, als sie den Gang betrat. Jede dunkle Ecke fühlte sich bedrohlich an, jeder flackernde Schatten ließ sie zusammenzucken.

Nach ein paar Schritten blieb sie stehen und drehte sich zu Leo um. Er stand hinter ihr, die Hände tief in den Taschen seines bodenlangen Mantels vergraben und ein schiefes Lächeln auf den Lippen.

»Bisher kein Geist«, verkündete er und zuckte mit den Schultern, bevor er eine kleine Phiole aus seinem Mantel holte. Sie war giftgrün mit einem goldenen Verschluss. »Wenn einer hier ist, wird er gleich rauskommen.«

»Halt! Warte, was …?« Erin konnte kaum ihre Gedanken sortieren, da hatte Leo schon die Phiole geöffnet. Der Geruch nach Verwesung stieg ihr in die Nase. Sie wandte sich ab und hob einen Ärmel vor Nase und Mund.

»Das zieht Geister an«, erklärte er und wedelte mit der Flasche in der Luft herum. »Normalerweise sind Geister in deiner Welt nicht anzutreffen, sie müssen dafür beschworen werden. Für so eine Beschwörung benötigt man einen Bannkreis. Freie Geister sind also äußerst selten, aber sie kommen vor, und dafür gibt es dieses …«, er schloss die Phiole wieder, »… Lockmittel. Lass mich als Erstes die Räume überprüfen. Du wartest besser hier.«

Erin setzte zum Widerspruch an: »Leo, warte …«

»Du bist hier sicher«, unterbrach er sie. »Wenn ein Geist auftaucht, stürzt er sich dank des Lockmittels auf mich.«

»Wie beruhigend.« Sie schlang die Arme um ihren Oberkörper. »Warum hast du mich überhaupt mitgenommen, wenn ich dir nicht helfen kann?«

Diese Frage ließ ihn innehalten. Er drehte sich in der Türschwelle zum ersten Raum um und runzelte die Stirn.

»Damit du deine Angst verlierst.«

Dann war er in der Kammer verschwunden und Erin allein. Sie zögerte nicht lange und lief ihm trotz seiner Anweisung hinterher. Vielleicht auch gerade deswegen. Sie war kein abgerichteter Hund.

»Du solltest doch …«, setzte Leo an. Eine ins Schloss fallende Tür ließ sie beide herumfahren.

»Was war das?!«, flüsterte Erin atemlos. »Hast du nicht abgeschlossen?«

»Du wartest hier.« Leo hob die Hand, legte Ringfinger und Daumen aneinander, die gleiche Geste, die er beim Betreten ihrer Wohnung gemacht hatte, und schlich um die Ecke.

»Sei gegrüßt.«

Eine fremde Stimme. Erin unterdrückte einen Fluch und huschte zum Ausgang der Kammer, um einen Blick in den Flur zu werfen. Dort stand mit weit ausgebreiteten Armen und einem ironischen Lächeln ein hochgewachsener Mann. Seine weißen Haare passten nicht so ganz zu dem jungen Gesicht, das sie einrahmten. Er trug eine samtrote Weste mit unzähligen gelben und orangefarbenen Glassteinen. Darunter ein schwarzes T-Shirt und eine ebenso dunkle Hose, die in hohen Lederstiefeln steckte. Von seinem linken Ohr baumelte ein Rubinohrring an einer goldenen Kette, die im fahlen Licht der Vaults glitzerte. »Ich wusste, dass ich dich hier antreffe.«

»Wer bist du? Was willst du?«, fragte Leo.

»So viele Fragen«, antwortete der Neuankömmling. Er hob die Hand wie Leo, und eine kleine Flamme tanzte über seine Fingerspitzen.

Erin sog scharf die Luft ein. *Echte Magie.*

»Es heißt, das Buch wäre in deiner Nähe.« Der Hexer, denn das war er eindeutig, trat näher. Seine Augen funkelten, die weißen Haare wirkten im Licht der Neonröhren orangegelb. Das Feuer in seiner Hand erlosch.

Leo warf einen Blick über seine Schulter, und Erin zog schnell ihren Kopf zurück.

»Lass uns das in Ruhe besprechen«, antwortete er dann gelassen. Kurz darauf gingen die beiden Hexer an dem Eingang der ersten Kammer vorbei und zogen sich in eines der hinteren Gewölbe zurück.

Erin schluckte. Leo gab ihr die Möglichkeit, zu fliehen. Der fremde Hexer war eine Bedrohung, aber er sprach von einem Buch. Sie musste herausfinden, ob er *ihr* Buch meinte. Langsam zählte sie bis zehn, dann schlich sie den beiden nach und presste sich an die Wand neben dem Eingang, aus dem die Stimmen kamen.

»Ich weiß nicht, welches Buch du meinst«, hörte sie Leo sagen.

»Lügen war noch nie deine Stärke, Kaito.«

Kaito. Erin erstarrte. So hatte diese Luzia ihn bereits genannt. Ihr wurde klar, dass Kaito seine wahre Identität und Leo nur ein Deckname war. Es erinnerte sie daran, dass Leo ein zweites Leben führte, ein zweites Gesicht hatte. Möglicherweise nicht auf ihrer Seite war. Ihr Herz wurde schwer, und plötzlich fürchtete sie, dass das Buch an ihrer Brust gleich einen lauten Schrei ausstoßen und sie verraten würde.

Sie atmete tief durch und beugte sich leicht zur Seite, um in den Raum sehen zu können.

»Genau genommen bin ich ein exzellenter Lügner«, entgegnete Leo gerade. Erin konnte sein Gesicht zwar nicht sehen, da er mit dem Rücken zu ihr stand, aber sie war sich sicher, dass er vollkommen entspannt wirkte. »Schade nur, dass ich diese Fähigkeit in der aktuellen Situation nicht anwenden kann. Ich habe wirklich keine Ahnung, wovon du sprichst.«

Der Fremde strich sich über seine samtrote Weste, seine Finger glitten dabei über die glitzernden Steine, die wie Flammen leuchteten.

»Du spielst mit dem Feuer«, flüsterte er.

»Wow.« Leo stieß ein kurzes Lachen aus. »Wirklich?«

»Ein Schnipsen, und alles hier steht in Flammen.« In einer abrupten Bewegung hob der Fremde die Hand, seine Finger schwebten knapp vor Leos Gesicht.

»Ich weiß, was der Feuerzirkel kann«, entgegnete Leo ungerührt. »Und wir beide kennen die dunkle Seuche. Du wirst mich nicht verletzen. Zumindest nicht mit Feuer.«

»Du verstehst auch keinen Spaß, was?« Der Fremde hob abwehrend die Hände und setzte ein süffisantes Lächeln auf. »Es ist so anstrengend mit euch Zukunftssehern. Es ist, als hättet ihr euer Wissen über die Zukunft mit eurem Humor bezahlt. Keine Sorge, solange deine kleine Radan in der Nähe ist, werde ich dir kein Haar krümmen.«

Erin erstarrte. *Radan.* Das Wort hatte Leo in ihrem Gespräch ebenfalls verwendet. Der Hexer wusste, dass sie hier war. Dennoch hielt sie sich weiter versteckt, wollte einer direkten Konfrontation entgehen.

Als Leo nicht antwortete, fuhr der Hexer lachend fort: »Ich habe euch hier reingehen sehen. Dass sie eine Radan ist, war geraten, aber um deinen Gesichtsausdruck zu deuten, muss ich kein Tarotleger sein. Interessant. Der große Kaito wird doch nicht etwa heimlich der Ideologie der Caradain folgen? Ist das der Grund, weshalb du aus der Unterwelt geflohen bist?«

Leo schnaubte. »Sei nicht lächerlich. Wenn du sie verrätst, finde ich einen Weg, es dir heimzuzahlen, verstanden? Sind wir dann hier fertig?« Er wandte sich zum Gehen, und Erin wich schnell zurück, wodurch sie die beiden aus den Augen verlor und stattdessen auf nackten Stein starrte.

»Keine Sorge, ich verrate die Kleine nicht. Wäre doch schade, wenn sie so jung draufgeht. Deshalb bin ich nicht hier. Aber wie mir scheint, hast du wirklich nichts von Abaigeal Dubhs Buch gehört.«

Erin wurde eiskalt.

Der Hexer meint mein Buch. Woher weiß er davon? Und wer noch alles? Und woher?

Plötzlich zitterten ihre Knie noch stärker, und sie musste sich mit der flachen Hand an der Steinwand abstützen.

»Abaigeal Dubh?« Leos gespielte Überraschung klang sogar für

Erin täuschend echt. »Abaigeal Dubhs berühmt-berüchtigtes Buch soll aufgetaucht sein? Wie kommst du darauf?«

»Eigentlich bin ich derjenige, der Informationen erhalten will. Nicht umgekehrt.«

»Wie viel willst du haben?« Leos nächste Frage drang nur gedämpft an Erins Ohren.

»Wofür?«

»Die Informationen.«

»Oh, dir ist es also ernst.«

»Wie viel?«, wiederholte Leo.

Obwohl Erin Angst hatte, lehnte sie sich wieder ein Stück nach vorne. Leo stand vor dem Hexer, sein Körper nach wie vor entspannt. Lockere Hände, gesenkte Schultern. Der Hexer wippte hingegen ungeduldig von den Fußballen auf die Fersen und zurück. Die Arme hatte er vor der Brust gekreuzt.

»Ich glaube dir kein Wort, Kaito«, zischte er nun. »Ich habe Quellen. Ich weiß, dass das Buch sich in deiner Nähe befindet. Ich weiß, dass du mit Noah Stewart die Leiche gesichtet hast. Und ich weiß, dass du mir hier etwas vorspielst, weil du mich für den Feind hältst. Aber eines kann ich dir verraten, und zwar gratis, weil ich es gut meine: Ich bin nicht der Feind. Andere werden kommen. Und sie haben deutlich Übleres mit Talus im Sinn, als du und ich es uns jemals erträumen könnten. Du und ich: Wir kämpfen für das gleiche Ziel.«

»Und das wäre?« Neugier lag in Leos Stimme.

»Talus …«

Zum ersten Mal schien Leo angespannt zu sein, er drückte unmerklich seinen Rücken durch. »Sprich endlich Klartext.«

»Wenn du mich ausreden lassen würdest …« Der Fremde hob abwehrend die Hände, und ein ängstlicher Ausdruck legte sich auf sein Gesicht. »Talus trägt große Macht in sich. Zu große. Er muss zerstört werden – und dafür brauchen wir das Buch.«

Talus zerstören?

Erin wischte ihre schweißnassen Hände an ihrer Hose trocken.

Der Würfel war ihre Eintrittskarte in die magische Welt. Er konnte Wünsche erfüllen. Ihre Tante retten.

Leos nächste Frage ließ sie aufhorchen: »Wie kann euch das Buch dabei helfen?«

»Meines Wissens nach hat Abaigeal darin Informationen versteckt, wie sie den Würfel erschaffen und wo sie ihn versteckt hat. Von dort aus können wir seine Spur verfolgen, Talus ausfindig machen und in Sicherheit bringen.«

»Verstehe. Mit den Informationen über die Entstehung wollt ihr die Magie umkehren. Denkst du wirklich, es ist so leicht?«

»Irgendwo müssen wir ja anfangen.«

»Wer ist *wir?*«

»Du stellst zu viele Fragen und gibst zu wenige Antworten.« Der Hexer klatschte in die Hände. »Außerdem weiß ich nicht, auf welcher Seite zu stehst. Es wird Zeit, dass ich gehe, bevor ich noch mehr ausplaudere. Die anderen haben mich vor deinem Aushorchgeschick gewarnt, aber ich wollte nicht hören. Das ist mir eine Lehre.«

Erin verlagerte ihr Gewicht und trat dabei aus Versehen auf einen Stein, der mit einem leisen *Pling* gegen die Wand flog. Die Köpfe der beiden Hexer ruckten zum Durchgang.

Sofort wich Erin zurück. Sie hatte genug erfahren, und jetzt siegte die Angst über die Neugier, und so rannte sie los.

Wenig später stand sie unschlüssig auf dem nassen Asphalt vor dem Zugang zu den Vaults, während leichter Nieselregen auf ihre Lederjacke fiel. Sie holte ihr Handy heraus, steckte es wieder weg. Strich über das Buch in ihrer Pullovertasche. Ein Taxi bretterte vorbei, und sie wich instinktiv zurück, erschrak vor dem Geräusch der aufspritzenden Pfütze, durch die der Wagen fuhr.

Ihr Herz raste. Sie wollte nicht gehen, konnte aber auch nicht bleiben, das wusste sie. Gerade als sie den Entschluss fasste, zu verschwinden, ertönte hinter ihr die Stimme des Feuerhexers:

»Wir werden uns wiedersehen, Kaito.«

Mit einem spitzen Schrei wirbelte Erin herum und sah Leo aus dem Gebäude treten, dicht gefolgt von dem Fremden.

Der Mann hob einen Mundwinkel und nickte Erin zu, wodurch die Kette mit dem tropfenförmigen Rubin an seinem Ohr leicht schwankte. Erin wusste keine bessere Reaktion, als ihm zuzuwinken und dabei gezwungen zu lächeln. Leo hob beide Augenbrauen, sagte aber nichts.

Das Grinsen des fremden Hexers wurde breiter. Erin fühlte sich so sozial inkompetent wie noch nie zuvor in ihrem Leben.

»Warum so schreckhaft?«, fragte der Fremde und sah betont interessiert die Straße auf und ab. »Sind hier etwa gefährliche Banden unterwegs?«

»Nicht dass ich wüsste«, erwiderte Erin. Ihre Stimme klang schrill. Schnell räusperte sie sich. »Ich war gerade einfach in Gedanken.«

»Du lügst genauso schlecht wie dein Freund.« Der Fremde stieß ein raues Lachen aus. Dann tippte er sich mit zwei Fingern an die Stirn, sagte: »Adieu«, und ging, seine rote Gestalt ein seltsamer Kontrast im Grau des Tages.

»Was wollte er?«, fragte Erin, sobald er außer Hörweite war.

»Verschwörungstheorien.« Leo schüttelte leicht den Kopf. »Nichts, womit du dich befassen musst.«

Erin wurde eiskalt, was nicht daran lag, dass der Regen heftiger wurde. Der Fremde hatte über Abaigeal und das Buch gesprochen.

Du lügst.

»Ich muss jetzt los«, sagte sie in die zu lange anhaltende Stille zwischen ihnen. »Mir ein Hotelzimmer suchen. In meine zerstörte Wohnung gehe ich auf keinen Fall zurück. Wir sehen uns heute Abend bei der Tour, ja?«

»Eigentlich wäre es mir lieber, wenn du mit zu mir kommst.« Leo warf einen Blick in die Richtung, in die der Feuerhexer verschwunden war. »Dann würde ich mich sicherer fühlen.«

Ich nicht.

»Mach dir keine Umstände.«

»Das sind keine Umstände.« Er sah sie mitfühlend an, und beinahe glaubte Erin, dass er auf ihrer Seite war.

Sie wog ihre Möglichkeiten ab. Jemand, der wusste, wo sie wohnte, würde sie auch in einem Hotel finden. Sie brauchte jemanden, der Magie wirken und sie verteidigen konnte. Dafür kam nur Leo infrage.

Der sie mit gerunzelter Stirn ansah. Sie zögerte bereits zu lange.

Wenn Leo sie tot sehen wollte, wäre sie es längst. Es musste einen Grund geben, dass sie noch am Leben war und er sie sogar beschützen wollte. Sie vertraute ihm nicht, aber er war ihre beste Option. Ihre einzige.

Sie nickte.

»Okay. Auf deine Verantwortung. Falls ich sterben sollte, werde ich als Geist wiederkommen und mich rächen.«

Sie meinte es als Scherz, aber Leos Lächeln wirkte verkrampft.

29
EIN SELTSAMES TREFFEN

Lu war sich zu rund achtzig Prozent sicher, auf dem richtigen Weg zu sein, aber nachdem sie in den letzten Stunden kein Erfolgserlebnis zu verzeichnen hatte, wusste sie nicht, ob ihr das reichte. Sie kannte sich in Edinburgh nicht sonderlich gut aus, und so warf sie erneut einen skeptischen Blick auf den zerknitterten Zettel in ihrer Hand, auf dem Kaito ihr in eleganten Buchstaben seine Adresse aufgeschrieben hatte. Und seine Telefonnummer. Lu schnaubte. Als ob sie so etwas wie ein Telefon besaß.

Sie kam gerade von Calton Hill und hatte auf dem Hügel über der Stadt vergebens nach Hinweisen gesucht. Natürlich hatte der Rat sämtliche Spuren auf die tote Hexe beseitigen lassen, aber Lu musste den touristenbelagerten Hügel und das akkurat geschnittene und blutfreie Gras mit eigenen Augen untersuchen.

Jetzt lief sie die blitzblanken Straßen entlang, die von postkartenmotivwürdigen Häusern gesäumt waren, und suchte nach Kaitos Wohnung, um ihn darüber zu informieren, dass die ganze Unterwelt irgendwie von dem Geist wusste, den sie in den Vaults entfesselt hatte. Sie musste einfach wissen, ob sie ihm vertrauen konnte oder ob nicht doch er derjenige gewesen war, der geplaudert hatte.

Als hinter einer Straßenecke ein bekanntes Gesicht auftauchte, stieß sie einen Fluch aus, der natürlich sofort die Aufmerksamkeit des Hexers auf sich zog.

Er hob den Kopf und verschränkte die Arme vor der breiten Brust.

»Was machst du denn hier?«, rief er ihr zu und ließ Lu damit keine andere Möglichkeit, als zu ihm zu gehen.

Noah Stewart stand vor einer schmalen Gasse, die dunkle Lederjacke glänzte ebenso perfekt wie seine kinnlangen blonden Haare. Als Lu sich ihm näherte, sah sie, dass er noch immer die Schutzrune um den Hals trug, die sie ihm vor Jahren geschenkt hatte.

Damals, als sie sich an ihn rangeschmissen hatte. Ihr wurde flau im Magen.

Noah war knapp fünf Jahre älter als sie, ein Wasserhexer und zukünftiges Ratsmitglied. Er hatte alles, was Lu sich wünschte, und in ihrem jugendlichen Leichtsinn hatte sie diese Bewunderung mit Liebe verwechselt. Heute wusste sie es besser.

»Lange nicht gesehen«, grüßte sie und setzte ein breites Grinsen auf. »Die gleiche Frage könnte ich dir stellen: Was machst du hier?«

Dabei glaubte sie, die Antwort auf die Frage zu kennen, und es gefiel ihr nicht. Noah war ein Schattenleser, Teil jener elitären Einheit der Unterwelt, die sich um Verbrechen kümmerte. Wenn er hier war, wollte er sicher Kaitos Hilfe in irgendeinem Fall. Dabei musste Kaito sich gerade auf Talus und ihre gemeinsame Mission konzentrieren. Ein weiterer Gedanke schoss ihr durch den Kopf. Was, wenn Kaito sie doch verraten hatte? Wenn Noah hier war, um mehr Details über den Geist zu erfahren?

»Beruflich«, antwortete Noah. »Und du?«

»Privat«, entgegnete Lu und wackelte mit den Augenbrauen.

Noah zog die Stirn kraus. »Du und Kaito?«

Seine Reaktion erleichterte sie, denn das bedeutete, dass Kaito sie noch nicht ans Messer geliefert hatte. Vielleicht hatte er von dem Geist erzählt, aber ihren Namen verschwiegen. Wenigstens etwas.

Lu beschloss, die Unwissende zu spielen. Noah musste nicht wissen, dass sie hier war, um Kaito zu sehen. Je weniger ihre Verbindung kannten, desto besser. Also runzelte sie die Stirn und fragte: »Kaito? *Der* Kaito?«

»Er wohnt hier.«

»Ach wirklich?« Sie sah an dem Gebäude vor ihr empor, ein dreistöckiges Haus im gregorianischen Stil mit roten Steinen und weißen Fensterrahmen. Sie wusste, dass Kaitos Wohnung am Ende der kleinen Gasse lag, vor der Noah sich aufgebaut hatte und die verdächtig nach Bannkreis roch. »Warum stehst du dann hier auf der Straße herum?«

»Weil er offensichtlich nicht da ist.«

»Interessant. Aber nein, ich bin nicht seinetwegen hier, wir haben uns schon Ewigkeiten nicht mehr gesehen. Ich bin gerade im Ausbildungsexil und besuche eine Freundin, die hier um die Ecke wohnt.« Sie machte eine vage Geste die Straße entlang.

»Das Ausbildungsexil.« Er rümpfte die Nase. »Ich erinnere mich gut. Ist eine anstrengende Phase.«

Lu entblößte die Zähne. Als Sohn des Rates und angehender Schattenleser hatte Noah nur drei Monate im Exil verbringen müssen. Er war in jeder Hinsicht verdammt privilegiert und sich dessen viel zu selten bewusst.

»Ist es.«

»Schön, dass du Freunde gefunden hast«, fügte er hinzu. »Aber keine Radan, oder?«

»Sei nicht lächerlich.« Sie rollte mit den Augen. »Warum sollte ich mich mit *so jemandem* anfreunden? Die verstehen unser Leben doch gar nicht.«

Möglichst unauffällig sah Lu sich um. Sie durfte nicht riskieren, noch hier zu sein, wenn Kaito auftauchte. Noah würde bemerken, dass zwischen ihnen sehr wohl eine Verbindung bestand. Sie machte einen Schritt in die Richtung, in der ihre angebliche Freundin wohnte. »Ich geh dann mal. Man sieht sich.«

»Spätestens, wenn du wieder zu Hause bist«, rief Noah ihr nach, woraufhin Lu die Lippen zusammenpresste. Feingefühl besaß der Kerl ebenso wenig wie Bescheidenheit. Wie hatte sie jemals glauben können, in ihn verliebt zu sein?

Nachdem sie um die nächste Ecke gebogen und außer Sichtweite war, lehnte sie sich gegen eine Häuserwand und atmete durch. Sie wusste nicht, wann Kaito wieder allein sein würde. Aber sie konnte warten.

30
FEUERFUNKEN

Leo führte sie durch einen Teil von Edinburgh, den Erin noch nie gesehen hatte. Sie lebte seit einigen Jahren in dieser Stadt, aber sie ging immer nur dieselben Wege, besuchte dieselben Restaurants und kaufte die immer gleiche Teesorte bei einer älteren Frau in einem urigen Teehaus, das verdächtig nach Marihuana roch. Dabei war Blackford wunderschön. Die Gebäude waren aus rostroten großen Steinen erbaut und besaßen kleine Erker mit strahlend weißen Fenstern. Die Straßen waren sauber und die Menschen teuer gekleidet.

Still hingen sie beide ihren Gedanken nach. Je weiter sie liefen, desto häufiger drehte Leo sich um, bis Erin es irgendwann nicht mehr aushielt.

»Werden wir verfolgt?«, fragte sie und schlang die Arme um ihren Oberkörper. »Ich fühle mich unwohl.«

Ein mitleidiger Ausdruck huschte über sein Gesicht.

»Das verstehe ich. Aber nein, es wirkt alles ruhig.«

»Es wirkt?« Erin spürte ein unangenehmes Kribbeln im Nacken und warf nun selbst einen Blick über die Schulter.

»Ich bin mir recht sicher«, antwortete Leo. »Aber es gibt keine Garantie. Wenn eine mächtige Hexe nicht gesehen werden möchte, gibt es genügend Wege, um sich zu verbergen.«

»Wie beruhigend.«

»Ich werde dich vor den Gefahren meiner Welt beschützen, so gut ich kann. Versprochen.«

Erin ersparte sich die Frage, was er mit Gefahren meinte, ebenso wie den Hinweis darauf, dass sie nicht beschützt werden musste. Erst recht nicht von einem Mann, der zwei Identitäten besaß.

»Wir sind da«, murmelte Leo schließlich und blieb stehen. »Scheiße.«

Der Fluch galt offensichtlich einem Mann, der ungefähr in ihrem Alter war. Er hatte markante Gesichtszüge, die gemeinsam mit der dunklen Lederjacke, den schwarzen Handschuhen und den kinnlangen blonden Haaren aus einem Rockerfilm der 80er-Jahre zu stammen schienen.

»Wer ist das?« Erin runzelte die Stirn.

Der Fremde lehnte an einer Hausmauer und starrte sie ernst an, ein Bein angewinkelt, die Arme vor der breiten Brust gekreuzt, über das sich ein helles T-Shirt spannte.

»Hallo, Noah«, grüßte Leo mit einem ungezwungenen Lächeln. »Was gibt es Neues?«

Sie gingen auf ihn zu, und mit klopfendem Herzen setzte Erin ebenfalls ein Grinsen auf. Das erste Gespräch mit Leo über Magie kam ihr in den Sinn, und sie erinnerte sich daran, wie ernst seine Warnung geklungen hatte. Auch die Worte des Feuerhexers hallten in ihr nach:

Keine Sorge, ich verrate die Kleine nicht. Wäre doch schade, wenn sie so jung draufgeht.

Ihres Wissens nach gab es keine Möglichkeit, dass der Kerl sie als Nicht-Hexe identifizieren konnte, solange sie einfach mitspielte.

»Einiges«, sagte Noah und legte den Kopf schief, während er Erin von oben bis unten musterte. »Zum Beispiel deine Begleitung.«

»Erin«, stellte sie sich selbst vor und streckte ihm die Hand entgegen. Er nahm sie nicht an. Das Blut schoss ihr ins Gesicht, und sie ließ den Arm wieder sinken.

»Ich muss mit dir reden.« Noah wandte sich Leo zu.

»Das ist gerade eher schlecht«, erwiderte der und vergrub die Hände in den Taschen seines langen Mantels. Die beiden hielten für einige Momente Blickkontakt, dann stieß Noah sich von der Wand ab und seufzte.

»Deine Prioritäten sind merkwürdig«, stellte er fest.

»Weil er mich nicht wegschickt wie einen zugelaufenen Hund, wenn du auftauchst?«, schaltete sich Erin ein. »Eigentlich finde ich, dass seine Prioritäten ziemlich gut sortiert sind. So aus meiner Sicht.«

Noahs Augen waren dunkel, nicht so schwarz wie Leos, sondern von einem warmen Braun. Sein Blick bohrte sich in ihren, und seine Mundwinkel wanderten langsam nach oben.

»Ruf mich später an, ja?«

»Ich …« Perplex starrte Erin ihn an.

»Ich meinte nicht dich.« Noah lachte und schlenderte davon. Überrumpelt sah Erin ihm nach.

»Was zur …?«, stieß sie hervor. Ihr Gesicht glühte noch immer.

»So ist Noah«, erklärte Leo und zuckte mit den Schultern. »Er gehört zum Hexenadel, sein Vater ist ein angesehenes Ratsmitglied, und er wird eines Tages seinen Platz einnehmen. Deshalb denkt er auch, dass alle springen, sobald er den Befehl dazu gibt.« Er lachte leise. »Dabei weiß er, dass das bei mir nicht so ist. Egal, ich kümmere mich später um ihn. Lass uns endlich reingehen.«

Er deutete nach rechts, und plötzlich war da zwischen den zwei Häusern von eben eine schmale Gasse. Wenn Leo nicht auf sie gedeutet hätte, wäre Erin einfach an ihr vorbeispaziert. Sie sah vollkommen gewöhnlich aus. Grauer Asphalt, gemauerte Wände zu beiden Seiten. Leo ging voraus, und Erin stolperte ihm verblüfft hinterher. Die Häuser hatten zur Gasse hin weder Fenster noch Türen. Ganz am Ende des schmalen Durchgangs war ein schwarzer Torbogen.

Leo blieb davor stehen und bedeutete Erin mit einer einladenden Geste, einzutreten.

Sie zögerte.

»Vertraust du mir nicht?« Leo hob leicht die Mundwinkel, seine dunklen Augen sahen sie forschend an.

Nein, dachte sie.

»Doch«, erwiderte sie hastig. »Es ist nur …«

»Dahinter warten weder Drachen noch Gnome.«

Sie fragte sich, ob er ihre Gedanken lesen konnte. Ein nervöses Lachen entrang sich ihrer Kehle. »Es gibt also wirklich Drachen?«

»Nicht mehr viele.«

Ihr fehlten die Worte, um darauf schlagfertig zu reagieren. Stattdessen schob sie sich an ihm vorbei und trat durch den Torbogen. Kurz fühlte sie sich, als würde sie in warmen Honig eintauchen. Nach drei Atemzügen verschwand dieses Gefühl, und sie fand sich in einem schmalen Treppenhaus wieder. Links führten alte Holzstufen nach oben, während der Flur rechts an einer Tür endete. Die Tapeten an den Wänden waren grün mit verblichenen Blumenmustern. Die rosafarbenen Blüten hatten anscheinend die gleiche Farbe wie der durchgelaufene Teppich zu der Zeit, als er verlegt wurde. Jetzt war er matschbraun. Bronzene Lampen hingen an den Wänden und verströmten ein warmes Licht.

Leo ging an ihr vorbei den Flur entlang, Erin folgte ihm. An der Tür waren goldene Ziffern angeschlagen: 003.

»Drei?«, fragte sie, während Leo den Schlüssel ins Schloss schob. Er zuckte mit den Schultern.

»Die Vermieterin meinte, dass es merkwürdig sei, irgendeinem Zimmer die Nummer eins zu geben.«

»Und was ist mit der Zwei?«

»Ich frage bei Gelegenheit.« Die Tür sprang auf, Leo betätigte einen Lichtschalter und machte eine einladende Handbewegung. »Willkommen in meinem Reich.«

Erin versuchte, ihre Neugier zu verbergen und sich nicht allzu offensichtlich umzusehen. Die Möbel waren aus Pressholz gefertigt, das Sofa hatte schon bessere Jahre gesehen. Ein niedriger Couchtisch, ein Esstisch mit zwei Stühlen, eine kleine Kommode. Drei Türen, keine Fenster.

Es roch nach Wald, aber Erin konnte keine Pflanzen entdecken. Generell wirkte der Raum eher wie ein Hotelzimmer und nicht wie eine Wohnung. Über dem Sofa hing das verblichene Foto eines Gebirgsflusses.

»Schön hier«, bemerkte sie und hatte das Bedürfnis, Lichterketten an den Wänden zu verteilen. Oder Pflanzen. Peinliche Partyselfies. Irgendetwas, um dieses kahle Zimmer mehr wie ein Zuhause wirken zu lassen.

»Ich hasse es«, erklärte Leo und ließ sich auf das Sofa fallen. »Es ist nur eine vorübergehende Bleibe. Zumindest sagen sie mir das seit drei Jahren. Der Rat zahlt die Miete, also beschwere ich mich nicht. Die Möbel stammen vom Vormieter. Ich habe mich nie darum gekümmert, irgendetwas zu verändern, und verbringe so wenig Zeit wie möglich hier.«

Gerade als Erin fragen wollte, weshalb er sie dann hierhergebracht hatte, klopfte es an der Tür. Leo sprang auf, öffnete sie, und die Hexe, die Erin bereits in den Vaults getroffen hatte, betrat das Zimmer.

Sie zog die Nase kraus, als sie Erin bemerkte.

»Was macht sie hier?«, fragte sie, an Leo gewandt. »Das ist jetzt nicht dein Scheißernst, Kaito.«

Kaito. Schon wieder.

»Kaito?«, hakte Erin sofort nach.

»Mein Zweitname. Es ist der Name, den ich in der Unterwelt nutze.«

Erin erwiderte nichts, und Leo … Kaito wandte sich wieder der Hexe zu.

Es überraschte sie, mit welcher Gleichgültigkeit sie seinen neuen Namen akzeptierte. Wahrscheinlich weil sie ihn heute bereits in den Vaults und von Noah gehört hatte und die Erkenntnis, dass Magie und Geister existierten, ihre Gefühle zu sehr belagerten, als dass sie sich jetzt noch über einen Zweitnamen wundern konnte.

»Bei ihr wurde eingebrochen«, erklärte Kaito ruhig und bedeutete der Besucherin mit einer Geste, sich zu setzen.

Sie verschränkte die Arme und schürzte abfällig die vollen Lippen.

»Und das ist unser Problem?« Sie schnaubte, dann ließ sie sich doch aufs Sofa fallen, die Arme noch immer vor der Brust gekreuzt, ein Bein über das andere geschlagen. »Ich möchte alleine mit dir reden.«

»Sie weiß Bescheid.«

Die darauffolgende Stille zerrte an Erins Nerven. Die Hexe und Kaito lieferten sich ein Blickgefecht, bis sie schließlich den Kopf schüttelte.

»Du bist unglaublich«, sagte sie und betrachtete ihre Fingernägel. »Aber das ist ja nichts Neues.«

»Das ist übrigens Erin.« Kaito nickte in Erins Richtung und warf ihr ein aufmunterndes Lächeln zu, das jedoch das unangenehme Gefühl in ihrem Magen nicht vertreiben konnte. »Sie kann uns helfen.«

»Hi«, sagte Erin tapfer und schluckte.

»Luzia. Lu. Such's dir aus.« Lu starrte weiterhin ihre Fingernägel an. »Hast du neue Erkenntnisse, Kaito?«

Bevor Kaito antworten konnte, erbebten die Wände. Lu sprang mit einem lauten Fluch auf und rannte zur Tür, aber Erin blieb wie versteinert stehen. Ihr ganzer Körper zitterte. Sie spürte einen Ruck und fiel gegen Kaitos Brust. Er hielt ihre Hand und legte beschützend den anderen Arm um sie.

»Bleib ganz nah bei mir«, flüsterte er.

Sein Atem strich über ihr Ohr. Dann rannten auch sie los. Es geschah alles zu schnell, als dass Erin einen klaren Gedanken fassen konnte. Das kleine Zimmer verschwamm zu einem Farbstrudel. Es roch nach Schießpulver.

Erin kannte diesen Geruch von den Mittelalterfesten, auf denen sie sich früher mit Tante Charly herumgetrieben hatte. Bei den großen Touristen-Events verzichteten die Reenactment-Gruppen auf echte Kanonen, doch draußen auf dem schottischen Land standen die Traditionen weit über dem Gesetz. Dass sich eine Reenactment-Gruppe dazu entschlossen hatte, in Kaitos Wohnung zu proben, konnte Erin allerdings ausschließen.

Sie stürmten den Flur entlang, nach draußen, und dann auf den Steinbogen zu, als ein weiterer Knall Erin den Boden unter den Füßen wegriss. In ihren Ohren ertönte ein schrilles Kreischen, wie durch eine dicke Glasscheibe gedämpft hörte sie Kaitos Stimme.

Er stand über ihr, zog sie nach oben, weiter. Vor ihnen stolperte Lu durch den Rauch.

Rauch. Feuer.

In diesem Moment sah sie die ersten Flammen. Sie tanzten über den Steinbogen, eine wilde Mischung aus Grün, Blau, Purpur. Der Geruch nach Schießpulver wurde übermächtig, das Klingeln in ihren Ohren war weiterhin penetrant.

»Was ist das?«, wollte sie wissen, aber sie war sich nicht sicher, ob die Worte wirklich ihren Mund verließen.

Kaito wandte sich auf jeden Fall nicht um, aber er blieb immerhin stehen, ebenso Lu, die sich jetzt zu ihnen umdrehte und irgendetwas sagte. Zumindest bewegte sie die Lippen, woraufhin Kaito nickte. Erin hörte nichts als ein donnerndes Rauschen. Sie machten scharf kehrt und stürmten die Treppe nach oben, immer zwei Stufen auf einmal nehmend. Kaito ließ ihre Hand nicht los, wodurch es Erin schwerfiel, das Gleichgewicht zu halten. Gleichzeitig war sie dankbar für die Sicherheit, die er ihr gab.

Gemeinsam erreichten sie das obere Stockwerk, einen schmalen Treppenabsatz mit zwei Türen, auf denen die Ziffern 109 und 110 prangten. Kaito überlegte nicht lange, sondern warf sich mit voller Wucht gegen 110. Kurz darauf kam Lu ihm zu Hilfe und trat heftig gegen die Tür. Wieder und wieder, bis das alte Holz splitterte und nachgab. Ein letzter Sprung von Kaito, und die Tür fiel nach innen. Da Erin noch immer seine Hand hielt, wurde sie von seinem Schwung nach vorne gezogen, und ein stechender Schmerz schoss durch ihre rechte Schulter.

Sie liefen in die Wohnung, die ebenso spartanisch eingerichtet war wie Kaitos. Aber hier gab es Fenster, hinter denen die grauen Wolken zu sehen waren.

Ohne nachzudenken, wollte Erin darauf zueilen, aber Kaito hielt sie zurück. Das Rauschen in ihren Ohren ließ langsam nach, und endlich konnte sie seine Worte wieder verstehen.

»Lass mich zuerst. Sie dürfen dich nicht sehen.«

Er drängte sich an ihr vorbei und ließ ihre Hand los. Seine

plötzlich fehlende Körperwärme traf sie wie ein Schlag. Erst jetzt nahm sie Lu wahr, die neben ihr stand. Sie hatte eine Hand erhoben, Ringfinger und Daumen aneinandergelegt und die restlichen Finger nach oben in die Luft gestreckt.

Für einen kurzen Augenblick befiel Erin die Angst, dass jemand Kaito erschießen könnte, sobald er am Fenster auftauchte. Mit angehaltenem Atem sah sie zu, wie er sich gegen die Wand drückte und sich vorsichtig zur Seite lehnte. Dann griff er mit einer Hand nach dem Fenstergriff und zog es auf. Nichts geschah. Nur eiskalte Luft strömte herein, vertrieb kurz den Gestank nach Rauch und Schießpulver.

Erin atmete tief aus. Ein Windstoß fegte durch ihre Haare.

»Das Siegel wurde gebrochen«, murmelte Lu, und ihr ganzer Körper versteifte sich.

Kaito stieß einen undeutlichen Fluch aus und sagte dann: »Wir müssen springen.«

»Springen?« Erins Stimme klang seltsam schrill in ihren Ohren. Sie wusste nicht, wie hoch sie genau waren, aber sie waren eine Treppe emporgelaufen, befanden sich im ersten Stock.

»Oder hoffen, dass eines der anderen Fenster eine Feuerleiter hat«, sagte Kaito hastig und sah sich um.

»Jede Wohnung muss eine Feuerleiter haben.« Erin riss eine der Türen auf, die vom Wohnzimmer abgingen, und blinzelte. Ihr starrte eine rote Backsteinwand entgegen.

»Magische Wohnungen haben selten Feuerleitern«, erklärte Lu, und Erin war beeindruckt, dass sie sogar in Anbetracht der kritischen Lage zu Sarkasmus fähig war. »Also springen wir wohl.«

Die junge Hexe ging auf das Fenster zu und lehnte sich nach draußen, dabei lag ihr Bauchnabel auf dem Fensterrahmen, ein Bein hob sie in die Luft. Dann trat sie einen Schritt zurück.

»Sieht nicht so aus, als würde jemand auf uns warten«, erklärte sie und öffnete den zweiten Fensterflügel. Schneller als Erin reagieren konnte, zog Lu sich hoch, schwang die Beine über die Kante und sprang.

Kaito stürmte zum Fenster. Als am unteren Ende der Treppe ein weiterer Knall ertönte, wirbelte er zu Erin herum und streckte ihr die Hand entgegen.

»Komm!«, rief er, aber sie war unfähig, sich zu bewegen.

»Sie ist gesprungen«, stammelte sie dann. »Einfach so.«

»Sie hat es überlebt.« Energisch kam Kaito auf sie zu, hob sie mit einer fließenden Bewegung hoch und setzte sie am Fensterbrett ab.

Kalter Wind riss an ihrer Kleidung, und Erin erinnerte sich an das eine Mal, als sie im Schwimmbad auf den Zehnmeterturm geklettert war. Das höhnische Gelächter ihrer Klassenkameraden hatte sie den ganzen Abstieg begleitet. Sie hatte nicht springen können. Und damals hatte Wasser und nicht harter Asphalt auf sie gewartet.

Vorsichtig warf sie einen Blick nach unten und stellte im nächsten Moment erleichtert fest, dass keine zehn Meter auf sie warteten. Dafür aber bestimmt mindestens zwei. Lu stand auf dem Flachdach des Nachbarhauses und sah sich um.

»Komm schon«, raunte sie zu Erin hinauf.

Ihr wäre lieber gewesen, sie hätte ihr eine helfende Hand gereicht. Alles in Erins Körper weigerte sich, diesen Sprung zu machen. Aber sie hatte keine Wahl. Unter Lus missbilligendem Blick nahm sie allen Mut zusammen und stieß sich ab. Der Fall war kurz, der Aufprall hart. Erin ging in die Knie, rollte sich ab, schürfte sich die Hose auf. Lu lachte leise.

Gerade als Erin sich aufrappelte, landete Kaito neben ihr. Er fing sich mit einer perfekten Rolle ab und war noch vor ihr wieder auf den Beinen.

Die Situation ließ Erin keine Zeit, peinlich berührt zu sein, denn schon lag ihre Hand wieder in Kaitos, und er zog sie über das flache Dach zu einer Leiter, deren metallene Sprossen über den Rand lugten.

»Da lang«, erklärte er, nachdem er einen prüfenden Blick nach unten geworfen hatte. »Los. Erin, du zuerst.«

Sie hatte keine Zeit, zu protestieren. Ihr Körper reagierte auf seine Anweisung, bevor ihre Angst sie zurückhalten konnte. Mit mehr Schwung als nötig bestieg sie die Leiter. Ihr rechter Fuß fand Halt, während der linke ins Leere stieg. Ihr Herz setzte einen Schlag aus, ihre Hände wurden feucht, und sie unterdrückte einen Schrei. Dann fand ihre Schuhsohle die Sprosse, die viel tiefer lag als erwartet.

Zitternd begann sie den Abstieg.

Ihre Schulter pochte, ihre Beine schmerzten. Bei jedem Schritt fühlte sich ihr rechter Knöchel unsicher an, als würde er jeden Moment umknicken. Das kalte Metall brannte sich in ihre Haut, der Wind blies ihr die Haare ins Gesicht. Ihr ganzer Körper ächzte bei jeder Bewegung und wollte wissen, wie lange er diese Tortur noch durchmachen musste, aber ihr Verstand weigerte sich, nach unten zu sehen. Sie wollte nicht wissen, wie tief sie fiel, falls sie eine falsche Bewegung machte oder ihre Muskeln versagten.

Schließlich trat sie ins Leere. Ihr Magen überschlug sich, und ein spitzer Schrei entkam ihr. Sie sah nach unten und begriff erst nach wenigen Sekunden, was sie sah. Das Ende der Leiter war erreicht, es fehlte nur noch ein kleiner Sprung, und sie hatte wieder festen Boden unter den Füßen. Erleichterung durchflutete sie. Sie stieß sich von der Leiter ab und landete erneut unsanft auf hartem Grund, ihre Schürfwunden kratzten über Asphalt und brannten, aber das war ihr egal. Mit zitternden Beinen richtete sie sich auf und sah sich um. Sie stand in einer engen Gasse neben Müllcontainern, auf dem Boden lag Unrat.

Sie hörte, wie jemand hinter ihr die Leiter herunterkletterte, und machte Platz. Kurz darauf zog Kaito sie in seine Arme.

»Es tut mir so leid«, flüsterte er.

Sie wollte fragen, was ihm leidtat. Doch die plötzliche Nähe ließ sie schweigen. Sie lehnte sich an ihn, atmete seinen Duft nach Papier ein. Als Lu ebenfalls unten ankam, lösten sie sich voneinander, und Kaito senkte peinlich berührt den Kopf. Erins Gesicht brannte.

Lu sagte nichts, sondern lief an ihnen vorbei, direkt zur Straße.

Mit wenigen Schritten stellte Kaito sich ihr in den Weg. »Was hast du vor?«

»Ich gehe.« Lu zuckte mit den Schultern. »Es gab einen Anschlag, und wir sind entkommen. Ich verstecke mich jetzt irgendwo. Melde die Sache dem Rat. Keine Ahnung. Aber ganz sicher warte ich nicht hier, bis sie mich finden.«

»Wir müssen da gemeinsam durch.« Kaito klang ruhig, selbstsicher. »Wir haben keine Ahnung, was passiert ist und wer uns eigentlich verfolgt. Du kannst nicht einfach abhauen, Lu. Gemeinsam sind wir sicherer.«

Die beiden sahen sich lange in die Augen, schließlich sackten Lus Schultern nach unten.

»In Ordnung«, murmelte sie. »Aber wir sind in etwas reingeraten, was uns den Kopf kosten wird, und da habe ich wirklich keinen Bock drauf.«

»Können wir das vielleicht irgendwo anders klären?«, ergriff Erin das Wort und sah sich um. Ihr war nicht wohl bei dem Gedanken, dass ihre Verfolger – wer auch immer sie waren – noch immer in der Nähe waren.

»Du hast recht. Vielleicht bist du gar nicht so nutzlos, wie ich dachte.« Lu grinste, und es erinnerte Erin an das Zähnefletschen einer Raubkatze.

»Danke«, erwiderte sie betont freundlich. »Zu gütig.«

31
EINE NEUE VERBÜNDETE

»Wir können Talus nicht zerstören!« Lu schlug mit einer flachen Hand auf den Tisch und deutete mit der anderen auf das Buch in Erins Händen. Sie saßen zu dritt in Lus Wohnung, die verdächtig nach Schwefel roch. »Vor allem nicht, wenn wir wirklich im Besitz ihres Tagebuches sind! Habt ihr eine Ahnung, was uns das für Möglichkeiten eröffnet?«

Erin wunderte sich, wie schnell sie zusammen mit Lu auf einer Seite stand. Die Hexe brauchte den Würfel offensichtlich ebenso dringend wie sie.

»Wieso?« Kaito fuhr sich mit einer Hand durch die tiefschwarzen Haare und seufzte. »Das ist Wahnsinn, Luzia. Einfach nur Wahnsinn. Wir müssen den Würfel vernichten, bevor er noch mehr Unheil anrichtet.«

Lu schürzte die Lippen. »Du weißt nicht, ob Talus für Dalgiencrieffs Einsturz und die Toten verantwortlich ist. Das sind alles Vermutungen.«

Statt einer Antwort erhob Kaito sich und ging zum Fenster. Seit sie in Lus Wohnung waren, tat er das ständig. Die Angst davor, erneut angegriffen zu werden, stand ihm ins Gesicht geschrieben.

»Wie ich gerade gesagt habe: Abaigeals Buch ist aufgetaucht. Ihr Grab wurde vor wenigen Wochen entdeckt. Ich glaube nicht an Zufälle.«

Bisher hatte Erin, die neben Lu auf dem Sofa saß, die Diskussion stumm verfolgt. Sie verstand nichts von dem, worüber die beiden sprachen. Doch nun hatte sie genug. Ruckartig sah sie zu Kaito.

»Wovon redet ihr eigentlich die ganze Zeit?«, fragte sie geradeheraus. Ihr war egal, dass Lu belustigt schnaubte und die Arme verschränkte.

»*Sie kann uns helfen*«, äffte sie dann Kaitos tiefe Stimme nach. »Lächerlich. Sie versteht unsere Welt noch nicht einmal ansatzweise.«

»Eine unverbrauchte Perspektive eröffnet oft neue Möglichkeiten«, antwortete Kaito ruhig. Er verschränkte die Hände hinter dem Rücken. Hinter ihm spiegelte sich das Zimmer in der Glasscheibe. Auf einmal erschien er Erin deutlich älter.

»Vor einigen Wochen wurde Abaigeal Dubhs Grab entdeckt. Unter einem See, tief in der uralten Friedhofshöhle.« Kaito starrte auf das Buch, als könnte es ihm Antworten geben. »Kurz darauf kollabierte die Decke über Dalgiencrieff. Dreihundert Hexen starben. Es war eine Tragödie. Daraufhin wurde das Grab zur Sperrzone erklärt. Die Vermutung liegt nahe, dass Abaigeal einen mächtigen Fluch auf ihre letzte Ruhestätte gelegt hat.«

»Die Hexe, die das Grab fand, wohnte in Dalgiencrieff«, hakte Lu ein. »Sie verlor ihre ganze Familie. Ihren Mann. Zwei Kinder. Ihre Mutter. Alle unter mehreren Tonnen Stein begraben. Deshalb erscheint ein mächtiger Fluch eine plausible Antwort zu sein. Sie störte Abaigeal Dubhs Ruhe und zahlte dafür mit ihrer Heimat.«

»Und dem Leben ihrer Familie«, flüsterte Kaito.

In Erins Kopf tauchten Bilder von schreienden Menschen, zertrümmerten Leibern, zerquetschten Kinderarmen auf. Es waren Freunde gestorben, Söhne, Töchter, Geliebte. Sie spürte einen Kloß in ihrem Hals, wollte von dem schrecklichen Ereignis ablenken, über etwas anderes reden. »Ihr lebt also in … Höhlen?«

»Magischen Höhlen«, ergänzte Lu, ihr Ausdruck wurde sehnsüchtig. »Sie sind alle einzigartig und unglaublich. In ihnen lebt die Magie, man spürt und sieht sie überall: im Glitzern des Wassers, in den blühenden Wiesen …«

»Es ist eine ganz eigene Welt, unsere Welt«, unterbrach Kaito sie ungeduldig. »Sie besteht aus Höhlen, die durch lange Gänge verbunden sind. Oder durch magische Türen. Jedenfalls war Dalgiencrieff eine dieser Höhlen. Als die Magie dort zusammenbrach, starben all diese Hexen.« Er schwieg kurz und fuhr dann leise fort:

»Der Rat geht davon aus, dass nur Abaigeal zu so einem Fluch fähig war. Bisher ist noch nie eine Höhle eingebrochen. Die Runen, mit denen sie konstruiert wurden, sind außerordentlich. Das Wissen, wie die Höhlen geschaffen wurden, ist längst verloren, und um einen Zauber aufzuheben, muss man seinen Ursprung kennen und exakte Gegenmagie verwenden. Zudem besitzt jede Höhle eine einzigartige Magie. Es ist quasi unmöglich, dass Abaigeal Dubh einen Fluch geschaffen hat, der sich auf diese Weise rächt – und doch ist Dalgiencrieff eingestürzt.«

»War Abaigeal so mächtig?«, flüsterte Erin.

»Sie war die mächtigste Hexe aller Zeiten. Und sie war immer auf der Suche nach noch mehr Macht.« Kaitos Stimme zitterte. »Zuletzt war sie so gefährlich, dass die Magie die dunkle Seuche erschuf, um sie aufzuhalten.«

Lu korrigierte: »Die dunkle Seuche ist eine Krankheit, die jene Hexen befällt, die absichtlich andere mit Magie verletzen.«

»Und das sagt ihr erst jetzt?!« Erin starrte erst Lu, dann Kaito entgeistert an. »Wieso flüchten wir dann? Dann wird unser Angreifer doch von der Seuche getötet, oder?«

»Du kannst Menschen auch ohne Magie verletzen«, antwortete Kaito. »Hexen kennen mittlerweile genug andere Wege, um die dunkle Seuche auszutricksen. Wenn eine Feuerhexe beispielsweise ein Haus in Brand steckt, in dem du dich zufällig befindest …«

»*Zufällig.*« Lu malte Anführungszeichen in die Luft.

»… wird sie in den meisten Fällen von der Seuche verschont bleiben. Es gibt zwar nie eine Garantie, aber Anwendungsmöglichkeiten mit geringen Wahrscheinlichkeiten. Wenn also eine Feuerhexe eine andere darum bittet, etwas in die Luft zu jagen …« Er ließ die Worte in der Luft hängen, und Erins Gehirn ratterte.

»… dann weiß die Hexe, die das Feuer entzündet, gar nicht, wen sie verletzt«, beendete sie schließlich den Satz.

»Genau genommen weiß sie nicht einmal, *ob* sie jemanden verletzt. Es geht einzig und allein darum, wie gut man seinen eigenen Verstand austricksen kann. Ein Freund bittet dich um Hilfe bei der

Ausräucherung von Ungeziefer? Da kannst du schlecht Nein sagen. Nur muss dein Freund dir nicht erzählen, dass dieses Ungeziefer eigentlich feindliche Hexen sind.«

»Das ist ganz schön perfide.«

»Es ist ein Netzwerk, das funktioniert«, warf Lu ein und zuckte mit den Schultern. »Seit Jahrhunderten.«

»Widerlich«, murmelte Erin.

»Praktikabel«, entgegnete Lu. Sie lehnte sich zurück und starrte an die Zimmerdecke. »Die Magie kreierte die dunkle Seuche, um Abaigeal in Schach zu halten. Und schließlich starb sie daran. Jetzt müssen wir uns alle damit herumschlagen.«

»Was heißt das alles?«

»Ich stimme der Geschichte in einem wichtigen Punkt nicht zu«, erklärte Lu. »Ich glaube nicht, dass Abaigeal Talus damals schuf, um die mächtigste Hexe zu werden, sondern um sich vor der dunklen Seuche zu retten. Der Würfel erfüllt deinen größten Herzenswunsch.«

»Es ist egal, weshalb er geschaffen wurde.« Kaito hob beide Hände und sah Lu eindringlich an. »Er ist in den falschen Händen gefährlich, und ich fürchte, dass irgendjemand hinter dem Würfel her ist: Die Tote, die vor einigen Tagen auftauchte, trug auf ihrer Schulter das Rad des Seins.«

»Das Rad des …?«, fragte Erin verwirrt. Sie überging geflissentlich, dass Kaito von Leichen sprach, als würde er jeden Tag damit zu tun haben.

»Das einzige Symbol des Würfels, das bekannt ist«, erklärte Lu genervt. Kurz überlegte Erin, ob sie erwähnen sollte, dass sie dank des Buches die anderen Symbole kannte, aber Lus nächster Satz ließ sie diese Information für sich behalten: »Kaito, wie soll ich denn so arbeiten?«

Doch Kaito weigerte sich, auf Lus Seitenhiebe einzugehen, stattdessen fuhr er fort: »Irgendjemand verfolgt die Spur des Würfels und hinterlässt dabei Tod und Zerstörung.«

»Aber wenn exakte Gegenmagie nötig ist, um die Runen, die

Dalgiencrieff erschufen, zu deaktivieren … dann kann Abaigeal das gar nicht gewesen sein, oder?«, überlegte Erin laut. »Sie konnte vor ihrem Tod nicht wissen, dass die Hexe, die ihr Grab entdecken würde, aus Dalgiencrieff stammt, oder? Was ist, wenn jemand die Höhle zerstörte, um ihr zu drohen? Damit sie den Würfel rausrückt?«

Kaito legte den Kopf schief, und Lu stieß ein Lachen aus.

»Das … habe ich noch nicht bedacht«, sagte er.

»Das würde bedeuten, dass irgendjemand, der lebt, die Runen Dalgiencrieffs entschlüsselt hat. Da glaube ich doch eher an einen mächtigen Fluch«, widersprach Lu.

»Das mag sein«, sagte Erin langsam. Sie verstand zu wenig von Magie, um dagegen zu argumentieren. »Gehen wir davon aus, dass Dalgiencrieff nicht damit zusammenhängt. Dann wäre da immer noch die tote Hexe mit dem Rad des …«

Kaito sprang helfend ein: »Seins.«

»Das Rad des Seins, und dieses Symbol ist mit dem Würfel verbunden, richtig?« Als die beiden Hexen nickten, fuhr sie fort: »Demnach ist wirklich jemand hinter Talus her und offensichtlich bereit, dafür zu töten. Wer könnte das eurer Meinung nach sein?«

»Die Caradain.« Lu spuckte aus.

»Caradain?« Erin runzelte die Stirn. Der Name erinnerte sie an etwas, aber sie wusste nicht, woran.

Kaito stützte sich mit einer Hand auf dem Tisch ab, während er sich mit der anderen durch die Haare fuhr.

»Die Caradain … Sie sind nicht mächtig genug dafür«, murmelte er.

»Die Gerüchte behaupten etwas anderes«, erwiderte Lu und fügte an Erin gewandt hinzu: »Für Einsteiger – die Caradain sind Hexen, die unter den Radain leben wollen.«

»Sterblichen«, übersetzte Kaito und wich Erins Blick aus. »Caradain ist Gälisch für Freunde. Sie glauben daran, dass wir die Höhlen verlassen und in der mittlerweile aufgeklärten Welt leben können.«

»Radain ist Gälisch für Ratten«, erklärte Lu und reckte das Kinn in die Höhe. »Allein dass wir diesen Begriff verwenden, zeigt doch, dass die Mehrheit von uns das nicht will. Wer möchte unter Ratten leben, wenn er sein eigenes Paradies hat?«

Stille legte sich über den Raum.

»Darum geht es aber aktuell gar nicht«, murmelte Kaito schließlich.

»Du möchtest diese Radan retten«, setzte Lu nach.

»Sie ist mehr als das«, erwiderte Kaito ruhig.

»Radan. Radain. Entscheide dich mal.« Erin wusste sich alleine zu wehren. »Oder gibt es zwei Begriffe für meinesgleichen?«

»Du bist eine Radan. Als Rudel seid ihr Radain. Ein Stuhl, zwei Stühle. Ist doch echt nicht schwer. Hast du nie Gälisch gelernt?« Lu betrachtete ungerührt ihre kurzen und gepflegten Fingernägel.

»Gehört nicht zur Grundausbildung einer Radan«, entgegnete Erin trocken, woraufhin Lu sie überrascht ansah, ein Funkeln in den Augen.

»Hey, sie lernt schnell. Gefällt mir.«

Erin holte tief Luft. Das war ihre Gelegenheit, eine wichtige Verbündete zu gewinnen. Sie hielt Lus Blick fest. »Ich denke auch, dass wir den Würfel nicht zerstören sollten.«

Für wenige Sekunden geschah nichts, die Zeit schien stehen zu bleiben, und Erin hörte nur ihren eigenen Herzschlag. Dann stieß Lu triumphierend einen Arm in die Luft, und Kaito schüttelte entgeistert den Kopf.

»Hast du mir gerade nicht zugehört?«, fragte er.

»Doch, das habe ich.« Erin wählte ihre Worte mit Bedacht. »Aber dieser Würfel bietet vielen Hexen Hoffnung. Wieso willst du sie ihnen wegnehmen?«

Sie hielt Kaitos eindringlichem Blick stand, er umrundete den Tisch, kam auf sie zu, ging in die Hocke. Sein Geruch nach Papier und Druckerschwärze stieg ihr in die Nase. Sie rührte sich nicht, sah bemüht entspannt in seine dunklen Augen.

»Was ist dein Herzenswunsch, Erin?«

Die Frage traf sie unvorbereitet und ließ sie zurückzucken.

»Kaito kann aus Mimik und Gestik alles lesen«, erklärte Lu. »Na ja, fast alles. Wenn jemand auf ihn steht, kapiert er es nicht.«

Erin spürte, wie ihr Gesicht rot anlief.

»Hör auf mit den Albernheiten«, sagte Kaito, zur Seite gewandt, während Lu zeitgleich ein »Siehst du?« murmelte.

»Meine Tante Charly liegt im Koma«, begann Erin. »Hirntumor. Die ersten Diagnosen sahen gut aus, dann wurde alles schlimmer. Ihr Mann ist abgehauen, weil er mit der Situation nicht klarkam, also leben meine Neffen bei meinen Eltern, seit ihr Zustand schlimmer wurde und sie immer wieder zur stationären Behandlung ins Krankenhaus musste. Jetzt sieht es so aus, als würde sie nie wieder aufwachen.«

Erneut breitete sich Stille zwischen ihnen aus. Lu starrte auf die Tischplatte, sichtlich betroffen, während Kaito sie eindringlich musterte.

»Du wünschst dir, dass sie wieder gesund wird?«, fragte er schließlich sanft.

Erin nickte, dann kam ihr ein Gedanke.

»Oder könnt ihr sie heilen? Ohne Würfel?« Hoffnungsvoll hob sie den Kopf.

Lu schnaubte.

»Ich bin in der Ausbildung«, erklärte sie dann. »Das Nützlichste, was ich kann, ist, Leute aufs Klo rennen zu lassen.« Sie stand auf, ging zu einem Schrank und drückte Erin eine kleine Phiole in die Hand, die nicht größer als ihr kleiner Finger war. »Wacholder-Fenchel-Trank. Eine der wenigen nützlichen Dinge, die ich je hervorgebracht habe.«

Erin sah verwirrt auf die grünliche Flüssigkeit. »Kräutermischen ist Magie?«

Als Lu ihr die Phiole wieder entreißen wollte, zog Erin die Hand schnell zurück und steckte sie in ihre Hosentasche. Sie würde echte Magie nicht wieder hergeben.

»Natürlich nicht«, erklärte Lu schnippisch. »Es ist viel komplexer. Kräuter in einen Topf werfen kann jeder. Was sie magisch macht, ist der Vortex.«

»Der Ort, von dem Magie kommt?«, fragte Erin. Sie hatte das Gefühl, dass Lu deutlich lieber über Magie sprach als Kaito. Also nutzte sie das aus und setzte nach: »Wie genau … funktioniert das eigentlich?«

Lu schmunzelte. »Der Vortex ist ein Ort, auf den Hexen zugreifen können. Er ist überall, wie eine Parallelwelt. Jeder Zirkel kann auf einen anderen Fluss zugreifen. Ich bin Teil des Gebräuzirkels. Kaito ist ein Tarotleger. Es gibt noch weitere Zirkel …«

Kaito unterbrach sie: »Das muss Erin alles nicht wissen.«

Doch! Sie wollte alles wissen! Erins Nacken kribbelte. Diese neue Welt klang unglaublich, und sie konnte es kaum erwarten, ein Teil von ihr zu werden und alles über sie zu lernen, Tante Charly zu retten und ihr einen echten Geist bei ihrer eigenen Geistertour zu zeigen. Und genau dafür brauchte sie den Würfel.

»Leider kann ich deiner Tante nicht helfen«, sagte nun auch Kaito.

In Erins Ohren klang er ehrlich bekümmert, dennoch fragte sie nach: »Wieso?«

»Weil ich, wie Lu schon sagte, ein Tarotleger bin.« Mit einer geschmeidigen Bewegung holte er einen Stapel Karten hervor und ließ ihn durch seine Finger tanzen. »Ich kann niemanden heilen.«

»Als ob du es tun würdest, wenn du könntest.« Lu schnalzte mit der Zunge. »Aber es wundert mich nicht, dass eine Radan das nicht versteht.«

»Auch Talus wird deine Tante nicht zurückholen.« Langsam schüttelte Kaito den Kopf. »So funktioniert der Würfel nicht. Er erfüllt deinen größten Herzenswunsch.«

»Und woher willst du wissen, dass es nicht mein größter Wunsch ist, Tante Charly zu helfen?« Mit einer schwungvollen Bewegung war Erin auf den Beinen und trat auf Kaito zu. »Du kennst mich nicht, Kaito.«

Als sie seinen zweiten Namen sagte, zuckte er zusammen, als hätte sie ihn geohrfeigt.

Sie spürte heiße Tränen der Verzweiflung nach oben steigen und wollte einfach nur noch weg. Lu machte ihre Missbilligung allzu deutlich, obwohl Erin auf ihrer Seite war, und Kaito würde ihr nicht helfen. Offensichtlich musste sie wieder einmal alleine klarkommen. Außerdem war es spät, und sie brauchte Schlaf.

»Ich gehe jetzt«, erklärte sie und griff nach ihrer Jacke und dem Buch.

»Wohin willst du denn?« Eine Hand legte sich auf ihre Schulter, doch sie schüttelte sie energisch ab.

»In ein Hotel oder so. Nur weg von hier. Lasst mich mit eurer Magie in Ruhe. Ich möchte nichts mehr davon wissen.«

»Aber Erin, das Buch …«

Doch Erin war aus der Tür, bevor Kaito den Satz beenden konnte.

32
WIDERSTAND GEGEN RICHARD

Die gestrigen Ermittlungen und die Untersuchung des Hauses hatten Noah eine schlaflose Nacht beschert. Dementsprechend müde und gereizt war er, als er das Vorzimmer zum Ratssaal betrat und Harriette ihn mit einem leisen Hüsteln begrüßte. Ihr Blick war auf das Papier vor ihr fixiert. Heute trug sie eine tiefrote Feder im Haar.

»Ich freue mich auch, Sie zu sehen«, murmelte er und ließ sich auf einen Stuhl fallen. Sie waren allein in dem prunkvollen Zimmer.

»Sie lernen«, stellte Harriette fest, ohne aufzusehen. »Das gibt mir Hoffnung für die Zukunft des Rates.«

Noah wusste nicht, ob sie das ironisch meinte, aber er war zu abgelenkt, seine Gedanken kreisten einzig und allein um Lucinda Bell und die Fotos, die er in ihrer Wohnung gefunden hatte. Er fragte sich, wie er diese Erkenntnis dem Rat mitteilen sollte. Er starrte auf den Bericht in seinen Händen, der mehr wie ein Märchen klang.

Magie folgte Gesetzen. Es gab natürliche Grenzen. Egal, wie viele Bücher Noah in der Nacht gewälzt hatte, er war auf keinen Jugendtrank gestoßen, aber auf viele Hexen, die es versucht hatten. Er hatte über den Mythos des Steins der Weisen und seltsame Rituale mit Menschenopfern gelesen, aber keinen dokumentierten Fall, in dem solch eine Zauberformel gewirkt hätte, gefunden.

Hexen lebten zwar deutlich länger als die Radain, aber sie waren nicht unsterblich. Niemand war unsterblich.

Noah massierte sich die Schläfen. Ihm brummte der Schädel. Als er hörte, wie sich eine Tür öffnete, ließ er sofort die Hände sinken. Er würde vor keinem Ratsmitglied Schwäche zeigen.

»Noah«, grüßte Richard. In seiner Stimme schwang Enttäuschung mit, und Noah fühlte, wie sich sein Körper verkrampfte.

»Vater«, antwortete er und erhob sich. Die Etikette zwang sie dazu, einander die Hand zu schütteln. Sie ließen so schnell wie möglich wieder los.

»Was willst du hier?«, fragte Richard und verschränkte die Arme vor der breiten Brust. Sein Blick war hart und eiskalt.

»Ich ermittle für den Rat und möchte meine ersten Informationen mitteilen.«

»Sind diese Informationen Antworten?«, wollte Richard wissen, und Noah schüttelte den Kopf.

»Sie führen eher noch zu weiteren Fragen.«

»Dann gib sie mir und geh.« Richard streckte die Hand aus, und reflexartig übergab Noah ihm die Papiere.

Ohne ein weiteres Wort wandte Richard sich um und ging zur Tür hinter Harriettes Schreibtisch. Perplex starrte Noah auf seinen breiten Rücken, auf den maßgeschneiderten Mantel. Spürte, wie leer seine Hände sich anfühlten.

»Ich möchte die Papiere übergeben. Das ist nicht deine Entscheidung.« Die Worte verließen Noahs Mund schneller, als sein Verstand ihn warnen konnte.

Richard erstarrte, die Hand bereits nach der Türklinke ausgestreckt. Für einige schreckensvolle Sekunden schien die Zeit stillzustehen. Nicht einmal Harriettes Füller huschte über das Papier. Sie sah Noah mit offenem Mund an, als hätte er ihr soeben einen Fluch auf den Hals gehetzt.

Ganz langsam ließ Richard den Arm sinken. Noah spürte, wie seine Knie zitterten, aber er streckte den Rücken durch und reckte das Kinn in die Höhe. Er hatte Sir Craigs Stimme im Kopf: *Du bist der Beste.*

Sein Vater hatte ihn lange genug kleingehalten.

»Bitte?« Richard klang ruhig, aber Noah wusste aus Erfahrung, dass das nichts Gutes bedeutete.

»Ich möchte mit Sir Craig sprechen«, antwortete er dennoch.

»Er hat mir diesen Auftrag erteilt, und es ist meine Pflicht, ihm neue Erkenntnisse sofort zu berichten.«

Nun drehte Richard sich herum, kalter Hass stand in seinem Gesicht, während er die zusammengerollten Papierbögen in die Innentasche seines Mantels steckte. »Es wäre wirklich besser, wenn du jetzt nach Hause gehst.«

Harriette zuckte sichtlich zusammen.

»Ich denke, dass das Sir Craigs Entscheidung ist«, entgegnete Noah ungerührt, obwohl er innerlich zitterte. In seinem Kopf überschlugen sich Bilder an frühere Streitgespräche. An Diskussionen, die Richard stets mit einem einzigen Satz beenden konnte.

Er biss die Zähne zusammen. Nicht heute. Nicht in dieser Angelegenheit. Das war seine Chance, sich gegen seinen Vater zu behaupten.

Richards Kiefer spannte sich an, er ballte die Hände zu Fäusten. Mit einem Seitenblick auf Harriette entspannte er die Finger, die eisige Kälte in seinem Blick war einem unkontrollierten Feuer gewichen.

Er ging drei Schritte auf Noah zu, dann blieb er stehen.

»Zweifelst du an meiner Autorität?«

Die Frage stand wie eine Drohung zwischen ihnen im Raum. Richards Mundwinkel zuckten nach oben. Er war sich sicher, mit dieser Frage gewonnen zu haben. Wenn Noah verneinte, musste er gehorchen und gehen.

Doch wenn er bejahte …

Sir Craig hatte deutlich gemacht, was er von Hexern hielt, die ihre Familie nicht unterstützten. Noah hielt dem Blick seines Vaters stand, seine innere Panik hielt er verborgen. Dann sagte er ruhig:

»Ich schätze Sir Craigs Meinung.«

Richards Augen weiteten sich kurz.

Aus dem Augenwinkel sah Noah, wie Harriette ihren Stuhl zurückschob, um den Abstand zwischen ihr und Richard zu vergrößern. Ihre linke Hand fuhr zur Feder in ihrem Haar.

Richard trat auf ihn zu, so nahe, dass Noah der Minzgeruch seines Atems in die Nase kroch.

»Sir Craig hat dich ausgewählt, um die Ermittlungen zu behindern«, flüsterte er. Schnell, hektisch. So leise, dass Harriette ihn unmöglich verstehen konnte. »Ich war derjenige, der die Fälle in Zusammenhang brachte. Ich war derjenige, der den Rat dazu aufforderte, die Verknüpfungen zu untersuchen. Sir Craig wollte das nicht, versuchte, den Rat davon abzuhalten, aber als er überstimmt wurde, musste er nachgeben und einen Schattenleser auf die Sache ansetzen. Er hat dich ausgewählt, um mich zu demütigen. Ich habe dir bereits Akten liefern lassen, um meine Worte zu überprüfen.«

Fassungslos starrte Noah ihn an. »Du erzählst mir also gerade, dass der Mann, der den Rat seit Jahren leitet und dem die Unterwelt vertraut, eine groß angelegte Verschwörung gegen dich geplant hat? Merkst du nicht, wie lächerlich das klingt?« Seine Worte waren ebenso leise und gehetzt.

»Du bist nicht nur undankbar, sondern auch dumm«, zischte Richard. »Das ist eines Ratsmitglieds unwürdig. Du bist eine Schande. Für den Rat. Für unsere Familie. Für mich.«

Da waren sie: die Worte, die Noah tief in seinem Inneren immer gefühlt, die aber noch nie Richards Lippen verlassen hatten. Noah schluckte. Jahrelanger Schmerz tobte in ihm. Tausend ungesagte Gedanken schossen durch seinen Kopf. Er wollte Richard verletzen, demütigen, erniedrigen. Ihn all das fühlen lassen, was er jahrelang hatte spüren müssen. Aber Noah wusste auch, dass offene Beleidigungen ihm diese Befriedigung nicht geben würden. Er musste ruhig bleiben. Besonnen. Ganz gleich, wie stark die Verwünschungen an die Oberfläche drängten.

Aus den Augenwinkeln sah er zu Harriette, die sie mit großen Augen anstarrte.

»Sir Craig sieht das anders«, erwiderte er schließlich gepresst. »Er hat sehr deutlich gemacht, dass er mir vertraut. Dass ich der beste Schattenleser der Unterwelt bin. Wem soll ich nun glauben,

Vater? Dem Mann, der mich jahrelang nicht beachtete, oder jenem, der um alle Geschehnisse in der Unterwelt weiß?«

Er war froh um seine Selbstbeherrschung und die Kälte, die in seiner Stimme mitschwang. Jahrelang hatte er sich dieses Gespräch ausgemalt, aber erst der Auftrag hatte ihm die nötige Munition gegeben, um diesen Krieg zu gewinnen.

»Lies die Akten«, war Richards einzige Antwort.

»Du wusstest nie zu würdigen, was ich für die Familie leiste.« Noah überging die Worte seines Vaters. »Ich kümmerte mich jahrelang um Mutter, während du ständig für den Rat unterwegs warst. Ich machte Karriere. Ich bin der beste Schattenleser, den Edinburgh zu bieten hat. Wahrscheinlich sogar der beste Schattenleser ganz Schottlands. Aber für dich war das nie genug. Weißt du, was ich wirklich glaube? Dass du Angst vor mir hast. Angst davor, dass ich besser bin als du. Davor, dass ich eines Tages deinen Platz einnehme und alle deinen Namen vergessen werden. Dann bin ich Sir Stewart und du … Du bist lediglich mein Vater, der vielleicht mal in einer Randnotiz der Geschichtsbücher erwähnt wird.«

Harriette schob sich durch den Türrahmen und verschwand. Nun waren sie allein. Nur Richard und er.

Plötzlich wurde Noah sehr heiß. Die Wände des Foyers schienen näher zu rücken, und er hörte nichts als seinen Herzschlag und das wütende Schnauben, das Richards Nasenflügel beben ließ. Unwillkürlich wich Noah zurück.

Richards rechter Mundwinkel zuckte nach oben.

»Doch nicht so stark, wie du tust?« Er verringerte den Abstand zwischen ihnen mit einem Schritt. »Ich habe dich großgezogen. Du bist mein Fleisch und Blut. Ich kenne dich, Noah. Deinen Worten mangelt es an Respekt. Lies die Akten, die ich dir habe zukommen lassen. Mach dich wenigstens nützlich, wenn du bereits an so einem großen Fall arbeitest. Du wirst die Wahrheit noch sehen. Glaub mir. Ich weiß, was das Beste für dich ist.«

Dann wandte er sich um und ging mit Noahs gesammelten Schriften davon.

33
DIE SCHATTEN DER VERGANGENHEIT

Lu fühlte sich hilflos. Überfordert. Panisch. Verraten.

Ihre kleine Wohnung kam ihr auf einmal nicht mehr sicher vor. Es schien, als würden die Hexen, die vor ihr hier gelebt hatten, sie verhöhnen, als schwebten ihre Geister gackernd umher.

Sie kannte nur eine Hexe, die sie in solch einer Situation um Hilfe bitten konnte. Wenn sie jetzt etwas brauchte, dann einen Rat für die Zukunft, denn die Vergangenheit hatte sie gehörig verbockt. Da sie vor morgen nicht in die Unterwelt durfte, blieb ihr nichts anderes übrig, als nach einem in Samt eingeschlagenen Gegenstand zu greifen, den sie in ihrem Nachtschränkchen aufbewahrte. Als sie den lilafarbenen Stoff zurückschlug, kam ein kleiner Spiegel zum Vorschein. Der silberne Rand war mit Runen verziert, das Glas stumpf und fleckig. Als sie darüberrieb, erklang nach wenigen Augenblicken die Stimme ihrer besten Freundin.

Der Spiegel war eine ihrer frühen Arbeiten und übertrug nur Ton, kein Bild, wie es eigentlich sein sollte. Lu kümmerte das nicht, zeigte es doch, dass Jessicas Magie von Anfang an unfassbar mächtig gewesen war. Den meisten Runenhexen gelang es, Bilder über Zwillingsspiegel zu transportieren, aber der Ton blieb ihnen ein Leben lang verwehrt. Jessica hatte zuerst den scheinbar unlösbaren Teil der Aufgabe gemeistert, bevor sie sich den einfachen Dingen gewidmet hatte.

»Ja?« Irgendwie klang Jessica verschnupft, aber Lu ignorierte das. Vorerst.

»Ich brauche deine Hilfe«, sagte sie stattdessen ohne Umschweife, und ihre Tonlage signalisierte, dass die Sache ernst war.

Jessica schwieg. Es raschelte.

»Bist du daheim?«, fragte sie schließlich.

»Ja.«

»Ich bin gerade noch in der Unterwelt, aber gleich bei dir.«

Damit war das Gespräch beendet, und Lu atmete erleichtert aus. Sie wünschte, sie könnte Kaito vertrauen und mit ihm nach Talus suchen. Aber er war der Einzige, der ihres Wissens nach den Geist gesehen hatte, und die Neuigkeit hatte sich mittlerweile in der ganzen Unterwelt verbreitet.

»Woher weißt du von der toten Hexe und dem Rad des Seins?«, hatte sie wissen wollen, sobald Erin ihre Wohnung verlassen hatte.

»Noah Stewart hat mich zur Ermittlung dazugerufen«, hatte seine Antwort gelautet, und da hatte Lu auch verstanden, weshalb Noah mit ihm hatte reden wollen.

Ihr Misstrauen war gewachsen, und sie war froh gewesen, als auch er bald darauf gegangen war. Seither dachte sie immer wieder über alles nach. Der Tratsch der Unterwelt verknüpfte die Tote und den Geist, und das bedeutete, dass beide Informationen sehr wahrscheinlich von derselben Quelle stammten. Kaito war pflichtbewusst und musste die Information mit dem Geist weitergegeben haben, um die Ermittlung aus allen Perspektiven zu betrachten, das verstand Lu in gewisser Hinsicht. Trotzdem war es Verrat.

Wütend schlug sie gegen ihre Matratze. Sie hatte ihm vertraut, hatte ihm von ihrem Versuch berichtet, Abaigeals Geist zu beschwören. Und jetzt hatte er sie in der Hand. Kein Wunder, dass sie eine so unruhige Nacht gehabt hatte.

Als Jessica an ihre Tür klopfte, stieß Lu erleichtert einen Schwall Luft aus. Sie ließ ihre Freundin eintreten, und noch bevor eine von ihnen etwas sagen konnte, hatte Jessica sie in eine Umarmung gezogen. Lu ließ es über sich ergehen. Sie hielt nicht viel von körperlicher Nähe, aber bei Jessica war es irgendwie in Ordnung.

Schließlich ließ ihre Freundin sie los.

»Was ist passiert?«, fragte sie besorgt, und ihre hellen Augen suchten in Lus nach einer Antwort.

»Erst einmal setzen«, antwortete Lu und deutete auf ihren Tisch und die zwei Stühle. Sie ließen sich darauf nieder, und Jessica strich mit einer Hand ihren weiten Rock und die Tischdecke glatt, rückte die silberne Schale darauf zurecht.

»Musst du jetzt wirklich aufräumen?«

»Entschuldige.« Sofort hörte sie auf, dafür spielten ihre Finger nun mit ihren blonden Haaren und ihrem Ohrring. An ihrem ganzen Körper glänzten verschiedenfarbige Kristalle mit unterschiedlichen Runeninschriften. Vier Armbänder rechts, zwei links, ein Fußkettchen und ein leuchtend roter Runenstein am rechten Ohrring.

»Ich brauche deine Hilfe.«

»Das erwähntest du bereits.« Jessica legte die Stirn in Falten. »Worum geht es?«

»Hast du deine Runen dabei?« Lu sah die Lederschnur, die in Jessicas V-Ausschnitt ihrer weißen Tunika verschwand. »Bescheuerte Frage. Natürlich hast du das. Ich brauche einen Rat für meine Zukunft.«

»Wofür genau?«, fragte Jessica und zog ihren Beutel hervor.

Lu liebte, dass ihre Freundin nicht nach dem Grund fragte. Sie akzeptierte, dass Lu ihre Hilfe brauchte, und war sofort herbeigeeilt. Ein warmes Gefühl breitete sich in ihrer Brust aus. Sie war Jessica unendlich dankbar. Ihre Kehle brannte, und sie blinzelte einige Tränen nieder.

»Ich möchte wissen, wohin mein Weg mich führt.«

»Eine noch allgemeinere Fragestellung ist dir nicht eingefallen?« Mit einer geübten Bewegung verteilte Jessica ihre Runen auf dem Tisch.

Lu seufzte. »Frage die Runen, ob mir mein Herzenswunsch erfüllt wird.«

Ob ich Talus finde.

»Bist du dir denn sicher, deinen Herzenswunsch zu kennen?« Die Runen klackerten leise gegeneinander, während Jessica ihre Hand über ihnen schweben ließ, die andere hatte sie erhoben, Daumen und Ringfinger aneinandergelegt. »Denn die Runen werden dir genau auf diese Frage eine Antwort geben. Selbst dann, wenn dein Herz einen anderen Wunsch hat, als dein Verstand glaubt.«

Lu sah ihrer Freundin fest in die Augen und nickte.

Im nächsten Moment strich Jessica schnell durch die Luft. Die Runenstäbe wirbelten durcheinander, als hätte eine starke Windböe sie erfasst. Dann kamen sie zum Stillstand.

»Luzia … Was hast du getan?«

Als Jessica ihren vollen Namen benutzte, wusste Lu, dass sie in Schwierigkeiten steckte. Sie lehnte sich auf ihrem Stuhl zurück.

»Was meinst du damit?«, fragte sie und mied Blickkontakt. »Ich habe überhaupt nichts angestellt. Meine Frage richtete sich nicht an die Vergangenheit, sondern an die Zukunft.«

»Du tust so, als wären diese beiden Dinge nicht miteinander verwoben«, flüsterte Jessica. Ihr Blick war weiterhin auf die Runenstäbe gerichtet, die auf dem Tisch verteilt waren.

Lu starrte die Holzstücke ebenfalls an und wünschte, sie würde ihre Geheimnisse verstehen.

»Das sind sie auch nicht«, widersprach sie dann. »Wer sich von der Vergangenheit beeinflussen lässt, ist schwach. Ich kann meine Zukunft jeden Tag neu definieren. Ganz unabhängig davon, was in der Vergangenheit passiert ist.«

»Interessante Theorie.« Jessica machte eine kreisrunde Bewegung über den Runen, und die kleinen Holzstäbe zuckten. »Meine Erfahrungen mit fühlenden Lebewesen widersprechen dir. Gefühle aus der Vergangenheit beeinflussen uns. Immer. Ganz gleich, wie sehr wir glauben, dass wir sie vergessen haben.«

»Bitte beantworte einfach meine Frage.« Lu verschränkte die Arme vor der Brust und strich sich über die Oberarme. Sie fröstelte, hatte Angst vor dem, was ihre Freundin ihr gleich offenbaren würde.

»Die Runen sprechen von einer gefährlichen Vergangenheit«, erklärte Jessica. »Sie warnen dich vor deinem Herzenswunsch. Ich sehe große Angst.«

Lu schluckte. »Das sind ja rosige Aussichten.«

»Willst du mehr darüber wissen?«

Plötzlich war Lu sich nicht mehr so sicher, ob der Runenwurf eine gute Idee gewesen war.

34
EINE UNGLAUBLICHE CHANCE

Es tut so gut, mal wieder richtig mit dir zu reden!« Karen lachte laut und schenkte Erin etwas Kaffee aus der Plastikkanne nach, die zwischen ihnen stand. Sie saßen im Laden, der um diese Uhrzeit mäßig gut besucht war. Seit Erin hier war, waren gerade einmal zwei Kunden vorbeigekommen. Nichts Ungewöhnliches für einen Sonntagvormittag. »Obwohl du mich gestern ganz schön versetzt hast. Aber bei einem Einbruch hätte ich auch anderes im Kopf gehabt. Wie furchtbar. Wenn du möchtest, kannst du gerne bei mir unterkommen. Ich kann mir gar nicht vorstellen, wie du dich jetzt fühlst.«

Erin lächelte höflich und schüttelte den Kopf. »Das Hotel, in dem ich letzte Nacht geschlafen habe, war wunderbar.« Sie verschwieg die Kakerlake, mit der sie gemeinsam geduscht hatte. Obwohl ihr die Geschichte mit dem missratenen Date wie eine Ewigkeit vorkam, hatte sie Spaß daran, diese nun bis ins Detail auszuschmücken.

»Und für diesen Kerl hast du mich letzte Woche sitzen lassen?« Karen lachte erneut und nippte an ihrem Kaffee, dann zog sie gespielt empört die Augenbrauen nach oben. »Oder siehst du ihn wieder?«

»Nicht in diesem Leben.« Erin stimmte in Karens Kichern ein. Die unbekümmerte Art ihrer Chefin sorgte zuverlässig dafür, dass Erin ihre Sorgen vergaß.

»Hoffentlich auch nicht im nächsten«, bemerkte Karen und erinnerte sie mit ihrem verschwörerischen Flüsterton an ihre Tante. In ihren Augen lag das gleiche Glitzern wie in Tante Charlys, wenn sie von Geistern erzählte.

Die Momente, in denen Erin eine Ähnlichkeit zwischen den

beiden Frauen bemerkte, waren selten, aber sie trafen sie jedes Mal mitten ins Herz. Schnell trank sie einen Schluck Kaffee und schmeckte den bitteren Geschmack auf der Zunge.

»Ich habe mir überlegt, eine neue Geistertour anzubieten«, sagte Karen unvermittelt, woraufhin Erin sich an dem Kaffee verschluckte. Die Erinnerung an ihre Tante verblasste.

»Was?«

»Du hast schon richtig gehört.« Karen schmunzelte. »Ich denke, es ist eine gute Möglichkeit, Kunden zum Wiederkommen zu bewegen. Nachdem deine letzte Tour so schiefgelaufen ist, war ich wirklich sauer. Doch dann habe ich mir mal die Zahlen der letzten Monate angeschaut und herausgefunden, dass die Kunden deiner Donnerstagstouren zu siebzig Prozent eine zweite Tour buchen. Darauf habe ich mich im Internet umgeschaut, wieso das so ist. Die Menschen tauschen sich in Foren aus und berichten dort von abenteuerlichen Geschichten, die ihnen eine sympathische, junge Studentin lebhaft vermittelt habe.«

Erin schoss das Blut ins Gesicht. »Karen, ich …«

Mit einer erhobenen Hand brachte ihre Chefin sie zum Schweigen. »Ich finde es gut.«

»Wirklich?«

»Wenn du mich früher gefragt hättest: nein. Aber jetzt: ja, sehr! Das bringt Umsatz. Ich würde mich freuen, wenn wir gemeinsam eine Tour ausarbeiten könnten, die du dann hauptverantwortlich betreust. Im ersten Schritt.«

»Im ersten …?«

»Mir ist klar, dass ich deine Ideen nicht einfach ausnutzen kann.« Karen zuckte mit den Schultern. »Einerseits will ich das nicht, und andererseits würdest du mich dann nur verlassen. Lieber arbeite ich mit dir zusammen. Was sagst du, Lust?«

Erins Herz raste. Perplex starrte sie auf die Hand, die Karen ihr über den Tisch entgegenstreckte. Sie griff beherzt zu, ihr Gesicht glühte, ein Grinsen breitete sich darauf aus.

»Ich weiß gar nicht, was ich sagen soll …«

»Wollen wir direkt ein paar Details besprechen?«

Erins Handy summte und brachte die Tischplatte zum Vibrieren. Sie griff nach dem Gerät, sah den Namen und erstarrte. Neugierig warf Karen ebenfalls einen Blick darauf.

»Leo?«, fragte sie und wackelte mit den Augenbrauen. »Was läuft denn da?«

Der Name hörte sich seltsam fremd in Erins Ohren an. Kurz überlegte sie, ihn wegzudrücken, aber dann drückte sie auf den grünen Hörer.

»Ja?« Ihr Herz raste.

»Wie geht es dir?« Kaito klang gehetzt.

»Gut«, log sie und stand auf, um Karens vielsagendem Blick zu entgehen. »Was möchtest du?«

»Du bist gestern einfach abgehauen«, sagte er. »Lu hat mir verboten, dir nachzurennen, aber ich habe mir Sorgen gemacht und wollte jetzt einfach mal fragen, wie es dir geht.«

»Das ist aber nett von ihr.« Sie hoffte, dass sie nicht so genervt klang, wie sie sich fühlte. Wenigstens schien Lu verstanden zu haben, dass Erin weder Babysitter noch Helden brauchte.

»Erin, ich …« Er stockte.

»Mir geht es wirklich gut«, wiederholte Erin und seufzte. Sie warf einen Blick über die Schulter und grinste Karen zu, woraufhin diese zwei Daumen in die Höhe streckte. Ihre Gedanken flogen zu dem ersten Gespräch mit Kaito über Magie. Sie erinnerte sich an ein kleines Detail, den Namen eines Ortes, und ihr wurde klar, dass sie Kaito nicht brauchte, um die Unterwelt und Talus zu finden. »Aber ich muss jetzt auflegen. Ich muss noch etwas erledigen.«

»Bitte sag mir, dass du keine Dummheiten machst.« Er sprach schnell, als erwartete er, dass sie das Gespräch beendete.

»Wieso sollte ich das tun?«, sagte Erin, während sich in ihrem Kopf ein Plan formte.

Sie drehte sich wieder von Karen weg, damit diese ihren hoffnungsvollen Gesichtsausdruck nicht sah.

Kaito fluchte.

»Erin, können wir uns bitte treffen, ich …«

Doch Erin hörte den Rest des Satzes nicht mehr, sie hatte aufgelegt, drehte sich zu Karen um und hob ebenfalls beide Daumen in die Höhe.

35
DIE WAHRHEIT DER RUNEN

Lu starrte die Wand an. Sie hatte Jessica gebeten, das Thema zu wechseln und über etwas anderes zu sprechen, aber die Runenstäbe schienen sie vom Tisch aus zu verhöhnen. Sie sah das glänzende Holz aus den Augenwinkeln und wusste, dass dort die Antwort auf ihre Frage lag. Die Antwort, die Jessica ihr noch nicht gegeben hatte, weil Lu sich plötzlich zu sehr davor fürchtete.

Stattdessen saßen sie nun seit zwei Stunden auf dem Bett und redeten über alte Zeiten, schwelgten in Erinnerungen an Peinlichkeiten und schöne Momente. Jessica lachte über den einen Stein, mit dem Lu einmal eine Wand hatte treffen wollen, der aber stattdessen einem Mitschüler gegen den Kopf geknallt war, und Lu bedankte sich erneut dafür, dass Jessica die Schuld auf sich genommen hatte, da sie selbst in dieser Woche bereits zwei Mal auffällig geworden war.

Jessica seufzte. Ihre grazilen Finger glitten über die Perlen an ihrem Arm, und so langsam beschlich Lu das Gefühl, dass Jessica nicht nur wegen ihres Runenwurfs derartig durch den Wind war.

»Was ist wirklich los?«, fragte sie und beugte sich vor.

»Wie meinst du das?« Jessica hörte auf, an ihrem Armband zu spielen, aber ihr Gesichtsausdruck verriet, dass sie sich ertappt fühlte.

»Dich beschäftigt etwas.« Lu nickte in Richtung ihrer nervösen Hände. »Du spielst immer mit deinem Armband, wenn du in Gedanken bist. Das machst du jetzt schon das ganze Gespräch lang.«

»Ich mache mir Gedanken um den Wurf«, antwortete Jessica eine Spur zu schnell. Sie errötete leicht, und Lu schnaubte.

»Du bist eine miserable Schauspielerin.«

»Ich …« Jessica seufzte, und ihre blasse Haut wurde noch röter. »… darf eigentlich nicht darüber reden.«

Das war Lu bereits gewohnt. Sie legte ihr verständnisvoll eine Hand auf den Unterschenkel, gegen Jessicas helle Haut hob ihre sich dunkel ab. Die Berührung ließ Lus Fingerspitzen kribbeln. »Ist es wieder eines dieser Dinge, die mit der Zukunft zusammenhängen und die du mit niemandem teilen darfst, weil du sonst das Zeitgefüge durcheinanderbringst?«

»Dieses Mal ist es anders«, sagte Jessica leise. »Es hat nichts mit den Runen zu tun. Wenn ich ein Geheimnis der Runen wahren muss, fällt es mir oft nicht leicht, aber ich weiß, dass der Vortex es so fordert. Nur das hier … ich weiß nicht. Vorgestern habe ich einen Geist gemeldet.«

Lu zuckte zurück, als hätte ihre Freundin ihr eine schallende Ohrfeige verpasst.

Jessicas Blick war in eine unbestimmte Ferne gerichtet, sodass sie die Reaktion nicht mitbekam und einfach weiterredete:

»Ich war am Freitag mit Großmeisterin Michelle in den Vaults. Du weißt schon: Aktuell treffen wir uns einmal wöchentlich außerhalb der Unterwelt, um meinen Zugang zum Vortex in fremden Umgebungen zu üben und zu festigen. Die Großmeisterin ging nach der vereinbarten Zeit, und ich blieb etwas länger, um eine Übung zu wiederholen. Kurz bevor ich die Vaults verließ, spürten meine Runen … etwas.« Sie hob erklärend ihr schmales Handgelenk mit den unzähligen farbigen Edelsteinen, in die verschiedene Runen eingraviert waren. »Ich traute mich nicht, nachzusehen, also ging ich.«

»Aber es hat dir keine Ruhe gelassen«, mutmaßte Lu.

»Genau. Zu Hause habe ich die Runen befragt, und sie haben mir von dem Geist in den Vaults erzählt. Dann kam Emily zu Besuch, und ich habe mit ihr darüber geredet. Sie hat von einer toten Hexe auf Calton Hill berichtet und mir dazu geraten, dem Rat den Geist zu melden, also habe ich das getan.«

Lu spürte, wie sich ihr Magen zusammenzog. Daher wussten also die Hexen von dem Geist. Ihr war klar, dass Jessica sie nicht absichtlich in Schwierigkeiten gebracht hatte, aber trotzdem war sie wütend.

»Wenn ich dem Rat früher davon erzählt hätte«, fuhr Jessica fort, »wäre die Hexe vielleicht noch am Leben. Ich weiß nicht, was dort vorgefallen ist, aber ich habe das Gefühl, dass diese beiden Dinge zusammenhängen und ich ihren Tod verhindern hätte können.« Jessica schlug die Hände vors Gesicht und schüttelte den Kopf. Ihre Schultern bebten.

Lus Wut verpuffte, und Übelkeit nahm ihren Platz ein. Sie überlegte kurz, betrachtete ihre Freundin, die sich die Schuld an dem Tod der Frau gab. Die verzweifelt nach Antworten suchte. Antworten, die Lu ihr geben konnte.

»Verfluchte Scheiße«, stieß sie aus. »Ich war es, okay? Ich habe diesen Geist beschworen. Es war keine Absicht. Diese tote Hexe hat absolut nichts damit zu tun. Du hast nichts Falsches getan. Es hätte nichts geändert, wenn du den Geist früher gemeldet hättest.«

Stille breitete sich zwischen ihnen aus. Jessica ließ die Hände sinken, Tränen glitzerten in ihren Augenwinkeln. Schnell wischte sie sie weg und sah Lu eindringlich an. Dann warf sie einen Blick zu den Runen hinüber.

»Oh, Lu, es tut mir so leid«, flüsterte sie und griff erneut nach ihrem Armband. »Wenn ich das gewusst hätte, hätte ich nichts gesagt. Ich hätte dich niemals absichtlich in Schwierigkeiten gebracht.«

Lu zuckte mit den Schultern, als wäre es keine große Sache, dass die gesamte Unterwelt nach ihr suchte. Dass sie eine Straftat begangen hatte.

»Aber wenn du es warst«, fuhr Jessica fort, »musst du es sagen! Das ändert alles, lenkt die Ermittlungen in eine ganz andere Richtung.«

Lu schüttelte den Kopf, verschränkte die Arme vor der Brust.

»Das geht nicht.«

»Wieso?« Mit einer hektischen Bewegung strich Jessica sich eine blonde Strähne aus der Stirn. »Lu, wenn du nichts sagst, werden sie weiterhin denken, dass die beiden Ereignisse miteinander in Verbindung stehen, und in der vollkommen falschen Richtung suchen!«

»Wenn ich es zugebe«, presste Lu hervor, »werden sie mich fragen, was für ein Gebräu ich geplant habe. Und ich bin nicht bereit, diese Frage zu beantworten. Die Wahrheit würde mich alles kosten, Jess. Alles.«

»Wie meinst du das?«

»Es ist besser, wenn du es nicht weißt.«

»Wir sind seit Jahren befreundet!«

»Ganz genau. Ich werde dich nicht mit diesem Wissen in Gefahr bringen.«

»Du hast den Geist nicht absichtlich beschworen, oder?« Jessica griff nach ihren Händen. »Lu, bitte sag mir die Wahrheit!«

Sie wusste, dass Jessica ihr Zittern spürte, aber sie blieb standhaft. Wenn sie ihr von Abaigeal erzählte, würde Jessica versuchen, sie davon abzuhalten, mit allen Mitteln. Das konnte sie nicht riskieren.

»Es geht nicht«, flüsterte sie und zog ihre Hände zurück. Dann stand sie auf und ging zum Fenster, beobachtete die Straßen, die von Touristen geflutet wurden. »Bitte versteh das.«

Sie drehte sich wieder zu Jessica um, die zu ihrem Erstaunen verständnisvoll nickte.

»Manche Dinge können wir einfach niemandem erzählen, nicht wahr?« Sie erhob sich ebenfalls, so grazil wie eine Tänzerin.

Lu kniff die Lippen zusammen. Plötzlich hatte sie das Gefühl, dass Jessica diejenige war, die ihr etwas verheimlichte.

»Es tut mir leid, dass ich den Geist gemeldet und so den Rat darauf aufmerksam gemacht habe«, wiederholte ihre Freundin und nahm Lu in die Arme.

»Schon okay«, murmelte Lu. »Du wusstest es nicht.«

Sie vergrub kurz ihr Gesicht in Jessicas Haaren, atmete den Geruch nach Holz und Lavendel ein, dann trat sie einen Schritt zurück und zwang sich zu einem Lächeln.

»Musst du nicht noch lernen?«

Theatralisch legte Jessica den Kopf in den Nacken und seufzte.

»Muss ich«, antwortete sie. »Aber du bist wichtiger als jede Prüfung.«

»Danke, Jess.« Jetzt war ihr Lächeln echt. »Ich komme zurecht.«

»Willst du nicht noch wissen, was die Runen zu deiner Frage sagen?«

Beide wandten den Blick zum Tisch, auf dem die Holzstäbe noch immer unberührt lagen. Lu schürzte die Lippen, überlegte, schüttelte kurz den Kopf, aber dann nickte sie.

»Wenn du es weißt, sollte ich es wohl auch wissen«, sagte sie und setzte sich wieder an den Tisch. Jessica platzierte sich ihr gegenüber und sah sich die Runen noch einmal genau an. Dabei war Lu sich sicher, dass sie sich die Botschaft gemerkt hatte. Sie hatte noch nie erlebt, dass ihre Freundin etwas vergaß.

»Die Runen sind nicht eindeutig«, erklärte Jessica. »Es kann sein, dass ich sie falsch deute oder sich die Zukunft verändert. Das, was ich dir jetzt sage …«

»… ist lediglich der wahrscheinlichste Weg, den ich einschlagen werde«, vervollständigte Lu den Satz, den sie schon unzählige Male gehört hatte. »Ich weiß. Es hängt ebenso von mir ab wie von anderen Lebewesen. Das Schicksal ist ein verzweigter Fluss und kein gerader Strom.«

Jessica schmunzelte.

»Hast du schon einmal überlegt, Runenmeisterin zu werden?«

Lus Antwort war ein ungläubiges Schnauben.

»Also«, fuhr Jessica fort. »Dein Herzenswunsch ist eng mit deiner Vergangenheit verknüpft. Ob er sich erfüllt, hängt davon ab, wie du mit der Vergangenheit umgehst und wie viel du bereit bist zu opfern.«

Stumm starrte Lu die kleinen Holzstäbe an. Sie kannte einige der eingeritzten Zeichen, aber sie hatte nie verstanden, wie sie gelesen wurden. Nun fragte sie sich, welche der Runen von Opfern sprach.

»Alles okay?«, fragte Jessica vorsichtig und legte ihr eine Hand auf den Unterarm.

Lu zuckte zusammen, dann nickte sie.

»Ja … Ich … Es ist nur …« Sie sah Jessica direkt in die eisblauen Augen. »Du bist vorhin heftig erschrocken. Aber das, was du gerade gesagt hast, klingt gar nicht so übel.«

Schnell senkte Jessica den Blick, aber Lu hatte das schuldbewusste Aufblitzen bereits gesehen.

»Also?«, bohrte sie nach. »Was ist es?«

Jessica atmete tief ein und hob den Blick. Still begann sie, die Runen wieder in den kleinen Lederbeutel zu räumen. Als das letzte Holzstück verstaut war, stand sie auf und ging zur Tür. Sie legte die Hand auf die Klinke.

»Dein Herzenswunsch wird sich nur erfüllen, wenn du opferst, was du liebst. Und die Runen sagen, dass du das tun wirst.«

Dann verließ sie die Wohnung und ließ Lu zurück.

Als es eine halbe Stunde später klopfte, hoffte Lu, dass Jessica zurückkam und ihr eine fröhlichere Deutung der Runen brachte. Stattdessen stand Erin vor ihr.

»Kaito ist nicht da«, sagte Lu und schloss die Tür. Kurz darauf klopfte Erin erneut, und Lu fluchte. »Er ist *wirklich* nicht hier!«

»Ich will mit dir reden!«, drang ihre Stimme durch das Holz. Lu runzelte die Stirn, ging zurück und drückte die Klinke nach unten.

»Mit mir?« Sie zog die Tür auf und musterte Erin von oben bis unten. »Was willst du? Falls ihr einen Streit habt, werde ich den sicher nicht lösen. Geh zu irgendeiner Freundin, die sich mit Männern auskennt. Meine Expertise liegt eher beim weiblichen Geschlecht.« Damit wandte sie sich erneut ab, aber Erin räusperte sich und trat über die Türschwelle.

»Es geht um das Mitternachtscafé.«

Damit hatte die Radan ihre Aufmerksamkeit. »Komm rein.«

Sie setzten sich an den Tisch, Erin faltete die Hände und sah sich sichtlich nervös um.

Sie hat Angst vor mir, bemerkte Lu und konnte sich ein Grinsen nicht verkneifen. »Was kann ich für dich tun?«

»Ich möchte dir einen Deal vorschlagen«, begann Erin. Ihre Worte waren etwas zu hastig, als hätte sie den Satz stundenlang eingeübt.

»Einen Deal?« Lu lehnte sich zurück und schlug ein Bein über das andere, ihr Fuß wippte ungeduldig. »Was könntest du mir geben, was ich nicht schon habe?«

Im nächsten Augenblick legte Erin Abaigeal Dubhs Buch auf den Tisch. Sofort hob Lu die Augenbrauen. »Jetzt wird es interessant.«

»Wir wollen beide den Würfel«, fuhr Erin fort, eine Hand fest auf dem Buch. »Und wir wollen nicht, dass er zerstört wird. Ich glaube, dass das Buch uns zu Talus führen kann. Abaigeal erwähnt, dass sie den Würfel auch im Tod nicht hergeben würde. Ihr habt gesagt, dass ihr Grab entdeckt wurde, also werde ich dort danach suchen. Als Dankeschön kannst du Talus haben, sobald ich mit ihm fertig bin, was nicht lange dauern sollte.« Ihre weißen Wangen glühten ebenso wie ihre Augen. »Ein Wurf, und mein Herzenswunsch wird wahr, richtig?«

Lu verschränkte die Arme vor der Brust. »Du willst wirklich, dass es deiner Tante besser geht, nicht wahr?«, sagte sie dann, und zum ersten Mal verspürte Lu Mitgefühl für Erin.

»Ich habe vom Mitternachtscafé erfahren. Wie komme ich dorthin? Und wie geht es von dort aus zu Abaigeals Grab? Ich brauche Details. Oder jemanden, der mich begleitet. Am besten du.«

»Das kannst du dir direkt aus dem Kopf schlagen. Ich werde dich nicht begleiten. Dank meiner Ausbildung darf ich die Unterwelt erst morgen wieder betreten. Selbst wenn ich also deine Leibwächterin spielen wollen würde – was ich übrigens nicht will –, könnte ich nicht. Aber du hast Glück, dass ich aktuell nicht in die Unterwelt darf, denn sonst würde ich dir das Buch abnehmen und mich selbst auf die Suche machen. Ein gut gemeinter Ratschlag: Du hast wirklich noch einiges zu lernen, was das Zurückhalten wichtiger Informationen angeht.«

Mit einer schnellen Bewegung drückte Erin das Buch an ihre Brust. »Aber du wirst mir helfen, den Weg zu finden?«

Lu lachte leise. »Du weißt, dass du dein Leben riskierst, oder?«

»Sie ist meine Tante.«

Lu kam nicht umhin, Erin für ihren Mut und ihre Offenheit zu bewundern. Auch wenn sie ihr Vorhaben für waghalsig und dumm hielt, entschied sie sich, ihr zu helfen. Nicht zuletzt, um Talus zu finden.

»Der Eingang zum Mitternachtscafé befindet sich zwischen einer kleinen Bäckerei und einem Antiquariat namens *The Sorcerer* und ist theoretisch für Radain auffindbar. Du wirst es zunächst nicht sehen, aber wenn du ganz genau hinsiehst, wird es sich dir offenbaren. Wahrscheinlich widerwillig, aber es wird auftauchen, denn Radain sind im Mitternachtscafé hin und wieder … Gäste. Das hat ziemlich … dunkle Gründe. Glaub mir, mehr willst du darüber nicht wissen. Im Mitternachtscafé gibt es eine schwarze Tür. Diese Tür führt dich in die Unterwelt. Allerdings ist sie bewacht. Du musst einen Weg finden, an dem Wächter vorbeizukommen. Kriegst du das hin?«

»Ja.« Erin sah Lu fest in die Augen.

Erstaunlicherweise fand Lu keine Angst darin.

»Gut. Wir müssen uns dringend um deine Kleidung kümmern. So fällt jedem sofort auf, dass du eine Radan bist.« Sie stand auf und holte ein bodenlanges braunes Kleid aus dem Schrank. An der Brust befand sich eine gleichfarbige Brosche. »Nimm das hier.«

Erin nahm das Bündel entgegen und sah sich in dem Zimmer um. »Wo soll ich mich umziehen?«

»Hier?«

Als Erin errötete, stieß Lu ein Lachen aus: »Nur weil ich auf Frauen stehe, falle ich nicht über dich her, sobald du dich ausziehst. Ich drehe mich auch weg.«

Kurze Zeit später stand Erin in dem ihr etwas zu langen Kleid vor Lu und nestelte an der Brosche herum. Auch die Ärmel waren ihr zu lang und verdeckten ihre Hände. »Ist das ein Erkennungszeichen?«

»Jeder Zirkel beansprucht eine andere Farbe«, erklärte Lu. »Braun steht für Gebräu. Und jetzt hör zu: Sobald du durch die schwarze Tür bist, gelangst du in einen fast endlosen Gang. Dort liegen alle Türen zu allen Höhlen der Unterwelt. Und nun kommt der schwierige Teil: Such die Tür zur ältesten Friedhofshöhle der Unterwelt. Abaigeal Dubhs Grab wurde unter einem See gefunden, also suchst du nach einer Senke. Da es lange verschollen war, gehe ich davon aus, dass sie ziemlich tief in der Höhle liegen muss, aber das ist nur eine Vermutung meinerseits.«

Lu holte einen Zettel vom Schreibtisch und kritzelte einige Symbole darauf.

»Über den Türen sind Symbole, die anzeigen, welche Höhle dahinterliegt. So müssten die Symbole über der Friedhofstür aussehen, aber ganz sicher bin ich mir nicht. Sieh mich nicht so an, das ist alles, was ich dir anbieten kann. Ich weiß nicht, wo genau Abaigeal Dubhs Grab liegt. Hoffentlich hilft dein Buch dir wirklich. Apropos: Niemand darf es sehen. Sprich mit niemandem. Gaff keine Hexen an. Auch nicht, wenn du Elementdarbietungen siehst. Im Mitternachtscafé sind sowieso nur untalentierte Hexen mit schlampiger Handarbeit. Die wahren Profis treten dort nicht auf, sie haben die Angeberei nicht nötig. Komm nach deiner kleinen Erkundungstour direkt wieder zu mir. Und verrate mich nicht an Kaito.«

»Ich bin nicht bescheuert.«

»Du begibst dich als Radan in eine Unterwelt voller Hexen, die dich sofort umbringen, sobald sie herausfinden, dass du keine von uns bist. Wenn du mich fragst, bist du nicht nur bescheuert, sondern auch ziemlich überheblich und lebensmüde. Aber das gefällt mir.«

36
IM REICH DER MAGIE

Sie fand den schmalen Durchgang schneller als erwartet. Zwischen der kleinen Bäckerei mit zuckriger Auslage und *The Sorcerer – Antiquariat* eröffnete sich eine Seitengasse, die Erin im ersten Moment übersehen hatte, die sich aber deutlich zeigte, sobald sie sich darauf konzentrierte.

Lu hatte recht: Dieser Ort besaß eine seltsame Aura. Etwas, das Erin gleichermaßen abstieß und anzog. Mit erhobenem Kinn schritt sie voran, wissend, dass jedes Zögern sie enttarnte. Der Geruch nach Pfefferminztee schlug ihr entgegen, als sie über die sauberen Pflastersteine schritt. Die Treppe am Ende der Gasse verstärkte ihre Panik. Sie klammerte sich enger an die Umhängetasche, in der sie das Buch mit sich trug.

Noch kann ich umdrehen.

Aber sie ging unbeirrt weiter, trat, ohne innezuhalten, durch einen Vorhang aus glänzenden Glasperlen, die blau wie das Meer in einer sanften Brise wogten. Es fühlte sich an wie das Betreten von Kaitos Wohnung: ein Eintauchen in warmen Honig. Dann drang eine ruhige Melodie an ihr Ohr. Gesprächsfetzen wirbelten durch den schwach beleuchteten Raum. Die schwarze Decke glitzerte wie ein Sternenhimmel in den Highlands. Perlen und Edelsteine drehten sich, fingen die wenigen Lichtstrahlen und warfen sie gefärbt zurück in den Raum. Es kostete Erin all ihre Willenskraft, sich nicht staunend umzusehen.

Sie durfte keine Regung zeigen. Vor ihr eröffnete sich eine Welt voller Wunder, und Erin zwang einen Fuß vor den nächsten, ohne die Magie, die sie überall fühlen konnte, eines zweiten Blickes zu würdigen. Die Neugier in ihr tobte, aber sie hielt sie unter Kontrolle, fixierte die pechschwarze Tür am Ende des Raumes.

Als ihr der Geruch nach verbrannten Kräutern in die Nase stieg, blieb sie stehen. Direkt neben ihr bildete sich eine Gruppe Schaulustiger. Eine alte Hexe mit Gehstock reckte den Hals, um über die Köpfe der anderen zu sehen, und so empfand Erin es als sicher, sich auf die Zehenspitzen zu stellen und ebenfalls das Spektakel zu beobachten.

Ein Hexer mit großem Zylinder und langem Umhang stand in einem Wirbel aus glitzerndem Wasser. Seine hellen Augen fixierten das Element, seine rechte Hand hielt er gerade von sich gestreckt, Daumen und Ringfinger aneinandergelegt. Dieselbe Geste, die Kaito beim Einbruch in ihre Wohnung gemacht hatte. Staunend beobachtete Erin das Schauspiel, zwang sich aber dazu, keine Regung zu zeigen.

Die Tropfen fingen das Licht einer in der Luft schwebenden Flamme auf, die offensichtlich von einer Hexe in einem kurzen dunkelroten Kleid kontrolliert wurde. Auf ihrem Stoff tanzten mit Goldfaden gestickte Flammen. Die Hexe lachte und manövrierte mit ausholenden Handbewegungen das Feuer, während das Wasser unter den Anweisungen des Hexers verschiedenste Formen annahm. Als Hase hüpfte es auf das Publikum zu, und als schimmernder Delfin schwamm es über Erins Kopf hinweg, die staunend dem Schauspiel folgte. Die alte Hexe neben ihr schnalzte mit der Zunge und stampfte mit ihrem Stock auf den Boden.

»Lächerlich, diese Angeberei«, murmelte sie. »Zu meiner Zeit haben wir nützliche Zauber geübt und Magie nicht zu unserer Belustigung verwendet.« Ihr runzliges Gesicht wandte sich Erin zu, die aus anerzogener Höflichkeit den Blick aus den milchigen Augen erwiderte. »Seid ihr heutzutage alle so, Kindchen?«

Erins Verstand arbeitete fieberhaft an einer adäquaten Antwort. Die Darbietung gefiel ihr und weckte in ihr mehr denn je den Wunsch, Magie zu beherrschen. Andererseits stand sie einer erfahrenen Hexe gegenüber, die sicherlich Demut gewohnt war. Deshalb senkte sie den Kopf und sah auf den Saum ihres viel zu langen Kleides.

Gerade als sie den Mund öffnete, schoss die Hand der Hexe nach vorne, und drahtige Finger bohrten sich in Erins Oberarme. Erschrocken blickte sie auf. Die alte Hexe lehnte sich nach vorne, kniff die Augen zusammen und schnüffelte.

Verwirrt wich Erin zurück. Die Frau schnupperte wie ein Hund, der sich über die Genießbarkeit seines Essens versichern wollte. Mit einer schnellen Bewegung befreite sie sich aus dem Griff.

»Seine Handarbeit ist schlampig«, zitierte Erin Lu. »Sicher kann er nicht mehr als diese netten Tricks.«

Dann hielt sie die Luft an. Sie hatte keine Ahnung, ob die Handarbeit des Hexers überzeugte. Die alte Hexe runzelte die Stirn, dann entblößte sie eine Reihe erstaunlich weißer Zähne.

»Du hast Ehrgeiz«, sagte sie. »Gefällt mir. Haben nicht mehr viele von euch.«

Dann drehte sie sich um und humpelte auf ihren Stock gestützt davon.

Erleichtert stieß Erin die Luft aus. Die Beklemmung in ihrer Brust erinnerte sie daran, dass sie ein Ziel hatte. Sie kehrte der Elementdarbietung den Rücken und steuerte auf die Tür zu, die sie in die Unterwelt führen sollte.

Das schwarz gestrichene Holz war erstaunlich unauffällig. Dagegen stach der gelangweilte Hexer, der in Jeans und einem viel zu großen Pullover auf einem Barhocker daneben saß, deutlich hervor. Seine Figur war schlaksig und alles an ihm zu lang: das Gesicht, die Nase, die Arme. Er blätterte in einer Zeitschrift mit dem Titel *Magie und Mode,* auf deren Cover ein junger Mann mit charmantem Lächeln abgebildet war. Der Barhocker war so positioniert, dass der Hexer halb vor der Tür saß. Neben ihm stand ein hoher Tisch mit einem aufgeschlagenen Buch und einem Stift.

Erin wurde langsamer. Eine Frau mittleren Alters eilte wehenden Haares an ihr vorbei. Sie hielt der Wache mit ihren manikürten Fingern ein Stück Papier vor die Nase. Der Hexer nickte, machte eine Notiz in dem Buch und vertiefte sich wieder in der

Zeitschrift, während die Frau durch die Tür trat und in einem dunklen Nichts verschwand.

Erins Beine weigerten sich, den nächsten Schritt zu machen. Dass man ein Schreiben benötigte, hatte Lu nicht erwähnt. Um keine Aufmerksamkeit zu erregen, ging sie weiter und drehte ab, als wäre einer der Sessel in der hintersten Ecke des Zimmers von Anfang an ihr Ziel gewesen.

Dort ließ sie sich mit erhobenem Kinn nieder und sah sich herausfordernd um. Niemand beachtete sie. Ihr Herz raste, die zitternden Finger vergrub sie im Stoff des Kleides. Wenn sie keinen Weg durch diese Tür fand, war ihre Mission gescheitert. Sie weigerte sich, diese Möglichkeit zu akzeptieren. Abaigeals Grab war so nah.

Fieberhaft suchte sie nach einer Lösung, behielt dabei aus dem Augenwinkel den Wächter im Auge und hoffte, dass sie vielleicht einen Blick auf einen Passierschein oder Ausweis oder was auch immer die Hexe gezeigt hatte, werfen konnte. Vergebens.

Die Minuten vergingen, in denen der schlaksige Hexer gelangweilt durch die Zeitschrift blätterte und sich niemand der Tür näherte. Die Unruhe in Erin wuchs. Mit jeder Sekunde, die sie sich hier aufhielt, war sie laut Lu in tödlicher Gefahr. Das Leder des Sessels quietschte unangenehm, wenn sie sich bewegte. Noch beachtete sie keine der Hexen, aber Erin rechnete damit, schon bald von einem neugierigen Hexer ausgefragt zu werden.

Schließlich öffnete sich die schwarze Tür, und ein alter Mann mit großem Zylinder trat aus dem Nichts in das Mitternachtscafé. Der Wächter würdigte ihn keines Blickes, und Erleichterung breitete sich ihn Erin aus. Wenigstens um den Rückweg musste sie sich nicht sorgen. Nur musste sie zunächst einmal in die Unterwelt kommen.

Betont desinteressiert ließ sie den Blick schweifen, suchte nach etwas, mit dem sie den Wächter ablenken konnte. Die meisten Besucher des Cafés standen in kleinen Gruppen und tranken, in einer Ecke ließ eine Hexe einen Baum in atemberaubender Geschwindigkeit in Form eines vierblättrigen Kleeblatts wachsen. Das überschaubare Publikum applaudierte verhalten. Der Wasserhexer hatte seine Darbietung bereits beendet und stieß mit der Feuerhexe inmitten einer Schar von Bewunderern an. Die glatzköpfige Hexe hinter dem Tresen schob ein Getränk nach dem nächsten über den Tisch. Die Perlenschnüre an der Decke drehten sich sanft.

Schließlich bemerkte Erin eine Bewegung aus dem Augenwinkel. Der Wächter stand auf und dehnte seine Arme, schüttelte die Beine aus und fluchte dabei leise. Er seufzte und setzte sich wieder hin.

Erin sah zurück zu dem Tresen und beobachtete, wie ein Hexer einige Pfundscheine auf den polierten Stein legte. Noch bevor sie ihren Gedanken zu Ende gedacht hatte, stand sie schon am Tresen und orderte einen *Feuerfrei,* der in goldenen Buchstaben auf einer Steintafel hinter der Bar als *alkoholfreier Energydrink für Partylöwen* angepriesen wurde.

Als die meisten Hexen gerade von einem gigantischen Feuerphönix abgelenkt waren, kippte sie den Inhalt von Lus Phiole hinein. Wenig später ging sie mit dem feuerroten Cocktailglas auf den Wächter zu. Sie stellte das Getränk ab und lächelte.

»Durst?«, fragte sie. Der Hexer sah überrascht auf, seine Augenbrauen schossen in die Höhe. Er musterte Erin von oben bis unten. Und diesmal kam ihr ihr unscheinbares Äußeres zugute. In seinen Augen erkannte sie, dass er sie für langweilig hielt.

»Ich darf während der Arbeitszeit nicht trinken«, erwiderte er, ohne überzeugend zu klingen.

»Ist *Feuerfrei*«, erklärte Erin, als ob dieses Getränk eine Ausnahme wäre. Dabei legte sie den Kopf schief und zwinkerte, obwohl sie sich lieber direkt auf die viel zu großen Füße des Hexers übergeben hätte.

»Oh.« Er legte den Kopf schief. »Gegen einen Energydrink kann ich natürlich nichts sagen, oder?«

»Ich will dich nicht in Schwierigkeiten bringen«, sagte Erin unsicher und zog das Glas ein Stück zurück. »Du sahst einfach so müde und einsam aus und …«

Noch bevor sie den Satz beendete, nahm der Hexer das Glas und trank in gierigen Zügen. Mit einem zufriedenen Schmatzen setzte er ab.

»Kein Wunder, dass alle so von dem Zeug schwärmen.« Er grinste. Erin grinste zurück. »Mein Name ist Gregor.«

»Erin.« Sie schüttelten sich kurz die Hand, dann plauderten sie über das Mitternachtscafé. Gregor erzählte von seinem Job und seiner Spielkartensammelleidenschaft, während Erin immer wieder Rückfragen stellte und so davon ablenkte, dass sie selbst nichts zum Gespräch beitrug.

Dann zeigte der Wacholder-Fenchel-Trank seine Wirkung. »Entschuldige mich kurz. Lass niemanden durch, ja?«

Er stürmte in die Richtung, in der Erin die Toiletten vermutete. Mitleid überkam sie und rüttelte an ihren Eingeweiden, hielt sie aber nicht davon ab, die Tür in die Unterwelt zu öffnen und einzutreten.

37
IN DER UNTERWELT

Die Enttäuschung über die schmucklose Unterwelt traf Erin hart. Irgendwie hatte sie etwas mehr … Glanz erwartet. Langsam schlich sie durch den dunklen Flur, der lediglich von ein paar in der Luft schwebenden Lichtkugeln erhellt wurde. Diese Kugeln waren neben den zahlreichen Türen das Einzige, was sie daran erinnerte, dass sie eine andere Welt betreten hatte. Ihre Knie zitterten. Jederzeit rechnete sie damit, dass aus einer der Türen eine Hexe trat, sie als Sterbliche erkannte und umbrachte. So musste sich eine Maus fühlen, die durch das Jagdgebiet einer Katze schlich.

Lus Beschreibung hallte in ihren Gedanken nach: *Such die Tür zur ältesten Friedhofshöhle der Unterwelt.*

Wie Lu beschrieben hatte, waren über allen Türen Symbole in den Stein geritzt oder mit Farbe gemalt. Abgesehen davon war die Unterwelt scheinbar unendlich lang und verzweigt. Erin lief stur geradeaus und hielt nach der Tür Ausschau, die die Symbole des Friedhofs trug. Nichts. Doch ihr blieb nichts anderes übrig, als weiterzusuchen und auf ihr Glück zu hoffen. Oder jemanden zu fragen, sobald sie einer Hexe begegnete. Erin schluckte.

In diesem Moment sah sie, wie weit vor ihr eine Tür geöffnet wurde und zwei Hexen redend in den Flur traten. Sie erstarrte. Nach zwei quälend langen Atemzügen reagierte ihr Körper wieder auf ihre Befehle, und sie setzte sich in Bewegung, zwang sich, auf die Hexen zuzugehen. Den Stimmen nach zu urteilen, waren es zwei Frauen.

»Du wirst eine großartige Meisterin«, sagte die eine gerade. »Jede Hexe kann sich glücklich schätzen, bei dir in Ausbildung zu gehen!«

»Das bereitet mir gar keine Sorge«, erklang die Antwort, gefolgt von einem Seufzen. »Ich möchte nur nicht *diese* Hexe ausbilden. Sie zeigt keinerlei Respekt gegenüber unserer Gabe.«

»Das tun die wenigsten jungen Leute heutzutage«, erwiderte die erste Hexe. »Sie alle denken, dass sie mit einer anderen Gabe glücklicher wären, dabei …«

Die zwei hochgewachsenen Frauen waren nur noch wenige Meter von Erin entfernt. Als sie unter einer der leuchtenden Kugeln hindurchschritten und von deren Licht erfasst wurden, verstummten sie abrupt und hielten inne. Beide trugen bodenlange schwarze Kleider mit goldenen Kordelgürteln. An der Brust der einen war eine braune Brosche, die andere trug einen orangefarbenen Anstecker. Die dunklen Haare hatten sie beide zurückgebunden, sodass Erin das gepiercte Ohr der Frau mit dem orangefarbenen Anstecker erkennen konnte. Zahlreiche schmale schwarze Ringe schmückten die Ohrmuschel. Die andere Frau hielt einen langen Holzstab in der Hand.

»Sei gegrüßt.« Die Frau mit dem gepiercten Ohr lächelte Erin freundlich zu.

»Seid gegrüßt«, erwiderte Erin und senkte respektvoll den Kopf. Das Blut rauschte in ihren Ohren. Die beiden Hexen setzten sich wieder in Bewegung, gingen an ihr vorbei.

»Entschuldigt bitte.« Die Worte stolperten über Erins Lippen in den Weg der Hexen. Verblüfft drehten sie sich um.

»Ja?«, fragte die Hexe mit dem gepiercten Ohr, die Mundwinkel unverändert nach oben gezogen, während ihre Freundin ungeduldig mit der Zunge schnalzte und sich nicht die Mühe machte, Erin eines zweiten Blickes zu würdigen.

»Ich suche den alten Friedhof.« Erin erwiderte den Blick der Hexe, die sie aus pechschwarzen Augen ansah. »Eigentlich dachte ich, ich würde den Weg kennen, aber …«

»Der Friedhof ist direkt dort vorne.« Die Hexe hob die Hand und deutete zu einer Tür mit einem reich verzierten Steinbogen. Die Ringe in ihrem Ohr wippten bei jeder Bewegung, die unteren beiden stießen sanft zusammen.

»Wir kommen zu spät.« Ihre Freundin tippte in einem regelmäßigen Takt mit dem Stab auf den Boden.

»Es freut mich sehr, dass es noch junge Hexen gibt, die sich für unsere Vergangenheit interessieren«, fuhr die andere ungerührt fort. »Aber gib gut auf dich acht. Seit der Ausgrabung …«

»Jetzt langweile sie doch nicht mit Geschichten, die sie kennt, Agatha.« Der Stab knallte erneut auf den Stein, dieses Mal lauter.

Agatha zog die Mundwinkel nach unten. »Verzeih«, sagte sie zu Erin. »Wir müssen los.« Dabei verdrehte sie leicht die Augen und zwinkerte ihr anschließend zu.

Erins Anspannung löste sich ein wenig. Sie konnte sich nicht vorstellen, dass Agatha jemanden auch nur ein Haar krümmte. Nicht alle Hexen wollten sie also tot sehen.

»Ich danke Euch«, antwortete Erin, doch Agatha und ihre ungeduldige Freundin hatten sich bereits in Bewegung gesetzt.

Erin wandte sich um und ging auf den großen Steinbogen zu. Er stand zwei Handbreit entfernt von der Wand, in der die alte Holztür eingelassen war. Auf dem Bogen verteilten sich mehrere Symbole, die Erin nicht zuordnen konnte. Ganz oben fand sie allerdings die Zeichnung von Lus Zettel wieder, die für Erin ebenso wenig Sinn ergab. Sie sah nur Striche und Kreuze, fühlte sich ein wenig, als müsste sie Kanji abgleichen.

Ihre Hand wanderte zu dem Buch in der Umhängetasche, die Lu ihr mitgegeben hatte, fühlte nach den vertrauten Kanten durch den weichen Stoff. Sie hoffte, dass sie hinter dieser Tür endlich Antworten fand.

38
DIE AKTEN

Noah betrat sein Zimmer, schloss die Tür hinter sich und lehnte sich für einen kurzen Moment mit geschlossenen Augen dagegen, die Wut auf seinen Vater kochte ungehalten in seinen Adern. Als er die Augen öffnete, fiel sein Blick als Erstes auf das große Bücherregal und das überdimensionale Himmelbett. Die roten bodenlangen Vorhänge waren mit goldenen Kordeln zurückgebunden, sodass das Sonnenlicht ungehindert durch die Fenster hereinströmte. Kein Staubkorn tanzte im Licht.

Alles sah so aus, wie er es verlassen hatte.

Erst als Noah zu seinem Schreibtisch sah, fand er, was er suchte. Die gesamte Ablage verschwand unter einem Haufen Papier und Ordner. Akten, die zuvor noch nicht dort gewesen waren. Mit einem Seufzen stieß er sich von der Tür ab und steuerte auf die Arbeit zu.

Die Stapel waren fein säuberlich sortiert. Eine Notiz lag daneben, und Noah erkannte sofort die Handschrift seines Vaters.

T10384 Sir Glean

M3910 Dalgiencrieff

Richard war kein Mann vieler Worte, doch Noah verstand die Botschaft des Zettels auch so. Der deutlich kleinere Stapel trug das Aktenzeichen M3910. Vorsichtig nahm Noah die obersten zusammengebundenen Blätter und setzte sich auf seinen Schreibtischstuhl. Er hielt eine Liste mit den Einwohnern Dalgiencrieffs in der Hand. Hinter einigen stand ein kleines Fragezeichen, hinter rund dreihundert war ein Baum gezeichnet. Das waren jene, die mit Sicherheit verstorben waren.

Noah wollte sich nicht vorstellen, wie die Schattenleser sich durch Steinhaufen wühlten, um zerschmetterte Leichenteile mit Einwohnerverzeichnissen abzugleichen.

Letztendlich war diese Liste nicht viel wert. Sie verriet ihm lediglich, wer tot war, und selbst hier hatte er keine Garantie, dass seine Kollegen die Arbeit richtig erledigt hatten. Noah schnaubte und legte das Register zur Seite. Die nächsten Mappen beschäftigten sich mit dem Zauber, der Dalgiencrieff einst erschaffen hatte. Außerdem gab es ausführliche Aufzeichnungen über die Gesteinsstrukturen der Höhle und Befragungen jener Einwohner, die zum Zeitpunkt des Einsturzes nicht vor Ort waren.

Nachdem er fünf von ihnen gelesen hatte, lehnte Noah sich zurück und massierte seine Schläfen mit den Zeigefingern. Um alles zu lesen, würde er Tage benötigen, und die Wahrscheinlichkeit, dass die zusammengetragenen Hinweise ins Nichts führten, war ausgesprochen groß. Wenn er nicht aufpasste, würden sich die Sorgenfalten permanent in sein Gesicht eingraben. Seine Hand wanderte zu einer Schublade, und er holte einen kleinen Porzellanbehälter hervor. Als er ihn öffnete, strömte ihm der Geruch von Basilikum und Thymian entgegen. Er strich sich etwas von der grünen Paste auf die Stirn und spürte sofort das einsetzende Kribbeln der Kräutermagie. Es war eine Sache, dass sein Vater ihn ständig vor peinliche oder unlösbare Aufgaben stellte und seinen Ruf schädigte. Er würde dafür nicht auch noch seine Schönheit opfern.

Mit einem Seufzen griff er nach dem anderen Stapel. Die Ermittlungen um Sir Glean waren deutlich intensiver und zielgerichteter geführt worden. Noah runzelte die Stirn, als er den Bericht der Körperanalyse las: *Plötzliches Herzversagen.*

Das war keine angemessene Todesursache für ein Ratsmitglied. Der Rat bestand aus den mächtigsten Hexen der Unterwelt, und sie alle hatten genügend Magie, um mindestens zwei Jahrhunderte zu leben und sich anschließend in Würde zu verabschieden. Wenn ein Ratsmitglied starb, gab es eine große Zeremonie. Familie und Gäste wurden geladen, ein letztes Fest veranstaltet, das Mitglied gewürdigt, bevor es im Kreis seiner Liebsten sanft auf die andere Seite geleitet wurde. Kein Ratsmitglied kollabierte während einer Sitzung und schlug mit dem Kopf auf dem Tisch auf.

Noahs Interesse war geweckt. Er griff nach dem nächsten Papierbündel mit der Aufschrift *Verdächtige* und stutzte, als er feststellte, wie wenig Blätter zusammengebunden waren. Noah lehnte sich zurück, und ein einzelner Papierfetzen segelte durch die Luft. Irritiert starrte er darauf. Bei Ermittlungspapieren gab es keine Papierfetzen, alles wurde sorgfältig eingefädelt. Hastig blätterte er durch die Interviews und Aufzeichnungen, aber die Seiten waren alle intakt. Erleichtert atmete er aus. Er hatte keine wichtigen Unterlagen beschädigt.

Vorsichtig legte er sie zur Seite und hob den Fetzen auf. Er war eindeutig aus dem gleichen Papier wie die anderen Blätter. Blütenweiß, hauchdünn, leicht angeraut, leer. Verwirrt hob er den kleinen Schnipsel gegen das Sonnenlicht, dann schüttelte er lachend den Kopf. Die unlösbaren Fälle ließen ihn paranoid werden. Er steckte das Papier in seine Hosentasche, um es später zu entsorgen, und begann damit, sich in Sir Gleans Todesfall einzulesen.

39 AUF DEM HEXENFRIEDHOF

Sie öffnete die Tür. Augenblicklich krochen leise Töne über ihre Ohren direkt in ihr Herz. Sie waren wie tausend Nadelstiche. Erin schluckte, spürte heiße Tränen in ihren Augenwinkeln. Dann erstarb der Chor der Toten so schnell, wie er sich erhoben hatte.

Erin sog scharf die Luft ein, drückte die Tür vollständig auf und trat durch den zähen Sirup, den sie bereits kannte. Wie ein kaltes Stofftuch legte er sich auf ihre Haut, zog sie in die Finsternis – und nach dem nächsten Wimpernschlag stand Erin auf dem Friedhof. Instinktiv warf sie einen Blick über die Schulter, wollte wissen, ob sich hinter ihr eine riesige Wand befand. Stattdessen sah sie blühende Wiesen und einen einzelnen Torbogen, der mitten auf einem Kiesweg stand. Eine einzelne Stufe führte zu der unscheinbaren Tür hinauf.

Sie sah nach vorne und grinste. Ihr Herz glühte vor Freude. Das hier war echte Magie: Eben stand sie noch in einem finsteren Steingang, jetzt sah sie rundherum unendliche Ferne. Vor ihr breitete sich eine blühende Wiese unter grauem Himmel aus. Die Wolken hingen so tief, als wollten sie zu den toten Hexen in die Gräber kriechen. Doch wo waren die Grabsteine? Zu ihrer Überraschung sah Erin keine. Stattdessen säumten kleine Bäume die zahllosen verschlungenen und verwaisten Kieswege. Der erste Baum, dem Erin gegenüberstand, war eine Handbreit größer als sie. Er hatte zwei Äste, die sich dem Himmel entgegenstreckten, und eine Krone aus hellgelben Blättern. Und direkt darunter …

Mit zusammengekniffenen Augen trat Erin etwas näher. Zwei hellblaue Augen starrten sie unter halb geschlossenen Lidern aus Rinde an.

Erschrocken stolperte Erin zurück, ihre Turnschuhe fanden

kaum Halt auf dem Kies. Sie sah erneut zu den Augen. Sie waren wie aus Glas, durchschimmernd und leblos und gleichzeitig verstörend echt. Mit klopfendem Herzen trat Erin einen Schritt zur Seite, aber ihre schlimmste Befürchtung blieb unbestätigt: Der Blick des Baumes folgte ihr nicht, sondern starrte weiter geradeaus in die Ferne. Sie nahm ihren Mut zusammen und näherte sich dem Baum erneut, beugte sich nach vorne, bis sie die Maserung der Iris erkennen konnte. Dunkle Linien im hellen Blau.

Erin betrachtete den Baum genauer, glaubte, in seiner Form einen Menschen zu erkennen. An seinen Wurzeln sah sie schließlich ein kleines Messingschild.

Brianna Elliot . geboren 02.07.47 . gepflanzt 31.12.159

Schnell rechnete Erin nach. Brianna war hundertzwölf Jahre alt geworden. Dabei kam Erin ein befremdlicher Gedanke: Ob die Hexen eine andere Zeitrechnung besaßen? Gab es in der Unterwelt überhaupt Jahre? Nutzten sie den gregorianischen Kalender? Einmal mehr wurde ihr bewusst, wie wenig sie über diese Welt wusste, zu der sie so gerne gehören wollte.

Mit einem leichten Gefühl von Übelkeit folgte sie dem Pfad. Die ersten fünf Bäume sah sie noch an, starrte auf die kleinen Schilder und in die leeren Augen, überlegte, welche Geschichten sich wohl dahinter verbargen. Dann ignorierte sie die toten Hexen, die wie hölzerne Wachen den Weg säumten, und schritt immer weiter in die Höhle hinein, die gar nicht wie eine Höhle aussah.

Lu hatte gesagt, dass Abaigeals Grab unter einem See gefunden worden war, eventuell sogar in einer Senke. Irgendetwas, worin sich Wasser sammeln konnte. Außerdem hatte sie gesagt, dass das Grab tief im Inneren der Friedhofshöhle lag. Sie drehte den Kopf und stellte fest, dass der Torbogen nur noch ein kleiner grauer Punkt am Horizont war. Sie musste schon Stunden unterwegs sein.

Kurz überfielen Erin Zweifel. Der Friedhof erstreckte sich in alle Richtungen, und Hoffnungslosigkeit beschlich sie. Der Geruch nach feuchtem Gras und Erde hing ihr in der Nase, gemischt mit dem Duft der bunten Blumen, die zwischen den Bäumen ihre Blüten zu den Wolken reckten. Ihr Magen knurrte. Ihre Kehle war ausgetrocknet, und ihre Füße schmerzten. Niemand war zu sehen, nur die Blicke der Toten bohrten sich in ihren Rücken, Tausende Glasaugen, in denen sich der graue Himmel spiegelte.

Ihre Hand wanderte zu dem Buch in der Stofftasche. Vorsichtig zog sie es hervor, strich über das Leder, hoffte auf eine Eingebung. Im nächsten Augenblick kam ein sanfter Windhauch auf, zog an ihrem Kleid, wirbelte ihr die dunklen Haare ins Gesicht. Verblüfft starrte sie auf das Buch in ihrer Hand. Das Leder erhitzte sich unter ihren Fingerspitzen deutlich, der Wind wurde stärker, und Erin konnte nichts weiter tun, als auf den abgenutzten Einband zu starren. Plötzlich riss ihr eine Windböe das Buch aus der Hand, und es landete mit voller Wucht auf dem Kies. Erin strich sich die Haare aus den Augen, griff danach, aber es rutschte weg, fortgerissen vom Wind.

Sie stolperte hinterher, bekam das Buch mehrmals knapp zu fassen und gab schließlich auf, danach zu greifen. Es tanzte über den Weg, die Seiten flatterten bei jeder Drehung wie ein flüchtiges Winken. In gebührendem Abstand ging Erin hinterher, mit beiden Händen hielt sie ihre Haare zurück, die unbändig umherflatterten. Schließlich machte das Buch eine scharfe Wende und hüpfte zwischen zwei Bäumen davon.

Aus dem Augenwinkel sah Erin Bernstein und Hellblau, eingeschlossen zwischen Holz und Glas. Sie folgte dem Buch und dem Wind über die Wiese. Der Untergrund veränderte sich, das satte Gras war verdorrt, kleine Büsche lösten die Blumen ab, vertrocknete Zweige verfingen sich in Erins Kleidung, das Buch wirbelte zwischen ihnen hindurch, als würde das Unterholz sich wegducken.

Schließlich verstummte das Rauschen, und das Buch blieb liegen. Erin näherte sich bis auf ein paar Schritte und blieb dann stehen. Vor ihr lag eine modrige Senke. Der Gestank nach Verwesung schlug ihr entgegen, vermischt mit dem Surren von Fliegen. Vorsichtig trat sie näher. In der Senke warfen Schlammpfützen

Blasen, Algenreste bedeckten den aufgeweichten Boden. Drei Trauerweiden standen um den ausgetrockneten See, die herabhängenden Äste wehten sanft in der letzten Brise, die Erin hierhergebracht hatte.

In der Mitte des Sees kauerte etwas. Erin bückte sich nach dem Buch, ohne den Blick von dem gekrümmten Ding abzuwenden, jederzeit bereit zur Flucht. Erst als das Buch sicher in der Tasche verstaut war, machte sie sich an den Abstieg.

Ihre Turnschuhe versanken schon bald tief im Schlamm, kaltes Wasser sickerte durch den Stoff und durchweichte ihre Socken. Der Gestank nach Morast war genauso lästig wie die Stechmücken. Angezogen von Erins Körperwärme, suchten sie nach weicher Haut und frischem Blut.

Je näher Erin dem Wesen kam, desto langsamer wurde sie. Als würde die Erde sie zurückhalten, die toten Hexen ihre schlammigen Hände um ihre Beine schlingen. Fast glaubte sie, splitternde Finger an ihren Beinen zu fühlen, aber als Erin hinabsah, waren dort nur Pfützen, Algen und ein toter Fisch, der sie aus leblosen Augen ansah.

Alles an diesem Ort war tot.

Das Ding in der Mitte des Sees entpuppte sich als verkümmerter Baum. Schwarzes Holz, schlammig und von pockennarbigen Flechten übersät. Vorsichtig trat Erin näher und versuchte, wie in den anderen Bäumen die menschliche Form zu erkennen. Ihr Blick folgte den verdrehten Ästen, die sich nicht nach oben streckten, sondern hinab zu den Wurzeln wuchsen, als suchte der Baum im Schlamm nach Halt. Eine kleine braune Krabbe klackte bedrohlich mit den Scheren, bevor sie sich flink in einen offenen Spalt zurückzog.

Dann sah Erin sie: die Augen. Glasklar starrten sie zu ihr empor, durchdringendes Grau, glänzend wie Silber. Ehrfürchtig ging Erin in die Hocke, ihre Finger schwebten knapp über der Rinde. Abaigeal blinzelte. Mit einem Schrei stolperte Erin zurück, landete mit dem Hintern im Matsch. Wasser durchdrang das Kleid, ihre Unterwäsche, Algen klebten an ihren Händen, aber all das war ihr egal. Sie konnte ihren Blick nicht von den silbernen Augen abwenden, die sie gefangen hielten, ihr antworteten, sie eindeutig wahrnahmen.

Der Gestank schien mit einem Schlag unerträglich. Erin wich weiter zurück, kroch über den dreckigen Boden, ihre Finger versanken im Morast. Ein Schrei hing in ihrer Kehle. Sie schluckte ihn hinunter, dann richtete sie sich langsam auf. Drehte sich um.

»Abaigeal?«, flüsterte sie.

Erneutes Blinzeln. Die Augen ruckten umher, als wäre der Baum aus einem alten Schlaf erwacht.

Fast erwartete Erin, dass er die knorrigen Äste dehnte, die Wurzeln aus dem feuchten Boden zog und sich aufrichtete. Stattdessen fixierten die silbergrauen Augen sie, während sie langsam um den Baum ging und fieberhaft nach einem Hinweis auf den Verbleib von Talus suchte. Zuletzt ging Erin sogar auf die Knie, schob die Ärmel des Kleides zurück und grub mit ihren dreckigen Händen an den Wurzeln und hoffte, die kantigen Ecken eines Würfels zu spüren. Doch alles, was sie fand, waren Algenreste und Muscheln.

Frustriert wischte sie sich die Hände an Lus Kleid sauber, aber der Schlamm war so hartnäckig, dass sie ihn nicht loswurde. Sie kniff die Lippen zusammen. So konnte sie das Buch nicht anfassen, um erneut um einen Hinweis zu bitten. Es war zu kostbar, um es zu besudeln.

»Ich suche nach Talus«, sagte Erin und starrte stattdessen in die Glasaugen. »Kannst du mir helfen?«

Sie erhielt keine Antwort. Nur silbergraues Glas, das die Wolken reflektierte, als hätte es sich nie bewegt.

40
DIE RACHE DER HEXEN

Als sie das Mitternachtscafé betrat, hob der Wächter nicht einmal den Kopf. Sobald sie an ihm vorbei war, atmete Erin erleichtert aus und eilte auf den Ausgang zu. Sie hatte nichts erreicht, schämte sich für ihr Versagen und wollte einfach nur weg.

Sie kam nicht weit. Zwei junge Hexen mit glänzenden Ohrringen stellten sich ihr in den Weg. Eine von ihnen trug einen grünen Umhang, die andere einen blauen. Sie tauschten kurz einen Blick, dann wandten sie sich erneut Erin zu.

Ihr Herz stolperte. Sie wollte zurückweichen, aber ihre Beine waren zu schwach. Sie war müde. Ausgelaugt. Sie konnte nicht mehr.

»Wie siehst du denn aus?«

Eine Handbewegung später war Erin trocken und das Wasser in einer Pfütze auf dem Boden.

»Oh!«

Eine Handbewegung der anderen Hexe, und der Schlamm fiel von ihr ab wie ein alter Regenmantel. Die Hexen grinsten Erin selbstgefällig an, deren Puls sich langsam normalisierte. Sie lebte noch – jetzt musste sie nur noch raus hier.

In einer Ecke des Mitternachtscafés erklangen plötzlich laute Jubelrufe. »Es geht endlich los.« Die Wasserhexe, die Erin eben vom Wasser befreit hatte, klatschte in die Hände. »Kommst du?«

Die direkte Frage ließ Erin keine andere Wahl, als zu nicken. »Klar, das kann ich mir doch nicht entgehen lassen, oder?«

Sie nahm sich vor, abzuhauen, sobald die beiden Hexen von der Show abgelenkt waren.

»… hocherfreut!« Die Stimme kam Erin bekannt vor.

Als sich die Menschenmenge etwas lichtete, erkannte sie dunkle

Haare und ein gepierctes Ohr. Agatha. Die Hexe, die ihr so freundlich den Weg zum Friedhof gezeigt hatte. »Unser heutiger Gast heißt Leander und ist ein wahrer Rebell unter den Sterblichen. Sei gegrüßt, Leander!«

Agatha trat einen Schritt zur Seite, und ihre Freundin stieß mit ihrem Stab einen Mann in den Rücken, sodass er nach vorne stolperte. Seine Augen waren mit einem schwarzen Stoffstück verbunden, seine Hände hinter dem Rücken gefesselt. Er wimmerte.

»Leander stolperte vorhin in unser Café, als er einer jungen Frau nachstellte.« Agatha wies auf eine Hexe in dunkler Jeans und Bandshirt, die den Mann verächtlich anstarrte. Als sie nickte, buhte die Menge. »Leander hielt es für eine gute Idee, ihr hinterherzuschleichen, obwohl sie ganz klar gesagt hat, dass sie alleine nach Hause gehen möchte.«

Erneutes Buhen. Auch in Erin kochte Wut auf den Mann mit dem kantigen Kinn hoch, der ein eindeutiges Nein nicht akzeptiert hatte. Seine dunklen Haare waren zerzaust, seine Kleidung fleckig. Erin blinzelte. Sie war sich nicht sicher, wessen Blut auf dem Stoff des teuren Markenoberteils klebte, aber sie hoffte, dass es nicht das der jungen Hexe war, die nun die Arme vor der Brust verschränkte.

»Wir mussten keine Runen befragen, um zu wissen, was er tun wollte«, fuhr Agatha fort.

»Das ist gelogen!« Leander drehte sich hektisch im Kreis, obwohl er nichts sehen konnte. »Hört ihr? Ich wollte ihr nichts tun! Ich war nur auf dem gleichen Weg, ich …«

»Schweig.« Agathas Freundin rammte ihm mit voller Wucht den Stab in die Kniekehlen, sodass er einknickte und zu Boden ging. Hämisches Lachen füllte den Raum. »Lügner.«

»Sollen wir also doch die Runen befragen?«, rief Agatha in den Raum. Sie hielt einen Lederbeutel in die Höhe. Zustimmender Applaus brandete auf. Ihre unzähligen Ohrringe blitzten im Schein der Feuerkugel auf, als Agatha den Kopf schief legte und grinste. Dann griff sie in den Beutel und warf etwas in die Luft, das Erin nicht erkennen konnte. Sofort senkte sich Stille über die Anwesenden, nur der Mann wimmerte. Klackern ertönte.

Agatha lehnte sich nach vorne, und Erin tat es ihr ebenso wie das restliche Publikum gleich, gespannt darauf, was die Hexe in ihrer Mitte verkünden würde. Erin erkannte kleine weiße Stücke auf dem Boden. Die Hexe mit dem blauen Umhang, die noch immer neben ihr stand, sog scharf die Luft ein und schüttelte den Kopf.

»Lieber Leander«, begann Agatha. Sie wischte mit ihrer Hand durch die Luft, und die weißen Klötzchen sammelten sich wieder in dem Beutel, als wären sie Herbstblätter im Wind. »Die Runen sagen mir, dass du lügst. Du wolltest Kristina verletzen. Ihr Schmerzen zufügen, weil dich ihre Zurückweisung verletzt hat.« Sie schnalzte abfällig mit der Zunge. »Als wären körperliche Schmerzen der Preis dafür. Als hätte sie nicht das Recht, dich abzulehnen.«

Kristina reckte das Kinn in die Höhe.

»Du hast dich mit der Falschen angelegt«, zischte sie, und einige Hexen lachten auf.

»Dafür wirst du bezahlen, lieber Leander.« Agatha trat von hinten an den nun knienden Mann heran, der panisch den Kopf wandte, begierig, herauszufinden, was um ihn herum geschah. »Für deine Gedanken, für deine Taten und vor allem für die Taten deiner sterblichen Vorfahren. Dafür, dass ihr uns in den Untergrund gejagt habt.«

»Was seid ihr denn für Freaks?!«, stieß er nun aus und zog an den Fesseln. »Ist das für irgendeine Fernsehshow? Das ist doch krank. Lasst mich jetzt endlich los. Ich habe nichts getan!«

»Die Runen sagen etwas anderes«, erklärte Agatha ungerührt. Sie strich ihm beinahe liebevoll über die Wange. Er zuckte so heftig zurück, dass er kippte und mit dem Kopf auf dem Boden aufschlug. Erin schluckte. »Seit Jahrhunderten verfolgt ihr uns. Ihr habt Tausende Hexen verbrannt, ertränkt, zerstückelt. Ihr habt uns vielleicht in den Untergrund gedrängt, aber wir haben Macht. Magie. Wir üben Rache. Für alles, was ihr uns jemals angetan habt.«

Gänsehaut breitete sich auf Erins Armen aus, und sie war froh, dass die langen Ärmel des Kleides sie verbargen. Der Mann zerrte an seinen Fesseln, rutschte dabei über den schwarzen Boden.

»Lasst mich frei, verdammte Scheiße.«

»Der wird sich gleich wünschen, dass wir seine Fesseln niemals gelöst hätten«, flüsterte eine Hexe vor Erin, auf deren Arme grüne Ranken tätowiert waren. Als schien sie Erins Blick zu bemerken, drehte sie sich zu ihr um und entblößte eine Reihe weißer Zähne. »Oder nicht?«

Erin nickte und zwang sich dazu, ihr diabolisches Grinsen zu erwidern. Dann wandten sie sich beide wieder nach vorne. Agatha hielt ein Messer in die Höhe.

»Dein Wunsch ist mir Befehl«, sagte sie und schnitt in einer schnellen Bewegung die Fesseln von seinen Handgelenken. Sofort sprang der Mann auf und riss sich die Augenbinde herunter. Mit großen Augen sah er sich um, starrte die Menschenmasse an, die sich um ihn gebildet hatte. Der Hass, der ihm entgegenschlug, schien sogar für Erin greifbar.

»Ihr Freaks.« Seine Stimme überschlug sich. »Ich gehe.«

Damit stapfte er los. Doch die umstehenden Hexen blockierten den Weg, als wäre ein Kommando erklungen.

Agatha kicherte. »Du kannst nicht gehen«, erklärte sie. Ihr Gefangener versuchte, sich gewaltsam zwischen zwei Männern hindurchzuschieben, aber sie rückten keinen Millimeter zur Seite. »Du wirst leiden, wie unsere Vorfahren gelitten haben.«

Sie machte eine einladende Geste, und die Hexe mit dem Stab trat in den Kreis. Kräftig schlug sie Leander damit in den Rücken. Die Menge johlte. Panik breitete sich auf dem Gesicht des Mannes aus, er presste die Zähne so heftig aufeinander, dass seine Augen leicht hervortraten. Jetzt versuchte er noch verzweifelter, einen Ausweg zu finden, aber die Hexen ließen ihn nicht gehen. Sie drängten sich immer enger zusammen, rissen Erin mit nach vorne. Sie wollte das Mitternachtscafé inzwischen nur noch verlassen, wollte nicht Zeuge dieser Tat sein. Aber als sie einen Schritt nach hinten machte, wandten sich mehrere Köpfe fragend in ihre Richtung. Notgedrungen blieb sie stehen, den Blick auf den Mann gerichtet.

Ein Hexer trat nach vorne, die rechte Hand erhoben. Vor ihm erschien eine Feuerkugel. Leander schrie. Kurz darauf lachte Agatha. Die Hexen griffen ihr Lachen auf, verbreiteten es in dem ansonsten leeren Mitternachtscafé. Jeder, der das Spektakel nicht miterleben wollte, war gegangen. Geblieben waren jene Hexen, die den Mann tot sehen wollten.

Agatha und ihre Freundin packten ihr Opfer zu beiden Seiten an den Armen und hielten ihn fest, während die Feuerkugel sich weiter auf ihn zubewegte. Seine Schreie wurden lauter, tiefer, animalischer. Auf seiner Hose breitete sich ein heller Fleck aus.

»Eingepisst, hm?«, fragte Agathas Freundin, und das Lachen der Hexen schwoll weiter an. »Dabei haben wir doch gerade erst angefangen.«

Unbarmherzig bewegte sich der Feuerball auf den Mann zu, während die Frauen ihn festhielten, als wären seine Befreiungsversuche nicht vorhanden. Er hing in ihrer Mitte wie eine Fliege im Spinnennetz. Zappelnd, schreiend, um sein Leben kämpfend.

Die Übelkeit in Erin wuchs, aber sie konnte den Blick nicht abwenden, konnte nicht einmal die Augen schließen. Kurz bevor der Feuerball den Mann berührte, hielt er inne, und Kristina betrat den Kreis mit einem Messer in der Hand und Hass in den Augen. Dann begann die wahre Folter. Erin konnte nichts weiter tun, als zuzusehen, wie der Mann vor ihren Augen getötet wurde.

41
IN LETZTER MINUTE

Das Grölen der Hexen im Mitternachtscafé ließ Lu Übles erahnen. Sie schritt zielsicher auf die Menge im hinteren Bereich des Raumes zu. Das restliche Café war leer, was Lus Befürchtungen verstärkte. Sie fluchte leise, beschleunigte ihren Schritt.

Ich bin zu spät.

Mit klopfendem Herzen drängte sie sich durch die Hexen, kassierte Ellbogen in den Rippen und wütende Blicke. Dann stand sie ganz vorne und traute sich nicht, dem Menschen, der dort wimmernd lag, ins Gesicht zu blicken.

Das wird Kaito mir niemals verzeihen.

Der Mensch war nicht mehr als rohes Fleisch. Wunden überzogen seinen nackten Körper, mehr Schnitte als Haut, verkrustetes Blut klebte auf dem Boden. Aus seinem rechten Bein ragte ein weißer Knochen, den eine Hexe mit unzähligen schwarzen Piercings im rechten Ohr gerade in der Hand hielt und daran zog.

Lu sah die geöffneten Tiegel neben der Hexe stehen und ahnte, dass das Salben waren, die eigentlich zur Wundheilung dienten. So angewendet, verlängerten sie lediglich das Leiden und hielten das Opfer bei Bewusstsein.

Sie hatte noch nie einer Erbrache beigewohnt, und Lu schwor sich, dass diese Teilnahme ihre letzte war.

Sie erinnerte sich an Erins vertrauensvolles Lächeln, wenn sie Kaito ansah. An den Mut in ihren Augen, als sie sagte, dass sie den Ausflug in die Unterwelt alleine bewältigen könne. An die Zuversicht und den kurzen Moment der Einigkeit, den sie gespürt hatte, als sie sich bei Talus einig waren. Davon war nicht mehr viel übrig. Schuldgefühle schlugen über ihr zusammen, und sie wich einen kleinen Schritt zurück. Schließlich zwang sie sich dazu, dem Opfer ins Gesicht zu sehen. Statt einer Nase sah sie eine klaffende Wunde. Das rechte Auge fehlte. Und doch …

Erleichterung durchflutete ihren Körper, gefolgt von Alarmbereitschaft. Wenn Erin nicht dort in der Mitte lag, musste sie woanders sein.

Unauffällig ließ sie den Blick über die Hexen neben sich schweifen und wurde fündig. Zwischen den begeisterten Fratzen stach das kalkweiße Gesicht mit den Sommersprossen hervor wie ein weißer Kieselstein in einer Kohlegrube. Mit langsamen Schritten bahnte Lu sich einen Weg zu Erin und griff nach ihrem Handgelenk.

Erin zuckte zusammen, als hätte Lu sie geohrfeigt. Ihre blauen Augen wurden groß, und sie versuchte, sich Lu zu entwinden. Ein Hexer neben ihnen legte fragend den Kopf schief und musterte Erin von oben bis unten. Lu fluchte innerlich.

»Die Meisterin erwartet dich«, zischte sie lauter als nötig. Der Hexer schmunzelte und wandte sich wieder dem Schauspiel zu. »Du sollst dich nicht ständig hier herumtreiben. Nach der Arbeit kannst du dich den Erbrachen widmen, aber bis sie erledigt ist, kommst du mit.«

Verständnis und Erleichterung traten in Erins Gesicht.

»Na schön«, antwortete sie in einem Tonfall, der wohl zickig sein sollte, aber in Lus Ohren eine Spur zu nachgiebig klang.

Energisch zog Lu sie durch die Menge und schimpfte dabei weiter auf sie ein. Einige ältere Hexen nickten Lu zustimmend zu, die meisten nahmen keine Notiz von ihnen.

Schließlich liefen sie beide unter den glänzenden Schnüren zum Ausgang. Erin atmete schneller, als für ihren Körper gut sein konnte, und Lu hoffte, dass ihr die Sterbliche nicht auf den letzten Metern zusammenklappte. Doch erst als sie durch den Perlenvorhang traten und kühle Nachtluft auf ihre hitzigen Wangen schlug, merkte Lu, wie angespannt sie selbst war.

Sie ließ Erins Hand fallen und rieb sich über das Gesicht.

»Das war scheiße knapp«, stieß sie hervor. »Warum bist du nicht sofort zu mir gekommen, wie abgesprochen?« Sie wollte Erin anschreien, aber sobald sie in das tränenüberströmte Gesicht sah, verschluckte sie sich an ihrer Wut.

»Sie haben ihn getötet«, würgte Erin hervor. Danach übergab sie sich auf die sauberen Pflastersteine.

Panisch sah Lu sich um. Wenn jetzt jemand das Mitternachtscafé verließ, hatten sie ein Problem. Instinktiv griff sie nach Erins Haaren und hielt sie zurück, bis sie sich fertig übergeben hatte. Der Geruch nach Magensäure und halb verdautem Essen beruhigte ihre Nerven nicht gerade. Andererseits hatte sie schon Gebräue gemischt, die weitaus schlimmer rochen.

»Lass uns gehen.« Sie griff erneut nach Erins Handgelenk und zog sie mit sich. Der Mond hing über Edinburgh wie ein zerbrochener Spiegel. Wolken waren nicht zu sehen, und die Sterne wurden von den Straßenlaternen der Stadt überstrahlt, sodass sich nichts als Schwärze über ihnen ausbreitete.

Immer wieder sah Lu sich um, bis sie sicher war, dass niemand ihnen folgte. Erst dann traute sie sich, den Weg zu ihrer Wohnung einzuschlagen. Erins Schweigen und Zittern löste in ihr ein seltsames Ziehen in der Magengegend und einen Kloß im Hals aus. Sie schluckte. Gemeinsam hetzten sie die Stufen im Treppenhaus nach oben.

Sobald die Tür hinter ihnen ins Schloss fiel, brach Erin zusammen. Sie ging in die Hocke, das Gesicht in den Händen vergraben, unkontrollierbar schluchzend.

Hilflos starrte Lu auf das Häufchen Elend, das sich auf ihrem abgenutzten Teppich zusammenrollte wie ein geprügeltes Tier.

»Es ist alles gut«, versuchte sie, Erin zu beruhigen, und erhielt als Antwort ein heftiges Kopfschütteln.

»Sie haben ihn aufgeschlitzt.« Erin wühlte sich durch die Haare, als könnte sie so die Erinnerungen aus ihrem Kopf ziehen. »Wie ein Tier.«

»Jetzt verstehst du vielleicht, warum es so viele Vegetarier gibt.« Lu trat zum Fenster und warf einen Blick nach draußen. Die Straße lag ruhig und verlassen.

»Das ist nicht witzig«, stieß Erin hervor. Als Lu sich umdrehte, sah sie in ihr entgeistertes Gesicht. »Wie kannst du Scherze darüber machen?«

Obwohl ihr Herz raste, zuckte Lu mit den Schultern.

»Was hilft es dem Mann, wenn ich darüber verzweifle?«, fragte sie. »Tot ist er so oder so.«

»Er hat noch gelebt, als wir gegangen sind.«

»Er wird sterben.« Lu spürte, wie ihr Puls sich beschleunigte und ihre Beine zitterten. Sie lief schnell zu ihrem Schrank und holte eine Wolldecke hervor. Wenn sie ihren Körper beschäftigt hielt, würde ihr Verstand vielleicht folgen und alles vergessen. »Daran können weder du noch ich etwas ändern. Er hat sich mit Hexen angelegt.«

»Er …« Erin wischte sich mit dem Handrücken die Tränen vom Gesicht, atmete tief durch und stand schließlich auf. Sie verschränkte die Arme vor der Brust und sah Lu mit zusammengekniffenen Augen an. »Das ist deine Begründung für dieses … dieses …«

»Abschlachten?«, schlug Lu vor. »Ich möchte nicht darüber reden. Es war das erste Mal, dass ich eine Erbrache gesehen habe, und, glaub mir, auch das letzte Mal. Das ist nicht mein Ding. Mir sind die Radain egal.« Das letzte Wort war nicht mehr als ein Raunen. »Ich glaube nicht daran, dass mit diesen Folterungen irgendetwas wiedergutzumachen ist. Das, was ihr uns *angetan* habt, ist unverzeihlich. Euretwegen leben wir im Untergrund wie Würmer. Mir ist das egal. Ich liebe die Unterwelt. Ich verstehe sie. Das, was hier oben vor sich geht, verstehe ich nicht. Keine Ahnung, warum viele Hexen einen solchen Groll auf euch hegen. Ich bin dankbar dafür, dass ich mich nach meiner Ausbildung nicht mehr mit euch verweichlichten, nutzlosen Maden abgeben muss. In der Unterwelt erwartet mich Magie.« Sie breitete die Arme aus, woraufhin die Wolldecke zu Boden fiel. »Möglichkeiten. Macht. Obwohl meine Gabe nutzlos scheint, ist es noch immer besser, als ein menschliches Leben zu führen. Wenigstens weiß ich, wie Magie sich anfühlt.«

Nach ihrem Wortschwall war die Stille zwischen ihnen schneidend. Lus Atem ging stoßweise, ihr Herz raste. Erin sah sie einfach aus dunkelblauen Augen an. Still. Urteilend.

Lu ertrug es nicht länger und wandte sich ab.

»Das verstehst du natürlich nicht«, sagte sie leise. »Wie könntest du auch?«

»Ich verstehe.« Erin klang erstaunlich ehrlich. Verblüfft sah Lu zu ihr, musterte diese junge Frau, die Kaito so sehr am Herzen lag. Das herzförmige Gesicht, die tiefblauen Augen, die unschuldigen Sommersprossen.

»Du …?«, setzte Lu an, aber statt einer Antwort schüttelte Erin lediglich den Kopf, und Lu fuhr fort: »Ich habe dich vor dem Mitternachtscafé gewarnt. Sei froh, dass ich so ungeduldig bin, dich suchen kam und dich gerettet habe.«

»Das bin ich.«

»Hat es sich wenigstens gelohnt?«

Erneut schüttelte Erin den Kopf. »Ich habe nichts gefunden. Gar nichts.«

Sie sahen sich noch einen langen Moment an, dann senkte Lu den Kopf. Ihr Blick blieb an Erins Händen hängen. Sie umklammerte die Stofftasche, als wäre dort etwas, das sie beschützte. »Was hast du da?«

Ertappt zuckte Erin zusammen.

»Nur das Buch«, sagte sie schnell und lockerte ihren Griff.

Lu glaubte ihr kein Wort. Was, wenn sie auf dem Friedhof doch etwas gefunden hatte und es nun vor ihr versteckte?

»Lass mich das überprüfen.«

»Bist du wahnsinnig?«

»Ich muss sichergehen, dass ich keine Verrückte mit einem Messer in meiner Wohnung habe«, erklärte Lu schulterzuckend. Sie schnellte nach vorne und langte nach der Tasche. Sie griff hinein, ihre Finger bekamen Leder zu fassen. Als sie das Buch hervorzog und der Beutel ansonsten leer war, durchzuckte sie Enttäuschung. Gleichzeitig war es das erste Mal, dass sie Abaigeal

Dubhs Buch in der Hand hielt. Die Bedeutung des Moments traf sie mit voller Wucht. Sie starrte das Buch an.

»Gib es mir zurück«, forderte Erin mit ruhiger Stimme, aber das Beben ihrer Nasenflügel strafte ihre Beherrschung Lügen. Ein Gedanke huschte durch Lus Verstand, eine wahnwitzige Möglichkeit, ihren Traum zu erfüllen. Schnell drehte sie sich um und schlug das Buch auf. Doch bevor sie etwas sehen oder lesen konnte, langte Erin über sie hinweg und holte es sich zurück.

Lu wirbelte herum und sah, wie die Radan es wütend zuklappte und es sich an ihre Brust drückte.

»Es gehört mir«, erklärte sie.

»Du benimmst dich wie ein Kind, dem man das Lieblingsspielzeug geklaut hat«, erwiderte Lu genervt und verdrehte die Augen. Dabei steckte sie den Papierschnipsel, den sie aus dem Buch gerissen hatte, unauffällig in ihre Hosentasche. »Keine Sorge. Ich brauche es nicht.«

Es wäre einfacher, wenn sie Erin fesseln und das Buch an sich nehmen würde, aber sie wusste nicht, wie lange sie brauchte, um die Geheimnisse der Aufzeichnungen zu entschlüsseln, und Kaito würde bald nach Erin suchen. Mit ihm wollte Lu es sich nicht verscherzen. Außerdem war Geiselnahme nicht ihr Ding.

Sie ging zu ihrem Schreibtisch, wo sie zwei kleine Pergamentstücke hervorholte. In einem Anflug von Reue drückte sie eines davon in Erins Hand.

»Wenn du mal wieder Hilfe brauchst«, murmelte sie. »Was auf einem der Fetzen steht, erscheint auch auf dem anderen.«

Erin starrte perplex auf das Papier und drückte es dann wie einen Schatz an ihre Brust.

»Danke.«

»Du kannst heute hier schlafen«, fuhr Lu fort, holte eine Wolldecke aus dem Schrank und reichte sie Erin gemeinsam mit ihren alten Klamotten, die sie sofort gegen Lus Kleid eintauschte. »Ich hol die Gästematratze.«

Wenig später war das Licht ausgeschaltet, und Lu lag in ihrem warmen Bett, während Erins Atemzüge die Dunkelheit mit Leben füllten.

»Lu?«, erklang zaghaft ihre Stimme.

Lu stellte sich schlafend.

42
DAS ERBE DER HEXE

In der Nacht träumte Erin von Unmengen an Wasser, das über ihr zusammenschlug, sie begrub, ihr die Luft raubte und nicht aufzuhören schien. Ihre Augen waren nicht mehr als zwei Glaskugeln, festgewachsen in Rinde. Kleine Krabben lebten unter ihrer Haut. Kaitos Stimme drang durch die Dunkelheit, rief nach ihr, warnte sie, drohte ihr. Und zwischen alldem hörte sie immer wieder Leanders Schreie und Agathas Lachen.

Als sie aufwachte, fühlte sie sich, als hätte sie einen Ozean durchschwommen. Alles schmerzte. Verschlafen warf sie einen Blick auf ihr Handy und stellte fest, dass Kaito sie mehrmals angerufen hatte. Mit einem Stöhnen legte sie das Gerät wieder weg und zog sich die Decke über ihren Kopf, in dem Lus Worte widerhallten.

Wenigstens weiß ich, wie Magie sich anfühlt.

Die Ereignisse des gestrigen Tages hatten sich für immer in ihr Unterbewusstsein eingebrannt. Ein Schluchzen entrann ihrer Kehle. Vor ihren Augen war ein Mensch zu Tode gefoltert worden. Eine Welle der Übelkeit überkam sie erneut. Erin sprang auf, sprintete zum Spülbecken und übergab sich. Mit zitternden Händen drehte sie das Wasser auf, um das Becken zu säubern, füllte sich zuletzt ein Glas und leerte es in wenigen Zügen. Dann strich sie sich die Haare aus dem Gesicht, schloss die Augen und atmete tief durch.

Hexen schreckten vor nichts zurück, sehnten sich nach Rache und Macht, das war ihr jetzt klar. Sie waren brutal und spielten mit Sterblichen wie Katzen mit ihrer Beute. Für Erin gab es nur eine logische Schlussfolgerung: Sie durfte keine Beute sein. Ihr Wunsch nach Magie war stärker denn je. Sie griff in ihre Pullovertasche und berührte Abaigeal Dubhs Buch. So wie Lu sich gestern Abend verhalten hatte, hatte sie es nicht mehr aus der Hand gelegt.

Lu schlief noch immer tief und fest oder tat zumindest so. Erin konnte sich nicht vorstellen, dass ihre geräuschvolle und peinliche Show am Waschbecken wirklich irgendjemand verschlafen konnte. Trotzdem war sie dankbar dafür, dass Lu kein falsches Mitleid heuchelte. Sie brauchte kein Mitgefühl. Vorsichtig rollte sie sich wieder auf der Gästematratze zusammen, das Buch fest an sich gedrückt.

Als sie das nächste Mal erwachte, fiel Licht in die kleine Wohnung. Lus Bett war gemacht und leer. Ein Wasserkocher und ein Glas mit Kräutermischung standen neben einem Teller mit Toast und Bohnen auf dem Tisch. Erins Magen knurrte. Sie stand auf, kochte sich Wasser und las den Zettel, den Lu ihr zurückgelassen hatte.

Lass es dir schmecken. Die Kleidung auf dem Stuhl kannst du anziehen. Dein Pullover müffelt schon. Nur geliehen!!
Lu

Erin lächelte und fuhr mit den Fingerspitzen über den Jeansstoff und das schwarze Oberteil. Es schien, als hätte Lu sich die Mühe gemacht, etwas auszusuchen, das halbwegs zu Erin passte. Nachdem sie Kräuter zu einem Tee aufgegossen und den Teller geleert hatte, schlüpfte sie in die frischen Klamotten und fühlte sich direkt viel besser.

Sie fragte sich, wann Lu zurückkommen würde und ob sie dann besser verschwunden sein sollte. Der Zettel gab darüber wenig Aufschluss. Seufzend schlug sie Abaigeal Dubhs Buch auf, tauchte erneut in die Geschichte ab und verglich sie mit dem, was sie über die mächtigste Hexe aller Zeiten gehört hatte. Vieles verstand sie nicht.

Abaigeal beschrieb vor allem Runen und ihre Experimente, das Buch war eine Mischung aus Tagebuch und Forschungsdokumentation.

Magie fordert Opfer. Also verlangt große Magie große Opfer, und ich zögere nicht, diese einzugehen. Welche Hexe würde an meiner Stelle anders handeln?

Danach endeten die Aufzeichnungen.

Erin wollte gar nicht wissen, welches Opfer Abaigeal gebracht hatte, sie konnte es bereits erahnen, immerhin war Abaigeal tot. Sie hatte für die unendliche Macht des Würfels mit ihrem Leben bezahlt.

Ein Klopfen an der Tür riss sie aus ihren Gedanken. Sie schlug das Buch zu und starrte auf die Klinke, hatte Angst davor, dass sie nach unten gedrückt wurde und sie gleich einer feindlichen Hexe gegenüberstand.

Stattdessen erklang Kaitos Stimme: »Lu, wir müssen reden.«

Erin wollte nicht mit ihm sprechen, und so beschloss sie, dass niemand anwesend war. Mit vor der Brust gekreuzten Armen lehnte sie sich auf dem Stuhl zurück und wartete darauf, dass Kaito ging. Stattdessen klopfte er noch penetranter und rief: »Mach auf. Sofort. Es geht um Erin. Ich mache mir Sorgen.«

Das erwärmte ihr Herz ein wenig. Sie kniff die Lippen zusammen, dann seufzte sie und gab auf. Mit wenigen Schritten war sie bei der Tür und öffnete sie mit den Worten: »Mir geht es gut.«

Einen Moment später hielt Kaito sie in den Armen, und sie spürte seinen rasenden Herzschlag an ihrer Wange, während er ihr über die Haare strich.

»Ich habe mir Sorgen gemacht!«, flüsterte er.

Peinlich berührt löste Erin sich aus seiner Umarmung, obwohl sie sie gerne noch einen Moment länger genossen hätte.

»Mir geht es wirklich gut«, wiederholte sie mit Nachdruck. Sie wollte nicht, dass er sie wie ein Kind behandelte, immerhin hatte sie die Unterwelt allein besucht. »Ich war bei Abaigeal Dubhs Grab und lebe. Du musst mich nicht ständig retten.«

Kaito ging an ihr vorbei, ließ sich auf einem Stuhl am Tisch nieder und nickte. »Ich wünschte, ich könnte sagen, dass mich das überrascht, aber … Das tut es nicht. Wie hast du es geschafft?«

»Das Mitternachtscafé«, erklärte Erin und verschränkte die Arme vor der Brust. Sie würde Lu nicht mit reinziehen. »Du hast davon erzählt, erinnerst du dich?«

»Ich sollte wirklich besser aufpassen, was ich in deiner Gegenwart sage«, murmelte er.

Erin setzte sich ihm gegenüber. Es war Zeit für Antworten. »Wieso verwandeln sich Hexen nach ihrem Tod in Bäume mit … Augen?«

Als Antwort erhielt sie ein raues Lachen.

»Was ist daran so witzig?«

»Eine Hexe wird doch kein Baum, wenn sie stirbt«, flüsterte Kaito. »Dieser Friedhof ist uralt, und die Bestattungsweise wird heutzutage nicht mehr praktiziert. Möchtest du wissen, wie die Augen in die Bäume kamen?«

Widerwille und Neugier lieferten sich einen kurzen Kampf, dann nickte Erin.

»Früher waren Hexen der Natur näher als heute, und es galt als schick, sich nach dem Tod der Natur anzunähern. Die Augen sind aus Glas und nicht wirklich die Augen der Verstorbenen. Auch wenn es Gerüchte gibt, dass manche von ihnen verzaubert sind und den Geist der Toten in sich tragen. Daran glaube ich aber nicht.«

»Abaigeals Augen haben sich bewegt.«

»Wenig verwunderlich. Abaigeal Dubh war eine mächtige Hexe, die nach ihrem Tod bestimmt den ein oder anderen schocken wollte. Ich kann dich beruhigen: Das war lediglich ein Zauber. Es ist nicht wirklich möglich, Geister in Glasaugen einzusperren. Zumindest nicht für eine so lange Zeit. Jeder Zauber verlischt irgendwann, wenn er nicht erneuert wird. Magie benötigt Kraft.«

»Es wundert dich wirklich nicht, dass ich in der Unterwelt war«, stellte Erin fest.

»Es wundert mich nicht. Aber es besorgt mich. Ich hätte das

verhindern müssen.« Traurigkeit lag in seinen dunklen Augen. »Und dir ist wirklich nichts passiert?«

Erin atmete tief durch. Widerwille regte sich in ihr. Mit Kaito über die Erbrache und das, was diese grausame Folter in ihr ausgelöst hatte, zu reden, fühlte sich falsch an. »Es ist alles gut gelaufen. Ich brauche niemanden, der auf mich aufpasst.«

»Du verstehst nicht. Die Unterwelt ist grausam. Hexen sind gierig und machthungrig und … rachsüchtig. Das ist keine Welt für dich, Erin.«

Die sanfte Art, wie er ihren Namen aussprach, machte sie rasend.

»Du siehst mich also nicht als Teil deiner Welt, ja? Ist es das, was du sagen willst?«

Ruckartig hob er den Kopf, sah ihr tief in die Augen. »Nein, ich …«

»Aber genau das hast du gerade gesagt«, unterbrach Erin ihn. Sie spürte ihr Herz brechen. All die Schnitte, die Kaito mit seinen Lügen und seiner Heimlichtuerei hinterlassen hatte, rissen es entzwei. Die Fragen, als er herausfinden wollte, wie viel sie von dem Geist in den Vaults wusste. Der Feuerhexer in den Vaults, von dessen Nachfragen nach dem Buch sie offiziell noch immer nichts wusste. Lus Erklärung, die er unterbrochen hatte, weil sie das *nicht zu wissen brauchte.* Er sah sie nicht in seiner Welt. Sah sie nicht als Hexe. Wollte sie nicht unterstützen. Wortlos stand sie auf und ging zur Tür.

»Erin, bitte geh nicht.«

»Doch, Kaito.« Sie drehte sich nicht einmal um. »Ich werde jetzt durch diese Tür gehen und deine Welt für immer verlassen. So wie du es dir wünschst.«

Es war das erste Mal in ihrem Leben, dass ihre eine Lüge leicht über die Lippen ging. Sie wusste nun, wo sie die Antworten suchen würde, die sie weder von Kaito noch der Unterwelt bekommen hatte.

Eine halbe Stunde später fragte sie sich, ob sie noch immer träumte, als sie auf das verblichene Schild über der roten Tür starrte. Das Antiquariat war genau dort, wo sie es bei ihrem letzten Besuch zurückgelassen hatte, und kurz überlegte sie, ob sie es beim letzten Mal einfach übersehen hatte. Sie sah zu dem Juwelier mit seinen glitzernden Auslagen und dem Schuhgeschäft mit den Sonderangeboten. Genau hier hatte sie auch das letzte Mal nachgesehen, da war sie sich sicher. Die Menschen eilten von Geschäft zu Geschäft, nur das Antiquariat dazwischen würdigten sie keines Blickes, und plötzlich war Erin wieder sicher, dass sie es das letzte Mal nicht einfach nur übersehen hatte. Das Antiquariat hatte sich versteckt.

Lächerlicher Gedanke.

Aber nach allem, was sie zuletzt erlebt und gesehen hatte, möglich.

Die Angst, dass das Gebäude wieder verschwand, trieb sie zur Eile an, und Erleichterung durchflutete sie, als das kleine Glöckchen über der Tür erklang und ihr der inzwischen wohlbekannte Geruch entgegenschlug. Das Innenleben des Ladens war so unordentlich wie immer. Hunderte Bücher auf Regalen und auf dem alten Holzboden. Ein schmaler Raum mit Dunkelheit in den hinteren Ecken.

Die Frau mit der grellgelben Strickjacke und den silbernen Haaren sah Erin an, als wäre sie eine alte Freundin, die zu einer Verabredung erschien. Ein leises Lächeln lag auf ihren Lippen, ihre hellen Augen funkelten hinter der schmalen Lesebrille. Der Vorhang, hinter dem sie das letzte Mal verschwunden war, wehte leicht.

»Da bist du ja endlich«, sagte sie. »Du hast sicher viele Fragen, oder?«

Perplex starrte Erin sie an und zog dabei das Buch aus der Stofftasche, die sie von Lu mitgenommen hatte. »Ich …«

»Sag nichts.« Die Ladenbesitzerin hob einen Zeigefinger, mit der anderen Hand blätterte sie in einem unscheinbaren braunen Notizbuch, das vor ihr lag. »Mein Dreizehn-Uhr-Termin sollte jeden Moment …«

Die Glocke über der Ladentür ertönte, und ein junger Mann in grauem Anzug betrat gehetzt den Laden. Seine dunklen Augen huschten über die Regale. Er runzelte die schweißnasse Stirn, sah von Erin zu der Ladenbesitzerin und wieder zu den Büchern. Seine Hand umklammerte eine Aktentasche so fest, dass seine Knöchel weiß hervortraten.

»Entschuldigung, ich weiß gar nicht, wieso …«, begann er und wollte auf dem Absatz umkehren, aber dann hielt er inne.

Vorsichtig hob er die Hand und griff nach einem Buch mit gelbem Einband, das in dem Regal neben ihm stand. Er sah es an, als würde er nicht glauben, was er da gefunden hatte. Ein Lächeln zupfte an seinen Mundwinkeln. »Das habe ich als Kind gerne gelesen.«

Erin konnte nicht anders, sie musste diesen Mann anstarren. Sein Anzug und das frisch rasierte Gesicht wirkten seltsam deplatziert in diesem Laden. Nun kramte er in seiner Hosentasche und zog ein Bündel Scheine hervor, die von einer goldenen Geldklammer zusammengehalten wurden. Als er einen lösen wollte, winkte die Frau ab.

»Sehen Sie es als Geschenk«, erklärte sie. »Ich hoffe, es bereitet Ihnen Freude.«

Der Mann sah verwirrt von dem Einband, auf dem in grünen Lettern *Momo* stand, zu der Frau und dann an sich selbst herunter. Nachdenklich kniff er die Augen zusammen, nickte und verließ dann das Antiquariat.

»Was zur …?«, stammelte Erin. Ihr Kopf schwirrte. Sie lehnte sich gegen den Tresen und sah die Ladenbesitzerin an. Diese griff ungerührt nach der Porzellantasse, die neben der Kasse stand. Sie nippte, dann stellte sie die Tasse zurück.

»Sind Sie auch eine Hexe?« Erin musterte das alterslose Gesicht, die schmale Brille, die grellgelbe Strickjacke.

»Ich?« Die Frau lachte und winkte ab. »Bei allen magischen Gesetzen, nein. Ich bin eine Wächterin. Meine Magie sind Wörter, nicht der Vortex. Ich zaubere mit Geschichten.«

»Geschichten?«

Die Frau machte eine ausladende Handbewegung. »Ich liefere Geschichten an die Menschen, die sie brauchen. Mein Name ist übrigens Thisha.«

»Ich bin Erin«, erwiderte Erin und ergriff die dargebotene Hand. Sie war warm, weich und kräftig.

»Bücher verändern Leben«, fuhr Thisha fort und trank einen weiteren Schluck. »Zugegeben: Das Buch, das du bei dir trägst, ist ein Unikat und enthält eine machtvolle Geschichte. Es ist sehr selten, dass ich solch ein Schmuckstück ausliefere. Meist sind es magielose Bücher, die ich jenen Menschen bringe, die sie gerade brauchen. Die Bücher flüstern mir zu, wenn ihre Zeit gekommen ist.«

Erin fuhr sich durch die Haare und sah sich in dem Antiquariat um, als wären all ihre Antworten zwischen den Buchdeckeln versteckt. »Also hast du mir Abaigeal Dubhs Buch absichtlich gegeben. Als ich zuletzt nach diesem Laden suchte, war er verschwunden.«

»Es wollte zu dir«, erklärte Thisha ruhig. »Ich tauche nicht auf, wenn mich jemand ruft. Ich tauche auf, wenn mich jemand braucht. Wenn das Schicksal bereit ist.«

»Ich glaube nicht an Prophezeiungen und Schicksal«, entgegnete Erin und verschränkte die Arme vor der Brust. Gleichzeitig breitete sich ein wohlbekanntes Kribbeln in ihrem Brustkorb aus. Ihr gefiel der Gedanke, auserkoren zu sein. Bis die Angst das Glück verdrängte: Was, wenn sie diese Welt, die sie gerade erst entdeckt hatte, für immer verlor? Wenn Kaito recht hatte und sie nicht dafür geeignet war? Wenn sie den Hexen für eine Erbrache in die Hände fiel? Das durfte nicht geschehen. Sie musste eine Hexe werden. Nur dann hätte sie die Macht, ihre Tante zu retten.

»Aber an Familie glaubst du?«

Verwirrt runzelte Erin die Stirn. »Familie?«

»Abaigeal hatte eine Tochter.«

Erin wurde eiskalt. Panisch schüttelte sie den Kopf. »Ich bin nicht ihre Tochter. Ich kenne meine Eltern. Meine Mutter sieht mir ähnlich. Ich meine … Ich sehe ihr ähnlich. Wir sind eindeutig verwandt. Ich kann nicht …«

Thisha schnalzte mit der Zunge. »Sei nicht lächerlich. Abaigeal Dubh ist vor vielen Jahrhunderten gestorben. Natürlich bist du nicht ihre Tochter. Ihre Tochter hieß Aurelie und hatte ein Kind. Einen Sohn, den sie vor ihrer Mutter verheimlichte.«

Ein Stich der Enttäuschung traf Erins Herz. Obwohl der Gedanke, Abaigeal Dubhs Tochter zu sein, ihr Angst eingejagt hatte, hatte sie sich auch für einen kurzen Moment hoffnungsvoll gefühlt. »Ich verstehe nicht …?«

»Aurelie liebte einen Sterblichen, aber sie kannte ihre Mutter und wusste, dass diese solch eine Verbindung niemals gutheißen würde. Verbindungen mit Radain sind vom Rat nicht verboten, solange die Partner im Unklaren über Magie gelassen werden, aber … « Sie zog die gelbe Strickjacke enger um ihren schlanken Körper. »… für Abaigeal war Macht wie für alle anderen Hexen auch erblich und Sterbliche …«

»Abschaum«, vollendete Erin und fröstelte, obwohl es in dem Antiquariat angenehm warm war.

Thisha nickte und sah Erin eindringlich über den Rand ihrer Brille hinweg an. »Als Abaigeal Talus schuf, musste sie etwas opfern. Mächtige Magie hat immer ihren Preis.«

Erin erinnerte sich an die letzten Sätze im Buch, die sie gerade noch gelesen hatte. Daran, dass Abaigeal dort von einem großen Opfer geschrieben hat, zu dem sie kompromisslos bereit war.

»Sie hat ihre eigene Tochter geopfert, um den Würfel zu erschaffen«, flüsterte sie, und sie schlug die Hände vor ihren Mund. »Das ist furchtbar.« Ihr Atem schlug heiß gegen ihre kalte Haut.

Thisha nickte. »Abaigeal Dubh kannte die Regeln des Vortexes wie keine andere Hexe vor ihr. Sie wusste, dass sie ihr größtes Opfer bringen musste, um etwas so Machtvolles wie Talus herzustellen.«

Erin schwankte und schüttelte den Kopf. »Was habe ich damit zu tun?«

»Du spürst Magie, nicht wahr?« Die Frage kam so unvermittelt, dass Erin die Worte fehlten. Thisha genügte das als Antwort. »Das dachte ich mir. Das Buch wollte zu dir, weil es Abaigeals Blutlinie spürte. Mittlerweile gibt es sicher einige Radain, die ihrer Linie entstammen. Nach Aurelies Tod ist ihr Geliebter gemeinsam mit dem Kind in ein anderes Land geflüchtet. Aber deine Familie hat es zurück nach Schottland verschlagen. Nenn es Zufall. Nenn es Schicksal. Es zählt nur, dass du hier bist und das Buch dich gerufen hat. Ich habe diesen Wunsch lediglich erfüllt.«

»Woher weißt du so viel über Abaigeals Leben?« Misstrauen ließ Erin zurückweichen. Dafür, dass Thisha dieses Antiquariat niemals zu verlassen schien, wusste sie zu viel.

»Direkt nach Abaigeal Dubhs Tod tauchte ihr Buch hier auf. Seitdem reichen wir es in der Familie weiter, Generation für Generation.« Thishas Stimme klang seltsam entrückt. »Sie kannte diesen Ort und wusste, dass ich ihre Geschichte zum richtigen Zeitpunkt an den richtigen Menschen liefern würde. Ich kenne alle Geschichten, die jemals geschrieben wurden. Jede Geschichte wiederholt sich. Wieder und wieder. Ich bin hier, um über sie zu wachen und sie zur richtigen Zeit der Welt zurückzugeben. Abaigeal Dubhs Geschichte blieb viel zu lange unentdeckt. Es ist an der Zeit, die Wahrheit ans Licht zu bringen.«

»Dann erzähl mir die ganze Geschichte. Ich möchte die Wahrheit wissen.«

»Ich habe meine Rolle bereits erfüllt.« Thisha schüttelte den Kopf und ging einige Schritte zurück, sodass der Vorhang leicht ihre Schultern berührte. »Den Rest musst du alleine herausfinden. Ich wünsche dir viel Glück, Erin. Du wirst es brauchen.«

43
GEFÄHRLICHER TRATSCH

Erschöpft schleppte Noah sich zum Mittagessen. Seine Mutter saß in einem eng anliegenden grünen Kleid an einem Ende der großen Tafel, doch der große Stuhl mit den roten Polstern und den goldenen Armlehnen am anderen Ende war leer. An den Wänden hingen Porträts ihrer Vorfahren. Grimmig aussehende Männer, die alle einst Mitglied des Rates gewesen waren. Sie alle sahen Richard Stewart ausgesprochen ähnlich. Die gerade Nase, das markante Kinn, das hämische Funkeln in den Augen.

Isobel entstammte einer reichen Familie, aber da sie kein Teil des Rates war und Richard Stewart großen Wert auf seine Zugehörigkeit zur Regierung der Unterwelt legte, hingen die Ahnen seiner Mutter nicht im Haus.

»Dein Vater wird nicht mit uns essen«, sagte sie.

»Wie immer«, erwiderte Noah.

»Er ist ein viel beschäftigter Mann.« Isobel strich eine ihrer rot gefärbten Haarsträhnen nach hinten. Heute trug sie einen strengen Pferdeschwanz mit einer glitzernden Brosche, die zu dem Blumenmuster auf ihrem Kleid passte. »Wir können froh sein, dass dein Vater ein so angesehenes Mitglied unserer Gesellschaft ist.«

Den letzten Satz formte Noah lautlos mit den Lippen mit, während er zu seinem Stuhl in der Mitte des Tisches ging und sich hinsetzte. Teller und Besteck lagen bereits ordentlich auf dem glatt polierten Holz, doch die Speisen fehlten.

»In der Tat.« Noah rückte den Stuhl näher heran und mied den Blick seiner Mutter. Sein Kopf dröhnte. Aus der Tür zur Küche kam der Duft nach frisch gebratenem Fisch und Kartoffeln. Ihm lief das Wasser im Mund zusammen. Erst jetzt wurde ihm bewusst, wie wenig er gegessen hatte.

»Gestern Abend ist etwas ganz Außerordentliches passiert«, begann Isobel ihre Tratschrunde. Noah unterdrückte ein Stöhnen.

»Können wir zunächst das Essen kommen lassen?«, fragte er bemüht höflich und sah nun doch zu seiner Mutter.

Isobel rümpfte die Nase, dann klatschte sie dreimal in die Hände. Zwei junge Diener erschienen mit silbernen Tabletts. In atemberaubender Geschwindigkeit verteilten sie die Speisen auf dem Tisch, eilten zurück in die Küche und erschienen mit neuen Tabletts, bis der ganze Tisch bedeckt war mit Platten. Neben dem Geruch nach Fisch und Kartoffeln erschnupperte Noah verschiedene Soßen, Gemüse und einen verdächtigen Schokoladenduft. Wenn er Glück hatte, gab es heute Schokoladenfrüchte.

Als alles gedeckt war, hob Isobel die Hand, und die Platten hoben sich. Neid durchzuckte Noah. Seine Mutter war eine Lufthexe. Eine äußerst seltene Gabe, die ihr die Tür in Richards Haus geöffnet hatte. Er gab gerne damit an, eine Lufthexe geheiratet zu haben. Noah schämte sich dafür, wie wenig seine Mutter aus ihrer Begabung machte. Sie nutzte die Magie der Luft dafür, Speisen aufzudecken, Staub aus dem Haus zu fegen und ihre Haare zu föhnen. Eine peinliche Verschwendung.

»Viel Freude«, wünschte Isobel, während Noah bereits das erste Fischfilet auf eine silberne Gabel spießte.

»Viel Freude«, erwiderte er und schaufelte sich einige Kartoffeln daneben. Dann goss er eine sahnige Soße über den Fisch und begann, ihn zu zerschneiden.

»Kannst du diese Handschuhe nicht einmal beim Essen ausziehen?« Eine Frage, die sie zu jedem Essen stellte. Wie immer schüttelte Noah den Kopf und aß weiter.

»Wie ich bereits sagte«, fuhr Isobel fort. »Gestern Abend ist Außerordentliches passiert!«

Aus dem Augenwinkel bemerkte Noah, dass ihr Teller noch immer leer war, aber das war nichts Ungewöhnliches. Isobel aß selten, wenn ihre Familie im Raum war. Lieber nutzte sie die Zeit, um ihren Tratsch auszubreiten.

»Aha?« Noah kaute und bemühte sich um ein höflich interessiertes Gesicht. Er war geübt darin, an den richtigen Stellen unverfängliche Nachfragen einzuwerfen und entsprechend interessiert dreinzublicken, während er eigentlich sein Essen genoss. Ihr Koch hatte sich heute wieder einmal selbst übertroffen. Der Fisch war butterweich, die Soße perfekt abgestimmt und die Kartoffeln mit der richtigen Menge Salz versehen.

Isobel breitete eine Geschichte über eine junge Hexe aus, die schlammverschmiert im Mitternachtscafé aufgetaucht war.

»Eine höchst peinliche Sache, wenn du mich fragst. Wahrscheinlich eine kleine Kartenmischerin. Isobel meinte, es wäre eine Gebräuhexe, aber das glaube ich nicht. Nur diese Kartenfreaks würden sich trauen, so einen Auftritt hinzulegen. Tarotleger sind wirklich äußerst unnütz, wenn du mich fragst. Ihre Vorhersagen sind unpräzise, und sie tragen nichts zu unserer Gesellschaft bei. Selbst Kräuterhexen sind zu etwas zu gebrauchen. Aber wann hast du zuletzt die Dienste eines Tarotlegers in Anspruch genommen?«

Sie wartete keine Antwort ab, Noah nickte trotzdem.

»Siehst du. Unnützes Pack, das von unseren Talenten profitiert. Jedenfalls war sie komplett dreckverschmiert und musste von zwei Hexen in Ausbildung gereinigt werden. Sie war definitiv schon älter und musste sich von Anfängerinnen helfen lassen. Wie erniedrigend! Wenn du mich fragst, sollten diese Kartenmischer kein Teil unserer Gemeinde sein.« Isobel wedelte mit ihren zierlichen Händen in der Luft und schnaubte. »Sie halten uns doch nur auf.«

Wieder nickte Noah, den Blick auf die Schokoladenfrüchte am anderen Ende des Tisches fixiert. Den Fisch hatte er mittlerweile komplett verschlungen. Zwischen den überzogenen Bananen und Trauben sah er auch Rot aufblitzen. Erdbeeren. Er leckte sich die Lippen. Kurz darauf schlitterte der Nachtischteller zu ihm.

Isobel schnaubte und ließ die Hand sinken. »Hörst du mir überhaupt zu, oder starrst du nur die Früchte an?«

»Beides«, antwortete er und griff nach einer Erdbeere. Sie schmeckte saftig süß. Zufrieden lehnte Noah sich zurück und griff nach einer schokoladenüberzogenen Traube. »Du hast recht, sie halten uns nur auf.« Es fiel ihm schwer, nicht gelangweilt zu klingen, aber er hatte früh gelernt, dass er den Tratsch seiner Mutter am schnellsten durchlebte, wenn er mitspielte.

»Du interessierst dich nicht für das, was in unserer Welt passiert, nicht wahr?« Isobel hob leicht das Kinn, und Noah fluchte innerlich. Seine schauspielerische Leistung hatte nicht überzeugt. »Dabei ist das Wissen über aktuelle Geschehnisse essenziell als Ratsmitglied. Meine Aufgabe ist es, deinen Vater mit diesem Wissen zu versorgen, damit er gewappnet ist. Hexen reden viel, und es ist die Aufgabe des Rates, zuzuhören. Nimm den Vorfall mit der schlammigen Hexe als Beispiel. Für dich hört es sich so an, als würde ich einfach ein wenig lästern, nicht wahr?«

Noah ließ die Erdbeere, die er sich gerade gegriffen hatte, sinken und sah seine Mutter erstaunt an. Dieser Teil des Vortrags war neu. Ein seltsames Glitzern lag in ihren Augen.

»Noah, ich versuche schon so lange, dich auf deine Aufgabe vorzubereiten, aber du machst es mir nicht leicht.« Sie seufzte, und Noah biss in die Erdbeere. Den Teil kannte er. »Diese Geschichten sind keine Lästereien. Nun, sie kommen als Lästereien bei mir an, aber die Aufgabe eines Ratsmitgliedes ist es, hinter die Gehässigkeit zu sehen und die Probleme dahinter zu erkennen.«

Noah runzelte die Stirn und richtete sich etwas auf.

»Wie meinst du das?« Es war das erste Mal seit sehr langer Zeit, dass er seiner Mutter eine Frage nicht nur aus reiner Höflichkeit stellte. Sie seufzte theatralisch.

»Offenbar war meine Erziehung der letzten Jahre fruchtlos.« Mit einer schnellen Handbewegung holte sie den Teller mit den Schokoladenfrüchten auf einem Luftstrom zu sich. Sie griff nach einer Traube. »Aber ich will es dir erklären, da du offenbar selbst nicht die richtigen Schlüsse ziehst. Törichter Junge. Ich hoffte so sehr, dass ich dich nicht so offensichtlich auf etwas hinweisen muss, was jedes Ratsmitglied instinktiv begreift.«

Wut und Scham färbten Noahs Gesicht rot, aber er blieb still. So ernst hatte er seine Mutter noch nie erlebt. Überheblichkeit lag auf ihrem Gesicht.

»Nehmen wir einmal Sir Gleans Tod als Beispiel«, fuhr sie fort, und sofort lehnte Noah sich leicht nach vorne.

»Was ist mit Sir Glean?«, entfuhr es ihm, woraufhin Isobel verächtlich mit der Zunge schnalzte.

»Zuhören, Noah«, erklärte sie. »Zuhören ist eine Tugend. Hör den Menschen zu, und blicke hinter die Worte. Wenn jemand denkt, dass seine Worte seine wahre Gesinnung verschleiern, bringen sie sie eigentlich zum Vorschein. Aber nun hör mir zu. Ein paar Wochen bevor Sir Glean starb, erfuhr ich bei einem gemeinsamen Frühstück mit Kendra, dass sie mit ihm liiert war.«

Ernüchtert lehnte Noah sich wieder zurück. Natürlich nutzte seine Mutter seine Ermittlungen, um ihren Tratsch mitzuteilen. Sie wusste, dann würde er zuhören, und sie konnte sich selbst in den Mittelpunkt rücken.

»Du nimmst das nicht ernst«, bemerkte Isobel und schüttelte den Kopf. »Dabei sind Verbrechen aus Leidenschaft so häufig.«

»Du glaubst, dass eine Hexe namens Kendra mächtig genug ist, um ein Ratsmitglied zu töten? Sei nicht lächerlich, Mutter.«

»Darum geht es nicht«, fuhr Isobel ungerührt fort. »Ich kenne Kendra schon lange, und sie ist eine wirklich angeberische Hexe, die nach Macht und Prestige giert. Bevor sie mit Sir Glean liiert war, hatte sie eine Liebschaft mit Grant Taylor, der dann auch der Hauptverdächtige im Fall wurde.«

Noah nickte abwesend. Der Name Grant Taylor kam ihm bekannt vor, aber er war nicht als Verdächtiger in dem Fall gelistet. Grant war ein Schattenleser, mit dem Noah bereits zwei Mal zusammengearbeitet hatte. Wenn sein Name im Sir-Glean-Fall aufgetaucht wäre, könnte er sich erinnern.

»Sir Glean hat dem armen Grant die Frau ausgespannt. Deshalb war er doch der Hauptverdächtige in dem Mordfall.« Seine Mutter hielt sich die eleganten Finger vor den Mund und kicherte gestellt. »Ein Mord aus Leidenschaft. Wie klassisch dramatisch!«

So langsam begann Noah zu verstehen. Tratsch konnte nützlich sein. Und er fragte sich, weshalb er nichts von Grant Taylor in den Akten gefunden hatte.

»Aber das wirklich Interessante kommt noch.« Isobel klackte mit ihren langen Fingernägeln auf den Holztisch. Noah konzentrierte sich wieder auf sie.

»Nach Sir Gleans Tod wollte Kendra natürlich zurück zu Grant. Sie kann sehr schwer alleine sein ... Nur hatte Grant sie vergessen. Sie und alles andere. Der arme Grant ist nur noch ein verwirrtes Häufchen Elend.«

Noah zwang sich, sitzen zu bleiben, obwohl er am liebsten in sein Zimmer gestürmt wäre, um der neuen Spur nachzugehen. Isobels Mundwinkel wanderten nach oben.

»Du darfst gehen«, erklärte sie und legte die Traube zurück auf den Teller. »Grant Taylor wohnt in der Falkirk Street 206.«

Noah sprang auf, griff sich in der Garderobe seine Lederjacke und verließ die Wohnung.

44
DER AUFSPÜRZAUBER

Endlich. Lu nahm einen tiefen Atemzug und genoss den Geruch nach Staub und Dreck. Sie war zurück. Die Unterwelt empfing sie wie eine verlorene Tochter. Der Schnipsel in ihrer Hosentasche schien aufgeregt zu flüstern. Immer wieder überprüfte Lu, ob er noch dort war. Er war die wichtigste Spur, die sie hatte. Genau genommen die einzige. Alle anderen Versuche hatten sie nicht vorangebracht. Weder der Besuch bei Abaigeals Grab noch stundenlange Aufenthalte in der Bibliothek oder die misslungene Geisterbeschwörung. Seit sie in der Menschenwelt war, hatte sie ihr wöchentliches Besuchsrecht dafür geopfert, ihre Suche nach Talus voranzutreiben, aber so weit wie jetzt war sie noch nie gekommen. Endlich besaß sie etwas, das Abaigeal Dubh berührt hatte.

Natürlich hatte sie kurz überlegt, der schlafenden Erin … der Radan das Buch zu klauen, aber diese hatte das Ding so fest umklammert, dass es zu riskant gewesen war. Außerdem brauchte sie es nicht, der kleine Schnipsel würde reichen. Eines musste Lu zugeben: Sie hatte nicht daran geglaubt, dass Erin den Besuch in der Unterwelt überleben würde, und irgendwie löste das in Lu so etwas Ähnliches wie Respekt für die Radan aus. Sie begann fast, die Kleine zu mögen, aber das würde sie nicht davon abhalten, ihr großes Ziel zu erreichen. Ganz alleine.

Ihre Schritte führten sie zu einem gigantischen Tor, das die Türen neben sich um knapp einen Meter überragte. Lu griff nach der Klinke des rechten Flügels und drückte sie mühelos nach unten. Schnell schlüpfte sie hinein und genoss den Druck auf den Ohren, das Gefühl der Schwerelosigkeit. Dann wanderte ihr Blick durch die Bibliothek, in der haufenweise junge Hexen waren. Sie beugten sich über schwere Wälzer, diskutierten leise in kleinen

Gruppen und streiften durch die Gänge, in der Hoffnung, das eine Buch zu finden, das ihnen die Prüfung erleichtern würde. Lu schüttelte den Gedanken an die bevorstehenden Prüfungen ab. Für sie stand in zwei Monden lediglich eine leichte Zwischenprüfung an, die sie mühelos schaffen würde. Musste. Sie hatte keine Zeit, sich mit Zutatenlisten für Gebräue herumzuschlagen, wenn ihre wahre Bestimmung woanders lag. Früher war sie häufiger in der Bibliothek gewesen und hatte ihr wöchentliches Besuchsrecht zum Lernen verwendet. Das war, bevor Abaigeal Dubhs Grab entdeckt wurde.

Die Bibliothek der Unterwelt war ein eindrucksvolles Kunstwerk. Dreizehn Stockwerke, die mit einer frei schwebenden Wendeltreppe verbunden waren. Am Fuß der Treppe befand sich ein weitläufiges Foyer, von dem aus Lu zu allen Stockwerken emporblicken konnte. Zahllose Bücherreihen starrten ihr entgegen. An diesem Ort herrschte ein Dauerzustand der Morgendämmerung, und so ließ die Glaskuppel, die sich über das Foyer spannte, warmgoldenes Sonnenlicht herein, das Lu an den weit entfernten Sommer erinnerte. Und daran, dass sie in der Welt der Sterblichen den Jahreszeitenwechseln ausgesetzt war. Schnell schüttelte sie den Gedanken daran ab. Nur noch zweiundzwanzig Monate. Bis dahin hätte sie Talus gefunden. Ihre Hand wanderte erneut in ihre Hosentasche und fühlte nach dem rauen Papier. Misstrauisch sah sie sich um, aber niemand würdigte sie eines Blickes.

So leise wie möglich ging sie zur Wendeltreppe und erklomm die Stufen. Die stille Betriebsamkeit der Bibliothek irritierte sie jedes Mal aufs Neue. Sie verstand nicht, wie ein Ort so ruhig und gleichzeitig so laut sein konnte. Im zweiten Stock angekommen, drückte sie sich an zwei Hexern vorbei, die leise diskutierend Bücherstapel vor sich hertrugen. Einer hatte eine runde Brille auf der Nase, der andere hatte so helle Haare, dass sie beinahe weiß wirkten. Lu nickte ihnen freundlich zu. Als der Weißhaarige sie daraufhin anlächelte, bog sie in den nächsten Gang ab.

Zu beiden Seiten erwarteten sie bunte Buchrücken und kleine

Label auf den Regalbrettern. Lu rümpfte die Nase, als sie erkannte, dass sie in der Abteilung für Zutatenkunde gelandet war. Zwei ganze Regale widmeten sich den verschiedenen Arten von Erde, die für Gebräue verwendet werden konnten.

Geister in Graberde und andere Mythen

Die Macht der Wurzeln

444 Anwendungen für Wurmkot

Nach den Abhandlungen über Erde erwarteten sie unzählige Bildbände mit Kräuterzeichnungen, gefolgt von der Pilzabteilung. Eine ältere Frau studierte gerade das Bild eines Fliegenpilzes in einem Buch, das so groß und dick war, dass die Hexe es gegen das Regal lehnte, um es halten zu können. Lu musterte die abgenutzte Kleidung und die ungewaschenen Haare der Hexe. Um ihre Hüfte trug sie eine Ledertasche, aus der verkorkte Flaschenhälse ragten. Lu sah zu ihrer eigenen Bauchtasche hinab. Einmal mehr war sie sich sicher, mit den anderen Hexen ihres Zirkels nichts gemein zu haben.

Ein Regal weiter stand ein hochgewachsener Hexer mit langem blondem Haar. Er trug einen Jutebeutel um die Schulter und las aufmerksam in einem Buch über die Bewässerung von Gartenkräutern.

Groll kochte in Lu hoch. Sie wäre sogar lieber eine Kräuterhexe geworden, als sich mit stinkenden Tränken herumschlagen zu müssen. Kräuterhexen wirkten im Gegensatz zu Erdhexen keine sichtbare Magie, aber unter ihren Händen gedieh jede Pflanze. Ihre Kunst bestand darin, eigene Gewächse zu kreieren, die der Unterwelt weiterhalfen – oder einfach schön aussahen. Kräuterhexen waren auch bekannt dafür, viel Wert auf Ästhetik zu legen. Sie mussten dafür so manchen Spott aushalten. Generell genoss die Gabe der Kräuter ein geringeres Ansehen als die des Gebräus. Dennoch wäre Lu lieber eine schöne Kräuterhexe, als weiterhin den Gestank nach Schwefel und Holzkohle mit sich zu tragen.

Sie wanderte weiter zwischen den Regalreihen umher und behielt dabei ein Regalbrett mit schwarzen Buchrücken im Auge. Sobald der Gang leer war, eilte Lu dorthin. Mit schief gelegtem Kopf las sie die Buchrücken und zog schließlich einen dünnen Einband mit dem Titel *Die 20 besten Aufspürzauber* hervor. Siegessicher ging sie einige Schritte weiter, stellte sich vor ein Regal mit Gebräu-Zauberbüchern und blätterte zwischen den Zeilen.

Vermutlich war es albern, dass sie nicht vor den Aufspürzaubern gesehen werden wollte, aber nach dem Angriff auf Kaitos Wohnung war sie vorsichtiger geworden. Es schien, als wäre noch jemand hinter Talus her, und sie wollte vermeiden, dass die Verfolger auf die Idee kamen, Lu würde sie an ihr Ziel bringen.

Das Buch, das sie in Händen hielt, enthielt die wichtigsten Aufspürzauber, aber Lu besaß lediglich einen Papierschnipsel, und sie war sich nicht sicher, in wie viele Einzelteile sie ihn zerlegen konnte, ohne dass er seine Kraft verlor. Wenn sie sichergehen wollte, hatte sie nur einen Versuch.

Die vierzehn ersten Zauber schloss sie sofort aus, da sie für andere Zirkel gemacht waren. Auf der Unterlippe kauend, blätterte sie schließlich zwischen zwei Aufspürtränken hin und her. Der eine versprach eine schnelle Wirkung, während der andere eine hohe Treffergenauigkeit propagierte. Sie ging die Zutatenlisten durch und seufzte. Der Trank mit der hohen Treffergenauigkeit musste an Neumond zubereitet werden. Lu erinnerte sich an den halben Mond, der ihnen gestern den Heimweg geleuchtet hatte. So lange konnte sie nicht warten. Also entschied sie sich für den anderen Zauber und notierte mit flinken Fingern Zutaten und Zubereitung in ihrem Notizbuch, das sie in der Bauchtasche mit sich trug.

Dann schlenderte sie möglichst unauffällig zurück zu dem Regal, steckte das Buch hinein und machte sich auf den Weg zum Markt, um dort die Zutaten einzukaufen.

Die Markisen der Stände auf dem Markt der Unterwelt leuchteten in den Farben der Zirkel. Braun, Grün, Rot, Gelb, Blau, Purpur, Weiß, Orange. Zwischen den Holzbuden drängten sich Menschenmassen mit großen Einkaufstauschen. Eltern mit Kindern, die sie zu Süßigkeitenständen zogen und schrien, wenn sie nicht ihren Willen bekamen. Es roch nach einer wilden Mischung aus Kräutern, Zucker und Feuer. Irgendwo quiekte ein Schwein. Lu nahm sich einen Moment, um all das auf sich wirken zu lassen, dann schüttelte sie den Kopf und suchte nach einer ganz bestimmten braunen Markise. Sie wurde schnell fündig.

Die Gebräuhexe begrüßte sie mit einem hoffnungslosen Lächeln. Sie trug ein schlichtes braunes Kleid. Ihre langen dunklen Haare waren zu einem Zopf zurückgebunden. Offensichtlich traute sie Lu nicht zu, etwas an ihrem Stand zu erwerben.

»Willkommen zurück, junge Dame«, grüßte sie dennoch und verneigte sich leicht. »Ich habe die besten Gebräuzutaten des ganzen Marktes. Schau dich nur in Ruhe um, und scheue dich nicht, Fragen zu stellen.«

Lu nickte ihr zu und besah sich die Auslagen. Sie war schon oft hier gewesen, ohne sich etwas leisten zu können, aber heute würde sie ihre hart erarbeiteten Ersparnisse in die hochwertigsten Zutaten stecken. Dieser Aufspürzauber war ihre bisher größte Chance. Die Holzkisten boten Pilze in kleinen Schalen und Erde in versiegelten Glasflaschen. Im Regal hinter der Hexe schwammen verschiedene Kreaturen in grellen Flüssigkeiten. Eine grüne Kaulquappe blinzelte Lu zu.

Der Stand nebenan hatte eine hellblaue Markise, die wie der Himmel strahlte. Er besaß weder Auslagen noch Rückwand, dafür wirbelte ein älterer Mann mit grauen Haaren in der Mitte des Pavillons einen Stab umher.

»Jetzt doppelt so viel Füllmenge bei halbem Gewicht!«, rief er immer wieder und schraubte die blaue Kugel am oberen Ende des Stabes ab. Kurz darauf schoss ein Wasserstrahl hervor, der einmal um ihn herumwirbelte und dann wieder im Stab verschwand. »Doppelte Füllmenge bei halbem Gewicht!«

Lu starrte sehnsüchtig auf den Mann. Ein Kloß bildete sich in ihrer Kehle.

»Lächerlich, oder?«, fragte die Gebräuhexe und lehnte sich nach vorne, um ihren Standnachbarn abschätzig zu mustern. »Nichts als kleine Tricks. Wer braucht schon Wassermagie, wenn er Salben mischen kann, die das Gesicht ewig jung halten, nicht wahr?« Dabei wackelte sie vielsagend mit den Augenbrauen.

Nachdem sie alles gekauft und sorgfältig in ihrer Bauchtasche verstaut hatte, wanderte Lus Blick wieder zum Nachbarstand. Sie wollte diese Art der Magie und war bereit, für ihren Wunsch alles zu opfern.

45
DAS VERLORENE GEDÄCHTNIS

Falkirk Street 206 war keine zehn Minuten vom Haus der Stewarts entfernt, was dafür sprach, dass Grant Taylor ein angesehener Schattenleser war. Der magische Himmel zeigte sich in einem eindrucksvollen rotlila Dämmerlicht, während Noah die Straße mit den zahlreichen identisch aussehenden Klinkerbauten entlangeilte. Seine Hände in der schwarzen Lederjacke vergraben, suchte er nach der richtigen Hausnummer. Als er sie fand, holte er tief Luft. Das Haus war zweistöckig und im Vergleich zu Noahs Heim nahezu mickrig. Dennoch wusste er, dass solch ein Haus für viele Hexen purer Luxus war.

Das Gras war gestutzt, bunte Blumen wuchsen in eckigen Kästen. Ein Ahornbaum trug grüne Blätter und überschattete ein kleines Beet, in dem Erdbeeren wuchsen. Die Fenster des Hauses waren ordentlich geputzt und spiegelten den wolkenfreien Himmel. Noah ging schnellen Schrittes den gepflasterten Weg entlang und drückte die kleine weiße Klingel.

Eine sanfte Melodie erklang hinter der hellen Holztür. Niemand kam. Noah versuchte es erneut, aber dem Klingelton folgte nichts als Stille. Also klopfte er.

»Grant Taylor?« Noah trat einen Schritt zurück und hob den Kopf. Am rechten Fenster im Obergeschoss bewegte sich etwas. Eine menschliche Silhouette zog sich zurück. »Ich weiß, dass Sie da sind!«

Noah klopfte erneut, energischer. Seine Geduld für solch kindische Spielchen war begrenzt. Als auch nach dem dritten Klingelversuch niemand antwortete, rammte er mit voller Wucht seine Schulter gegen das Holz. Schmerz durchzuckte ihn, aber die Tür gab nicht nach.

»Aufmachen!« Wütend trat Noah nach. Statt mit dem Fuß Holz zu treffen, stolperte er ins Nichts und verlor das Gleichgewicht. Da er die Hände noch immer in den Jackentaschen vergraben hatte, wäre er beinahe gefallen, aber er schaffte es im letzten Moment, den Sturz mit einem Schritt zur Seite abzufangen. »Was soll der Mist?«

Noah drehte den Kopf zur Seite und sah direkt in das Gesicht eines Mannes, den er auf Mitte dreißig schätzte. Seine dunklen Haare standen wild zu allen Seiten ab, ein dümmliches Grinsen lag auf seinen Lippen.

»Mist.« Grant Taylor legte den Kopf schief und erinnerte Noah mit seinen großen Augen und dem irren Blick auf unangenehme Weise an eine Eule. »Mist. Ja, Mist, das kenne ich. Mist verwende ich manchmal für die Erdbeeren.« Er deutete auf die kleinen Pflanzen im Schatten des Ahorns. »Erdbeeren schmecken süß. Ich mag süße Sachen.«

Noahs Wut verpuffte. Grant klang wie ein Kind, das von einem Traum erzählte.

»Sir Taylor, ich hätte einige Fragen an Sie. Darf ich reinkommen?«

»Fragen? Oh, Fragen beantworte ich gerne. Der Meister hat auch oft schöne Fragen.« Er nickte geschäftig und eilte voraus.

Noah schloss die Tür hinter sich und folgte ihm in eine kleine Küche, die aussah, als wäre sie seit Wochen nicht benutzt worden. Staub lag auf den Ablageflächen und tanzte durch die Luft. Auf dem kleinen Esstisch stand eine Tasse, über der sich zahlreiche Fliegen tummelten. Dort ließ Grant sich nieder. Noah nahm den Stuhl, der auf der gegenüberliegenden Seite stand, und studierte den Mann, mit dem er früher an mehreren Fällen gearbeitet hatte und der angeblich als Hauptverdächtiger im Fall Sir Gleans galt. Er erinnerte sich noch genau an seine tiefe Stimme und den messerscharfen Verstand, mit dem Grant den Diebstahl eines wertvollen Erbstücks gelöst hatte. Damals waren seine Haare kurz, sein Bart sauber gestutzt gewesen. Er hatte teure Kleidung getragen, und seine Schuhe hatten selbst dann geglänzt, wenn er durch Matsch gelaufen war. Noah war damals noch in der Ausbildung und zutiefst beeindruckt gewesen. Jetzt waren Grants Gesichtszüge eingefallen, der Blick leer und gehetzt.

»Kennen Sie mich noch?«, fragte Noah vorsichtig.

»Verzeihung, nein, ich habe mein Gedächtnis verloren, sagen die Schattenleser.« Er griff nach der Tasse, die vor ihm stand, und wollte trinken. Dann bemerkte er die Fliegen, runzelte die Stirn und stellte sie weg. »Es kommt auch nicht wieder, sagen sie. Aber ich lerne. Jeden Tag. Also möchte ich auch Sie wieder kennenlernen. Wer sind Sie? Welche Fragen haben Sie dabei?«

»Mein Name ist Noah Stewart, und ich ermittle im Todesfall von Sir Glean.«

Grant Taylor zuckte zusammen und schüttelte wild den Kopf.

»Keine Fragen dazu mehr«, flüsterte er, und Tränen traten in seine Augen. »Dazu wurden mir schon so viele Fragen gestellt, und sie machen mir keinen Spaß mehr. Ich weiß die Antworten nicht. Mein Kopf ist leer, und das ist unheimlich. So unheimlich. Bitte keine Fragen zu Sir Glean. Nein. Nein. Nein.« Er schlang die Arme um seinen Körper und wiegte sich hin und her.

»Verzeihung.« Noah schluckte. »Keine Fragen zu Sir Glean. Versprochen.«

Sofort hielt Grant Taylor still, und ein fröhliches Grinsen legte sich auf sein Gesicht.

»Aber andere Fragen?« Hoffnungsvoll sah er Noah an.

»Können wir Licht machen?« Noah warf einen Blick zum Fenster, hinter dem sich ein dunkelblauer Himmel zeigte. Die Nacht kam schnell. Sofort sprang Grant Taylor auf und lief in ein anderes Zimmer. Wenig später kehrte er mit einer Flamme im Glas zurück.

»Das ist Licht, oder?« Stolz stellte er das Einmachglas vor ihnen auf den Tisch. Das Feuer flackerte wie eine Kerze. Keine besonders mächtige Magie. »Sie haben mir die großen Kugeln weggenommen und das hier gegeben. Ist sicherer, oder?«

Noah nickte. »Ich denke, das waren alle Fragen.«

Enttäuschung flackerte über Grant Taylors Gesicht. »Die waren aber leicht«, kommentierte er. »Ich werde besser, oder?« Die Flamme spiegelte sich in seinen leeren Augen und betonte die eingefallenen Wangen. Noah erhob sich.

»Viel besser«, sagte er mit einem erzwungenen Lächeln. Dann floh er.

46
DER ÜBERFALL

Es tut mir leid«, waren die ersten Worte, die Erin aus dem Lautsprecher ihres Handys entgegendrangen, als sie, ohne nachzusehen, wer anrief, ans Handy ging. »Wirklich. Ich hätte niemals …«

»Hättest du nicht«, unterbrach sie Kaito und starrte die Straße entlang. Die Sonne lockte die Menschen aus ihren Häusern. Kinderlachen und Hundebellen vermischte sich mit dem Lärm der befahrenen Straßen. Es kam Erin alles seltsam falsch vor. Ob sie als Nachfahrin einer mächtigen Hexe einen Sturm heraufbeschwören konnte? Sie dachte an die Vorführungen im Mitternachtscafé und legte Daumen und Ringfinger aneinander. Angestrengt horchte sie in ihren Körper hinein, ob sie etwas fühlte. Nichts. Enttäuscht stieß sie die Luft aus. »Du hast mir gesagt, dass ich in deiner Welt keinen Platz habe. Weshalb rufst du an?«

»Das wollte ich nicht sagen. Und das weißt du auch. Ich mache mir einfach Sorgen um dich.«

»Das sind keine Sorgen.« Erin legte den Kopf in den Nacken und sah in den Himmel. »Du bevormundest mich. Das ist etwas völlig anderes.«

Für einige Augenblicke schwieg Kaito. Sie hörte ihn seufzen, dann atmete er tief ein. »Du hast vor wenigen Tagen erfahren, dass es Magie gibt. Das muss doch ein Schock für dich gewesen sein.«

»Es war kein Schock für mich«, erwiderte Erin. »Früher gab es eine Zeit, in der ich an Magie geglaubt habe. So eine Sicht auf die Welt verschwindet nicht einfach. Sie kann von der Realität überlagert, aber nie ganz vergessen werden. Was mich allerdings wirklich schockierte, waren deine Worte, deine Lügen und Geheimnisse.«

Ihr Herz pochte wild. Sie fasste nicht, dass sie das wirklich ausgesprochen hatte.

Kaito flüsterte: »Du weißt von dem Feuerhexer in den Vaults, oder? Du hast unser Gespräch belauscht.«

»Und darauf gewartet, dass du es mir von dir aus erzählst«, fügte Erin hinzu.

Jetzt, da es ausgesprochen war, verpuffte ihre Wut. Es fühlte sich zwar immer noch so an, als würde etwas Gewaltiges zwischen ihnen stehen, andererseits glaubte sie daran, dass sie es gemeinsam entfernen konnten, wenn sie darüber redeten. Der erste Schritt war bei verletzten Gefühlen immer der schwerste. Sie nahm ihren Mut zusammen und ergänzte: »Das hat mich verletzt.«

»Ich verstehe«, antwortete Kaito nach einigen Sekunden. Er klang aufrichtig, und das war alles, was Erin brauchte, um ihm für den Moment zu verzeihen. Sie fühlte sich mit ihrem neuen Wissen allein und brauchte dringend seine Hilfe. Außerdem vermisste sie ihn.

»Schon gut«, sagte sie schließlich.

»Können wir uns treffen?«, fragte Kaito, und Erin glaubte hören zu können, wie er nervös auf seiner Unterlippe kaute. »Ich habe ehrlich gesagt Angst, wenn du mit dem Buch alleine bist.«

»Können wir«, sagte Erin und warf einen Blick über die Schulter. Niemand schien sie zu beachten. »Ich habe einiges zu erzählen, und ich hoffe, dass du mir Fragen dazu beantworten kannst. Wir treffen uns in fünfzehn Minuten bei Karen.«

Sie wollte Kaito an einem Ort treffen, an dem sie sich sicher fühlte. Ihre Wohnung schied nach dem Einbruch aus. Bei Gelegenheit musste sie sich dringend um eine neue Unterkunft kümmern, aber wenn ihr Plan gelang, konnte sie bald in die Unterwelt ziehen und ihre magischen Kräfte trainieren, um Tante Charly endlich zu retten. Bei der Erinnerung an Tante Charly kam ihr ein anderer Gedanke. War es möglich, dass Tante Charly ebenfalls Magie in sich trug? Laut Thisha entstammte ihre Familie Abaigeal Dubhs Blutlinie.

Wieso hatte das Buch damals nicht Tante Charly ausgewählt, als sie in Edinburgh war? Ihre Tante hätte definitiv einen Weg gefunden, die Magie in sich zu aktivieren, eine Hexe zu werden und sich dann selbst zu retten. Jetzt lag es an Erin, das zu übernehmen.

Sie musste lediglich den Würfel finden.

Als sie Karens Ghost & Witchery Tours betrat, hob Karen den Kopf und sah sie mit gerunzelter Stirn an. Wie immer lag auf ihrem Schoß ein aufgeschlagenes Buch.

»Was machst du denn heute hier?«

»Ich treffe mich mit … Leo«, erwiderte Erin, woraufhin Karen sofort grinste und die Augenbrauen nach oben zog.

»Mein Laden ist aber ein seltsamer Ort für ein Date. Ist dir nichts Besseres eingefallen?«

»Man soll dich doch dort treffen, wo man sich wohlfühlt, oder?« Erin erwiderte ihr Grinsen, obwohl die Nervosität ihre Eingeweide zerwühlte. »Damit man sich nicht verstellt und so.«

»Aha.« Karen zog die Mundwinkel noch weiter nach oben und nickte. »Wenn das so ist … Die Teeküche hinten ist frei. Aber keine Schweinereien, ja?« Damit wandte sie sich wieder ihrem Roman zu, das Lächeln auf ihren Lippen blieb.

Erin ging nach hinten und betrat das kleine fensterlose Zimmer, das Karen als Teeküche und kleinen Stauraum nutzte. Es roch leicht muffig, nach vergessenem Obst und schmutzigem Geschirr. Die Küchenzeile füllte eine Wand, die andere war mit deckenhohen Regalen zugestellt. Ordner, Tassen und Papiere kämpften mit einem modernen Laptop um den wenigen Platz, den die ausgebreiteten Plakate mit unterschiedlichen Layouts übrig ließen. Karen suchte aktuell nach einem neuen Flyer-Design, sodass diverse Grab- und Vaultmotive mit mehr oder weniger passenden Schriftarten kombiniert waren. Eine eckige Schrift mit Blutstropfen hatte von Karen ein Post-it mit der Aufschrift NO WAY kassiert. Zwei Klappstühle standen an der Rückwand. Erin ließ sich auf einem nieder und verschränkte die Arme vor der Brust.

»Du bist wirklich hier.« Kaito betrat die Kammer und schloss sofort die Tür. Erleichterung lag auf seinem Gesicht und in seiner Stimme. Seine Haare waren verwuschelt, seine Kleidung, eine dunkelgraue Jeans und ein zerknittertes T-Shirt, war unordentlich und nicht ganz zusammenpassend, als hätte er sich schnell etwas übergeworfen. Nur der schwarze bodenlange Mantel sah aus wie immer.

Erin nickte und deutete mit einer Hand auf den freien Stuhl neben sich. Kaito kam der Aufforderung sofort nach.

»Natürlich bin ich hier.« Ihre Gedanken rasten. Sie hatte gehofft, dass sie herausfand, wie sie das Gespräch beginnen sollte, sobald sie ihn sah, aber sie wusste nicht einmal, wie viel sie von dem Erlebnis im Antiquariat erzählen sollte.

Er griff nach ihren Händen, strich mit seinem Daumen über ihre Finger und flüsterte: »Es tut mir wirklich leid, was passiert ist. Ich habe dich verletzt. Dabei will ich dich beschützen.«

In einer schnellen Bewegung entwand sie sich ihm. »Du musst damit aufhören. Ich will nicht beschützt werden. Unterstützt, ja. Aber ich möchte nicht, dass du Entscheidungen für mich triffst oder mich behandelst, als wäre ich eine Maid in Nöten.«

Die darauffolgende Stille ertrug Erin nur schwer. Sie betrachtete die Flyer, ihre im Schoß gefalteten Hände, fühlte nach dem Buch in ihrer Tasche. Alles, um Kaito nicht in die Augen sehen oder als Erste wieder das Wort ergreifen zu müssen.

Als er schließlich sprach, zuckte Erin überrascht zusammen.

»Ich verstehe.« Erneut griff er nach ihrer Hand, und dieses Mal ließ sie es geschehen. Er beugte sich leicht nach vorne, suchte ihren Blick und fing ihn schließlich ein. »Und dieses Mal sage ich es nicht einfach nur, um dich in Sicherheit zu wiegen. Es tut mir leid, dass ich dieses dumme Machtspiel überhaupt mit dir gespielt habe. Unter Hexen ist das üblich. Aber du bist keine Hexe.«

Erin räusperte sich. »Eigentlich bin ich das schon irgendwie.«

Und dann erzählte sie ihm alles, was sie im Antiquariat erfahren hatte. Kaito sah sie sprachlos an, hielt weiter ihre Hand und schüttelte hin und wieder den Kopf.

»Nun habe ich das Buch und das Gefühl, vor einer unlösbaren und vor allem nicht definierten Aufgabe zu stehen«, schloss Erin.

»Was meinte sie damit, dass Geschichten sich wiederholen?«, murmelte Kaito. Sein Gesichtsausdruck war auf einmal leer, als wäre er nicht mehr wirklich hier, sondern in einer Gedankenwelt, in der er nach Antworten suchte.

Erin betrachtete sein Gesicht, spürte die Berührung seiner Finger auf ihren.

»Mir tut es auch leid«, brach es aus ihr heraus. »Du wolltest mir helfen, und ich war wütend auf dich. Dabei hätte ich dir sofort sagen sollen, was mich stört.«

Er schüttelte kurz den Kopf, Leben kehrte in seine Augen zurück. »Schon in Ordnung. Ich habe mich mies verhalten. Du hattest jeden Grund, wütend zu sein.«

»Aber ich hätte mich trotz Wut besser ausdrücken können«, beharrte Erin. »Bitte nimm auch meine Entschuldigung an, okay?«

Seine Antwort kam sofort: »Natürlich. Du bist mir wichtig, Erin.«

Wärme überrollte sie. Kaito schluckte, und seine Augen weiteten sich ein wenig.

»Das … wollte ich gar nicht sagen«, brachte er schließlich hervor.

»Ich bin froh, dass du es gesagt hast.« Die Worte stolperten über ihre Lippen. Sie kniff den Mund zusammen. »Das wollte ich auch nicht sagen.«

Kaito lachte, tief und rau, und Erins Blick fiel auf seine Lippen. Sie fragte sich, wie es sich wohl anfühlte, sie zu küssen. Kurz darauf wusste sie es. Es fühlte sich wahnsinnig gut an.

Ein schriller Schrei unterbrach den Moment, und sie fuhren auseinander. Kaito war sofort auf den Beinen, die rechte Hand erhoben, den Blick wachsam auf die Tür gerichtet. Erin vermisste seine Nähe sofort, Adrenalin pumpte durch ihren Körper.

»Ich wusste, dass du uns früher oder später zu ihr führen würdest«, erklang eine tiefe Stimme von draußen. »Also musste ich dir nur folgen.«

Die Tür öffnete sich, und ein Mann steckte den Kopf herein. Er war etwas kleiner als Erin, dafür aber doppelt so breit, sein Haar war feuerrot, das Gesicht voller Sommersprossen. Ein bösartiges Grinsen lag auf seinem Gesicht. »Diese Frau ist euch doch wichtig, oder?«

Erin schrie auf, als er die Tür ganz öffnete und sie sah, dass er Karen wie ein Schutzschild vor sich hielt. Sie war bewusstlos, Blut verklebte ihre Haare.

»Rückt das Buch raus, oder sie stirbt.« Er hob ein glänzendes Messer in die Höhe.

Tränen traten in Erins Augen. Sie erhob sich zitternd, die Hand vor dem Mund, während Kaito den Mann mit zusammengekniffenen Augen fixierte.

»Wer bist du?«, wollte er wissen und zeigte sich von der Drohung sichtlich unbeeindruckt. »Weshalb glaubst du, dass wir töricht genug sind, das Buch für das Leben einer Radan zu opfern?«

Erin zuckte zusammen. Sie starrte ihn an, musterte den harten Gesichtsausdruck und überlegte, ob er eine Rolle spielte oder es ernst meinte. Ein Kloß bildete sich in ihrer Kehle. Er sah nicht aus, als würde er scherzen.

»Ich werde euch jetzt festbinden«, erklärte der Mann. »Es wäre für alle Beteiligten besser, wenn ihr euch nicht wehrt.«

In diesem Moment griff Kaito an. Er schnellte nach vorne, versetzte dem Angreifer mit der rechten Faust kraftvoll einen Kinnhaken. Der Angreifer zuckte zurück, ließ das Messer und Karen los, sodass ihr bewusstloser Körper auf den Boden knallte. Doch im nächsten Moment griff er nach Kaitos Arm und drehte ihn auf den Rücken.

Kaito stieß einen Schmerzenslaut aus und ging in die Knie.

»Dumme Idee, Junge«, zischte der Mann. »Denkst du, ich komme ohne magische Verstärkung? Die Tränke, die durch meine Adern fließen, machen mich für die nächsten Stunden schmerzunempfindlich. Aber danach wird dein Schlag sicher wehtun, und ich habe das dumpfe Gefühl, dass ich dich dafür bezahlen lassen muss.«

Er zog an Kaitos Arm, und Schmerz verzerrte dessen Gesicht. Dann wuchtete er ihn hoch, zwang ihn auf nach hinten zu einem der Stühle, zog ein Seil aus seinem schwarzen Umhang und fesselte ihn. Gerade als er den letzten Knoten machte, kehrte das Leben in Erins Glieder zurück. Sie rannte los, sprang über Karens Körper und griff nach dem Türrahmen, um sich mit einem kräftigen Schwung um die Ecke zu katapultieren.

Der Mann war schneller. Er griff nach ihr und bekam ihre Jacke zu fassen. Der Stoff gab geräuschvoll nach, eine Naht riss, Erin wurde zurückgeschleudert und landete in seinen Armen. Sein Duft nach Minze und Thymian stieg ihr in die Nase. Er grinste sie an.

»Na, na, wo willst du denn hin?«

Ihre Beine knickten ein, als er sie grob auf den anderen Stuhl drückte und sie dort mit einem weiteren dünnen Seil festzurrte. Dann stand er mit verschränkten Armen vor ihnen, Karen lag noch immer am Boden und regte sich nicht. Erin hörte nichts als ihren eigenen Herzschlag und Kaitos schweres Atmen.

»Also, ich wiederhole«, sagte der Mann. »Wo ist das Buch? Mein Meister braucht es, um eine Lösung zu finden, und er hat keine Zeit für eure kleinen Spielchen. Verratet es mir, oder ich töte eure Freundin.« Er ging zu Karen zurück, hob das Messer auf, das neben ihr lag, und setzte es an ihre Kehle. Erin wimmerte. »Oh, ich verstehe. Dir liegt also durchaus etwas an ihr. Dann sag mir: Wo ist das Buch?«

»Lass die Radain da raus«, knurrte Kaito.

»Wir wissen beide, dass zumindest diese hier keine gewöhnliche Radan ist«, erwiderte er ruhig und zeigte auf Erin. »Wir wissen auch, dass sie das Buch hat. Ich habe in ihrer Wohnung bereits danach gesucht. Dort bist du mir in die Quere gekommen, Kartenmischer.« Er spuckte Kaito vor die Füße. »Aber mein Meister verliert langsam die Geduld und hat mir erlaubt, härtere Methoden einzusetzen. Also …« Er drückte das Messer enger an Karens Kehle. Die Vorstellung, sie sterben zu sehen, zerriss Erin innerlich.

Doch sie konnte das Buch nicht hergeben. Nicht nach dem, was sie im Antiquariat darüber erfahren hatte. Tränen rannen ihr über die Wangen. »Wo ist das Buch?«

Erin kniff die Lippen zusammen, der Mann trat auf sie zu, beugte sich unerträglich nah an sie heran, ließ seine Hände über ihre Jacke und Lus Pullover gleiten, suchte alles ab und zog schließlich das Buch aus der Tasche, die sie immer noch umhängen hatte.

Zufrieden grinste er auf sie herab. »Na also. Geht doch.«

»Du hattest es dabei?« Kaitos Frage war nicht mehr als ein Flüstern. »Wieso?«

Sie wusste nicht, was sie antworten sollte.

»Danke für die Zusammenarbeit«, sagte er, trat hinter Erin und strich ihr fast zart über die Haare. »Da ich ein freundlicher Hexer bin, gebe ich euch noch einen guten Ratschlag.« Sein warmer Atem tanzte über Erins Nacken, sein Arm streifte ihren, als er an ihr vorbeiging und sich vor die noch immer bewusstlose Karen stellte. Dann griff er ihr in die Haare und zog sie nach oben.

In diesem Augenblick wurde Karen wach. Sie starrte Erin an, die Augen weit aufgerissen, Schweiß und Blut auf der Stirn.

Bevor Erin »Nicht!« schreien konnte, näherte sich der glänzende Stahl Karens Kehle.

»Die Menschen, die du liebst, sterben sowieso«, sagte er, und Erin wusste nicht, ob er sie oder Kaito meinte. »Ganz egal, was du tust.«

Dann schnitt er in einer fließenden Bewegung Karens Kehle durch.

47
HOHER BESUCH

Es ergab keinen Sinn. Noah saß mit gerunzelter Stirn über den auf seinem Bett ausgebreiteten Blättern. Grant Taylors Befragung hatte ihn nicht weitergebracht. Er wusste immer noch nicht, wieso dessen Name in keiner Akte auftauchte. Denn in diesem Punkt stimmte Noah seiner Mutter zu: Wenn diese Kendra sowohl mit Sir Glean als auch mit Grant Taylor liiert gewesen war, hätte man Grant Taylor gleich nach dem Todesfall als Erstes befragt. Noah glaubte zwar nicht, dass Grant mächtig genug war, um ein Ratsmitglied zu töten, aber er war definitiv mächtiger als die anderen Verdächtigen, die in dem Fall genannt wurden.

Als Noah zum dritten Mal die Befragung von Sir Gleans Haushälterin durchlas, schnaubte er.

Hat Sir Glean Sie unsittlich berührt?

Niemals gegen meinen Willen.

Frustriert warf er die Aufzeichnung aufs Bett. Das nochmalige Durchsehen dieser Akten war pure Zeitverschwendung, aber sie waren alles, was er hatte. Als er nach dem nächsten Stapel griff, klopfte es an seinem Zimmer. Entnervt legte er die Papiere zur Seite. »Herein.«

»Guten Tag«, erklang eine tiefe Stimme.

Noch bevor die Tür komplett geöffnet war, stand Noah neben seinem Bett und strich seine Kleidung glatt.

»Sir Craig!«, rief er und verneigte sich. »Welch Ehre.« Noahs Ohren glühten. Sein Zimmer war ein einziges Chaos und nicht der geeignete Ort, um den Anführer des Rates zu empfangen. »Wollen wir uns ins Esszimmer begeben?«

Sir Craig winkte ab und sah sich betont neugierig um. »Nicht nötig. Ich kam hierher, weil ich etwas mit Euch unter vier Augen besprechen wollte, Sir Stewart.« Sein Blick blieb auf den zahlreichen Papieren auf dem Bett hängen. »Ihr arbeitet sehr fleißig, wie ich sehe.«

»Ja, Sir.« Noah verbeugte sich erneut, dann drehte er sich um und begann, die Papiere ordentlich zu stapeln. »Verzeiht das Chaos. Es mag seltsam erscheinen, aber mir hilft es beim Denken.«

»Chaos ist ein Wort für Menschen, die das System hinter etwas nicht verstehen«, erwiderte Sir Craig ruhig. »Ich glaube nicht daran, dass so etwas wie Chaos existiert. Wenn wir Chaos gegenüberstehen, sind wir lediglich zu dumm, um die Ordnung zu erkennen.«

Sofort hörte Noah auf, die Papiere zu sortieren, und drehte sich wieder zu ihm um.

»Ihr habt recht«, sagte er und räusperte sich. »Aber sicher kamt Ihr nicht hierher, um mit mir über Chaos und Ordnung zu sprechen?«

Sir Craigs rechter Mundwinkel zuckte leicht nach oben. »Nein, das ist nicht der Grund meines Besuches.« Er wanderte zum Fenster und warf einen Blick nach draußen. »Mir wurde zugetragen, dass Sie bei Grant Taylor waren?«

»Meine Ermittlungen führten mich dorthin«, erklärte Noah und fasste kurz zusammen, was er von seiner Mutter erfahren hatte. Kurz dachte er an die Warnung seines Vaters, doch die schob er schnell beiseite.

»Interessant«, erwiderte Sir Craig und trat zu Noahs Schreibtisch. »Höchst interessant. Habt Ihr in dem Gespräch etwas erfahren?«

»Nur dass der Mann komplett den Verstand verloren hat«, erwiderte Noah, ohne sich zu rühren. Es verunsicherte ihn, dass sich dieser mächtige Mann so ungezwungen in seinem Schlafzimmer bewegte. Er wusste nicht, wie weit er Abstand wahren musste und wann er sich bewegen durfte, also starrte er stur geradeaus an die Wand und beobachtete den Besucher nur aus dem Augenwinkel.

Sir Craig lachte. »Ihr benehmt Euch, als würde ich Euch gerade zum Tode verurteilen. Steht nicht so stocksteif herum.«

Hitze schoss in Noahs Gesicht, und er drehte den Kopf zu Sir Craig. »Verzeiht. Es ist doch etwas ungewöhnlich, das Oberhaupt des Rates im eigenen Schlafzimmer zu haben.«

»Meine Frau würde da widersprechen.« Sir Craig zwinkerte. »Ich verstehe, weshalb du so Angst vor Ratsmitgliedern hast. Dein Vater ist für dich der Inbegriff des Rates, nicht wahr?«

Zögerlich nickte Noah. Ihm war nicht entgangen, dass Sir Craig ihn plötzlich weniger höflich ansprach. Seine Tonlage hatte gewechselt. Er sprach nicht mehr so langsam und tief, selbst seine Körperhaltung wirkte entspannter.

»Sir Stewart ist kompetent«, fuhr Sir Craig fort. »Aber er ist eine Ausnahme. Die meisten von uns sind den alten Traditionen nicht so verhaftet wie er.«

»Sir?« Noah runzelte die Stirn.

»Sag, Noah.« Er hielt kurz inne. »Es ist in Ordnung, wenn ich dich Noah nenne?«

Stolz und Verwirrung verengten Noahs Brust. »Natürlich, Sir.«

»Betrachte dies als informelles Treffen.« Sir Craig blieb direkt vor Noah stehen und sah ihn eindringlich an. »Nichts davon darf dieses Zimmer verlassen. Hast du das verstanden? Ich war niemals hier.«

Zögerlich nickte Noah.

»Was hältst du von den Klassenunterschieden zwischen den Zirkeln?«

Die Frage kam so unvermittelt, dass Noah ein sehr unfeines »Bitte was?« herausrutschte. Er räusperte sich. »Entschuldigung. Ich meinte …«

»Ich verstehe, dass die Frage dich überrascht.« Sir Craig musterte Noah von Kopf bis Fuß, sein eindringlicher Blick schien in sein Innerstes vorzudringen, um dort die Antwort zu finden, die er suchte. »Aber du musst mich verstehen: Du wirst eines Tages Teil des Rates sein, und es ist wichtig, dass ich die Gesinnungen meiner Ratsmitglieder kenne und verstehe. Deshalb wollte ich die Chance heute für ein erstes Kennenlernen nutzen.«

»Ich verstehe«, sagte Noah, obwohl das nicht stimmte. Sein Vater würde noch lange leben. Es war unwahrscheinlich, dass Noah jemals mit Sir Craig im Rat sitzen würde. Es sei denn, Richard Stewart starb eines unnatürlichen Todes.

»Zurück zu meiner Frage: Was hältst du von den Klassenunterschieden?«

»Es gibt keine Unterschiede«, zitierte Noah das, was er in der Ausbildung gelernt hatte. »Jede Form der Magie ist besonders und ein wichtiger Teil unserer Gesellschaft.«

Sir Craig kniff die Augenbrauen zusammen und schüttelte den Kopf. »Du sollst nicht die alten Sprüche aus deinen Lehrbüchern aufsagen. Ich möchte wissen, was du denkst. Nicht, was du denken sollst. Ich weiß, was Hexen beigebracht wird.«

Unruhig strich Noah über seine Lederhandschuhe. Er fühlte sich wie bei seiner Abschlussprüfung. Seine Antwort bestimmte über sein Leben. Mit Bedacht wälzte er die Worte zunächst in seinem Kopf, bevor er sie aussprach, erinnerte sich an die Rede, die seine Mutter beim Mittagessen geschwungen hatte.

»Ich glaube, dass unsere Gesellschaft Klassenunterschiede macht«, sagte er und ließ Sir Craigs Gesicht nicht aus den Augen. Es zeigte keine Regung. »Aber Klassenunterschiede sind natürlich. Das menschliche Wesen will sich überlegen fühlen und sucht deshalb nach Gründen, es zu tun. Wir legen Unterscheidungsmerkmale fest, die einer Mehrheit helfen, sich gut zu fühlen.«

»Aber weshalb sind dann Runenhexen so hoch angesehen, obwohl sie so selten sind?«, stellte Sir Craig eine Gegenfrage.

Noah überlegte. »Weil wir eine Minderheit nach oben heben, um unser Gewissen zu erleichtern?«, mutmaßte er. »Wir können sie nicht alle unterdrücken. Außerdem sind Runenhexen …« Er geriet ins Stocken.

»Sie waren mächtig«, half Sir Craig und nickte. »Damals, als wir die alten Runen noch kannten und sie stark genug waren, die Unterwelt zu erschaffen. Das Wissen ist mittlerweile verloren, und alles, was ihnen bleibt, ist der Status, den wir ihnen verleihen. Anders als wir Tarotleger, obwohl wir ebenso auf den Vortex zugreifen wie alle anderen Zirkel. Was unterscheidet uns?«

Erschrocken zuckte Noah zusammen. Sir Craig war neben Kaito einer der wenigen Tarotleger, die hoch angesehen waren, was allerdings vor allem an seiner Abstammung und nicht an seiner Magie lag.

»Jede Form der Magie ist besonders«, wiederholte Noah. Er geriet ins Straucheln und verstand nicht, worauf Sir Craig hinauswollte. Das Gespräch verwirrte ihn.

Missbilligend schüttelte Sir Craig den Kopf.

»Glaubst du, dass Magie für jeden gleich sein sollte?«

Instinktiv zuckte Noah zurück. Allein der Gedanke stieß ihn ab. »Was meinen Sie damit?«

»Stell dir vor, jede Form der Magie wäre gleich. Es gäbe keine Zirkel, sondern nur Magie. Jeder könnte alles lernen. Würde das die Klassenunterschiede nicht auflösen?«

Mit großen Augen starrte Noah Sir Craig an. »Das würde zu Chaos führen.«

Ganz kurz flackerte ein Ausdruck über Sir Craigs Gesicht, den Noah nie zuvor bei ihm gesehen hatte. Etwas wie … Enttäuschung?

»Denkt Ihr nicht?«, fragte Noah vorsichtig nach. Er durfte es sich nicht mit dem Oberhaupt des Rates verscherzen.

»Ich denke, dass die Hexen auf jeden Fall andere Wege finden könnten, um einander auszuschließen«, erwiderte er und legte nachdenklich einen Finger gegen die Lippen. »Aber wenigstens hätten dann alle die gleichen Anfangsbedingungen, und es wäre nur noch eine Frage des Ehrgeizes, wer unten landet, nicht wahr?«

Noah dachte an das Viertel, in dem er wohnte. Die Privilegien, die er allein durch sein Elternhaus genoss. An das Zuhause von Lucinda, die in einer heruntergekommenen Ecke ohne Pflanzen und fließendes Wasser lebte. Er konnte nicht daran glauben, dass all das verschwand, wenn Magie für jeden gleich wurde. Ob Sir Craig es ebenso sah? War das hier nur ein Test?

Obwohl er ahnte, dass er mit seiner Antwort nur verlieren

konnte, wagte er es: »Ich glaube, dass wir die Einzigartigkeit unserer Magie als das begreifen sollten, was sie ist: wunderschön. Die Klassenunterschiede in der Unterwelt entstehen nicht durch die Zirkel, sondern durch Geburt. Selbst wenn ich als Gebräuhexer geboren worden wäre, wäre ich ein Ratsmitglied geworden, nicht wahr?«

Er sah Sir Craig direkt in die Augen, ahnte, dass er diese Diskussion nur durch Stolz und Überzeugung gewinnen konnte. Sie mussten nicht einer Meinung sein. Sir Craig wollte lediglich sehen, dass Noah eine Meinung hatte und diese vertreten konnte. Es kam nicht auf den Inhalt an, dessen war Noah sich plötzlich sicher.

»Es ist dein Geburtsrecht«, erwiderte Sir Craig langsam und wandte sich ab. »Und da Begabungen nicht vererbt werden, wärst du auch als Gebräuhexer ein willkommenes Mitglied im Rat, das stimmt. So wie ich es als Tarotleger bin.«

»Also würde eine Gleichheit der Magie nichts ändern«, sagte Noah. »Sie würde uns nur der Besonderheiten berauben.«

Sir Craig wandte sich um, musterte Noah noch einmal von oben bis unten und nickte knapp.

»Ihr habt interessante Gedankengänge, junger Sir Stewart.« Damit ging er zur Tür und verschwand.

Noah blieb verwirrt zurück. Er hoffte, dass die Höflichkeitsform am Ende nicht bedeutete, dass er falsch geschlussfolgert hatte.

48
DER SPION

Der Besuch von Sir Craig zeigte Noah, dass er nun erst recht alles daransetzen musste, die Fälle zu lösen. Nur so konnte er die Gunst des Oberhaupts des Rates zurückgewinnen. Und dafür musste er einen kühlen Kopf bewahren, analytisch vorgehen.

Nachdem die Ermittlungen um Sir Glean ihn nicht vorangebracht hatten, breitete er die Fakten über Dalgiencrieff erneut auf dem Bett aus und ließ den Blick über die Papiere schweifen.

»Was zur …« Er starrte auf die Namen, die über der Liste mit den Opfern aus Dalgiencrieff standen, auf die Auflistung des zugeteilten Schattenleserteams. Der Leiter des Falles hieß Grant Taylor. Wie hatte er das bisher übersehen können?

»Zufall«, murmelte er. »Das muss ein Zufall sein.«

Während er noch den Namen anstarrte, riss seine Mutter die Tür auf, ohne anzuklopfen.

»Noah! Dein Vater braucht dich sofort. Ein Mann wurde von der dunklen Seuche befallen. Wir wissen nicht, wie lange er leben wird. Er ist im Arbeitszimmer.«

Widerwille bäumte sich in Noah auf, aber er erhob sich, zog seine Lederhandschuhe an und eilte nach unten. Es war das erste Mal, dass ein Befallener in ihrem Haus war, und er wollte ihn so schnell wie möglich loswerden. Gleichzeitig fragte er sich, wie Sir Craig unbemerkt an seinen Eltern vorbeigekommen war. Leider konnte er sie nicht danach fragen.

Unten angekommen, griff er in die Tasche seiner Lederjacke und holte seinen Dolch hervor, dann strich er noch einmal mit den Fingern über die Runenkette an seinem Hals und betrat das Arbeitszimmer seines Vaters.

In der Mitte des riesigen Raumes saß ein Mann auf einem Holzstuhl, hinter ihm stand Richard mit verschränkten Armen. Über ihnen schwebte eine große Feuerkugel.

»Dieser Fall muss streng vertraulich behandelt werden«, sagte Richard ohne eine Begrüßung und ging auf Noah zu. »Nicht einmal Sir Craig darf davon erfahren.«

Sie standen sich gegenüber, Noah legte leicht den Kopf in den Nacken, um seinem Vater ins Gesicht zu blicken.

»Er ist das Oberhaupt des Rates«, sagte Noah mit fester Stimme.

Er konnte nicht glauben, dass sein Vater noch immer an seiner Paranoia festhielt. Gleichzeitig erinnerte er sich an das merkwürdige Gespräch, dass er erst vor wenigen Minuten mit Sir Craig in seinem Schlafzimmer geführt hatte. An seinen undurchdringlichen Gesichtsausdruck und die absurden Fragen, auf die nur falsche Antworten möglich gewesen waren.

Die nächsten Worte seines Vaters ließen ihn zusammenzucken:

»Sir Craig ist in diesem Fall als Verdächtiger involviert. Und Verdächtige dürfen nicht über den Ermittlungsstand aufgeklärt werden. Nicht einmal dann, wenn sie den Rat anführen. Fang endlich an!«

Er nickte mit dem Kopf zu dem Mann, der schluchzend auf dem Stuhl saß. Erst jetzt sah Noah, dass seine Hände gefesselt waren. Angst schnürte ihm die Kehle zu, als er sich dem Gefangenen näherte, gleichzeitig kribbelte Verwirrung und Neugier in seinem Nacken. Er überprüfte noch einmal den Sitz seiner Handschuhe, dann ging er in die Hocke, um dem Verdächtigen ins Gesicht zu sehen. Die schwarzen Linien breiteten sich bereits von der Kehle bis zu seinen Nasenflügeln aus. Wirbelnde Ranken, die sich bewegten wie Würmer. Ekel ließ Noah ein Stück zurückweichen.

»Ich werde Euch jetzt losbinden, damit wir in Ruhe reden können«, erklärte er dem Mann und ging um ihn herum, den Dolch gezückt. »Wenn Ihr mich angreift, werde ich Euch sofort töten. Habt Ihr das verstanden?«

Der Gefangene schluchzte auf, dann nickte er, und Noah befreite ihn von den Fesseln. Sofort schlang der Mann sich die Arme um den Oberkörper und wiegte sich vor und zurück.

»Ich bin Schattenleser«, erklärte Noah. »Ihr werdet mir nun erzählen, was Ihr getan habt, um die dunkle Seuche verdient zu haben.«

»Sir Craig hat mir versprochen, dass ich niemanden verletze. Ich habe daran geglaubt. Aber ich habe trotzdem die dunkle Seuche. Unwissenheit schützt doch, oder? Sie schützt! Ich wusste von nichts. Ehrlich. Ich wusste von nichts.« Ruckartig richtete er sich auf und klammerte sich an Noahs Ärmel fest.

Der junge Schattenleser wich zurück, befreite sich von den Fingern, die den Tod auf der Haut trugen. Der Mann hatte von Sir Craig gesprochen. Noahs Überzeugung, dass sein Vater Blödsinn redete, wurde angekratzt.

»Wenn Ihr mich noch einmal anfasst, seid Ihr tot.« Er widerstand dem Drang, sich zu kratzen, warf einen kurzen Blick zu seinem Vater, der die Befragung stumm beobachtete, und sprach weiter: »Gesteht endlich! Das ist das Einzige, was Euch vor dem Tod bleibt. Das Einzige, was Euch vielleicht retten kann.«

Einmal mehr benutzte Noah die Lüge der Schattenleser – vielleicht würde der Mann ja mit der Aussicht, der dunklen Seuche zu entgehen, seine Gräueltaten gestehen.

»Ich habe niemanden absichtlich verletzt«, wiederholte der Mann. »Sir Craig versprach mir, dass ich niemanden verletzen würde. Er sagte, Unwissenheit würde mich beschützen, also ließ er mich im Dunkeln. Er hat es versprochen.« Sein Kiefer spannte sich an, die Füße zuckten. Noah trat einen weiteren Schritt nach hinten. »Sir Craig hat es persönlich versprochen.«

Ein letztes Zucken, dann erschlaffte der Körper des Mannes. Er war tot.

Noah drehte sich zu seinem Vater um, der mit verschränkten Armen und erhobenem Kinn auf den Toten herabsah.

»Was denkst du darüber?« Richards kalter Blick wanderte zu Noah.

»Täter werden nicht bestraft, wenn sie wirklich unwissend sind.« Noah sah aus dem Fenster hinauf in den blauen Himmel, spürte seinen beschleunigten Herzschlag. »Ich schätze, sie sind dann einfach nicht so unwissend, wie sie tun.«

Die Angst blieb trotz der rationalen Gedanken. Die Panik davor, eines Tages selbst von der dunklen Seuche befallen zu werden. Noah prüfte den Sitz seiner Lederhandschuhe.

»Und es fällt sonst auch nicht der Name des Oberhaupts des Rates?«, fügte Richard hinzu.

Widerwillig nickte Noah. »Das ist in der Tat noch nie vorgekommen. Wo hast du ihn gefunden?«

Richard antwortete nicht. Stattdessen trat er hinter seinen Schreibtisch, setzte sich auf den Stuhl mit der hohen Lehne und faltete die Hände. »Du darfst mit niemandem über das reden, was hier passiert ist.«

Noah knirschte mit den Zähnen. Doch er weigerte sich, seinen Vater nach Gründen für die Geheimhaltung zu fragen, denn das würde ihm noch mehr Macht über ihn geben, würde bedeuten, dass Noah so unbedeutend war, wie Richard behauptete.

»Ich wollte nur, dass du die Wahrheit siehst«, brach Richard das Schweigen zwischen ihnen. »Jetzt kehr zurück zu deinen Fällen. Finde die Verbindungen, und berichte mir davon. Ich kümmere mich um den Rest.«

49
EINE BÖSE ÜBERRASCHUNG

Noah war es egal, was sein Vater sagte. Er war ein Schattenleser, und er würde diesen Fall auf die gleiche Weise lösen wie alle anderen. Mit Ruhe und Verstand. Deshalb war der logische erste Schritt, nach dem Tod des Täters jenen Mann aufzusuchen, dessen Namen er genannt hatte. Er schickte mit dem Handy eine kurze Nachricht an Kaito, zur Sicherheit. Noch während er auf *Senden* klickte, fühlte er sich paranoid, gleichzeitig beruhigte ihn, dass jemand, dem er vertraute, seine Vermutung kannte, falls sie zutraf. Vor allem, da er sich noch lebhaft an Kaitos Legung erinnerte.

Aber eine Person in deiner Nähe hat ihre Finger im Spiel. Eine Person, die äußerst entschlossen ist, ihr Ziel zu erreichen, und dabei nicht nur Lügen nutzt, sondern auch Illusionen erliegt. Sie kämpft in ihren Augen für das richtige Ziel und eine positive Veränderung, aber in Wahrheit sehnt sie sich nach Chaos.

Wenn er nur wüsste, ob die Karten von seinem Vater oder … jemand anderem gesprochen hatten.

Mit klopfendem Herzen eilte er zum Ratshaus, wo Harriette ihn mit einem höflichen Lächeln empfing. Heute trug sie eine neongelbe Feder im Haar und einen dazu passenden Blazer.

»Was kann ich für Euch tun?«

»Ich muss mit Sir Craig sprechen«, begann Noah ohne Umschweife und trat zu ihrem Schreibtisch.

»Ich fürchte, er empfängt heute niemanden mehr«, erwiderte sie, ohne in ihr Buch zu sehen. »Gerne können wir morgen einen Termin ausmachen, um …«

»Es ist kein Termin, sondern eine Anhörung.« Noah atmete tief ein. Die Ungeheuerlichkeit des Satzes schien ihn niederzudrücken, trotzdem brachte er ihn über die Lippen: »Sir Craig steht im Verdacht, ein Mitglied unserer Gemeinschaft zu einer Straftat angestiftet zu haben.«

Harriette stieß einen empörten Laut aus.

»Das ist nicht witzig«, flüsterte sie dann entrüstet. Als sie Noah ansah, verlor ihr Gesicht jegliche Farbe. »Sie meinen es ernst.«

Noah nickte, kämpfte die Übelkeit nieder. »Ich muss ihn befragen, um das Missverständnis schnellstmöglich aus der Welt zu schaffen.«

Harriette sah ebenso wenig überzeugt aus, wie Noah sich fühlte. Die Anschuldigung, mit der er vor das Oberhaupt des Rates trat, wog schwer. Kurz überlegte er, ob er nicht doch so handelte, wie sein Vater es wollte. Hatte Richard ihn absichtlich in diese Situation gebracht, damit er bei Sir Craig in Ungnade stürzte? War dies sein Racheplan, um das Vertrauen, das zwischen Sir Craig und Noah aufgeflammt war, direkt zu ersticken?

»Ich verstehe.« Harriettes Stimme war nicht mehr als ein Piepsen. »Geht hindurch.« Sie deutete auf die Tür hinter sich, und Noah schritt darauf zu. Er kämpfte die Panik nieder, kontrollierte das Zittern seiner Hände, dann drückte er die Klinke nach unten und trat ein.

Im Versammlungsraum saß niemand außer Sir Craig. Die anderen Stühle waren verlassen, der Kristallleuchter dunkel. Noahs Schritte quietschten auf dem weißen Marmor, und Sir Craig sah von der Papierrolle auf, die vor ihm auf dem Tisch lag.

Missbilligung huschte über sein Gesicht, dann stand er auf und breitete mit einem Lächeln die Arme aus. »Noah! Welch Überraschung!«

Noah erreichte die Stelle, an der er normalerweise innehielt und sich verbeugte. Sein Körper wollte diese einstudierte Geste ausführen, aber er zwang sich weiterzugehen. Sir Craigs Augenbrauen wanderten in die Höhe.

»Ich komme heute in meiner Funktion als Schattenleser«, erklärte Noah, woraufhin Sir Craigs Augenbrauen noch ein Stück höher wanderten.

»Und Schattenleser verneigen sich nicht mehr vor dem Rat?«

»Schattenleser verneigen sich nicht vor einem Verdächtigen.« Die Worte waren so schnell aus seinem Mund, dass Noah erst jetzt bewusst wurde, wie lange er sie schon in seinem Kopf gewälzt hatte.

Er blieb stehen und sah Sir Craig an, wartete darauf, dass er sich mit dem Zucken eines Augenlids oder einem kurzen Kratzen verriet. Aber das Oberhaupt des Rates stand still wie eine Statue.

»Oh«, sagte er schlicht. »Das ist mal eine überraschende Wendung.«

»Könnte man so sagen.« Noah räusperte sich. »Es versteht sich, denke ich, von selbst, dass ich lediglich hier bin, um meiner Aufgabe nachzukommen und jeglichen Verdacht in Eure Richtung zu beseitigen.«

Sir Craig nickte und faltete die Hände vor seinem Bauch. »Dann bringen wir es hinter uns, oder? Setz dich.«

Überrumpelt schwieg Noah, während Sir Craig sich wieder auf seinem Stuhl niederließ.

»Ich…«, begann Noah und starrte auf den Stuhl, auf den Sir Craig gezeigt hatte. Es war der Stuhl seines Vaters. Der Platz, den Noah eines Tages erben sollte. »Ich stehe lieber. Danke.«

Sir Craig lächelte, als hätte er mit dieser Antwort gerechnet.

»Die Karten haben mir gesagt, dass das passieren wird«, erklärte er und fuhr damit fort, auf die Papierrolle vor ihm zu schreiben. »Es war zugegeben das erste Mal, dass ich an ihnen gezweifelt habe. Ich Narr. Zu überheblich, um an mein eigenes Ende zu glauben. Doch der Vorteil eines Tarotlegers ist, dass er sich stets vorbereitet.«

Mit diesen Worten rollte er das Papier zusammen und erhob sich wieder. Noah konnte nichts anderes tun, als ihn anzustarren. Er verstand nicht, worauf Sir Craig hinauswollte.

»Du hast keine Ahnung, wovon ich rede, nicht wahr?«

Langsam schüttelte Noah den Kopf.

»Ein Jammer.« Sir Craig seufzte. »Die Karten waren sehr deutlich, was ich mit dir tun soll. Ich kann dich nicht gehen lassen,

Noah. Nicht, nachdem wir wirklich hier gelandet sind. Die Karten waren sich sicher, dass du sonst mein Ende bist. Sobald die Wahrheit dich gefunden hat, wirst auch du sie finden.«

»Das ergibt doch keinen Sinn«, flüsterte Noah. Ihm war plötzlich eiskalt, und er wich zurück.

»Manchmal findet die Wahrheit uns, aber wir wollen sie nicht sehen.« Sir Craig kam unerbittlich auf ihn zu. »Aber du … du wirst sie sehen. Das wäre mein Ende. Unser Ende. Deshalb kann ich dich leider nicht gehen lassen. Verzeih mir.«

Eine weitere Erinnerung an Kaitos Legung drängte sich nach vorne:

Die drei Münzen verraten uns, dass Illusion und Lügen von einem Verbund ausgehen. Geplante Intrigen, Gemeinschaftsarbeit.

Erkenntnis sickerte in Noahs Verstand. Er drehte sich um und lief los, aber Sir Craig pfiff lediglich einmal. Sofort versiegelte eine Flammenwand den Weg zur Tür und zwang Noah zum Stehenbleiben. Langsam drehte er sich zu Sir Craig um.

»Ich habe Vorkehrungen getroffen«, erklärte dieser schlicht, als er vor ihm stand. »Elementmagie ist wirklich faszinierend. Es ist schön, dass talentierte Hexen sie so einsetzen, dass auch ich sie nutzen kann. So eine Flammenwand ist natürlich lediglich als Schutz gedacht, nicht als Angriff.«

Ein Kribbeln lief Noahs Wirbelsäule entlang. »Ihr brecht die Regeln der Magie, um die dunkle Seuche zu umgehen.«

»Nicht doch.« Sir Craig schüttelte den Kopf. »Ich breche doch keine Regeln, sonst würde die dunkle Seuche mich ja heimsuchen. Ich kenne die Regeln lediglich gut genug, um sie zu meinem Vorteil zu nutzen.«

»Ich habe Euch vertraut.« Noah ballte die Hände zu Fäusten, zwang sich dazu, nicht direkt loszuschlagen. »Ihr habt mich unterstützt.«

Sir Craig lachte. »Du warst ein leichtes Ziel. Jeder Narr konnte sehen, dass du dich nach Anerkennung sehnst. Kein Wunder, wenn man bedenkt, wie dein idiotischer Vater dich behandelt.

Aber tröste dich: Für ein paar Tage habe ich wirklich geglaubt, dich unter meine Fittiche nehmen zu können. Dich wie mein eigen Fleisch und Blut zu behandeln. Aber dann … dann hast du deine Rede von Magie und Einzigartigkeit gehalten.«

»Deshalb habt Ihr so seltsam reagiert«, brach es aus Noah hervor. »Ihr wollt die Magie für alle Hexen öffnen.«

»Für alle Hexen?« Erneut schüttelte Sir Craig den Kopf. »Das ist zu kurz gedacht, Noah.«

»Ihr …« Noah riss die Augen auf und wich einen Schritt zurück. Die Hitze des Feuers brannte in seinem Rücken. »Das könnt Ihr nicht ernst meinen.«

Sir Craig schnalzte mit der Zunge. »Ich möchte, dass Magie für jeden zugänglich wird. Magie ist wundervoll, besonders. Wenn jeder sie nutzen darf, müssen wir nicht mehr in der Unterwelt leben. Stell dir vor, was wir auf diesem Planeten erreichen könnten, wenn *jeder* Magie wirken kann. Wenn jeder jede Art der Magie wirken kann. Kein Klassendenken mehr. Gleiche Chancen für alle.«

Noah starrte ihn entgeistert an. »Das ist Wahnsinn«, flüsterte er. »Die Radain würden mit der neuen Macht ungeheuren Schaden anrichten.«

»Die dunkle Seuche hält sie davon ab«, gab Sir Craig gelassen zurück. »Wie uns auch.«

»Die Angst vor dem Tod macht uns nicht zu besseren Menschen.« Noah schüttelte den Kopf. »Sie führt lediglich dazu, dass wir andere Wege finden, einander zu verletzen. Ganz ohne Magie. Ihr seid das beste Beispiel dafür!«

»Ich«, Sir Craig erhob die Stimme, »verletze nur, wenn es nötig ist, um das Ziel zu erreichen. Mein Ziel ist ehrenwert, und ich habe es fast erreicht. Talus ist in meinem Besitz und wird meinen größten Herzenswunsch wahr werden lassen.«

Er kam näher auf Noah zu, der aufgrund der Feuerwand nicht weiter zurückweichen konnte.

»Wenn Ihr Talus in Eurem Besitz habt«, flüsterte Noah, »wieso habt Ihr ihn dann nicht schon längst benutzt?«

»Eine gute Frage.« Sir Craig nickte anerkennend. »Die ich dir gerne beantworte, sobald ich dich sicher weggesperrt habe. Komm mit. Widerstand ist zwecklos.«

Er holte ein sehr nicht magisch aussehendes Messer aus seinem Umhang, und Noah wurde klar, dass er verloren war.

50
VERFOLGT

Lu ließ die letzte Münze in die Hand des Standbesitzers fallen. Nachdem sie bei der Gebräuhexe alle Zutaten erworben hatte, hatte sie Hunger bekommen und sich hier einen Apfel gekauft.

Gerade als sie hineinbiss, bemerkte sie aus dem Augenwinkel, dass jemand sie anstarrte. Sie hob den Kopf, und ein schlanker Hexer mit schwarzen Haaren und auffällig roter Kleidung am Nachbarstand drehte sich eine Spur zu hastig um, sodass er einen der Tonkrüge umwarf. Mit einer schnellen Bewegung schaffte er es, ihn aufzufangen, bevor er auf dem Boden zerschellte. Der Standbesitzer beschimpfte ihn, und er zog sich unter vielen Entschuldigungen zurück, wobei er immer wieder verstohlen zu Lu hinübersah.

Etwas an der Art, wie der Hexer sie angesehen hatte, jagte Lu Angst ein. Das war kein bloßes Interesse, sondern gezieltes Beobachten. Lu huschte zwischen den Ständen umher, bog mal rechts, mal links ab, verlor beinahe selbst die Übersicht. Sie sah feuerfeste Kleidung, Bauchtaschen, Geschirr, Kräuter und Tarotleger, die ihre Dienste anboten.

Nach einigen Minuten blieb sie atemlos neben einem Stand mit weißer Markise stehen, auf dessen Tische sich Blumentöpfe und Düngerbeutel stapelten. *Selbstwässernd,* stand über einem besonders hässlichen Exemplar mit aufgemalten Tieren, die wohl Frösche darstellen sollten, was Lu einzig an der Farbe erkannte. Sie täuschte Interesse an dem Topf vor, während sie sich eigentlich umsah.

Feuerrote Kleidung stach ihr ins Auge. Lu betrachtete ihren Verfolger, so gut es ging, genauer. Er war deutlich größer als sie, seine langen Gliedmaßen passten zu dem sehnigen Körper. Sein

Gesicht war hart geschnitten, und die Art, wie er immer wieder mit seiner Hand in die Tasche seines Umhangs fuhr, ließ sie erahnen, dass er dort irgendetwas versteckte. Er begutachtete gerade einen kleinen, runden Runentalisman am Nachbarstand.

Kurz ging Lu ihre Möglichkeiten durch: Sie konnte den Mann direkt konfrontieren – was sie unter normalen Umständen, in denen sie nicht wertvolle Zutaten und ein Stück von Abaigeal Dubhs Buch bei sich getragen hätte – getan hätte. Oder sie konnte wegrennen. Sie entschied sich für Zweiteres.

So schnell ihre Beine sie trugen, lief sie los, schob und drängelte sich durch die Menschenmassen. Einmal tauchte sie unter getrockneten Kräutern hindurch, die bei einem Stand in Büscheln von einer Holzstange hingen. Als die Besitzerin, eine stämmige Hexe mit überdimensionalem Strohhut, sie laut beschimpfte, bekam sie Angst, der Verfolger würde dadurch auf sich aufmerksam werden. Und so lief Lu nicht mehr durch offene Stände, sondern hielt sich auf den offiziellen Wegen. Immer wieder warf sie einen Blick über die Schulter. Dreimal sah sie den Hexer mit der roten Kleidung um eine Ecke schlittern oder sich zwischen zwei Menschen hindurchdrängeln. Jedes Mal entlockte der Anblick ihr einen Fluch.

Sie wurde definitiv verfolgt, und das konnte nichts Gutes bedeuten. So langsam ging ihr die Puste aus. Ein großes Tor mit zwei Flügeltüren kam in ihr Sichtfeld. Der Ausgang des Marktes. Mit letzter Kraftanstrengung sprintete sie darauf zu und drückte sich an einem jungen Paar vorbei, das gemeinsam einen sehr schwer aussehenden Bottich trug. Das Tor stand offen, und Lu stolperte durch die Barriere in den dunklen Flur. Sie nahm sich nicht die Zeit, sich umzusehen, sondern wandte sich nach rechts, suchte nach einer Tür, die in eine sichere Höhle führte. Sie durfte die Unterwelt nicht verlassen, denn sobald sich der Durchgang hinter ihr schloss, würde er sich erst in einer Woche wieder für sie öffnen, und sie würde nicht noch weitere sieben Tage verschwenden. Vor allem nicht, wenn sie verfolgt wurde.

Hinter ihr erklangen schwere Schritte. Lu blickte über die Schulter und stellte fluchend fest, dass sie ihren Verfolger nicht abgeschüttelt hatte. Er war ebenfalls im Gang, und seine langen Beine verkleinerten den Abstand zwischen ihnen auf gerader Strecke schnell. Schweiß glänzte auf seiner Stirn, der rote Umhang wehte hinter ihm her wie eine Signalfahne.

Ohne nachzudenken, griff Lu nach der nächsten Klinke, die sie sah, und betrat die Höhle dahinter.

Ein tosendes Meer und peitschender Regen empfingen sie. Gischt schäumte unter Gewitterwolken, der Sand unter ihren Füßen gab nach, sie stolperte, landete schmerzhaft auf dem Bauch. Die Phiolen in ihrer Bauchtasche klirrten, und sie hoffte, dass alles heil geblieben war.

Im nächsten Moment rappelte Lu sich auf und eilte den Strand entlang, der auf der linken Seite von einer hohen Steinwand gesäumt war, die sich bis zur dunkelgrauen Wolkendecke erstreckte. Ein Blitz zerriss die Szenerie und erleuchtete ein kleines Haus in Wassernähe. Es war alles, was Lu blieb. Sie konnte nicht umkehren, denn ihr Verfolger war ihr dicht auf den Fersen, und ansonsten gab es in der Höhle nichts als Meer und Sand und Gewitterwolkenberge.

Sie rannte, dann fiel sie erneut, als sie etwas von den Füßen riss. Donner hallte, sie schmeckte Sand im Mund, sah nichts mehr. Ein Gewicht drückte sie nach unten, dann wurde sie grob auf den Rücken geworfen, und jemand zog an ihrer Tasche. Instinktiv riss sie das Knie nach oben. Ihr Angreifer stöhnte, sackte zur Seite, fluchte. Kurz darauf kassierte sie einen Tritt in die Seite, Sterne funkelten vor ihren Augen.

Dann tat sie das, was jede Gebräuhexe an ihrer Stelle getan hätte: Sie griff in ihre Bauchtasche und holte eine Phiole hervor. Doch eine Hand schnellte nach vorne, schleuderte ihr die Rettung aus den Fingern.

Kurz darauf saß er auf ihr, seine Hände waren überall, tasteten sie ab. »Wo ist das Buch?«

Lu blinzelte, Sand verwischte ihre Sicht ebenso wie der Regen, der auf sie einprasselte. »Ich habe das Buch nicht.«

Ihr Atem ging schwer, aber sie wand sich nicht mehr, lag ganz still. Wenn der Kerl Abaigeal Dubhs Tagebuch suchte, war er bei ihr an der falschen Adresse.

Schließlich schien er zu demselben Schluss zu kommen. Er knurrte, griff nach ihren Armen und drückte ihre Handgelenke zusammen.

»Verrate es mir oder …«

Lus Rippen schmerzten, sie war hilflos, und doch konnte sie es sich nicht verkneifen, provokant zu fragen: »Oder was?«

Bevor der Hexer antworten konnte, zog sie in einer schnellen Bewegung ein zweites Mal ihr Knie hoch und traf ihn hart im unteren Rücken. Der kurze Moment des Schmerzes reichte, um ihre Hände zu befreien. Sie machte eine Faust, den Daumen außen, wie Jessica es sie gelehrt hatte, und schlug zu. Der Kopf des Hexers flog zur Seite, kurz darauf folgte sein Körper. Lu sprang auf und trat nach, immer wieder, direkt in den weichen Unterleib, bis er sich nicht mehr rührte.

Ihr Atem ging stoßweise, Donner grollte über ihr. Hilflos sah sie sich um. Ihr blieb nichts als das Meer. Sie griff den Mann unter den Achseln und schleifte ihn über den Sand so weit ins Wasser, bis ihn die Wellen umspülten, den roten Umhang ausgebreitet wie blutende Schwingen. Lu sah nicht zu, wie das Meer seinen Körper mit sich zog, sondern eilte zu dem Haus. Sie musste zu Talus, bevor ihr jemand zuvorkam.

Als sie durchgefroren und zitternd auf die Holzveranda trat, hatte sie wenig Hoffnung, dass sich die Tür ohne Schlüssel für sie öffnen würde. Aber sie tat es und schwang quietschend auf. Lu trat über die Schwelle, schloss die Tür und lehnte sich schwer atmend dagegen. Ihre Knie gaben nach, sie sank zu Boden und umklammerte ihren Oberkörper.

Dieser Hexer hatte sie zweifelsohne tot sehen wollen. Ein Schluchzer entrang sich ihrer Kehle, und sie presste die Hand vor ihren Mund. Dann atmete sie tief durch, wandte die Atemtechnik an, die sie in ihrem ersten Lehrjahr beigebracht bekommen hatte. Drei Sekunden ein. Halten. Drei Sekunden aus. Nach einer Weile hörte das Zittern auf, und sie rappelte sich auf. Sie sah sich in dem Häuschen um, das im Erdgeschoss aus nur einem Raum bestand, der erstaunlich gemütlich eingerichtet war: eine Sitzgarnitur mit Sofa und zwei Sesseln, dazwischen ein Couchtisch. Holzstufen führten ins zweite Stockwerk, eine verglaste Front mit silbernem Rahmen zeigte zum stürmischen Meer. Auf dem Metall waren Runen eingeschnitzt, und Lu fühlte sich sofort sicherer. Durch dieses Glas würde kein Angreifer hereinkommen.

Dennoch schob sie als Erstes das Sofa vor die Tür. Nur für den Fall, dass der Hexer doch noch lebte und beschloss, sich zu rächen.

Dann machte sie sich an die Arbeit. Sie holte eine kleine Schüssel sowie ihre Notizen und die Zutaten aus der Bauchtasche. Dabei stellte sie fest, dass nicht alle Phiolen den Kampf überlebt hatten. Sie fluchte, aber zu ihrem Glück waren die Kräuter und Tierknochen, die sie für den Aufspürzauber gekauft hatte, intakt.

Sie legte das Stück Papier, das sie aus Abaigeal Dubhs Buch gerissen hatte, in die Schüssel auf den Tisch und streute die spitzen Schlangenknochen darüber. Dann entkorkte sie eine Phiole und kippte die grüne Flüssigkeit, ein Gemisch aus Pfefferminz und zerstoßenem Bergkristall, hinein. Schließlich gab sie ein Ginkgoblatt und einen hauchzart schimmernden Feenflügel hinzu. Ihr Herz klopfte noch immer wie wild, als sie die Hand hob und den Vortex rief.

Hier in der Unterwelt antwortete der Strudel aus Farben und Licht sofort. Sie konzentrierte sich auf das, was sie finden wollte. Auf den Würfel und die Verbindung, die das Papier und Talus hatten: Sie beide waren von Abaigeal Dubh berührt worden.

Funken stoben von Lus Fingern auf, strömten in die Schüssel, und das Gemisch begann zu blubbern.

Kurz darauf war nur noch der Papierfetzen übrig. Lu nahm ihn mit spitzen Fingern heraus. Verschiedene Linien erschienen, am ausgefransten Rand erkannte Lu ein kleines und sehr blasses Kreuz. Testweise drehte sie das Papier, und die Striche huschten über die raue Struktur. Egal, wie sie es wendete: Das Kreuz blieb auf der rechten Seite, fixiert wie der Polarstern. Erleichterung durchströmte sie. Der Zauber hatte funktioniert. Die Karte würde sie zu Talus führen.

51
DER WÜRFEL

Noah kannte das Nebenzimmer, in das Sir Craig ihn brachte. Hier hatte er erst vorgestern gewartet, als der Rat diskutiert hatte. Der Hexer zwang ihn in den bequemen Sessel, dann holte er Handschellen aus seinem Umhang hervor.

»Ihr seid wirklich vorbereitet«, stellte Noah zynisch fest, woraufhin Sir Craig mit den Schultern zuckte.

»Die Karten sagten mir, dass ich dich wegsperren soll. Sie zeigten mir den Gehängten als Ausweg.«

»Den Gehängten?« Noah schluckte, seine noch freien Hände wanderten zu seiner Kehle und blieben an der Runenkette hängen.

»Keine Sorge«, winkte Sir Craig ab. »Ich bin kein Mörder. Nun … nicht so. Es ist nicht notwendig, dich zu töten. Ich muss dich nur festhalten, bis mein Ziel erfüllt ist. Danach lässt sich sowieso nichts mehr ändern. Nimm die Hände herunter!«

Noah gehorchte, und kalter Stahl legte sich um seine Handgelenke. Er sah zu Sir Craig hoch. »Weshalb habt Ihr Talus noch nicht eingesetzt?«

Der Hexer seufzte und ging in die Hocke. Er begutachtete Noah wie eine seltene Tierart, dann griff er in sein Jackett und hielt ihm seine Faust unter die Nase.

Als er sie öffnete, blinzelte Noah mehrmals, um zu begreifen, was er da vor sich sah. Einen kleinen unscheinbaren Würfel, tiefschwarz mit eingeritzten goldenen Symbolen. Er erkannte das Rad des Seins sofort.

»Ist das …?«

Sir Craig nickte und sah auf den Würfel, der kaum größer war als sein Daumennagel.

»Das ist Talus«, flüsterte er ehrfürchtig. »Merkwürdig, oder? So viel Magie in so einem kleinen Ding. Kein Wunder, dass er so lange verschwunden war. Willst du wissen, wie ich ihn gefunden habe?«

Noah nickte. Jede Information konnte ihm helfen, sobald er sich von diesen Handschellen befreit hatte. Bis dahin musste er mitspielen.

»Du erinnerst dich sicher an Glenna Roy, nicht wahr?«

»Natürlich«, antwortete Noah. Seine Stimme klang belegt. Die Hilflosigkeit war ihm anzuhören. »Sie war die Hexe, die Abaigeal Dubhs Grab gefunden hat.«

Sir Craig nickte. »Glenna Roy«, fuhr er fort, »sollte Talus für mich finden.«

»In Abaigeal Dubhs Grab?«, fragte Noah.

»Ich erzähle hier die Geschichte«, fuhr ihn Sir Craig mit einem wütenden Blick an. »Natürlich nicht in Abaigeals Grab. Sei nicht lächerlich. Als wäre Abaigeal naiv genug gewesen, solch einen mächtigen Gegenstand an einem so offensichtlichen Ort wie ihrem Grab zu verstecken. Ich habe lange nach Talus gesucht, viele Bücher gewälzt und bin schließlich auf den Ort gestoßen, an dem sie ihn versteckt haben könnte: das Grab ihrer Tochter.«

»Das ist weniger offensichtlich?«, murmelte Noah und kassierte dafür einen weiteren wütenden Blick.

»Abaigeals Tochter ist ein Geheimnis, das nur die wenigsten kennen«, zischte Sir Craig. »Abaigeal sorgte dafür, dass Aurelie aus den Geschichtsbüchern und den Gedächtnissen der Hexen verschwand. Aber einige erinnerten sich. In einem alten Tagebuch fand ich den Hinweis darauf, wo sie beerdigt sein könnte. Ich schickte Glenna Roy, um Talus zu finden. Glenna suchte ebenso wie ich schon viele Jahre nach Abaigeal Dubhs Vermächtnis. Sie war besessen von ihrer Geschichte. Nicht von Talus, sondern von Abaigeals Leben. Glenna war die optimale Verbündete. Zumindest dachte ich das. Weißt du, wo Glenna Roy wohnte?«

»Dalgiencrieff«, flüsterte Noah, als er verstand. »Abaigeal Dubhs Grab war nicht verflucht. Glenna hat ihre Heimat mithilfe des Würfels einstürzen lassen.«

»Ich wiederhole mich bei dir sehr oft«, sagte Sir Craig. »Sei nicht lächerlich! Talus erfüllt Herzenswünsche. Zumindest dachte ich das zu diesem Zeitpunkt. Wer wünscht sich von Herzen, dass seine Heimat zusammenstürzt? Nein, Glenna war so besessen von Abaigeal Dubh, dass sie sich nichts sehnlicher wünschte, als deren Grab zu finden. Was ihr auch gelang, nachdem sie Talus benutzt hatte.« Sir Craigs Blick wanderte in weite Ferne. »Was muss es für ein erhabenes Gefühl sein, wenn die tiefste Herzenssehnsucht plötzlich wahr wird? Wenn das, worauf man sein Leben lang hingearbeitet hat, einem plötzlich vor die Füße fällt? Kannst du dir etwas Schöneres vorstellen?«

Noah schwieg.

»Ich weiß, dass die Geschichte lang ist, aber glaub mir, sie lohnt sich.« Sir Craig stand auf und ging zum Kamin, in dem das Feuer gemächlich flackerte. »Du hast Grant Taylor ja bereits kennengelernt. Er war der Schattenleser, den ich nach Dalgiencrieff schickte, um das Unglück zu untersuchen. Und ich glaube, dass er dort diesen kleinen Würfel fand, den Glenna Roy voller Wut und Trauer in die Trümmer geworfen hatte.« Er hielt Talus zwischen Daumen und Zeigefinger vor die Flammen. »Er benutzte ihn, und sein Herzenswunsch wurde erfüllt: Der Mann, der ihm die Geliebte ausgespannt hatte und unantastbar schien, starb.

Zu diesem Zeitpunkt war ich der festen Überzeugung, dass Talus aufgetaucht sein musste und all diese schrecklichen Dinge Herzenswünsche waren. Es ist naheliegend, nicht wahr? Nach allem, was wir über Talus wissen. Aber es ergab nicht so recht Sinn. Bis eines Tages Sir Drummond zu mir kam und davon redete, dass seine Frau unschuldig sei, aber dennoch von der dunklen Seuche befallen war.«

»Drummond …«, wiederholte Noah. Der Name erinnerte ihn an einen verzweifelten Blick, lange blonde Haare.

»Ich weiß, dass du sie befragt hast«, schaltete Sir Craig sich ein. »Ich bin mir sicher, dass es dir seltsam vorkam, nicht wahr? Sie beteuern so oft ihre Unschuld. Andererseits … vielleicht ist dir auch gar nichts aufgefallen. Während unseres Gesprächs spielte Sir Drummond unablässig mit etwas. Dieses Gewusel hat mich nahezu in den Wahnsinn getrieben! Als ich ihn darauf ansprach, meinte er nervös, dass das sein Glücksbringer wäre. Seit er ihn hätte, wäre seine Karriere steil nach oben gegangen. Und es stimmte: Als ich näher darüber nachdachte, wurde mir klar, dass Sir Drummond erst seit Kurzem ein ranghoher Schattenleser und mir zuvor nicht einmal aufgefallen war.

Ich bat ihn darum, mir seinen Glücksbringer, den Würfel, zu überlassen. Er war unglücklich, stellte aber keine weiteren Fragen. Immerhin bin ich der Anführer des Rates. Privilegien können durchaus praktisch sein.«

Er steckte Talus wieder in seine Tasche.

»Das war der Moment, in dem ich Talus zum ersten Mal in der Hand hielt. Sofort spürte ich die Macht dieses Schmuckstücks. Die Magie scheint in ihm zu pulsieren, mich zu rufen, mich zu verführen. Es ist, als kämpfte ich seitdem jeden Tag mit dem Wahnsinn. Nur …« Er hob den Zeigefinger in die Luft und drehte sich zu Noah herum. »Ich bin zu clever für den Wahnsinn und zu vorsichtig für schnelle Entscheidungen. All das, was geschehen war, erschien mir unzusammenhängend. Doch ich hatte einen Verdacht und brauchte einen Test. Also rief ich Lucinda Bell und ließ sie Talus benutzen. Das war das erste Mal, dass ich die Macht des Würfels persönlich erleben durfte.« Seine Augen blitzten auf. »Sobald der Würfel ihre Hand verlassen hatte und den Boden berührte, stand keine alte Frau, sondern eine wunderschöne junge Hexe vor mir. Ihr Herzenswunsch war ewige Jugend. Ich war perplex und beflügelt, überzeugt von der Macht des Würfels. Aber nach allem, was geschehen war, ebenso skeptisch. Mein Verdacht hielt sich hartnäckig, und so wartete ich.«

»Lucinda Bell starb«, flüsterte Noah. Er sah die junge Frau auf dem Calton Hill, die von der dunklen Seuche niedergestreckt worden war, vor sich. »Talus ruft die dunkle Seuche hervor.«

»Ach, du dummer Junge!« Enttäuscht schüttelte Sir Craig den

Kopf. »Talus *kann* die dunkle Seuche hervorrufen. Aber die Lösung ist viel naheliegender.« Er brachte den Würfel wieder zum Vorschein. »Du bezahlst deinen größten Wunsch mit deiner größten Angst!«

Er steckte Talus wieder weg und hob einen Finger. »Glenda Roy wollte Abaigeals Grab und zahlte dafür mit dem Leben ihrer Familie und dem Tod ihrer Heimat.« Er hob den nächsten Finger. »Grant Taylor wünschte sich Sir Gleans Tod und bezahlte dafür mit seinem Gedächtnis. Er war ein extrem kluger Mann und muss den Verlust seiner Intelligenz so gefürchtet haben wie nichts anderes.« Ein dritter Finger. »Und schließlich Sir Drummond: Er zahlte seine plötzliche Karriere mit dem Tod seiner Frau durch die dunkle Seuche. Natürlich hat ein Schattenleser panische Angst davor, dass ein geliebter Mensch als Verbrecher stirbt.« Der vierte Finger schoss in die Höhe. »Und dann hätten wir da noch Lucinda Bell … Kommst du selbst darauf, was mit ihr geschehen ist?«

Noah schwirrte der Kopf. Er starrte an Sir Craig vorbei in die Flammen, erinnerte sich an das, was er in Lucindas Haus und neben ihrer Leiche gefunden hatte.

»Sie wünschte sich Jugend«, begann er zögerlich. Dann ergab plötzlich alles Sinn. »Und sie fürchtete sich vor dem Tod. Jemand, der sich ewige Jugend wünscht, fürchtet sich davor, zu sterben.«

Sir Craig nickte anerkennend. »Na also. Du bist ja gar nicht so dumm. Lucinda kam zu mir, als sie die Hufe des Todes hörte. Ja, so beschrieb sie es: ›die Hufe des Todes‹. Da ich derjenige war, der sie jung gemacht hatte, bat sie mich um Hilfe. Sie wollte erneut den Würfel benutzen. Ein nachvollziehbarer Wunsch, aber zwecklos. Ich ließ sie gewähren, denn ich war gespannt, ob Talus mehr als einen Wunsch erfüllen konnte. Sobald sie gewürfelt hatte, atmete sie erleichtert aus. Sie sagte, die Hufe des Todes seien verstummt. Dann sah sie auf ihre Hände und entdeckte die dunkle Seuche.« Er lachte. »Sie wollte den Hufen des Todes entkommen und fürchtete sich gleichzeitig davor, dass Talus schwarze Magie sei und sie deshalb mit der dunklen Seuche bestraft werden würde. Ein Kreislauf, aus dem es kein Entkommen gab. Sie muss danach nach Calton Hill geflohen sein, um dort ihre merkwürdigen Rituale mit verschiedenen Zirkelpraktiken abzuhalten. Mir erschließt sich nicht ganz, was sie sich davon erhoffte. Vielleicht glaubte sie wie so viele, dass die dunkle Seuche in der Menschenwelt keine Macht hätte und dass die kombinierte Magie der Vortex-Ströme mächtig genug sei, um den Tod aufzuhalten. Immerhin war das auch der Grund, weshalb Abaigeal Dubh nach der gesamten Kraft des Vortexes strebte. Unsterblichkeit. Aber nichts konnte Lucinda retten. Wie auch? Ihre größte Angst war unbesiegbar.«

»Das ist furchtbar«, flüsterte Noah.

»Es ist eine Unannehmlichkeit«, entgegnete Sir Craig. »Eine Unannehmlichkeit, die ich beseitigen muss, um mein Ziel zu erfüllen.« Er musterte Noah und legte den Kopf leicht schief. »Was ist das eigentlich für eine Kette, die du trägst?«

Noah schluckte und wand sich leicht. »Sie soll mich vor der dunklen Seuche beschützen.«

»Deshalb auch die Handschuhe, nicht wahr?« Sir Craig sah auf Noahs verhüllte Hände.

»Ja.« Noah gefiel der Ausdruck in Sir Craigs Augen ganz und gar nicht.

»Interessant …« Der Hexer stützte seine Hände auf den Armlehnen des Sessels ab und beugte sich über Noah. »Sag, Junge … würdest du es als deinen größten Wunsch bezeichnen, die dunkle Seuche für immer auszulöschen?«

»Ich …«

»Weißt du.« Sir Craig stieß sich ab und begann, hektisch im Zimmer auf und ab zu laufen. »Es gibt ein Buch. Das Vermächtnis Abaigeal Dubhs, in dem sie ihre Geschichte festgehalten hat. Es ist vor Kurzem wieder aufgetaucht, und ich habe alles darangesetzt, es zu bekommen … Das war übrigens der illoyale Hexer, der vor dir meinen Namen ausgeplaudert hat. Er sollte Kaito Watanabes Wohnung in die Luft jagen und das Buch besorgen. Offensichtlich hat er nicht fest genug daran geglaubt, dass die Wohnung wirklich leer ist. Aber wie dem auch sei: Ich habe das Buch bis heute nicht bekommen. Aber vielleicht brauche ich es ja auch gar nicht mehr, um die dunkle Seuche zu beseitigen? Vielleicht kannst du mir bei diesem Schritt helfen und so meine größte Angst unschädlich machen, bevor ich Talus einsetze?«

»Ihr habt Kaitos Wohnung in die Luft gejagt?« Noah starrte den Mann an, der ihm gegenüberstand. Er hatte Sir Craig bewundert, seit er denken kann. Hatte geglaubt, dass er als Oberhaupt des Rates den richtigen Weg durch das Leben kannte.

Sir Craig winkte ab.

»Es geht ihm gut. Das ist ja das Tragische an der Sache: Der Feuerhexer starb nur an der dunklen Seuche, weil er *dachte*, jemanden verletzt zu haben. Verrückt, oder? Die dunkle Seuche ist kein rechtschaffener Fluch. Sie ist ein Ausdruck unseres schlechten Gewissens. Ich muss sie beseitigen, bevor ich die Revolution einleiten kann.«

Noahs Gehirn verarbeitete die Informationen, dann weiteten sich seine Augen. »Ihr seid ein Teil der Caradain.«

Das Oberhaupt des Rates schnalzte mit der Zunge. »Kein Teil«, tadelte er. »Ich bin ihr Anführer, der Meister. Ich war es, der sie auf die richtige Spur brachte. Anfangs waren sie naiv und glaubten, dass Gleichheit unsere Probleme lösen könnte. Dass die Radain uns aufnehmen würden, wenn wir uns offenbarten oder ihnen mit Talus Magie schenkten, sodass wir alle gleich wären. Aber das ist Wahnsinn, die Radain werden uns niemals aufnehmen, sie würden sich über uns stellen und uns unterjochen. Deshalb wollen wir keine Freunde der Radain werden. Nicht mehr. Wir wollen Macht. Über die ganze Welt.«

52
DEM WUNSCH SO NAH

Bevor Lu die Tür öffnete, hielt sie kurz inne, holte den kleinen Papierschnipsel hervor und kritzelte darauf eine kurze Nachricht an Erin. Sie fühlte sich irgendwie dazu verpflichtet.

Die Stille, die Lu im Vorraum empfing, ließ sie verwirrt innehalten. Sie sah sich um, betrachtete den dicken Teppich, die Porträts an den Wänden, den großen Kronleuchter und die Tür zum Ratssaal, um die sich zahlreiche Geschichten rankten. Die Runeninschriften im goldenen Rahmen versprachen Magie, und Lu ahnte, dass die Tür nicht immer an denselben Ort führte.

An dem Schreibtisch, der vor der Tür stand, saß eine zierliche Frau mit einer neongelben Feder im Haar. Sie schrieb in ein Buch und blickte nicht einmal auf, als Lu sich räusperte. Das Kratzen, mit dem die Feder über das Papier huschte, war alles, was Lu neben ihrem eigenen Atem hörte.

»Hallo?«, fragte sie. »Ich müsste …« Sie verstummte. Einerseits weil die Frau sie keines Blickes würdigte, andererseits weil ihr Plan hier endete. Unauffällig drehte sie sich so, dass sie den Zettel aus der Bauchtasche ziehen und auf die Linien schielen konnte.

Lu schluckte. Der Aufspürzauber kommunizierte ihr Ziel klar: Talus lag hinter dieser Tür. Sie prägte sich alles genau ein, dann steckte sie das Papier weg und drehte sich um.

»Entschuldigung?«

Die Hexe ignorierte sie noch immer, also ging Lu zur Tür.

»Was wird das?«

Die durchdringende Stimme der Frau ließ sie erschrocken zur Seite springen. »Verflucht.« Sie schnappte nach Luft. »Sie haben mich erschreckt.«

»Und Sie scheinen unbefugt eindringen zu wollen.« Die Frau musterte sie scharf. »Setzen Sie sich. Ich rede mit Ihnen, sobald ich Zeit habe.«

Lu wägte in einem Atemzug ihre Optionen ab, dann nickte sie. Ihre Finger tasteten in ihrer Bauchtasche nach einem kleinen Tontiegel. Als sie ihn fand, holte sie ihn hervor und schmiss ihn mit voller Wucht gegen die Holzwand. Er zerbrach, und bevor die Frau auf den plötzlichen Rauch und den darauffolgenden Hustenanfall reagieren konnte, öffnete Lu die Tür und rannte hindurch. Sie wusste, dass die Frau nur schlafen würde, und Schlaf war etwas Gutes. Kein Grund für die dunkle Seuche, sie zu befallen.

Auf der anderen Seite der Tür rannte sie weiter, ignorierte die eindrucksvolle Halle und den riesigen Holztisch und auch den Umstand, dass es unnatürlich heiß und stickig war. Sie wusste, dass ihr Manöver riskant war. Wenn man sie erwischte, bevor sie Talus in den Händen hielt, war ihre Suche vorbei. Aber der Würfel war so nah, und wenn sie ihn erst einmal besaß, gehörten alle Probleme der Vergangenheit an. Sie war zu nah, um noch einmal einen Schritt zurückzugehen und sich einen ausgetüftelten Plan zu überlegen. Während sie lief, glich sie den Grundriss des Raumes mit ihrer Erinnerung an den letzten Stand des Aufspürzaubers ab, dann stürmte sie zu einer unscheinbaren Tür an der Seite und riss sie auf.

Das Bild, das sich ihr bot, warf sie aus der Bahn. Sie stolperte einen Schritt zurück. Zunächst erschrocken darüber, dass sie jemanden antraf. Dann noch einen Schritt, als sie die Bedeutung der Szene in sich aufnahm: Noah trug Handschellen. Und Sir Craig, den Lu bisher nur von wenigen offiziellen Anlässen wie ihrer feierlichen Aufnahme in den Gebräuzirkel kannte, stand mit einem Messer vor ihm.

Beide wandten sich ihr zu. Noah klappte der Mund auf, Sir Craig verzog das Gesicht.

»Lauf!«, rief Noah ihr zu.

Zu spät. Sir Craigs Hand schloss sich um ihren Arm, das kalte Metall seines Messers lag an ihrem Hals.

Lu schluckte. Dann stieß Sir Craig sie so heftig in die hintere Ecke des Raumes, dass sie stolperte und auf dem Fußboden landete. Noch während sie sich zu ihm umsah, schloss er die Tür und suchte mit der freien Hand seine Taschen ab.

»Ich sagte Harriette doch, dass niemand reindarf«, sagte er und holte einen Schlüssel hervor. In seiner Stimme lag keine Emotion. »Gutes Personal ist so schwer zu finden.« Er steckte den Schlüssel ins Schloss, drehte ihn um und packte ihn dann wieder weg. »Das hätte ich gleich tun sollen. Dumm von mir. So dumm. Wer bist du denn?«, wandte er sich dann an sie.

Lu lag noch immer auf dem Boden, ihre Knie schmerzten. Langsam und ohne sich von seinem bohrenden Blick lösen zu können, rappelte sie sich auf. Ihr Atem ging schwer.

»Was soll das?«, stellte sie eine Gegenfrage und schloss mit einer großen Geste den ganzen Raum ein. »Noah? Was ist hier los?«

»Lange Geschichte«, antwortete Sir Craig und kam näher. »Du wirst sie, fürchte ich, nicht mehr hören.«

»Sir Craig«, flüsterte Noah. Seine Stimme klang angespannt. Flehend.

»Was hast du angestellt?«, fragte Lu, an Noah gewandt. Sie verstand nicht, weshalb das Oberhaupt des Rates ihn in Handschellen gelegt hatte. Wieso er sie so behandelte? Was das alles hier sollte. Talus war aus ihren Gedanken gefegt, sie sah nur noch das Messer in Sir Craigs Hand und die Angst in Noahs Augen. »Warum trägst du Handschellen?«

Daraufhin lachte Sir Craig. »Noah ist ein Verräter.«

»Ich … Nein!« Noah sprang auf. »Das ist gelogen. Ihr tragt doch das Messer in Eurer Hand.« Sein Atem ging schwer.

Sir Craig machte einen Satz auf ihn zu und stieß ihn zurück auf den Sessel. Dann zischte er: »Du solltest deinen Platz kennen!«

Unwillkürlich trat Lu nach vorne und stellte sich Sir Craig in den Weg.

»Lasst Noah in Ruhe«, forderte sie. »Und sagt mir endlich, was hier los ist.«

Plötzlich schoss Wasser an Lu vorbei, legte sich um Sir Craigs Körper und gefror zu einer eisigen Kette. Das Messer klirrte, fiel auf den Boden.

»Wie ist das möglich?«, rief er und starrte entgeistert zu Noah. »Diese Handschellen versperren dir den Zugang zum Vortex.«

Lu sah Noah ebenso überrascht an. Seine Hände waren nicht erhoben, und die Runen auf dem Metall der Handschellen glühten.

»Das habe ich gemerkt«, erwiderte er ungerührt und drehte das Handgelenk, sodass das Eis sich enger um Sir Craig zusammenzog. Dann erhob er sich und trat auf das Oberhaupt des Rates zu, griff in dessen Jackett und holte etwas daraus hervor.

Lu traute ihren Augen kaum. Ein Würfel. Talus!

»Was?«, brachte sie hervor, während Noah seine Eroberung fasziniert anstarrte. Der Würfel war klein und schwarz, die goldenen Runen leuchteten wie zur Begrüßung auf.

Dieser kurze Moment der Ablenkung reichte, und das Eis schmolz. Sir Craig schlug sich mit einer kräftigen Bewegung frei und bückte sich, um nach dem Messer zu greifen. Lu sprintete nach vorne und stürzte sich auf das Oberhaupt des Rates. Sie rangen miteinander, Lu landete einen Treffer an seiner Wange, kassierte dafür ein Knie in ihre Rippen. Sie keuchte auf. Als sie erneut ausholen wollte, riss sie etwas an der Schulter nach hinten, und sie landete auf dem Rücken. Sie rappelte sich auf und sah, wie Noah und Sir Craig aufeinander einschlugen. Noah gewann die Oberhand, setzte sich auf dessen Beine und schlug mit den gefesselten Händen auf dessen Magengrube ein. Sie lagen in einer Pfütze aus Wasser, das nicht mehr auf Noahs Befehle zu reagieren schien.

Schwer atmend beobachtete Lu den Kampf, fühlte sich machtlos, hilflos. Da sah sie, wie Sir Craigs rechte Hand über den Boden tastete und sich seine Finger um das Messer schlossen.

Sie schrie, sprang auf, stieß Noah zur Seite.

Plötzlich spürte sie einen heißen Schmerz in ihrem Bauch explodieren. Wie Feuer breitete er sich in ihrem Körper aus, vernichtete alles, was er fand. Sie konnte nicht mehr atmen. Die Welt stand in Flammen. Kurz spürte sie alles, jeden Muskel, jede Faser ihres Körpers.

»NEIN!«, hörte sie Noah schreien. Kurz darauf ein lauter Knall. Dann nichts mehr.

53
DIE WÜRFEL SIND GEFALLEN

Erin bekam nur vage mit, wie Kaito zuerst an seinen und dann an ihren Fesseln zerrte und sie befreite, wie er immer wieder auf sie einredete. In Erins Kopf vermischte sich jedes Wort mit Karens Todesschrei. Sie zitterte auch dann noch, als Kaito sie auf die Straße zog.

»Erin!« Kaito packte sie an den Schultern. Sein Handy vibrierte, und er holte es fluchend hervor. »Noah ist in Schwierigkeiten.«

Seine Worte drangen wie durch Nebel zu ihr durch. Sie sah Karen tot vor sich liegen. Tante Charly wie tot im Krankenhaus. Und sie hatte das Buch verloren.

»Wieso hat er uns am Leben gelassen?«, flüsterte sie.

»Das werden wir herausfinden, wenn wir uns das Buch zurückholen«, sagte er. »Aber jetzt müssen wir ins Ratshaus. Hast du mich gehört, Erin?«

»Wieso?«, brachte sie hervor, und Kaito hielt als Erklärung sein Handy in die Höhe. Sie schlang die Arme um ihren Oberkörper, versuchte, sich fest genug zu halten, damit sie nicht auseinanderfiel.

Karen war ihretwegen gestorben, aber Erin konnte nicht weinen. Sie fühlte sich stumpf und leer, wusste, dass dieses Erlebnis irgendetwas in ihr auslösen sollte, stattdessen war da einfach … nichts. Sie wollte sich hinlegen und schlafen, bis sie aus diesem Albtraum aufwachte.

»Noah schrieb mir, dass er dort Sir Craig, das Oberhaupt des Rates, verhören will.« Er setzte sich in Bewegung, zog sie mit sich.

»Noah?«, fragte sie, während sie versuchte, mit ihm Schritt zu halten.

»Der Hexer, der vor meiner Wohnung gewartet hat. Er ist eine Art … Polizist und auf dem Weg ins Ratshaus, um, wie schon gesagt, das Oberhaupt des Rates zu verhören. Das ist kein gutes Zeichen. Er legt sich mit Hexen an, die deutlich stärker sind als er.«

Die Passanten, denen sie begegneten, wirkten auf Erin wie Figuren in einem Computerspiel. Sie wollte zu einem von ihnen rennen und ihn anflehen, die Polizei zu rufen, um Karen zu retten, aber sie hatte das Gefühl, dass sie nicht reagieren würden. Als sie langsamer wurde, zog Kaito sie weiter.

»Wo gehen wir hin?«

»Zu einem Eingang in die Unterwelt«, erklärte Kaito. »Ich kann dich nach dem, was passiert ist, unmöglich alleine lassen.«

Plötzlich schien ihre Hosentasche zu glühen. Erin blieb stehen, zwang Kaito ebenfalls zum Innehalten. Sie griff in ihre Jeans und holte den Zettel hervor, den Lu ihr zugesteckt hatte. Nun war er nicht mehr leer, sondern geschwungene Buchstaben leuchteten darauf:

Ich habe Talus im Ratshaus gefunden.

Diese Zeilen vertrieben die dumpfe Antriebslosigkeit und gaben ihr Hoffnung. Talus, die letzte Möglichkeit, Tante Charly zu retten. Eine Hexe zu werden. Karen zurückzuholen. Erin starrte auf den Zettel, vergaß, dass Kaito neben ihr stand.

»Was ist?« Er beugte sich zu ihr und überflog den Zettel. »Ist der von Luzia?«

Erin nickte, klammerte sich an dieser letzten Möglichkeit fest. Sie sahen einander kurz an, dann hetzten sie weiter. Erins Gedanken rasten, und sie entließ sie ungefiltert in die Welt: »Dieser Noah ist also auf dem Weg zum Ratshaus. Da ist dieser Sir Craig, das Oberhaupt des Rates. Lu. Und Talus. Das kann doch kein Zufall sein.«

Kaito sagte nichts, führte sie weiter, Richtung Grassmarket. Hier waren deutlich mehr Touristen unterwegs, zu ihrer linken Seite thronte Edinburgh Castle über der Stadt. Erin sah an den steinernen Mauern nach oben und fragte sich, ob das Ratshaus der Unterwelt ebenso prunkvoll aussah.

Plötzlich bogen sie nach rechts in eine Sackgasse. Auf der rechten Seite stand ein beigefarbenes Haus, eine steinerne Treppe führte zum Eingang nach oben. Direkt daneben, im Fundament des Gebäudes, war eine zugemauerte Tür. Der helle Stein war voller Graffiti, schnell geübte Tags, keine Kunstwerke.

»Durch die Mauer«, erklärte Kaito und deutete darauf.

Bisher hatten sich die Türen in die Unterwelt immer normal geöffnet; Erin war noch nie durch festen Stein gegangen und wusste nicht, ob sie sich das traute.

»Wie in *Harry Potter?*« war alles, was sie zustande brachte, dann zog Kaito sie bereits hindurch. Das bekannte Gefühl umschloss sie, warmer Honig auf ihrer unterkühlten Haut. Dann stand sie im Flur der Unterwelt. Kurz sorgte Erin sich, dass sie mit ihrer Kleidung erkannt werden würde, bis sie sah, dass auch Kaito keinerlei Erkennungszeichen an sich trug.

»So ähnlich«, antwortete er auf ihre Frage und grinste.

Sie verstand nicht, wie er noch lächeln konnte, während sie bereits vollkommen außer Atem war. Er zog sie zu einem Eingang mit prunkvollem Türklopfer und stieß ihn auf. Dahinter empfing sie ein prachtvoller Raum mit holzgetäfelten Wänden und Ölporträts an den Wänden. Neben einem Schreibtisch lag eine Frau. Sie bewegte sich nicht.

Kaito verschwendete keine Zeit und ging sofort zu ihr, maß ihren Puls. »Sie lebt.«

Daraufhin fiel Erin das Atmen wieder leichter, und sie sah sich um. Auf dem Boden lag ein teurer Teppich, und an den Wänden hingen zahlreiche alte Gemälde. Eines fiel ihr besonders ins Auge, obwohl es hinter Pflanzen halb verdeckt war. Irgendetwas an dem Blick der Frau zog sie magisch an. Sie ging näher, beugte sich an den stachelbewährten Stielen der Rosen vorbei.

Die gemalte Frau trug ein goldenes Amulett um den Hals, das Erin nur zu bekannt vorkam. Es war dieselbe Kette, die der Geist in den Vaults getragen hatte! Sie schluckte, wankte einen Schritt zurück, schlug sich die Hand vor den Mund. Vor ihr hing das Gemälde von Abaigeal Dubh, daran zweifelte sie keine Sekunde.

Vorsichtig trat sie wieder näher, studierte die Gesichtszüge der Frau, sah in die eisgrauen Augen, die den Augäpfeln auf dem Friedhof erstaunlich ähnlich waren. Diese Frau hatte ihre eigene Tochter getötet. Die Tochter, deren Blut in Erins Adern floss. Erin fröstelte, verglich die Wangenknochen mit ihren und glaubte, an der Nase eine Ähnlichkeit festzustellen.

Als Kaito ihr zurief, dass sie sich etwas ansehen solle, drehte sie sich abrupt um. Sie wollte Abaigeal nicht mehr in die Augen sehen.

Kaito kniete noch immer neben der Frau und fuhr mit seinen Fingerspitzen über eine auf dem Boden verteilte Flüssigkeit, die feucht glänzte.

»Luzia war auf jeden Fall hier«, sagte er. »Dieses Betäubungsmittel trägt ihre Handschrift.«

»Oh.«

Die unbekannte Stimme ließ Erin herumwirbeln. Im Eingang stand ein hochgewachsener Hexer in einem tropfnassen feuerroten Umhang. Seine schwarzen Haare klebten ihm in der Stirn, die kantigen Gesichtszüge verzerrten sich zu einer hasserfüllten Fratze, als er die bewusstlose Frau sah. Dann knurrte er: »Geht mir besser aus dem Weg.« Zur Untermalung seiner Drohung hob er die Hand. Eine Flamme tanzte über die Fingerspitzen.

»Sonst was?«, fragte Kaito geradeheraus. Er hob ebenfalls seine Hand, legte Ringfinger und Daumen aneinander. Im nächsten Moment stoben purpurfarbene Funken nach oben, und Erin fragte sich, weshalb er auf diese Art drohte. Es ergab keinen Sinn, Hexer durften einander mit Magie nicht verletzen, und Kaito besaß nichts als die Macht über Karten. »Ich denke, du gehst jetzt besser.«

»Du … hier?«

Erin sah zu Kaito, doch er ließ sich nicht anmerken, ob er den Mann kannte. Energisch hob er die Hand etwas höher. »Geh. Sofort«, wiederholte er.

Der Mann fluchte. »Das kann ich nicht zulassen.«

Dann stürzte er sich auf Kaito und warf ihn zu Boden. Erin stand hilflos daneben, während die beiden miteinander kämpften.

Kaito wehrte sich, schlug gezielt zu. Ein Kinnhaken und zwei Schläge gegen den Brustkorb später kippte der Angreifer stöhnend um, und als er bewusstlos liegen blieb, rappelte sich Kaito auf.

»Du … kannst kämpfen«, brachte Erin hervor.

»Die meisten Hexer können das«, gab Kaito zurück. »Wir dürfen ja nicht mit Magie verletzen. Aber eure Techniken sind besser. Ich habe in deiner Welt ein Jahr lang einen Boxkurs besucht.«

»Einen … Boxkurs?«

Kaito zog die Augenbrauen hoch. »Weil ich Asiate bin, sollte ich wohl lieber Karate oder Kung-Fu-Meister sein, was?«

»Das habe ich nicht gemeint.« Ihr schoss das Blut ins Gesicht, aber Kaito grinste schief.

»Ich zieh dich doch nur auf«, sagte er, dann nickte er zu der Tür neben dem Schreibtisch, und sie liefen los.

Erins Gedanken rasten. Sie musste zu Lu, musste ihrer neuen Freundin helfen. Erst jetzt wurde ihr klar, wie wichtig ihr die junge Hexe mittlerweile war. Sie hatte ihr im Mitternachtscafé geholfen. Sie standen auf derselben Seite. Sie trug gerade ihre Sachen!

Kaito öffnete die Tür.

Der Raum dahinter war überdimensional groß und bis auf einen großen runden Holztisch mit Stühlen und einem protzigen Kronleuchter vollkommen leer. Vorsichtig schlichen sie sich vorwärts, Erin lauschte.

Von links, hinter einer unauffälligen Tür, erklang ein gemurmelter Fluch. Kaito gab Erin ein Zeichen, und sie schlichen sich an.

Als die Tür sich plötzlich öffnete, wich Erin erschrocken zurück. Vor ihr stand Noah, sie erkannte ihn sofort. Er war mit Handschellen gefesselt, und sein weißes Oberteil unter der Lederjacke war voller Blut.

Der junge Hexer sah sie beide an, das Gesicht kalkweiß, dann trat er einen Schritt zur Seite. Auf dem Boden des kleinen Zimmers hinter ihm war alles rot, mitten in der Lache lag eine Frau, die Erin zu bekannt vorkam. Lu!

Nach der ersten Schrecksekunde stürmte Erin zu ihrer Freundin, kniete sich neben sie, fühlte ihren Puls. In einem Sessel lag ein Mann, die Augen geschlossen.

»Lu ist tot«, erklärte Noah hinter ihr. Seine Stimme war brüchig. »Er ist bewusstlos.«

Erin zitterte, starrte die blasse Haut Lus an und erinnerte sich an Krankenhausflure und den Geruch von Desinfektionsmittel. An Sonnenblumen und Lus verschmitztes Grinsen. Tränen liefen über ihre Wangen.

»Wieso hast du sie getötet?«, fragte Kaito gefährlich leise.

»Das war Sir Craig«, antwortete Noah. Seine Worte ergaben keinen Sinn für Erin. »Er hatte Talus. Die ganze Zeit.«

Zum Beweis hielt er mit seinen in Handschellen liegenden Händen einen Würfel in die Höhe.

Erin starrte ihn an. Talus, nur Zentimeter entfernt. Seine Magie sang ein Lied für sie, wunderschön und anziehend. Die eingeritzten Symbole leuchteten.

Noah konzentrierte sich wieder auf den Mann im Sessel. »Er hat mich gefangen genommen. Bevor ich mich befreien konnte, erschien Lu. Er bedrohte sie. Als ich ihn daraufhin angriff, wollte er mich töten. Lu sprang dazwischen. Ich stürzte mich auf ihn, er fiel, stieß mit dem Kopf gegen die Wand und wurde sofort bewusstlos. Danach bugsierte ich ihn in den Sessel. Seine Waffe war …« Sein Blick wanderte zu der Klinge in Lus Bauch, und er schluckte. »Ich habe schon so viele Hexen sterben sehen. Aber sie waren alle Verbrecher. Lu nicht. Sie war …«

»Langsam«, sagte Kaito. »Noch einmal von vorne.«

Noah gehorchte. Er erzählte alles, was Sir Craig ihm verraten hatte. Berichtete von den Caradain und Sir Craigs Plan, Noahs Herzenswunsch zu nutzen, um die dunkle Seuche loszuwerden.

»Und Lu?«, fragte Erin schließlich. Ihre Tränen waren versiegt.

Noah berichtete von ihren letzten Minuten. Von ihrem letzten Atemzug, den sie bewusstlos in seinen Armen getan hatte.

»Und jetzt?«, fragte Kaito schließlich. »Was machen wir mit dem Würfel?«

»Dem Rat übergeben«, schlug Noah vor und legte den Würfel auf einem kleinen Beistelltisch ab.

»Nachdem sich dessen Oberhaupt gerade als wahnsinnig entpuppt hat?«, schaltete Erin sich ein und sah zu dem Mann im Sessel. »Das erscheint mir nicht so klug.«

»Vernichten?«, schlug Kaito vor.

»Als ob das so einfach wäre«, erwiderte Noah.

Noch während sie sich unterhielten, griff eine Hand nach Talus. Kurz fuhren die Finger über die Oberfläche, fühlten die eingravierten Symbole. Dann fiel der Würfel.

Viel mehr noch als die Erfüllung ihrer Angst fürchtete sie die Erfüllung ihres Wunsches. Denn wofür sollte sie weiterleben, wenn ihr größter Wunsch wahr wurde?

Auszug aus den Talus-Chroniken

DANKSAGUNG

Ein Buch schreibt sich nicht allein – und damit meine ich nicht einmal die vielen Stunden voller Verzweiflung, die ich am Schreibtisch verbracht habe.

Zu *Talus* haben sehr viele Menschen beigetragen, ohne die diese Geschichte ganz anders aussehen würde.

An allererster Stelle du, indem du dieses Buch und auch diese Worte hier liest. Ohne dich wären die Buchstaben nichts als Tinte auf Papier, aber durch deine Vorstellungskraft werden sie lebendig. Danke. So sehr.

Aber bis du diesen Text in den Händen halten konntest, ist viel passiert, und sehr viele Menschen haben dazu beigetragen:

Tina, danke für dieses großartige Lektorat. Du hast aus dem Text so viele Dinge herausgeholt, mich auf Logiklücken hingewiesen und mit deinen Vorschlägen die Geschichte so viel besser gemacht. Es war ein wilder Ritt, und er war es auf so vielen Ebenen wert!

Natalja, danke, dass du an mich glaubst und mich aus jedem Verzweiflungsloch ziehst; dass du so bist, wie du bist, und ich so viel von dir lernen darf.

Lea – ohne dich wäre dieses Buch wahrscheinlich niemals fertig geworden. Du hast es in unzählig vielen Fassungen gelesen und mich niemals aufgegeben. Du bist mein Licht in der Dunkelheit; und zwar nicht nur, wenn es ums Schreiben geht. Ich hoffe, du weißt das.

Justine, du bist großartig. Danke für deine motivierenden Arschtritte und einfach alles andere.

Paula, danke für deine Anmerkungen und deine Begeisterung in allen Lebenslagen. Ich bin so froh, dich zu kennen!

Babsi, du einzigartige Meerjungfrau. Danke, dass du mit deinen Kommentaren zu meiner Geschichte immer in die schmerzhaften Wunden drückst. Ich weiß das sehr zu schätzen!

Kathi, du darfst in meinem Leben niemals fehlen und in einer Danksagung natürlich erst recht nicht. Du hast *Talus* von der ersten Idee bis zum Ende begleitet und mir so viel beigebracht. Danke.

Bookapalooza-Boys – Mikkel, Jules, Gunnar –, ihr seid genial. Danke für die aufbauenden Worte, die humorvollen Gespräche und die Diskussionen über … ach, das bleibt besser zwischen uns.

Alexander Kopainski für die Gestaltung dieses wahr gewordenen Covertraums.

Und dann wäre da noch meine Patreon-Crew: Danke, dass ihr an mich glaubt. Danke, dass ihr meinen Schaffensprozess auf einer ganz neuen Ebene begleitet und unterstützt.

Ein besonderer Dank geht hierbei vor allem an die mutigen Einhörner, die ich gerne namentlich nennen möchte:

Avatar & Jedi-Meister Shikamaru Black der Dúnedain
Marie Luna
Laura Aulton
Harald Demler
Lisa
Sebastian Eggert
Julian Wünsch
Tortoc
Charlix
Ásdís